K INK INK INK INK INK INK
INK INK INK INK INK INK I
K INK INK INK INK INK INK
INK INK INK INK INK INK I
K INK INK INK INK INK INK
INK INK INK INK INK INK I
K INK INK INK INK INK INK
INK INK INK INK INK INK I
K INK INK INK INK INK INK
INK INK INK INK INK INK I
K INK INK INK INK INK INK
INK INK INK INK INK INK I
K INK INK INK INK INK INK
INK INK INK INK INK INK I
K INK INK INK INK INK INK
INK INK INK INK INK INK I
K INK INK INK INK INK INK
INK INK INK INK INK INK I
K INK INK INK INK INK INK
INK INK INK INK INK INK I
K INK INK INK INK INK INK
INK INK INK INK INK INK I
K INK INK INK INK INK INK

NK INK INK INK INK INK IN
INK INK INK INK INK INK
NK INK INK INK INK INK IN
INK INK INK INK INK INK
NK INK INK INK INK INK IN
INK INK INK INK INK INK
NK INK INK INK INK INK IN
INK INK INK INK INK INK
NK INK INK INK INK INK IN
INK INK INK INK INK INK
NK INK INK INK INK INK IN
INK INK INK INK INK INK
NK INK INK INK INK INK IN
INK INK INK INK INK INK
NK INK INK INK INK INK IN
INK INK INK INK INK INK
NK INK INK INK INK INK IN
INK INK INK INK INK INK
NK INK INK INK INK INK IN
INK INK INK INK INK INK
NK INK INK INK INK INK IN
INK INK INK INK INK INK

INK

文學叢書

224

流水帳

陳淑瑤◎著

出版緣起

生命聚落絲絲蔓延

千禧年後，台灣各大報的副刊版面明顯「瘦身」，部份改版成休閒生活報導，更甚者則完全取消。產品導向的消費社會機制，以強烈競爭決定坐擁市場。短小輕盈、明豔搶眼如廣告的文學形態，因易於瀏覽、富吸引力，成爲文藝閱讀主流。反之，具思想、文學性的宏篇巨構，如動輒上萬字的長篇小説，因喪失副刊連載的支持，漸失讀者、更失去出版社青睞。市場的緊縮、閱讀習慣的改變，在在皆使長篇小説的創作誘因自文壇蒸發。

有鑑於此，國家文化藝術基金會乃於二〇〇三年創設「長篇小説創作發表專案」，藉由補助生活費的方式，使創作者無生計之憂，全心投入創作。本專案獲補助計畫皆爲一時之選，不僅主題多樣，寫作群亦囊括中生代及新世代作家。創作者於計畫中，呈現出不同世代特有的文字美學及時代思考，不管是內在「小我」的存在命題，或者外部對於本土現世、歷史、家族、政治……等「大我」的議題關照。他們筆下的多元景觀，既是探索生命聚落的旅程，亦再現了銘刻於時代的記憶。這種大規模的文學巨構，較能觸及社會與歷史的深層結構，形成豐厚的文化礦脈，成爲國家無形的資產。本專案歷屆創作計畫的逐一完成，正是源源不絕爲台灣這塊土地，涓滴出珍貴的藝文寶藏。

「長篇小說創作發表專案」是國藝會戮力甚深的一個專案，從最初計畫審查至成果出版，皆以最嚴謹態度處之。爲了徹底活絡長篇小說整體創作生態，本會亦致力於創作成果的出版及後續推廣，如校園演講、作家專訪，以此提振小說閱讀風氣，邀請更多讀者閱讀小說、理解小說，甚至提筆創作小說。

字字成句，句句成篇，絲絲蔓延出巨構，長篇小說創作，亟須長期構思、醞釀、沉潛，才能交織出動人、細密的情節及結構。創作成果須經長時的考驗與評價，才能顯其價值及影響。優秀文明的形成有賴重量級藝術作品的縱向接力，我們期待，藉此專案能鼓勵一篇又一篇精彩鉅作出爐，形成一股交替不已的文學接力，爲這塊土地啓導一個新生的文明。更衷心冀盼還有更多以藝術眼光、追尋人性本質的長篇小說出現，挖掘這個時代殊異、具典範性的精神特質。

國家文化藝術基金會董事長

黃明川

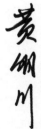

生命聚落絲絲蔓延　黃明川

2

繪圖／雨林裡

1 借

土豆	三聖一陰		
蕃薯	二聖一陰		
菜瓜	早期一聖一陰	晚期	二聖一陰
香瓜	早期一聖一陰	晚期	二聖一陰
嘉寶瓜	早期一陰	晚期	三聖一陰
海水	二聖一陰		

擲筊結束有會兒，廟公在西面牆貼上一小張紅色春聯紙，僅女孩子巴掌大，不像供眾人看的，而是隨身參考的小抄。紙質粗糙，字稍潦草，墨水筆暈得厲害，但鑼鼓聲中看得出已是耐心寫的了。底下的漿糊未乾，透出凝然四點潮紅，好像針刺到了手指頭，血流不出來。

可以見得去年此時擲筊選上的新廟公火炎伯公的行事風格，一切都蕭規曹隨。紙貼在同一個地方，紙張小一點，張貼的方式馬虎點。他是記取教訓，之前的紙周邊四圍都糊牢，說不定整個背都抹了漿糊，難怪不易撕得乾淨徹底，以致層層疊疊積出厚厚的糊紙痕。有人抽絲剝繭地撕過，春聯紙褪成豬肉色，肉裡殘留幾絲粉紅，像抓傷似的。又好像有人發狠拿支利器劖過，外緣的死皮也剪了，幾道刮痕深可見牆壁的粉灰。偌大的一面牆，偏只貼在這一方，或許歷任廟公都覺得撕乾淨它是件麻煩事，原本廟公就是個保守的工作，留著點古蹟的感覺也好。若是我，就貼一張大的將它們都蓋住。這一想反而明瞭何以紙張越裁越小，否則這面牆早晚不夠使用。秋暖看得手癢，伸手去剝去撕，指甲剛剪過，指頭痛，還忘情的用食指沾口水去搓它。

元宵熱鬧已近尾聲，鼓越擊越慢，悄悄地停止住，但咚、咚、鏘！三個音韻已在耳底呼之即來揮之不去。尤其是最近這批孩子有出力有用心，老一輩的說，請壇的請壇、敲鑼的敲鑼、打鼓的打鼓，有模有樣有聲有色，行至車站還聽得到那聲音，到了下半夜還有力道不含糊。又說那是誰誰誰的兒子，難怪好，兒子是不能偷生的。流螢穿梭看乞龜的孩子回家的回家，另尋玩樂的另尋玩樂，不知在何處不定時的傳來一兩聲尖叫，開學日雖總寬限到元宵隔天，但多少壓抑了孩子的玩興。

廟裡東邊門入門的地方臨時擺了張長桌，桌上一盞學生型的日光桌燈。東西兩廂有現成的桌椅，空間也大，但總要擺大殿上神像前，才光明正大。七、八個頭家圍在桌邊，還有兩個不像女人的女人團團堵到了門邊，門神在身旁俯視著他們，他們的目光比門神更加炯炯有神。在他們的面孔下面沉著一張更莊嚴的臉，他是今年的老大，穿起長袍馬褂正經八百坐著，突然朝桌下吼：「猴囝仔，出去，出去，不能在這躲相找，這在沒閒。」說著用穿著皮鞋的腳踢了那孩子的屁股一下，孩子大叫一聲鑽了出來。

開始辦正事了。沒有排隊卻自然有個順序，從老大右手邊的人先來，簇擁在背後的人伸長脖子往裡探。一個瘦小的男人挨著左邊桌角，料還有得等，便把手掌向下支在案頭，好似秤平兩肩挺累，一邊肩膀稍事傾斜。坐在老大旁邊掌管錢盒的另一個老大伸手揮掃桌面，趕蒼蠅似的，口中有詞：「拜託咧，別擱腳擱手，桌仔會傾去！」被他揮去手的那人板起臉來，將他手上的手錶挪正，順便看一看時間。外圍的人則雖然昂起下巴，手卻背在屁股後面，等得急又那麼有把握。就到了緊要關頭，兩個女人卻耳語著湊過來秋暖身邊看五穀流年，不一會又用堅強而又柔軟的身軀擠回人群裡。

有借有還，再借不難，還錢的工作完成了，連本帶一分利，個個還得心甘情願。接著進行的是壓軸的借錢項目，剛游回來的錢馬上又要游出去。借貸廟金並非窮人的專利，就連「好億人」謝連運、謝大春也來共襄盛舉，一則裝窮，一則誰不迷信神明的錢能助他們錢滾錢、利滾利。

「六千！」一個戽斗的中年男人說著把一枚圖章慎重地塞到老大手上，「按呢當，按呢當落就對啦，跟汝講汝不聽！」老大不聽勸阻，將圖章舉在眉目上，透過他那副笨重的黑框老花眼鏡，審慎地檢視鑿刻在方塊內的名字。轉了兩轉沾沾印泥，蓋到紙上數秒鐘不鬆手；末了還要揉一揉，手背上暴出幾條青筋。圖章離紙，凹陷在紙上的方塊慢慢隆起來，築成一個紅色方城。那人接到圖章，趕緊把它裝回銀樓的小紅絨錦囊內。

「我來，汝查某人別插事！」「我來還，我來借，錢我來管！」「沒汝的事！」「有才調，汝拿錢來，有才調，汝生錢出！不要每遍叫我去後頭借錢！」「汝看人攏還完了，手放啦！我欲咬落去啊！」壓低嗓子，悅子嬸和青山叔兩冤家絞著拉拉扯扯，東門被堵住了，像兩個玩耍的孩子相攏著趕緊往西門進來。秋暖背貼住門板，待他倆絆著進來，才緩緩跨出廟檻去，同時也望了她阿爸一眼，阿爸表情悠閒，他就有這本事。正前方藍天黑海，天涯海角暈著幾滴燈火。冷風襲來，廊下的紅燈籠搖搖晃晃，暖和的雙頰和頸子抹過一道冰涼。

忽然另一端有個人影從廟埕飛快地閃進廟簷下，立刻又從龍蟠的石柱後面衝到秋暖面前。「幾歲了，還在跟小孩子玩捉迷藏。」秋暖說。先前她與瓊雲在這裡看打燈謎，叫阿炯的這名男同學答對了好多題，湊在小朋友耳邊也提供了不少答案，其中有一道「正月沒來」，他居然也答得出「不正經」來，秋蜜和秋添來問她這什麼意思，她還是聽一個老夫不正不經的跟他老妻說：「汝不止正月沒來，一二十年沒來啊！」才恍然懂得。她心底想年紀輕輕的他不知懂得多少女孩子的事，因此還跟瓊雲說了他。「瓊雲咧？」阿炯問。「你有叫我負責看著嗎？」秋暖愈加繃緊著臉，理直氣壯，一說話就把剛才縮起的下巴往前凸出去。碰了釘子的阿炯說：「恰查某！幹嘛老是凶巴巴，整天跟瓊雲在一起，也不像她淑女一點。」「那是我家的事，要你管，豬哥炯！」兩隻黑目瞳朝他那邊瞪。他沒有回嘴，只一副無趣樣。

她將手插進口袋，走了幾步，迎面掃來一記東北風，比風更突如其來的，她的臉上一下子掛著兩籠溫溫的淚。

「去，去幫我看恁爸借多少，叫伊不能多借，借又不是免還，借愈多用愈多，明年上元又要來撲撲跳，剛才拿去還的那六千六還不是先去跟人借的，英仔借三千，龍神借三千，我六百塊私房也挖出來貼，也不敢跟阿媽拿，借來借去不是在跟神借，是在跟人借，看人面色，甘有趣味，叫伊不行多借，叫伊借六千就好，趕緊拿去還人。」自她小學一年級阿母就交給她這個任務。這也是阿媽跟阿母千叮嚀萬交代的。她不想烏鴉嘴說出來，她曉得她擔心的是他多借了錢拿去賭，否則那六千塊錢如此借借還還，永遠沒完沒了，影響不到他們的生活；甚至在借還之間，有種船到橋頭自然直的快活，應過急，緩緩的又可一年到頭，一切都是神明保佑應允的。

前天一場連夜雨，廟埕的水泥地和柏油路面都乾了，家門口的泥沙地雖然還有點微溼，但也不需要躡手躡腳唯恐陷入泥濘般。她一邊緩步走來，一邊遙望宅院深處。大廳內好像放在幾個回字裡的燈光，日光燈裡包含著紅佛燈，供桌上三個微坡是方才乞回家的鳳片龜，還有幾個椪柑，望著就有種吉祥的感覺。阿爸阿母的房間在最前頭，他們稱「南邊房」，南邊房的南邊窗經常開著，寫著一個「川」字的三爪窗裡剪著四道燭光。

「暖仔！暖仔！暖仔不是？」「對啦，對啦！」房門沒關，秋暖先嘆口氣才答著走進來。一盞小燈泡垂得低低，滿房瀰瀰的柑橘味，阿母和小弟小妹靠著牆一道窩在棉被裡。

「借多少？」阿母開門見山問。「不知啦！」秋暖嘟著嘴。「蜜仔去看！看牛晡！」「伊敢去我才輸汝，前幾日聽敏惠仔講鬼仔驚到半死！」秋暖說。「我敢去，你要怎樣？」秋蜜拉著秋添的手，從床上一躍而下。秋暖一把將秋添的手搶過來，「去啊！去啊！直接去大春伊厝看就好啊，汝也管不了伊，好睏不睏！」「死查某鬼仔應嘴應舌，也不能交代，去睏！去睏！攏去睏！」阿母將身體躺平，「火禁去，攏給我出！」說著閉上眼，一蓬亂髮散在枕頭上。

秋添不聲不響從天井邊的樓梯爬上屋頂，說：「大春伊厝有點火，我去找！」秋暖在底下望見，幾乎要大吼，怕他嚇摔下來，咬牙切齒駝著背踮著腳一階階暗聲罵上去：「雞婆！你要不要去廣播，少在那邊自作聰明！」爬上屋頂兩手擱在秋添肩頭，不由得向東望去，大春家一棟三層樓的洋房立在幽藍的夜色中，簇新的水泥房子像會發光一般，二樓南邊數來第一個方形的玻璃窗亮著燈光，據說那兒是賭間所在。

「站那麼高，做啥？」這時阿爸突然姿態輕盈回家來。「阿爸！」秋添歡喜大聲叫他。「下去啦！」秋暖往秋添頭上一拍，露出笑容，小聲又罵：「雞婆！」兩人仰臉看了一下星星，碎鑽一顆顆，閃閃鑽動，放下臉來覺得底下亮晃晃，不敢馬上移步，站著等氣平了，才小心下到天井，卻看見阿爸出門的背影，冬天農閒坐困方城的阿爸總會肥點有份量些。她放輕耳朵傾聽，阿母一句話也沒有，她只有這點過人之處，不放馬後砲。

2 農民曆

曾瓊雲，「四十二畫，事業不專，十九不成，專心進取，可望成功。（吉帶凶）」

「天啊！怎麼辦？我凶，吉帶凶。」瓊雲蹙起眉頭。

「我看！我看！」秋暖搶過她手上一本薄薄的鮮黃色的農民曆，瞧了瞧那裡頭密密痲痲的字，伸出食指當空撇撇畫畫。「四十二，事業不專，十九……瓊，斜玉旁應該算五畫啦，那是……四十三畫，四十三畫，我看，雨夜之花，外祥內苦，忍耐自重，轉凶爲吉。（吉帶凶）」

瓊雲嚷嚷：「唉呀，更慘，我爸怎麼取的，也沒幫我算筆畫。雨夜之花，雨夜花！」順口唱起：「雨夜花，雨夜花，受風雨吹落地，沒人看見，每日怨嘆，花謝落土不再回，花落土，花落土……」兩隻雀鳥兒站在天井上邊的雨漏旁啁啁伴唱。

「我也沒有多好，你看，三十三畫，意氣用事，人和必失，如能愼始，必可昌隆。」「吉還凶？」瓊雲急著問。一生眉批十六字，一字以蔽之。「吉。」秋暖說。

「至少是吉，還不滿意。我算我弟……曾……志……帆，二十五畫，天時地利，只欠人和，講信修睦，即可成功。一樣爸媽生的，命怎麼差這麼多！」瓊雲哆嚷。秋暖不出聲，埋頭算筆畫查吉凶。

郭秋水，「二十四畫，錦繡前程，須靠自力，多用智謀，能奏大功。（吉）」

郭秋香，「二十九畫，如龍得雲，青雲直上，智謀奮進，才略奏功。（吉）」

郭秋蜜，「三十四畫，災難不絕，難望成功，此數大凶，不如更名。（凶）」

郭秋添，「三十一畫，此數大吉，名利雙收，漸進向上，大業成就。（吉）」

「我阿爸跟我阿母就有在算，你看一個這麼好，一個這麼壞，可憐的郭秋蜜，還不如更名。」秋暖將農民曆闔上，說：「我不相信這個！」瓊雲又拿起來，翻到背後，看食物相剋中毒圖解。「你看這個，第一格就是燒酒配紅柿，毒。解：綠豆。人家說去年東邊那個老人就是呷燒酒配紅柿自殺的。我媽炒菜有時會放酒，千萬不要不小心又吃到柿子。柿子，好久沒吃柿子了，幾月才有柿子？」「眞的假的，你信？」秋暖問。「有可能啊，他想不開的時候正好看見農民曆，看到第一格就照這樣做。」「也有可能是他死了，人家看見農民曆，只看到第一格就說他是這樣死的，那你去問我阿媽他幾月死的，柿子是中元普渡那時才有的耶！」秋暖邊說邊剝著飯桌上被熱鍋燙綻開的一朵木花。

瓊雲說：「他一定是死在一個有柿子的季節，人家才會這樣說的嘛！」秋暖一把將農民曆又搶過來看，「這根本不準，你看，旁邊這幾格寫的，我肯定全部都吃過，你看花生仁配香瓜，別的我們家沒有，這兩種最多，你敢說你沒吃過，再來毛蟹配花生仁，毛蟹配香瓜，從小吃到大，要死早就死了。下面這個蝦子配金瓜，金瓜炒米粉不都放蝦子蝦米嗎？太迷信！」說著用農民曆拂去桌上的木屑，然後將它蓋在那朵木花上，立刻端來一只黑著屁股的鍋子放上去。

「人家是寫中毒，毒有輕重，輕的拉拉肚子，重的會吐血，又不是每種毒都會要命。」瓊雲用手指在桌上寫了幾字，正想抽出鍋底的黃本子，又讓秋暖搶了去，問她算誰的命也不說，兩人拌起嘴來。

「蕊仔，來這坐啦！」在前庭搓繩子的阿媽聽見腳步聲頭也沒抬的大聲招呼。

「土豆種了未？」蕊仔婆邊問，邊用手按著膝蓋爬上階梯。

「種了啊，剛才種了返來，一雙腳才洗好在這搓一條索仔。才踢兩粒土豆，昨暗一雙腳瘦一暝！」

「今年種多少？咻！一隻雞仔。」蕊仔婆說著朝過水庭西側門揮了一下手。

「兩萬外栽。」

「這角圍大家攏嘛兩三萬栽，恁坤地仔一內面的查某囝仔撒撒爬，種再多也免煩惱。阮不敢出嘴，沒人欲掘，種種才沒八千栽，人伊能可欲種瓜仔，嫌掘土豆艱苦，講是三步一跪五步一拜，夭壽！講若愛種就欲拿錢去請人來掘！笑死人，我一粒土豆値多少，還去請人掘。種多種少，亦不是有一仙五令落咱這老的褲袋仔，阮才沒欲給伊做奴才拖老命，阮老的講沒人欲掘伊才欲去掘，掘過中秋，掘到冬至，不信伊掘不完。也擲有杯，也有留土豆仁，舊年擲兩杯，大家種滿山坪，今年土豆擲三聖啊！講伊不信，還是種土豆較穩當，颱風收不去，也免肥料本錢。」蕊仔婆嘮嘮叨叨，抱怨兒子不多種點土豆。

「咱老的有法度就種，沒法度就算，沒一定要種土豆，人開戰仔攏愛種瓜仔，伊講有收拚一熱天十外萬塊，沒收就算，跟伊搏。土豆種愈少是愈好命，汝看人阮兄跟阮嫂仔，每年種種才四、五千栽，人伊也免靠種這呷穿，梅溪仔講若種太多欲將伊帶去高雄住，梅峰仔擱幾日嘛欲返來帶月琴仔去高雄，誰人欲留在這掘那土豆。少年的愛咱管就管，不愛咱管咱就涼涼做仙，管也是一碗飯，沒管也是一碗飯。」

「講咧，恁坤地仔跟靜子好性，不像阮厝那兩個歹逞逞，像欠伊的債咧！」蕊仔婆說著把阿媽搓好的繩索拿來扯一扯。

「那阮不知，阮無管。」說到這舉起手來揮了揮，好似一切盡在不言中。

「講到恁嫂仔伊月琴仔，是眞正不住新厝，欲跑去高雄住頭路，啊！少年的手得牽牢，才不會乎人牽去。」蕊仔婆這就說到了阿媽的痛處，但她似乎沒什麼感覺。「講到恁兄仔，自起新厝，我還不曾去參觀咧。」

「油漆油到婧噹噹！鋪磚仔鋪到白帥帥！阮不知民國幾年才有一間新厝咧！」阿媽望門外說。

「欲來走了！」蕊仔婆告辭起身。

「順行，咱來去看早起剩多少糜，擱來飲一碗泔糜，腹肚咕咕叫。」阿媽起身，看見半屋子走著飛禽便叫：「誰人開後壁門不關？蜜仔！添仔！跑叨去？雞也不趕。」

瓊雲反覆翻閱那本農民曆，正無聊納悶著，於是起身手腳齊赴，咻咻地趕雞。秋暖笑她：「臭耳人謷還話，青瞑仔謷趕雞。」瓊雲說：「來，我當瞎子來趕看看！」眞閉上眼睛，微笑著張大臂彎作潑水狀，呼聲加倍大，踢踢踏踏的腳步卻變得猶豫不決，像剛瞎眼的人初上路等著絆倒。雞鴨爭先恐後，漸漸配合她放慢了移走的速度。一隻呆頭鴨安步當車盡擋在她跟前，她一氣，伸腳向前踢去，嚇得牠們拍翅亂跳。往日有陳家人同住，他們郭家的人出去餵雞鴨，一定記得隨手關門，否則陳家的人也會關上，陳家才搬走一個多月，他們便有越來越健忘的趨勢，相對的牠們也越來越沒分寸，除了在過水庭上徘徊覓食，也向大廳去探險，看到人還不慌不忙大搖大擺。咯咯嘎嘎幾聲，瓊雲以爲路開了，邁步跨去，正好踩在那隻呆頭鴨背上。牠死命竄逃，瓊雲驚惶失措，像踏著滑板整個人向前伸去，另一腳雖踩煞車，卻是踩在一堆雞屎上，滑得更徹底。張開雙眼，前面一片聒噪，黑花花的羽翼紛紛向翠亮的側門擁擠，腳下手邊還有幾股蠢動的蠻力欲將她掀起。

那頭秋暖拍著桌子大笑，「阿媽！汝看，眞正青瞑的警趕雞，哈哈哈哈……我去叫蔡昆炯來看，看他的白雪公主！」阿媽見狀也笑說：「雞仔鴨仔沒死也壓剩半條命。」話說著，看見媳婦進門，馬上轉向她說：「農會這陣在活動中心辦花生貸款，不去看坤地仔去借多少？借一點就好，不可借多，多借年底是要秤土豆還人，多借是多艱苦，舊年土豆好價，賣農會打損。借就先收起，四個囝仔開學買東買西全是錢，不要沒打沒算。上元去廟內借多少？給人借的有拿去還人沒？借一萬抑六千，穩當是借一萬，汝給伊看，還人六千，剩四千才放在褲袋仔拿去搏，換那隻牛仔還欠恁阿伯錢咧，不要憨面常常學長慶跟大賭。平平在顧瓜仔種土豆，人遷仔開戰仔存多少在寄銀行，咱可有存一角起來分咱看這是一角。沒本沒錢，不要一日到暗想欲去大春伊厝跟人搏，憨面啦！」

阿媽儘嘮叨，阿母先是充耳不聞在灶口東摸西摸，索性打開西邊側門叫：「足……足……」到後院去了。這次倒記得關門。阿媽望門看一眼又說：「暖仔，恁阿爸昨暝有出去沒？」方才笑岔了氣，緊接著這番話，秋暖很難平衡，極難受，應句：「我不知啦！」其實元宵隔天早晨阿爸給了他們每人一百塊吃紅，又交阿母四千塊錢，說出來，阿媽必當安心住嘴，但是她不肯，覺得那樣子也悲哀。

瓊雲進秋暖房間，挑了一套秋暖的衣服穿出來，正要走到天井去刷衣褲上的雞屎，又在水孔邊的青苔三角洲滑了一跤，哭嚷著：「快幫我看農民曆，我今天是走了什麼雞屎運！」

3 小家碧玉井

秋蜜握了握口袋內的硬幣，瞧家裡沒人注意，一下子溜了，穿過斜對面小巷，往富蓮家走來。家裡其實是阿媽說的像沒人管的，大家自由，但出門總是拖著一條尾巴，弟弟外出阿媽阿母就要交代別去海邊亂跑，她出門則是叮嚀：「阿蓮伊厝尾後有一個井仔！」

一口無墩的小圓井，終年翠綠茂密的小草由井邊向屋腳蔓延成一尾魚形，比其他地方不管是栽種或野生的植物都來得亮麗；那隻眼睛般的黑井，她每不經意經過就會突然亮起心眼，一路提防注視著它，田裡多少大井深井都沒它恐怖。曾經人多時壯膽靠近去探望過，是口可愛的小家碧玉井，以爲不怕了，遠看還是怕。今天一瞥發覺更綠了，噯，春神來了，草地益發青豔，披著春暉的小黃花，像生日蛋糕上的蠟燭插點在鱗密的葉片中，叫人不由得想唱歌。

再伸手觸摸口袋內的硬幣才想起富蓮家已經不賣饅頭了，過年前就不賣了，過個年光吃喝玩睡，把腦子空傻了，連這麼重要的事都忘了。忽然間好失望，情急的趕往雜貨店買豆乾，富蓮向來不吃零食，只愛啃豆乾。但她心裡是想著饅頭的，村裡唯一買得到的熱食，吃得人溫溫飽飽的，光想著就讓人感覺飢寒。富蓮冷冷的告訴她：「以後不賣了！」「為什麼喔？」「揉麵粉不用出力？」她知道富蓮的阿爸有病便不敢多話，回家吵她阿母學做饅頭，阿媽罵：「叨來的美國時間？愛呷饅頭，大漢去嫁阿兵哥乎汝呷一牛車！」

前頭吳家多話的父母生多話的孩子，有事沒事鬧轟轟，只有么女月寶文靜，家裡待不住也老往富蓮家跑。富蓮雙親沉咀咀，養了四個孩子唯獨長子文彬嘴甜，高中畢業讀軍校去了。婆家窮娘家也窮，結成了一對貧賤夫妻，親友移居台灣或休耕怠作的貧地都借予他們耕作，兩人光土豆就種了三萬栽，有人看他們太辛苦像頭傻牛還不忍心借地給他們。她家阿爸每年還要騰出幾天時間和村裡的青年結伴去桃園幫人家殺豬，為了省錢一天有兩餐啃饅頭，他也著實愛吃饅頭，他說白蒼蒼，乾淨吃了沒病，沒說是豬肉豬血讓他別的都吃不下，每回返家就馱一大袋，吃完那一袋才能開葷。豬老闆看他節儉送包肉鬆給他夾饅頭，他不捨得也吃不下，原封不動帶回家。這手做饅頭的功夫就是在那兒跟一個老兵學的，老兵說他自大陸來到台灣沒見過一個人那麼愛吃饅頭，改天他一定要去澎湖賣饅頭。村莊小饅頭生意不大，夏天農忙有做有收，人們捨得加這點點心，白饅頭三個黑糖饅頭三個，清晨也有人煙鼎沸的景象。女人仍然喝粥，只買給勞動的男人和嘴饞的孩子，老一輩不愛吃，嫌沒滋沒味，討肉包吃，菜包也好，要買白饅頭給他吃就是不孝。賣饅頭的收入雖不無小補，卻也花掉大半天的時間，積勞成疾，肝病年久月深，這一兩年漸漸不能擔負農務，僅待家中做饅頭。去年深秋以來甚至得臥病在床，由富蓮留在家裡照護。富蓮更難得有話，乾扁瘦弱，好像說句話都費力氣，倘沉默是金，一屋子早都是金了。也許正因這剛毅木訥的個性難能可貴又高深莫測，倒使得她凝聚了一堆小嘍囉，考試時在這靜似圖書館的屋裡讀書，無事也來幫她出出聲揚揚塵。秋香、秋蜜、秋添和月寶敏惠便不時窩在這裡，孩子的聲響給予病中的阿爸一種慰藉，彷彿天使守護。精神好時，他也會特地起身，爲了剛才聽到一句「我們來讀數學」而出來說句「數學不是用讀的是用算的」；有時還招待吃點餅乾牛奶糖。這隨身攜帶糖果餅乾也是出外養成的習性，過年剩的、喜糖喜餅，甚至台灣雜貨店買回來的。

這邊阿媽叫不到幾個小的，盡念給秋暖聽，盡喚她做東做西，儘管瓊雲陪著也窮悶，於是相偕尋了來。兩人不出聲，怕引起吳家男孩子的注意，也默契的朝富蓮家屋後的草地走，瓊雲跪下來輕撫草葉呢喃：「喔！好可愛喔！」秋暖說：「從我小時候就是這樣，你看這個井，我跟郭秋水放很多魚進去，我爸網的魚苗，還有前面海抓的小魚，放在我們後面的井都在，放在這裡都看不見，也釣不到，郭秋水才傻，說牠們有地道，游回海裡了！」「我也這樣想。」瓊雲趴在井口，各個角度都試過了，「眞的看不到，有沒有望遠鏡？」

富蓮家是少數擺著書桌的人家，兩張小木桌齊抵在牆壁邊，她阿爸就躺在這堵牆後面。秋暖手伏在窗口，避開像隻魚尾巴翹上屋腳的草皮，腳尖抵得老遠像斜搭著一把梯子。秋香、月寶、秋蜜、富蓮安安靜靜坐成一排，搔首撥髮，咬筆嚙指，姿態各異卻都是發憤用功的模樣。瓊雲剛貼身過來，秋暖即把食指豎在嘴唇上，示意她悄悄進屋瞧瞧。瓊雲雙手往前搭著秋暖的肩，假裝是部小火車把呼嚕嚕的聲音悶在心裡往前跑。「才剛開學就這麼用功，在寫什麼東西，搞什麼鬼！」秋暖轉臉細聲在肩頭上說，不是讀書天裡讀書，令人匪夷所思。

桌上四只厚厚的玻璃杯像四塊透明紙鎭，鎭住四個女孩子，杯內的水幾乎齊平，竟還是汽水，杯壁上吸住幾個氣泡。富蓮端起來啜一口，秋香、秋蜜、月寶也跟著拿來沾沾嘴。桌上攤著一本姊妹週刊，是富蓮的姊姊輾轉從同學的姊姊那裡得來的，略過化妝服飾愛情婚姻信箱等等篇幅，刊末有兩頁筆友園地，頭重腳輕得用手掌熨過好幾次，又拿一鳳梨罐頭壓住才攤得開。富蓮今天心情好，說：「不然我們來交筆友。」上頭一則則像尋人啓事，繁多緊密的芝麻小字，怕再尋一回，上頭打了四個勾。「楊思敏，女，十八歲，興趣電影、音樂。地址：台中市忠勤街40號」，富蓮選個地址最短住台中的，秋香挑台北會彈鋼琴的，月寶喜歡一個名字極夢幻叫夢婷的高雄人，秋蜜相中一個愛看海的台南少女。像不願意選同一件衣服穿，四個人四個城市，相同的是絕對是女孩子。

凡事起頭難，給陌生人寫信本就不易，何況是個除了姓名對他一無所知，除了回信對他一無所求的筆友。富蓮發給每人一張標準信紙一個標準信封。「信紙不夠再拿！」富蓮說。是些舊信封信紙，受潮泛黃，沒有半個字，卻滿是文思。這批信紙據說是她阿爸在台灣買的，本想寫信回來，帶來帶去，一個字也沒有。秋蜜聽阿媽說過，阿蓮阿爸眞懂兩三個字，哪像她阿爸，同樣在私塾讀幾年書，卻沒半撇。「再給我們一張草稿紙。」秋香說。富蓮將摺成槽形預備裝魚骨頭的日曆紙敞開放在桌上，一桌子布滿了紙張，等待下筆。

秋蜜把兩點冒號塗了再塗，終至將它戳破，左顧右盼的看別人寫些什麼。「不要偷看啦！」月寶說。「阿蓮，你寫的再給我抄，反正你的筆友又不認識我的筆友。」秋蜜說。「你有誠意一點好不好？」月寶說。秋蜜支著頭又努力思想一會，還是忍不住啓口：「我們爲什麼要交筆友？」沒有人回答，久久秋香才說：「你愛寫就寫，不寫就算，寫得那麼痛苦，別想人家給你回信。」「你想郵差送信給你，你就要先寫信去給人家呀。」月寶勉勵她寫下去，「先自我介紹，再問她一些，嗯，他們台南的事。」

前頭月寶的哥哥們在屋裡掛了一個籃框，一早上只聽見攘攘，有人來了她們也不知覺。秋暖怕擋光，賊賊的蹲低了身子。富蓮是個照顧病人的人，怎會沒察覺，只是懶得理會。秋香坐在最門邊，剛開始把草稿謄到信紙上。她覺得交筆友一事乃西方文化，特地把信紙拿橫著寫，一副好像在五線譜上塡詞作曲的樣子。月寶說秋香的字最好看，最有可能得到回信，字如其人，她也較平常寫得更加端正。秋暖站到月寶背後，把秋香後面的位置讓給瓊雲，瓊雲一站起身就給換手托腮的秋蜜發現了，秋香感覺到頭髮上有股暖氣，掉頭一看，「還交筆友！」秋暖迅速將她的草稿抽走，飛奔到庭子，唸道：「親愛的家萍你好：我也姓郭，名叫秋香，我今年十四歲，在家排行老三……姓朱名德正，家住北京城……」

秋香帶頭一夥小女子全衝了出來。秋香瞪著兩顆龍眼氣得面紅耳赤，一句話也說不出來，月寶和秋蜜叫著：「還來啦！還她啦！」

「……我第一次寫信給不認識的人……」秋暖把信紙揭得高高，透過日光，大聲朗誦，見她們追討過來，急忙逃到外頭去。

「郭秋暖你再給我唸一句……」秋香咬牙切齒。富蓮默默回客廳去。瓊雲也在喊：「還她啦！」秋暖瞄了一下草稿，兩手背到背後，繞著院前的井邊走，「眞羨慕你會彈鋼琴……你們這些井底之蛙！」秋蜜、月寶和秋香兩路包抄，秋暖本就準備束手就擒，沒有逃的意思，誰知秋蜜和月寶一上來就像押犯人似的反折住她的手，秋蜜用力想抽出那紙，不料秋香卻使勁將秋暖往井中央推，紙被撕裂開來，瓊雲大叫：「唉呀，小心！」秋暖身體向井上半傾，幸好月寶和秋蜜牢握不放，將她硬拉上來。秋暖狠甩掉兩雙手，朝秋香臉上刮下去，順手將草稿紙扔進井裡。

青石巷裡迴盪起一陣吵罵，緊接著是雜遝的腳步聲。「誰啊？誰在哭？」月寶的哥哥們紛紛跑出來探究竟，只看見一群女孩子繽紛的背影，一個接一個從巷底躍上路面，像舞獅的人一下一下的揚舉起獅子頭。兩個小哥哥追著要去看熱鬧，被月寶又推又罵。

三姊妹競相跑回家，瓊雲月寶也跟著來，事情還未了。秋香跑進房間把秋暖的衣物全丟到客廳來，還掏她書包，撕掉一頁作業。秋暖雙手抓住她的頭髮，她也以牙還牙揪了她兩叢。三個旁觀者又拉又砍，切不下她們的手，只是加劇頭皮的疼痛。秋蜜蹲下去抓不住她倆互踢的腳，被鐵蹄踹了兩下，連呼數聲：「阿母！阿媽！趕緊來啦！」阿母和阿媽過來又打又罵，一樣撕不開她倆，阿媽直說：「差不多咧，一日到暗冤家量債，呷到欲嫁人啊，人行過看見會乎人笑死！」秋蜜說：「阿爸回來了！」也唬不倒她們。兩人怒目相視恨不得將對方呑進肚子裡，倒是都沒有眼淚。聽見瓊雲說：「你阿爸回來了！」秋暖才先鬆了手，但秋香仍扯著她的頭髮不放，直到阿媽告狀：「太久沒修理，皮在癢啦！」阿爸說句：「呷飽太閒啊？去揪草！」這才散了戲。

這邊富蓮正彎腰把水桶吊進井裡，輕輕慢慢地不讓水桶撞到井壁，免得男生又跑過來東問西問。紙尙浮在水面，只見一個紅色開叉的阿拉伯數字9。她用預備的樹枝一舉將它撥進水桶裡。

4 自己的房間

與秋香一番肉搏，秋暖當下即抱著衣物棉被到對面去自立門戶；所謂對面，不過是同個屋簷下的另一邊。爲了搶奪木箱又跟秋蜜起了爭端，秋蜜恐嚇她說：「那個紅衣服的女孩子晚上會來找你！」

這座三合院近半世紀來同住兩家人，直到過年前陳家搬走，才完全屬於他們郭家。過去，這裡無形地切成對半，東半姓郭，西半姓陳，正巧郭家阿公不住這陳家阿爸不在家，外面年輕點不知情的人都以爲他們是一大家子。房屋是傳統的格局：水缸坐東，樓梯靠西；煙囪置左，石臼居右。不提也罷，還有一個嬰兒臉蛋大的貓孔留在大廳門左側。除了這些單數的設施，其他一切建設均是左右對稱，如剝開的兩瓣豆莢裡對應的豆槽。最前面天井外頭各有一間「間仔」，郭家這邊睡著郭坤地夫妻，陳家自曾祖父去世便一直空著，日積月累給農務數倍重於他們的坤地堆放農具、農藥、化學肥料等物，還有漁具。裡頭大廳內分別有兩間房：郭家前房擠著秋暖秋香秋蜜秋添，後面秋水和阿媽阿祖三代同房。而今秋水在高雄工讀，阿祖臥病多年，過世三年多了，只剩阿媽孤單一人。

西邊陳家長媳月琴和她么兒英傑睡後房，前房有女兒佩媛敏惠，長子順輝去了桃園讀警校。唯一不同的地方是，相對於東邊兩口大鼎的灶口，陳家在天井邊同樣的位置多了一間房，住著當家的公婆陳東坡夫婦。秋暖就是搬到這間房來。原本他家三間房，阿爸阿母的叫南邊房，孩子的是東邊房，北邊房指的是後面阿媽的房間，現在她這間名副其實是西邊房了。東坡伯公常說：「一間厝左腳踢著囝仔，正腳踢著大人！」兩個老的歸西、兩個少的出外，還不覺得寬鬆；現在一下子少了一半人，頓覺空洞起來。

兩家人有幾件合夥的動產：一組佛桌供桌擺在大廳底，兩家祖先排排坐，年節一起過，忌日各拜各的。太陽打東邊升起，一只時鐘掛在大廳東北牆上。一面雕花銅鏡傾斜地吊在大廳的西南方，那角度像老花眼鏡滑到鼻梁上。就這三樣家私以及牛、犁、牛車三件共用的農具，陳家搬家時都沒帶走，只把兒子買的電視機提了去。少了一架電視機，比缺了其他家具更令人不適應，留下了偌大的空虛。

陳郭兩家左阜右邑，既非血親也非姻親，至交的兩家曾祖父胼手胝足一道興建家園繁衍子孫。地姓郭，錢也大部分姓郭，相對的，姓陳的勞心勞力的多。當年陳東坡十九歲，跟著師傅學蓋房子已經六年，這座宅第是師徒倆一起蓋出來的，一木一瓦戰戰兢兢，也是他的出師之作。對此陳東坡向不誇口，他只耿耿於懷當年做學徒時連師母的內褲也得洗，發語詞總是「幹伊娘咧！」也算是庭訓，藉以勉勵兒孫吃苦耐勞。三個兒子都知長進，年紀輕輕就離鄉背井赴高雄打天下去了，一點也沒有逗留或承襲父業的意思。如今三個兒子皆上了岸，在高雄落地生根，行有餘力頭一個想到的就是替兩老在祖地上蓋間房子。去年一年，年頭盼到年尾，一家子都在蓋個房子好過年的期待中。陳東坡雖寶刀未老，然江山代有新人出，房子包給三十出頭的徒孫阿允師，自己則掛師傅領一份工錢，其實他的角色是個總監工。起初阿允師兼小工的太太對他年老體衰意見又多頗有微詞，每至黃昏天色泛紫，見老師傅牽盞小燈在屋裡盤桓琢磨不去，才覺得她頭家阿允說的有理，做個口碑給人探聽絕對值得。經他手中蓋成的水泥屋少說也有百棟，今天要蓋自己的家，自然多一份情感，既然雕梁畫棟都沒得講究，疊磚塊的僵硬死板功夫裡也有些什麼能夠要求的。好像還是昨天的事，他用食指和拇指提起墨車的棉線輕而有力地彈去，打上一條又一條筆直的黑線。什麼時候鷹架像花一般的開了，又像花一般地謝了。他已經忘記他是怎麼大刀抹完水泥粗胚，再均勻優雅刀刀平滑地抹細胚，然後看著藏青色的水泥逐漸凝固成灰白色。他說地板要洗石子地，眾人都嫌老氣過時又昂貴，只好由他們去鋪瓷磚，他只負責浴室一個小浴缸，以及他們最不愛的死角不完整處的切割鋪設工作。最得意的是正門外牆噴了石子，四扇窗下各有一朵淡彩的花樣，屋頂上的圍牆也選了鏤花的磚塊，也只有這些地方可以展現他古樸的美感了。至於隔間設計，他的老三早說好了草圖，他不置一詞。歇息時他總閉著眼睛坐在馬桶上抽菸，潮濕腥鮮的水泥氣味混合菸草香，好像流落荒島的人在潮來時生上了火。每天他工作回來，郭家阿媽總好似有口無心的問句：「起到叨位？」他耐心交代，妻子也豎著耳朵在聽，妻子問，他總說：「自己去看啦！」一切彷彿是昨天的事。趕在年前入了厝，新舊兩屋相距百餘公尺，只是這一往北遷移，天南地北，廟裡建醮抬轎比賽時郭家仍屬東邊，陳家要算北邊隊了。

才入厝三天，敏惠跑回來倚牆蹲著，神祕兮兮的口吻說：「來！來！我跟你們說！」四姊弟全包圍過來。「昨天晚上我阿姊看到鬼！」「什麼鬼？什麼鬼？」秋蜜與高采烈亟欲敏惠將鬼傳喚出來。「一個小女孩，穿紅色衣服，綁兩條辮子，爬到我阿姊的窗戶，我們那種窗戶外面有橫條隔著，她站上去，露出半張臉，我們那種玻璃下面兩塊是毛毛的，只有上面那塊是透明的，她的臉浮在那邊，下面只看到紅紅的影子，兩粒目睛金銅銅，目眉有夠長，我阿姊嚇得要命，趕快躺下去，把被子蓋到頭上，她就掉下去了，掉下去一點聲音都沒有。」秋蜜悄悄挪動身子，背往後冰冷的牆壁上貼。「眞的假的？阿媛講的？」秋香問。「嗯，她怕得生病了。」平常人叫「黑肉雞」的敏惠睜著兩隻炯炯大眼，這時更黑得像個包公，由不得人不信。「阿媛不會亂講，她如果害怕，我去陪她睡，我們掛一串鞭炮在窗外嚇她。」秋暖說，「我們這種舊房子都沒有鬼了，你們新房子怎麼會有鬼？」她心目中的鬼應當是古人古裝，也有可能是近代一點的，跳民族舞蹈那種打扮。「你忘記，我們新房子旁邊有一小間我伯公的舊厝，聽說從前有一個小女孩在那裡死掉，就是穿紅衣服！」

古色古香中，敏惠自己描述一遍才覺眞有其事。淒清冷風溢滿天井，如此繪聲繪影，害得往後數日膽小的秋蜜夜裡都是蒙著頭睡。

換房獨睡的頭一晚秋暖輾轉難眠，一個人像支分針在床上走不定，這般自在於舊房是絕不容許的。橫睡怕床底有什麼會來搔腳板，直著睡又擔心看見紅衣女孩出現在三爪窗外，半邊臉一隻眼的紅色長條，雖然眼睛和木窗都緊閉著。這張床東坡伯公整修過，小孩子是不允許來這邊玩的，老人家動作輕，床板固定不出一聲，這麼靜反而令人不習慣。她想起剝開的豆子全落在另一邊的豆莢，竟有一絲空洞念家的感覺。他們在右心室，唯獨她在左心房。常言「惡人無膽」，她既做了惡人，就得加倍大膽，免得妹妹笑話。越不成眠就越有尿意，夜壺搶不過來，也忘了再去找一個。新的房屋都做馬桶，伯公姆婆舊日使用的木夜壺還擱在角落裡，但是尚未洗曬過她不敢用。

隔天入夜前秋暖四處尋貓，偷偷用一些魚骨頭將牠誘入房內，貓兒食了腥味，又逍遙去了，哪肯留下來陪她過夜。接連兩日秋暖重施故技，食物欲給還留，貓兒抬起頭陰森森瞧她一眼，哂笑似的走了。她扯住牠的尾巴，牠回頭張牙示威，只得放牠走了。於是她懷念起去年被老鼠藥毒死的狗兒旺旺，誤食毒藥的狗兒死前繞著屋子瘋狂奔跑，所有孩子都爬到屋頂上看，一點忙也幫不上，秋添和秋蜜咿咿呀呀哭了起來，連佩媛都流下眼淚。纏繞了成千上萬圈，這麼一圈接一圈，一圈接一圈，終於癱瘓下來睡著了。

春水

「媽啊，我今天晚上去阿暖家睡好不好？」瓊雲說。

「在一起玩一下午還不夠啊！」媽媽蹲在地上將剩菜倒進淺盤子，一旁守候著他們家的黑色軍狼犬大副。

「阿暖自己搬去西邊睡，我去跟她作伴。」

「阿暖改日要嫁，你要不要陪她？」

「哎呀，她會怕嘛，我日行一善，我們明天一早起來就去絡海菜回來給你吃，讓你養顏美容！」瓊雲說。秋暖噙著笑站在她背後捏她的腰。

媽媽哼哼一笑，不回話，撫著身邊嗑嗑進食的狗兒，從她的手勢可以感覺到牠矯健的身軀和柔滑的皮毛令她滿意極了。

「媽啊，怎樣啦，好不好？」瓊雲微擺著手和膝蓋。

不回話還不知難而退，她側臉挑了一下眉頭，斜眼看著女兒，正讓簷下的小燈照在額頭上，皎潔的臉龐實在看不出已是有女初長成的年紀了。

「要去准你去，是阿暖伊厝，不要給我亂跑我跟你講。」說道將淺盤一角抬高，讓狗吸著飯菜汁。

兩個女生夜鶯般聊到深更方才入睡。瓊雲也不認床，好友比床更令她放心。秋暖搶被子的經驗豐富，側著身子鎮住被子，這陣子獨睡更學著阿媽將被子一半鋪一半蓋，像春捲似地把人捲在裡頭；因此，不到半夜，瓊雲已無被可蓋，整個人弓了起來。連著幾夜失眠，一放心就寢，秋暖壓根忘記用磚頭堵緊窗門。外頭夜涼如水，夜遊歸來的貓咪自爪窗鑽進來，嗅見瓊雲身上有股親和味兒，便窩在她身邊取暖。

遠處雞啼方落，後院馬上傳來聲聲雞鳴，朦朦朧朧，聽來毫不令人振奮，倒像打呵欠，鼓勵人再睡會，再睡會。外圍四面八方的雞都串聯起來了，斷斷續續，此起彼落，再聽不見。一陣柔軟搔癢，瓊雲醒來，發覺身上沒有棉被，倒也沒著涼，小腿彎還暖呼呼的。心頭甜甜的，想到是春天來了春晨來了，一年之計在於春一日之計在於晨的金玉良言，在這時刻都體會到了。

起床頭件事就是爬上屋頂看潮水，秋暖連打三個呵欠，用冷風漱了口。惺忪睡眼底，嶼仔一如往昔像隻老烏龜趴泊在南邊，向來童山濯濯的小嶼也許凹蔽處潤綴著菌藻苔蘚，甚至抽拔出幾根水草，也許綠水祥雲襯托，看來較往日深沉蒼鬱，岩石的層次也更多彩多姿。海水環繞在小嶼四周的裙礁。

瓊雲站在天井看天斟酌衣裳，一邊拿把鐵梳刮刮梳著頭皮。春寒料峭，又似有朝陽在雲端送暖，不需穿到三件，兩層又單薄點，應該在中間夾件背心。秋暖一紙箱上山下海的衣服任她翻遍，穿出一件橘紅豹點花絨衣，兩片小圓領翻到橄欖綠毛衣外面，下接卡其褲，好似一朵剛含苞的花蕾。

秋暖隨便披件藍色夾克出來，兩邊胸口有毛毛的像蒲公英冠毛的痕跡。這原先是佩媛的校服，她阿母準備挑去名字和學號，重新繡上她的，她說她會，拿來自己做。用小刀輕輕劃過繡線，再一針一針慢慢挑掉繡線，她滿心期待做到「媛」字，知道到時只需挑去女部，留下「爰」，將來再繡上一個日部就成了。不料「佩」字下手過重，割破個洞。既然前功盡棄，前面那些線毛也就懶得抽盡了，一個「媛」字完整留在那裡。她阿母替她加工在後面補襯一塊布時被她阿爸看見，丟下一句：「破糊糊，誰人欲幫汝繡學號！」然後乘車去馬公幫她買件新的。專售學生制服的秀山行老闆邊找女學生服邊說：「艱苦啊艱苦！看別人在飼囝仔一眨眼，自己在飼怎會這麼慢！」從沒問他生了幾個。秋水撿了人家的舊衣，他這是第一次幫孩子買國中制服。衣服常常是秋水傳給秋香，秋暖過給秋蜜，他有時候是認衣不認人的，阿媽更是，常把秋香叫秋水、秋蜜當秋暖。女人家用心傳遞確實省了些錢，但看那幾件衣服老在跟前飄來飄去，反而覺得日子總沒過去。卡其制服舊倒無妨，藍色夾克褪得厲害，看起來眞寒酸。他買了那深寶藍色的新夾克好像跟自己交了差，他也會想，秋暖穿完還可以給秋蜜穿，很划算。

路上挽著籃子的女孩子三三兩兩，有同學鄰居結伴的，有姊妹友朋同行的；有一兩個像瓊雲那樣梳洗乾淨，大部分都像秋暖這樣髮絲糾結，眼尾嘴角還拖道淚痕口水痕，且穿著隨便甚至怪異，夢遊似地往同一個方向。大家都不多話，來到海邊花花綠綠四撒。

徐徐涼風推著水磨子，滾著一道白蕾絲的海水柔韌的向北方拱，但是被拉回南方的彷彿更多。見到水，女孩子們伸出趾尖去碰去踢、躡手躡腳涉入水中，波柔水軟像狗尾巴搔得腳癢癢的，鼓起勇氣不畏冷冽定定站住。也有的先彎下腰來翻翻摺摺，將礙手礙腳的衣袖褲管捲藏起，一副大展身手的模樣，偏偏尼龍褲滑不一會兒就掉下去了。也有的直衝到海水浸至膝蓋上，如水漂兒跳躍的腳步和叫嚷「好冰喔」的笑聲才一齊停止。也有的根本不顧這一些，立即動手絡起來。水清見底，水底岩石蕩漾著青絲縷縷。女孩子們各備一根藤條，用它來絡起水中青絲。

岸邊上有個初來乍到的阿兵哥看得一頭霧水，女孩子們駝著背，一隻手反覆做一收一放的動作，忍不住問了：「做什麼啊？她們？彎腰駝背像老太婆，手還一下一下，撈什麼啊？」一個矮胖的兵雙手扠腰瞇著眼說：「她們啊，在跳舞！祭孔要跳八佾舞，祭海神要跳海舞，海神每年春天來視察管區，你看祂叫海水靜止不動，讓祂看清楚女孩子的臉，哪個臉上眉毛太稀的替她畫眉毛，哪個睫毛太短的替她把睫毛加長，哪個頭髮太薄太黃的，幫她把頭髮變多變黑，反正是管女孩子毛髮的，去年掉的讓你今年再長出來。毛髮，你自己再想啊！哪裡有那麼多毛髮，都是海神貢獻的，祂的頭髮、祂的鬍鬚、祂的手毛腳毛，人家說女人是從男人的肋骨變出來的，這是有道理的，女人的一切都是男人給的，海神當然是男的，你看，她們不停的削啊剃啊刮的。你剛才有沒有注意，等一下她們回來的時候一定會變得更漂亮。」笑著那狹小的眼縫更小，只剩兩個眼袋。

那新兵看著他皺眉不語，眼神在說：「鬼扯！」一旁半舊不新的兵哈哈大笑，「王哥，你是不是巴不得自己就是那海神啊！」

剛下水時溯向深處，水中漫步至水上升三、四個竹節的高度，開始往淺處走，等水淹上大腿股來，更要當心苔岩滑溜、竹籃被水偷載走。瓊雲愛玩水，老在比別人深的地方逗留，秋暖偶爾就得停下來四下張望，看見人才放心，漲潮時還需聲聲催喚。女孩子們手拖手，引著竹籃緩緩折返，看罷綠水，回頭見岸上廟頂的綠瓦便似青山，沿岸的田野上也淡淡描上蔥青，連人也是一身草綠。

阿兵哥一蹲一站的在岸邊，不時發出忍俊不住的嘩笑。新兵章震因為先前的一番話，好奇而又靦腆地看著她們上岸歸來。衣著古樸，模樣稚氣，不過十二三歲吧，還有幾個看不出性別的小學童。阿棋吹了一聲花腔的口哨，他突然慚愧起來，靜靜走入崗哨。

女孩們默契的都不望這邊看，甚至想加緊腳步離開，無奈含水的海菜重似鉛錘，只能一人一道水由大而小慢慢滴回家。阿棋瞧她們不看這邊來，揚起他的鷹勾鼻向東招手說：「嗨玉環！玉環啊！來！過來讓我們小章看看海神的鬍鬚！」女孩子們紛紛看著一個紮花頭巾綠褲子藍上衣的女孩，她擱下竹籃右手扠腰，笑著故做凶惡狀地朝阿棋鞭了一下藤條，罵：「少無聊了！阿兵哥最無聊了！」阿棋又說：「不然玉珮，玉珮來，讓我們看看有沒有變漂亮！」玉環的妹妹玉珮放下籃子笑著對他做了一個鬼臉，馬上又拎起籃子趕上前去。

秋暖把海菜倒入放了水的澡盆和浴缸準備漂洗海菜。她爲了撈珠螺，綹不滿一籃海菜，然而那不多不少的珠螺挑起肉來就是一盤小菜。頭一回揀掉石子、雞腸子以及背裹著青苔的小螺，第二回則是淘掉沙粒抽掉綠藻。瓊雲端來兩隻白瓷湯碗，準備盛待會下鍋煮麵線的海菜。她蹲在澡盆邊十來分鐘還抓不起一把海菜，只一味說著：「好綠喔好美喔！」一盆子艷綠如染料，柔柔滑滑從指間溜走，抹了幾絲在指尖，看似綠髮綠色薄紗綠色玻璃紙，襯得雙手蒼白僵硬，她玩得不亦樂乎，不肯罷手。

門口來了一個郵差，按兩下喇叭，機車引擎沒熄火泊泊地叫。這兒絕少有人掛信箱，自郵差手上取信對他們來說是件重要的事，他們可以爲它放下所有事情。「信！有信！」郵差在圍牆外引吭高喊，丈量著門院深度，自信屋底後院的人也聽得到。

想必是每月一期的海山卡片郵購目錄，秋暖起身，兩手在衣襬上壓了壓，衣襬手指黏上一條條綠紋。盛了一鍋海菜水和一隻小螃蟹在屋裡玩的秋蜜也趕忙跑出來，用話阻止秋暖上前去，「一定是筆友！」「鼻友？哼！」秋暖嗤之以鼻。

「郭秋香！」郵差喊道，省得姊妹都過來，肯定有人要失望。「跟你說筆友你就不信，郭秋香！你的筆友給你回信了！」秋蜜說。「喔，你們也在交筆友，可是這筆跡好成熟，去年我也交一個筆友！」郵差說。

秋香蹲在天井洗鍋子，後來根本沒有把信寄出去，卻半信半疑的喜出望外，把手在褲管上抹一抹，準備來看信。富蓮幫她把草稿晾乾，攤在信封信紙旁，她卻提不起勁，只說要拿回家寫，叫她們先寄，拖了幾天，也就不了了之，一路走一路想信揉掉了沒，該不會她們偷偷幫她寄的。只認確實是自己的名字，站在門口也不看地址就將信撕開。

孫女秋香：

別來家中一切安康，常在念中，農曆年前你們的小叔叔錦程從訓練中心分發到澎湖青灣服兵役，我特地囑咐他休假日有空應當回老家探望，等候清明我將返鄉團聚，會合錦程同去掃墓。家中如有事情，務必來信相告，尋求解決。

祝福平安順事。

阿公金榜親筆

瞧秋香看得愣愣的，秋蜜湊過來執著信的一端，想不到是封聖旨般的家書，秋蜜吐了吐舌頭，秋香說：「又有餅乾吃了！」姊妹倆不約而同鬆手，被水沾濕的信紙一下子掉到地上，秋蜜連忙將它撿起來再看了看，遞給秋香，秋香不接又塞給秋暖。秋暖原要嘲諷，看見信封上來自台南永康的地址遂一言不發，看完信更是怏怏的。阿公這種外人似的家書最早是寫給阿媽的，總由同一屋簷下的伯公幫忙看信回信，到了阿爸認得幾個字，這工作便落到他的身上，雖然一年只有一兩封，甚至沒有，他也心不甘情不願地跟他阿母鬧彆扭，長大些甚至用嚷的，最後不都是請富蓮她阿爸代筆。好不容易大女兒上了小學，遂把這燙手山芋丟給她，阿公見信上署名「秋水」，便將信改成給長孫女秋水收，回來時也特別關照她。如今秋水在高雄阿公是知曉的，只好另擇收信人，秋暖雖然排行在秋水後面，但是不如唐伯虎點秋香的秋香有名好記，因此指定秋香收信。

「誰啊？」瓊雲問。「還會有誰！」秋暖說。「誰嘛？」瓊雲又問。「我們那個台灣阿公啦！我還以為辦完阿祖的喪事、作對年、三年，少說三五年不會再回來了，誰想到他兒子竟然給分派到這邊來當兵，他又要回來了。」「他兒子？不就是你叔叔！」「叔叔？哼！」

外頭阿媽提了一桶餿水回來，澎澎地倒進豬圈裡，看著母豬吃了幾口，向屋裡邊走邊說：「幾個人一頓海菜麵線是煮好未？東邊祖仔在等欲呷等到欲睏去！」「阿媽！阿公清明欲返來！」秋蜜兩手擰著海菜說，看阿媽沒反應，把一坨擰乾的海菜扔進竹籃，又朝水中撈了幾下，淅瀝瀝滴著水。阿媽剛在算母豬的產期約在清明，才想清明就說清明，急問：「誰人啊？誰人清明欲返來？」秋蜜說：「阿公啦！」又小聲學阿媽刻薄，「恁台南那個！」秋香接著又學一句：「台南那個夭壽仔！」兩人都挨了秋暖白眼。

阿媽呆滯一下說：「呷飽太閒，伊好命，才過年就在想清明，阿祖死了，一頓仔變這友孝，誰人講的？誰人講伊欲返？」秋香說：「剛才寫批來，講伊兒來澎湖作兵。」

阿媽不再作聲，直向內走到了供桌前面，想不起進來做什麼，彎進房內踱了踱，又轉出來。西邊牆上鏡子裡晃過她無頭的身影，她平時皆視若無睹的，這一晃倒有些心慌意亂，不確定走過的人是誰。她走過去將門邊向南的窗子打開，再望望鏡子是否亮了點，看也不看自己一眼，只瞧鏡底倚牆的幾張椅子，還有斜在牆上的釣竿。她又瞧瞧東邊對稱的另一扇窗，那扇向南的窗戶早就開著了。她發覺西邊的窗比東邊來得新，西邊的一切都要比東邊來得新。踱了踱，又轉出來，跨過門檻吆喝著：「啊一頓海菜麵線是欲煮到民國幾年？東邊祖仔已經等到頭毛嘴鬚白啊！」她步下天井，摸摸水缸，折下腰來，將手伸進澡盆水中瞎攪和，繞了幾絲青綠在指上，「青令令！欲曬就曬乎伊乾，放到掘土豆嘛不驚。」她說。

6 新老師

課程告一段落，離下課還八分鐘，四捨五入的不成文規定，必須再上下去，但說服他們再翻一頁可不容易。隔壁教室花了一節課，由譜到詞，一段一段剛把一支歌學成，正在興頭上一遍遍唱著，唯恐下回上課就忘掉了。綽號楊格的英文老師又讓學生看出一顛顛遲疑。楊格是由 younger 來的，喊起來青春活潑，他也不反對，或者該說無從反對。楊哥、羊哥都好，比較討厭的是有些男學生捲舌捲得厲害，「央葛兒！」故意戲謔。他是姓楊，正好長這些國三的孩子一輪，可是看起來比實際年齡年輕，一臉稚氣未脫，擋箭牌般的橫在眼前一副老氣橫秋的黑眼鏡，時常招架不住似的扶了又扶。他若無其事的背過去擦黑板，說：「我們來看下一課！」

「快下課了，老師！」坐在最後頭的男孩一呼，戴錶的同學全都看了一下錶，沒戴錶的同學也湊過頭來。「今天星期六呢，老師！」一個女學生說，底下掀起一片聲響。「好好好，星期六要爲星期天多學一點，我們先念一下生字！」又是譁然。「要不然，班長，去老師桌上拿第二冊的講義，我們來複習！」「不要啦老師，快下課了！」「老師說笑話啦，對啦，說笑話！」學生們起鬨。

楊格搖搖頭，發現討價還價時秒針又南極北極兜了兩圈，他妥協了。「好，好，說什麼笑話？老師沒有笑話……林正隆！」有個學生舉手起來。「老師，南海血書眞的是用血寫的嗎？」血字發音不標準，其他同學嘲笑他：「是血不是雪，用雪怎麼血啊，南海雪書……」他和他們吵了起來，「囉唆啊，老師，是用國語寫的還是英語？」有同學模仿他：「是用狗語血的不是用英語雪的……」楊格說：「安靜。」愣了一下，想剛上課時，左邊教室還沒有開始唱歌，右邊教室則是在朗讀南海血書。「笨啊，越南人當然是用越南字寫的。」學生又笑起來。楊格說：「應該是先用英語寫，再翻譯成中文。」「誰翻譯的？」學生又問。「不清楚，有沒有問你們國文老師？」「他？也不知道。」「老師，你帶我們去參觀難民營啦！」「你們公民老師會帶你們去。」「唉呀，公民老師又不會說英文，我們有問題他又不會翻譯。」「老師，你快點帶我們去，他們快要去美國了。」「眞的嗎？」楊格問。「眞的，林美鏡認識一個肉史，她很漂亮耶！他們在越南都是大學生，不信，你去看。」楊格說：「喔，你們也可以讀大學，只要現在開始好好用功讀書。」八分鐘做兩次四捨並不困難，但是對一個初任教職的老師而言難免有點良心不安，起碼插科打諢裡也要夾帶幾句精神講話。眼看老師藉機說教，一個下巴長長的男同學趕緊問：「老師，南海血書怎麼漂過來的？」女學生說：「老師不是說放在貝殼裡面嗎？」男學生逮到機會就罵：「貝殼會漂啊？笨蛋！」有說要放竹筒裡有說要放塑膠瓶子，千方百計七嘴八舌，下課只剩兩分半鐘。

「好了好了，安靜。」學生安靜無聲，楊格馬上又露出頑皮的笑臉，說：「最厲害的還是我們的郵差，那天老師在建國日報上看到一則新聞，有一個爸爸從國外寫信回來給他兒子，信封上的地址只有四個字，台灣澎湖，郵差居然能夠把信送到。報紙還讚美我們的郵政辦得很成功，很有人情味，根本是沒效率，浪費資源。那爸爸也眞是的，居然連自己家的地址都忘記了，還好他兒子的名字沒有忘記……」

「老師老師！我知道！」嘴闊眼大的男學生打斷楊格的話，「那是曾瓊雲她爸爸，他弟弟叫曾志帆！」大家愣住了，瓊雲鄰座的女同學回頭罵他：「知道你有看報紙啦，長舌公！」秋暖也回頭瞪了他一眼。原本大家目光都擺在他身上，這時候不約而同轉移陣地。瓊雲耳朵熱了起來，喉嚨脹大，口水嚥不下去，目光直直滯留在課本上的一個女人頭。女孩子畫女人畫成一種模型，像某種字體，這時候再畫一個，也幾乎一模一樣，她想哪個地方須再加幾筆，使她有點不相同，於是畫上鼻孔。原先畫的女人都只有鼻尖沒有鼻孔。她倒抽一口氣，呼出時嘴角跟著微微向上揚，一個超齡的嫣然冷媚的笑，黑眼珠在濃翹的睫毛底下一溜，竟像詛咒般，嚇得同學紛紛轉正身子。

看在眼底，楊格再也幽默不起來，下不了台。個個矜持著，就等待鐘響。校長自窗外好奇地掃視而過。「還有沒有問題？」楊格職業性的反射問道，鐘聲隨之慢動作傳來。在班長「起立、敬禮」的口令中，他看見曾瓊雲飛快地正眼瞧自己一眼，跟著同學蠕動嘴巴說：「謝謝老師！」腰桿子沒有彎下。

下一堂課是班會，瓊雲完全置身度外，繼續用鉛筆畫著女人頭。朵朵鉛華紙上開，這回不畫鼻孔出氣，個個咧著大嘴癡笑，黑痣、暴牙、橫眉怒目，極盡醜態。爸爸那封信非但給郵差帶來厄運，也給她帶來厄運。郵差握著那封上報的信想必是興匆匆的，幾十公尺外按下喇叭就不肯鬆手，他好大喜功，肯定這封信帶來好消息。郵差一條腿才擱著地，大副立刻狂奔而來，站在台階上朝那青椒色的人猛吠。瞧牠只中等體型，郵差敷衍的打著商量：「狗狗乖，喔，狗狗乖！」不見人影，郵差躊躇了一下子，習慣性的翻一翻綁在胯前的信。他決定下車看看，屁股剛剛離車，大副前肢向前一躍直撲上來，迅速確實往郵差腿根咬，正中要害，郵差慘叫一聲。這要命的尖聲驚叫，嚇得瓊雲的媽媽急忙衝出屋外，看見大副在外面吠便知道闖禍了，連問：「有沒有怎樣？」盡忠職守的郵差痛苦低吟：「信！信！」把信遞給她，趕緊踉踉蹌蹌拐向敏姆婆家。媽媽看他提掩著褲襠已猜著幾分，不敢再追問。郵差心想，爲何屋漏偏逢連夜雨，出來的是一個美人呢，忘了也是這原因他才喜孜孜跑來。

自那日起敏姆婆逢人就說這件糗事，左鄰右舍說遍，還向村子另一頭去描述。郵差雙手護著褲襠走進來憂心忡忡說：「被狗咬到，有沒有房間借我看一下。」老太婆來不及回答，他已焦急地把綠褲子拉下，低著頭檢視起來。「當汝的面？」聽的人好奇問。「別過頭啦！敢死！」老太婆自抽屜摸出一條閹豬用的藥膏說：「彼日割豬仔，剛好有一條盤尼西林。」「好家在！」自稱僅受些許皮肉傷連血也沒流一滴的郵差爲安全起見還是抹了點藥膏在上面，敏姆婆又竊笑起來。

這笑話在孩子輩裡也流傳開來，瓊雲聽見女孩子嘲笑的聲音覺得俗氣死了。她眞替那郵差擔心，想必這事也會傳到隔壁村和隔壁村的隔壁村，凡是他送信的地方，消息就有可能傳到。有天她在秋暖家偷看他，幸好是個其貌不揚的人，要是英俊，遇上這種糗事就完了。

放學後，路隊的走路，車隊的騎車，剩下他們在等公車。他們村子位在學區最南，說近不近說遠不遠，只是須過條橋，就覺得遙啊遙的，需要搭個車。週末心情輕鬆，多了一種回家的方式，有人一出校門就往南走，順道經過港尾可以去吃碗剉冰，但這時節吃冰還嫌早，相對的走路也不熱。有人始終堅持搭車。也有模稜兩可搖擺不定的，等了一會兒公車才猶豫要不要走路回家。

秋暖叨絮了兩三天，叮嚀瓊雲星期六無論如何要來她家，早上說了兩回，第三堂課後就不敢再囉唆了。這會女孩子站在一塊聽一個特別愛笑的女孩子說笑話，說到了什麼，大家笑開時，秋暖向站在一旁撕草葉的瓊雲揚了一下嘴角，正想過去和她說話，一部軍綠色的大卡車突然靠邊停下來。

駕駛的阿兵哥行個舉手禮，鄰座的阿兵哥湊近窗口喊道：「女童軍！張玉盞！張玉珮！上車上車！」玉盞仰著臉問那阿兵哥去哪裡弄這部大車，玉珮歡喜催促同學上車，「快點！快點！是我們村裡的阿兵哥！」又對有些遲疑的人說：「我們有認識，不會把你載去賣掉啦！」阿兵哥也在車上說：「先上車不用補票！」

男學生全上車，攀爬上車像上馬般既新奇又好玩，女學生則顯得有些羞怯不自在，半推半就。男學生想著待會可以在車上對走路的同學揮手，催趕女學生：「快點，快一點！」殿後的瓊雲趁秋暖鬆開她的手時掉頭走開，秋暖回頭看不見她，趕緊朝前面喊：「等等，還有一個！」阿兵哥在窗口喚她：「漂亮妹妹，爲什麼不上車？」瓊雲擺脫他們，邁步直走，車慢慢跟在她身邊，車上的女學生叫著她的名字，秋暖拉著玉盞要她告訴阿兵哥她要下車，男學生跟秋暖說也跟前座的阿兵哥說：「不要管她，愛坐不坐，我們快點走啦！追！」駕駛座旁邊的阿兵哥連問了好幾次，「好漂亮的妹妹，怎麼不上車？叫什麼雲啊？」回頭問玉盞，玉盞裝做沒聽見，又問玉珮，玉盞說別理他。

一個人昂首闊步，像國慶閱兵的政戰女兵，很快就不想課堂上的不愉快了。這是最春天的日子，腳也是春天的腳，行雲流水，不知不覺迸出樂音，唱的是合唱團的歌曲，「春朝一去花亂飛，又是佳節人不歸，記得當年楊柳青，長征別離時……」反覆唱三遍，對面車道旁從木麻黃，接著是圍牆，然後是可以望見海的一片白沙荒地。而她這邊的木麻黃，由原先的濃密轉成稀疏，一陣綠蔭後又斷斷續續三兩棵，稍不留神即變作草地，遠處已可看見幾堵圍牆和屋瓦。她的歌唱到這裡，聲路通開，詞反因滾瓜爛熟而索然無味；原本這歌曲當中的怨女心情亦非她們的年紀所能體會，「思歸期，憶歸期，往事多少在春閨夢裡……」改哼了幾曲流行歌，全是靡靡之音，不知不覺的，沒有了聲音。

走到港尾，彷彿走到了夏天，她雙眼迷濛，額頭太陽穴一帶的鬢毛都微潤服貼，身上也有點汗意。兩名阿兵哥在站崗，正中午，好似剛紮上去的稻草人無奈地掛在槍桿子上，意會到有個少女走過，好似飄去一根羽毛，已是後知後覺了。兵營旁邊，同一堵圍牆內是難民中心，一座高大的水泥地標立在大路邊，不明就裡的外地人還當整個營區都是難民營。

轉過一個大彎道，難民營已拋在腦後，卻不由得又想起早上遭受的無妄之災，氣的是竟和南海血書聯想在一塊，「今日不做爲自由奮戰的鬥士，明日將淪爲海上飄流的難民。」

前頭是坐東朝西的港尾宮。一橋之隔，兩村的生活型態差別甚大，橋南農業爲主漁業爲輔自給自足，全村只有兩間雜貨舖，沒有餐飲店；橋北則少耕作，粗具鄉鎮型態，廟附近就有七八間飲食店，這全拜有個上千名阿兵哥的兵營所賜。但是她覺得最大的不同是我們的廟面海，他們沒有。

一個光頭癡憨的男孩子坐在水溝邊流著口水喃喃有詞。他叫阿德，經年累月在廟邊玩，婚喪喜慶從不缺席。這樣的孩子好像每村都有，他在那裡就是個活地標。他頭腦雖然不好，也知道美醜，對著瓊雲叫：「婧姑娘仔！」

穿過港尾的中心地帶，沿路零星散布幾塊種著番石榴、土豆、菜豆的田地，很快的地上的植物轉換成蘆薈、野草、銀合歡、馬鞍藤。左邊一角出現岩石和海水，隨著腳步越走越開闊，陽光在海面上閃爍不定。再走兩百步路，一個蜿蜒，越過右側的青色丘坡，永安橋鋪展在前方。南來腥暖的海風直撲到身上，打凹了肚子咕咕叫，她一心一意想回家，沒發覺前面有部摩托車突然緊急煞車，直到那摩托車騎士回頭喚她的名字，她止住步伐，瞇眼詳看，腦子一片空白。「曾瓊雲！曾瓊雲！」他又喚。

她心軟的朝他走去。「同學呢？怎麼沒坐公車？老師載你回去。」楊格說。瓊雲搖搖頭，按捺住不跑，奮步疾走。楊格慢慢騎車在她身旁反覆說著：「老師載你回家好不好？」跟到了永安橋上，迎面來的人有些側目，只好往前騎去再轉彎回來，恰巧被同一方向騎車回家的同事遇見，隔著車道大聲喊：「楊老師，去哪裡？」「沒有啦，忘了拿個東西！」楊格說著朝北前行一段路，折返南來，孤單的藍色背影走到了涵洞上。橋下海水高漲，橋邊白色的護欄太矮間距又寬，她每走一步，他就擔心一次，於是跟得更緊。她的黑髮被風撕成兩半向後飛揚，像隻翺翔的雁兒，他一分心車身向右偏，前輪撞到了護欄。「自作自受！」他罵自己。他下來推著車走，心想也好，若再碰到同事，就說車子拋錨了。

瓊雲曉得老師在背後推著車走，有句話抵在心口，越走越慢。上坡路開雙叉，村子朝右，馬公往左，分道揚鑣。回頭看老師那狼狽的模樣，那封信另一個受害者，突然想笑，趕緊擺擺手，轉身賣力跑進村子裡去。楊格如釋重負，繼續把車推上坡，推了推眼鏡，氣咻咻地看著她在蒼綠的木麻黃間晃動奔跑，大概是鉛筆盒的關係，書包在腰際發出鈴鼓般的聲響，深藍色的制服太沉重，該換季了。

7 新牛

昨夜起了霧，霧散後，天幕空靈，塵埃落盡，柏油路彷彿重新鋪過，安穩沉靜。一班阿兵哥沉甸甸慢步跑來，「一、二、一、二」喊著口令，聲音不吵，卻帶來動盪的感覺。村裡僅此一條堪稱大路的車道，由東向西再勾上北。班長臨時起意，讓阿兵哥繞進村子來，越往村子裡面跑，一股阿摩尼亞的臭味越濃，有阿兵哥窸窸窣窣說了什麼，跟著幾個人笑了，待看見載著肥桶的牛車，班長下達命令：「原地跑步走！」

大清早阿爸就趕著牛將停在後壁小路上的牛車拉到門前準備舀肥。過年以來糞坑只清倒過一遍，黑稠稠的肥水日見高漲，雨天肥軟的白糞蟲一伸一縮爬上岸，擾得孩子不能安心如廁。幾天前秋香還在抱怨，秋添點把火往便所裡丟，差點把門給燒了。也因爲這是大好的施肥時機，田裡的瓜苗已有筷子高，摘心，再施桶肥，不出十天半個月就能爬藤出坑了。

自從公車駛進村裡來，停在路兩旁的牛車紛紛另覓車位，兩車狹道相逢雖過得去，不免畏畏縮縮，阿爸想趁公車來臨前趕緊將肥車拉到田裡去。他拿枝長竿尾端鎖個牛奶罐，一勺勺地往糞坑裡掏，再微坡向上揚，倒進朝車轅處傾斜的肥桶口。機械式地反覆此一動作，地上滴出一道虹橋。晨曦中洋溢著肥水的氣味，路過的村民調侃他，「透早就在給阮加菜！」塗地伯說得極中肯，「我講坤地仔，汝後壁有地怎不去起一間豬槽牛巢，將便所肥坑全部移去那，欲舀肥也較利便。」但瞧不出阿爸臉上有任何反應，說句話點個頭都會破壞他舀肥的節奏。

過年前換的新牛，年輕氣盛不聽使喚，上回車肥大費周章，這次阿爸才舀半車肥即吩咐阿母去牽牛。方才拖了車來，阿母不敢將牠暫時綁在圍牆邊，讓牠循原路踱回牛巢；現在又去牽牠，照樣拖拖拉拉，好不容易才給拽出牛巢，經過後院，也不是貪食野草，偏就是別過頭不肯前進。阿爸等不到牛趕了過來，根本不聽她說話，罵他們：「飯桶！」一把搶過牛勒繩，拔了青草送到牠嘴邊，又在牠背上拍一拍，果然這牛吃軟不吃硬，馬上走動了。沿著屋邊繞道前院，聽見豬槽內有牲畜聲又停滯不前了。阿爸「吽！吽！」地撫撫牛背，依然不動如山。他見軟的無效了，改來硬的，用牛勒繩摔打牠的臀部和後腿，牠仍然慢吞吞磨蹭。阿母在一旁恐嚇：「跟汝講，這隻要打啦，那日害秋香仔驚一下叫我緊走，給我捏一下，黑青一個月還未好。」阿爸把牛勒繩握牢，用力向右前方扯，牛嘴昂揚起來哀嚎一聲，兩隻大眼卻無動於衷似的。拉拉扯扯地走到牛轅邊又賭氣的不肯跨進去。

學生陸續掩鼻經過，秋暖秋香遇阿爸舀肥必定待到最後一分鐘才肯出門，秋暖有瓊雲作伴甚至要看到公車開過來才追出去。「沒趕緊，公車欲來啊！」阿母說。「汝厲害，汝來！」阿爸惱羞成怒，手一扯腳一踢，將牠一條腿踢進牛轅。「得叫阿伯來教啦！」阿母又說。那牛還想反抗，被夫妻倆同心協力移山似的推了進去。掛上牛軛，又有得僵持。阿爸坐上牛車，感覺到肥桶澎澎重重，除了人豬糞便，還有洗豬槽的肥水。塗了柏油的肥桶，平時雖以布袋破被覆蓋，不敵風吹日矖，牛車底下點點滴滴滲漏，因此不敢對牠太用武力。正思耐心感化時，公車迎面駛來。「伊娘咧！」他邊罵邊扯著牛勒繩，腳緊抵在左側車轅上欲將牠往左操控。阿母走到路中央，一手按住牛頭一手抓住下顎，這時牠如臨大敵倒乖了，輕輕慢慢往前往路肩的沙地挪動。

公車緩緩駛過來，作著錯車的準備，柏油路容不下，左車輪滑到柏油外的沙地，司機是有經驗的，量準尙有安全距離，瞄了車鏡一眼，瞬間加足馬力，揚長而去。這聲噪音刺激了牛，牠也不甘示弱，拉了牛車直跑，阿母亟欲控制牠，被牠的牛角頂中了下巴還執著牛軛不放，阿爸急令她：「放啦！放手啦！」鬆了手，身子一顚，跌跌撞撞又小跑步一段才停止住。她望著路上滾動的兩弧車輪和一條薄板上的黑色肥桶，丈夫的背影完全被遮住，車底下隱約可見牛腳和牛尾巴。她逐步跟隨著一道肥水滴前行，嘆道：「買命喔，換這隻……車一車肥比扛轎較累。」

鋁桶讓阿母挑，阿爸挑厚重的木桶，墨綠的肥水上浮著兩葉青翠的銀合歡，像放著兩隻翠袖。都大半年了，還有香瓜種子浮著。從路上到田裡有一百公尺，阿爸擔了九擔，阿母七擔。晴空中忽然飄下針般的細雨，柔軟的扎入土地，阿爸告訴阿母別高興得太早。又施了兩擔肥，天雖變得陰藍，雨卻不了了之了，看樣子還是得澆水才夠濕潤。

施完肥，阿母趕阿爸回家。「趕緊啥？」他明知故問。「阿爸今日欲返來。」她說。「來就來，返來？」他說。「汝不去馬公買兩項菜。」「我理伊，欲呷好就別來，甘要辦桌請伊！」「返去啦，等一下阿母囉唆，橫直清明也要拜拜。」「清明，清明才買。」他又說。「返去啦，不只伊，伊兒也欲來，汝也不能太歹看。」

阿爸磨磨蹭蹭才來牽牛。在鄰近鋤草的水田姆對他說：「坤地仔，我看恁這隻新牛仔，可能是有牛仔兒，也沒飲水，汝看，腹肚這大粒，等一下站起，汝給伊看。」阿爸瞄了野地上的牛說：

「也知！」水田姆又說：「過年前來的，可能是在那就有了，汝算，有三個月了，三月、四月、五月、六、七、八，若有八月就會生，一隻牛仔值不少錢，沒輸顧一巢豬仔。」瞧水田姆發現新大陸歡喜的模樣，他回以露齒微笑。

這牛初到時，一忽兒沉靜，一忽兒躁動，常常心神不寧。本疑似穿鼻洞疼痛所致，將牛繩放鬆點，三兩天就逃脫一次，也不會去亂吃田上的作物，總待在同一地方，彷彿想家。夫婦倆雖然心軟，也只得將牠綁緊，這樣一來，稍牽扯，牠便將頭抬得高高，不甚歡喜。阿爸蹲下去拔起牛杵，牠會意地自動站起來，摸摸牠渾圓的肚皮，憑感覺認定牠真的懷孕了，得來全不費工夫，更值得高興。

回程中牠超乎平常的柔順，雖不是四平八穩，已合格了，但是聽見喇叭聲仍不免浮躁。聽聲音算時間都不會是公車，阿爸扯了一下牛勒繩，教牠讓路；那車猴急，牛車才右移偏斜便急忙超車衝過去。阿爸見是計程車，不由自主的往裡頭望，直到車影消失在村裡頭。他抖了抖繩索，趕著回去搭公車。

8 父與子

遠遠看到了橋，父親提前中止與司機有一搭沒一搭的閒聊，等著跟他說：「阿程，過這條橋，左彎就到了！」

「以早阮少年的時還未有橋，就要趁水短，擔菜過海去馬公賣，去擱返，一趟要走三四點鐘，擔成百斤咧！」父親又說。

父親是個生意人，買賣雙方的角色向來區分得一清二楚，這樣主動親切地與司機攀談在錦程看來倒是少見。父親一上車就聽出這個年齡和他相仿的司機是下山人，而他自己，別說是原有的頂山人的口音，就連澎湖腔也不見了，難怪司機老鄉把他當成觀光客。再瞧他身邊理平頭的公子，八成是探親來的，順道走走，否則怎會到這小村莊來。橋上這番話證明他可是道地的在地人，但司機顯然心不在焉，或許不習慣他的口音故意聽不進去，又說了句：「這沒啥好玩啦，要就通樑大橋抑是吉貝，吉貝要等熱天，坐船才不會暈船，西嶼嘛好玩啊，去看砲台抑是鯨魚洞。」

錦程繃著臉，緊靠車窗坐，他有點不舒服，昨晚還鬧失眠。初春的陽光將他的半張臉照得發熱。不疾不徐的行駛，有一陣子好似昏睡去，渾噩地連夢境都出現了。聽見父親喚他，趕緊睜開眼朝橋上望，一眼即望到了橋頭，目測僅三四百公尺的小橋，有個小弧形，橋低低的，海水就在橋邊似的。

「噢。」他漫應著。再轉臉向窗外，一座島，很近，約百公尺光景，黑鴉鴉的岩山，好迷幻。說是一座，彷彿有兩座，小的在前大的座後。隨著車行，從另一個角度看，確實是一座，又像是未分裂開來的兩座島，大小也差不多。兩島中間有道不深不淺的凹痕，但是切不開它們，反倒使它們變得如此相像，好像姊姊愛吃的一種叫雙胞胎的油炸麵糰。突然似暈船的感覺又來了，急忙閉上眼睛不敢再看。

打著左轉燈，司機輕踩煞車。橋頭左側是學校，右側是兵營，兩者皆一目了然的小，頂上各插一面青天白日滿地紅的國旗，旗身朝北被南風完全吹開，非常偉大的民族情操。車子停了下來，待轉進去的這條馬路上有部公車正徐徐轉彎出來。

父親說：「以早阮那個時代牽牛車，後來有公車也沒駛入咱這小社內，若欲搭車要行出社外，現此時社內就有公車，這樣才對。你看，阿程，國民學校附近就有咱的田，現此時，種土豆，種瓜仔，有的沒的一大拖，莊腳所在就是這款形。」

父親時褒時貶的語氣令他無所適從，那股倚老賣老的神氣他感覺到連司機也不喜歡。三年前祖母過世時，父親特地提筆寫了封家書，用商量的口吻要求在台北求學的錦程前來奔喪，他回信以考試為由搪塞，加上母親沒有作聲，鞭長莫及也就算了，只是此後父親常背著母親私下跟他提一提父子一同返鄉祭祖的事情，卻未有實際行動，一則好像要看他何時良心發現，一則表示無奈。這次他分發到澎湖，姊姊們都嘲笑他是中了比金馬獎更好的第一特獎，母親沉著臉不發一語，父親則只說：「同款是離島，澎湖比金門馬祖自由安全多了，不曾聽人講有什麼砲戰水鬼的。」

沿途田舍雜錯，青色農作小小畦的，有傳統的瓦房合院，有新砌的水泥屋，但到底是很鄉下的地方，沒有什麼特別能留下印象的東西。

「頭前，好，到了！到了！」父親命令司機對準圍牆的開口停車，又說：「咱厝到了！」錦程下車，幫父親把行李一一卸下車，站在原地注視著路邊這座狹長的宅院。父親付了車資，使勁將門甩上，這一聲碰響震出空寂的屋底一個上了年紀的婦人，灰白的髮髻，沒有表情的臉龐，挺拔的腰桿子上掛著沒個性的藍底碎花上衣和半長褲，一進接一進，浮又沉地走到露天的天井，自言自語不知道說了句什麼。錦程一時糊塗當她是祖母。

院子裡一股酸臭，標準鄉下味。「還在飼豬！」父親邊說邊向內走，又指浴廁向他簡介。對於父親的這一個領域連張照片也沒有，他無從想像，現在雖親眼看到了，也還是恍然。隨父親拾階而上，走向那個老婦人。

「這大姨，這叫阿程，最尾的。」站定位，父親也算鄭重地介紹他的大老婆和他細姨的兒子認識了。他那氣息極其平常，好像這女人是天天見面的，也沒多瞧一眼就拔步望裡面走。

踏上台階，天井上去就是過水庭，庭上鋪手帕大小的方塊紅磚，紅磚微微浮凸，微潮。左側開扇灰灰薄薄的木門，門外透著綠意，幾隻雞在那探頭嘀咕。右側的門沒有開，門縫裡閃著陽光，隨角度不同，光線乍亮，露出一顆金星，好像在跟人眨眼睛。他回頭再看地面，急忙拉住父親，紅磚地上有堆雞屎，綠中帶白，像未調勻的水彩顏料，看起來不髒，感覺卻很髒。「還在飼雞！」父親說。

「呷飽未？」她在背後問。

「還未餓。」他說，在台南吃的早餐還在肚子裡消化。

「那坐啦！」她對錦程指著過水庭上的兩張鐵椅。

「好。」錦程虛應著，他們是做生意的人家，才見面就丈量出這女人是容易應付的，一個庸俗沒知識的鄉下女人。

「搬走啊，沒半個人。」父親說。

「這陣山的山，海的海，讀書的讀書，哪有半個人在厝。」說著咻一聲趕雞，又補充說：「坤地仔去馬公。」

父親背著手督察似的左顧右盼，摸著餐桌上一條青綠的瓜跟他說：「菜瓜，生做跟咱台灣菜瓜沒同款，眞好呷這。」

「剛才坤地仔才採返。」

父親掀起鍋蓋來瞧，蕃薯籤煮粥，籤多糜少，也稠稠的一鍋，邊緣一圈綠沫。他不想這麼做的，他問自己掀鍋蓋幹什麼。

「不去給姨仔燒一支香。」她說著逕自入大廳去點香。

「對啦，阿程，趕緊來給阿媽燒香拜拜，阿媽時常在念你。」

跨過門檻入了大廳，同樣的紅磚暗沉了許多。父親接過她點的香，分給他一半，對著供桌上的牌位說：「姨仔，還有咱查甫祖、查某祖，這恁孫錦程，舊年熱天才大學畢業，那年犯著學校有重要的考試，請假請不准，老師眞嚴格，大學不比咱這小學校……沒返來送你，姨仔，你就不要見怪，這趟伊跟我專工返來看你，你就保庇伊身體勇健勇健，在這做兵，項項順遂，平平安安，將來成家立業，事業發達。」她站在一旁，聽全了這席話，不出聲，喉頭哼地顫動了一下。

「好天，北邊的窗仔門可行打開了。」父親說。她走過去移開一塊磚，將供桌左後方一個直立的長方形小窗打開，說：「還未咧，風還冷咧，還是先開一邊就好，早暗會寒。」大廳裡四扇窗開了三扇，馬上吹起一陣風將窗台上的塵沙颳起，父子倆立刻閉上眼睛，冷不防眼睛已經給吹入了風沙。片刻後屋裡的人物安定下來了，唯有供桌頂上垂掛的兩幅春聯一扭一扭的。錦程無聊抬頭數了數屋脊的圓梁，共十一根。左邊牆壁掛倚著一些東西，鏡子、日曆、風景十字繡、編織的貓頭鷹。右邊牆壁釘著一支鐵釘，一根釣竿從東北到西南斜擱著占據整面牆，竿尾所指的一具掛鐘突然響亮起來，父子倆都給嚇著，數了數，好漫長的十響，鐘聲與回音連成串。

「這時鐘多好咧，香港進口的！」父親對他說。

「不是有一張姨仔的相片？」父親問。

老婦人從牌位後面拿出一個小相框。

「哪會……是在綁蟳抑是在綁蚱？」父親責備她。相框散開玻璃也裂開，用根紅繩子捆了又捆。「就那隻雞黑白飛……」父親不讓她說下去，「阿程，去！另天拿去馬公換一個新的相框！」

她輕巧地跨出門檻，站在庭上等著，見父子倆出來就說：「欲去宮拜拜，拿一包餅仔，香跟金紙，廟邊來春那攤有在賣，順便去嫂仔新厝行行咧。」

他步下天井，走進前庭，自去開啓帶回來的一口大鐵桶，桶蓋關得牢牢死死的，幫的一聲，像開了一槍，要不是有心理準備，準會跌在地上。她隔著天井望了一眼，便走進灶口沒意沒思的東摸西摸，那是他細姨打理出來的，是他們的東西，楚河漢界她分得很清楚。她曉得一定又是一大桶餅乾，不會有什麼奇巧的，以前同屋子的嫂子都這麼說，她也不把他當自己人覺得丟臉。至於衣物，她從來不會整理行李，他第一次遠行時她把他那些粗穿的衣服疊在外出的長衫上面，他罵笨又粗魯，把衣服全丟出來重新理過，連婆婆囑咐她縫的暗袋他也嫌做得醜，後來有了細姨就更不是她的事了。以前婆婆曾偷偷打開皮箱來看，跟她說：「摺得整整齊齊，一塊一塊像豆腐咧！」

南風吹拂，大廳底的香向北窗飄逸，她坐在門檻上吸著鼻子嗅，心想這新買的香不夠香，聰明的賣香人專挑晴而無風的日子來賣香，香氣濃郁久久不散。不過或許是鼻子連帶腦子都在追蹤那香味，縹緲卻幽遠，也久久不散。一爐香落。

鐘響時，阿母回來了。前庭的腳踏車旁擺著三件行李，阿媽不去移動它，阿公也不會去收拾，總是要等到傍晚沒人注意的時候做媳婦的才悄悄拿進婆婆的房間。她瞄了一眼，擦身而過，現在還不是理它的時候。阿媽看見阿母即說：「還不看欲煮啥，坤地仔去買菜也還未返。」阿母問：「剛才是打幾點？」「十一點了。」「可能是欲等社外十一點十分那班。」「厝內攏沒別項可煮？」「昨暝抓那章魚，等伊馬公買蒜仔來炒，沒是欲呷啥？出大日茼蒿一下子死死去，還一粒大頭菜啦，兩三條茄仔。」「茄仔不好啦，也不是伊自己一個，還伊兒咧！」

每次丈夫回來，她總是故作沉穩，因此反而要失心迷糊好一會兒才能回神。她留了一大碗，將早餐所剩的粥拌了飼料去餵豬，瞧母豬臃腫慵懶的模樣，食物來了也不爲所動，量生產就在這一兩天。她跨入豬槽，推推牠的背，講：「呷啦！起來呷啦！」牠費力的站起身，肚子幾乎拖到地。她幫牠把嘴推向食槽，慢慢也喳喳地吃起來。她拉來水管洗地板，聽見外頭有人喚她，不是丈夫的聲音便多洗了兩下才直起身，見是姊妹淘就罵：「夭壽！賢仔喔！何時返？」「剛才。」賢仔姨婆說著伸手給她，她因爲手髒，不肯給她拉，自己攀出來，邊說：「入內坐！眞仔咧？」賢仔姨婆說：「打毒又鹹龜的，不返，不返也好，我一個顛倒自由。有位沒啊？我欲來跟汝擠，元進跟細姨、兒跟媳婦查某兒全返來，素綾仔叫那查某兒跟我睏，喔，人那千金小姐驕，嫌咱醜，還跟我跺腳皺目眉。」「准汝來，這陣我一間厝多大間咧！人阮嫂仔搬去新厝過年，留半厝的空房，阮嫂仔愛清氣，沒像阮若豬槽咧，阮暖仔清一間自己過去睏，別項沒，空房一大拖，在汝選。」「上好上好，還是咱這較自在！」

賢仔姨婆說著去把放在圍牆邊的一口皮箱和提袋拎來，拾階而上，看見擱在地上的行李驚問：「這堆誰人？」阿媽屋裡屋外望望靠近她小聲說：「還有誰人，就台南那個，誰人?!」「不不不，恁頭仔返來，阮不愛來雜造！」賢仔姨婆說著掉頭要走，阿媽攬住她的手：「哎呦，一手全豬屎，汝在老三八咧，阮較愛汝來咧，伊返作伊返，跟咱也沒交扯。」「汝這人怎講這種話。」「叨一種話？田沒交水沒流，若不是這……」

兩姊妹正拌嘴拌手時他們回來了。阿公見了賢仔姨婆不免寒暄一番，阿媽悄悄走到外頭的浴間，對在洗衣服的阿母說：「幾點啊？日午啊，還不去煮呷，人翹腳在那等欲呷啊！」阿母望外，屋舍邊一小條陰影，兩手在衣角抹了抹，逕去跟鄰家借了兩根大蒜和半邊高麗菜一小塊豬肉，回來時和同父異母的小叔撞個正著，沒話說，只笑。

時鐘敲了十二下。同樣是閩南話，屋內兩個老婦人鄉音濃重，聽起來粗俗嘈雜，父親一味的想插嘴又插不上，有時還霸道的打斷她們。錦程無所事事踱到門口，燃起一根菸。不多久便發現好玩的事，他把菸灰彈在裸露的硓砧石孔內，兩者都是灰色。南風吹來，飛灰掉落在階邊的花土上，他蹲下來，拂去花葉上的菸灰，拿著在泥土上掐熄的菸蒂，試著將它藏在一個不易被發現的石孔中。牆腳的硓砧石覆著苔蘚，幾朵小紅花襯得青苔古牆別有趣味。

小學生放學歸來，有幾個手上握著以高粱稈和色紙紮出來的風車。有個小男孩不經意瞧見了陌生客，便朝隊伍後頭大聲呼：「郭秋添！郭秋添！」一下子一群學童擠在牆門口張望，錦程微笑著與他們對看。孩子們先是抿嘴，接著不約而同齊聲唱道：「阿兵哥！錢多多！一元乎我買關刀！阿兵哥！錢多多！一元乎我買饅頭！」和他一樣幾近光禿的頭顱堆裡突然擠出一頂西瓜皮，一雙古靈精怪的眼睛問：「你是誰啊？」「那你又是誰？」錦程盯著她反問。她踏進庭院，「我是郭秋蜜！住在這裡的！」「我是郭錦程，來這裡的。」秋蜜扮起笑臉，「喔，我知道，你是我阿公的兒子！」一個眼睛特別大的男孩子說：「哈哈，你阿公的兒子，那你們不就要叫他爸爸！」男孩子們哈哈大笑，起鬨：「叫爸爸！叫爸爸！」秋蜜斥責他們：「你們這些笨蛋，阿公的兒子，有的叫阿伯，有的叫阿叔，笨豬！」

學童一哄而散，秋添邊走邊整修被擠歪的風車，把它插進大門外邊的香插裡。阿母聽見他們在門外逗留，大聲喚：「添仔！蜜仔！還不入來，阿公返來了！」兩人走進來，賢仔姨婆叫他們叫阿公，阿媽令他們叫姨婆，阿公又問他們有沒有叫阿叔。秋蜜一腳踢開兩隻圍繞在行李邊的母雞，輕輕走到灶口附在阿母耳畔問：「我把行李提去西邊房好不好？」阿母罵她：「囝仔人愛管閒仔事！」「沾到雞屎沒管！」

阿母忙煎了菜脯蛋，用那油鍋炒肉絲高麗菜，最後才炒章魚。阿公聞到章魚炒大蒜的味道，對著空氣癡傻的微笑，錦程在屋外望見還以爲誰來了。不一會就聽見他在叫：「阿程！趕緊來呷飯！」姨婆忙去添飯，這時才發現沒煮飯，偷偷叫阿媽快去借點飯。

雖然招呼過屋內所有人，上桌的只有父子倆，其他人都說還不餓。阿公趕忙下箸夾章魚，邊嚼邊對兒子說：「阿程，這，這上讚，你不曾呷過……來，來，賢仔，免客氣，自己的人，來呷章魚，還有這兩個剛才講過叫啥名啊……」媳婦在一旁提醒：「添仔！蜜仔！」他也沒心記，繼續吃他的說他的，「這蒜仔現此時當對時，台灣那邊來的，阿程，這章魚一定要炒蒜仔，炒蒜仔才有氣味，你有呷沒？敢呷沒？」

賢仔姨婆說：「這叫阿程是否，這台灣有錢也呷沒，這咱暝時拿火去海邊照的，這不是全澎湖海攏有的，跟那塌搵沒同款，汝呷一嘴就知，差多咧。有一遍我拿去送阮高雄的親家，呷了講是塌搵，阮眞仔罵講，打損人的章魚，塌搵？高雄菜市仔一大堆。阮眞仔，擱講乎汝笑，在阮素綾仔伊厝，四十二粒章魚頭作一遍呷了了，擱一面呷一面講恁怎不呷恁怎不呷？是不是腥？呷了嘴邊會癢？汝就知伊這個人小面神，像查某人咧，若去僅仔那就講在面仔那呷飽，若去素綾仔那，就騙講去僅仔那呷過，單單遇到章魚頭，看伊會講白賊未，再多嘛呷去。少年家！呷看咧，好呷！講實在的，我就是爲著欲抓章魚呷章魚才返來的，哪是培墓，祖公仔聽到，拿拐仔頭打死喔，貪呷鬼！」

錦程點著頭答：「好，好。」他小時候給魚刺鯁過，向來不愛海鮮，來澎湖的這幾個月裡，隊上弟兄沒事就合夥買大風螺，央廚房炒辣來下酒，他也捧場沾一點，對這類東西稍微開了竅。但今天這個似乎太腥了，他應付性的夾了一節紫紅得有些噁心的章魚腳放進嘴巴，爲不讓他們失望，笑著點頭說：「嗯，好吃。」心裡卻只承認普通口味而已。父親喚賢仔的婦人推辭再三不肯就座，待在一旁持續督促他呷章魚呷章魚，就怕他不懂品嘗這人間美味。盛情難卻他又夾了幾口。直到她託辭要去整理行李而走開，他鬆了一口氣卻已越吃越爽口，越吃越有味。但是看起來生猛恐怖的章魚頭他還是不敢嘗試，看著父親連吃了七個，夾著蒜葉，一口塞一個，黑褐色的膏汁從嘴角溢了出來，還不停張著一嘴的黑牙跟他說話。他一面覺得父親挺丟臉的，一面陪著直吃，直到發覺他們已吃掉大半盤章魚才趕緊住口。

父子兩人在庭上的兩張鐵椅坐下來，父親沒停的催人吃飯，當作是飯後運動，望著手錶說：「翻身一點啊！時間過得眞緊！」

阿媽走到屋外，對正在晾衣的阿母又嘀咕一回，抱怨阿爸還不回來，隨即進屋抓集賢仔姨婆和兩個孫子同去吃飯。

秋香秋暖一前一後返家，秋香聽見阿母說阿公返來，答聲「喔」走進去叫人、吃飯。秋暖一聽，看也不看，將書包抱在胸前，嘟著嘴溜進西邊小徑，邊走還邊用手肘撞了屋牆兩下。臨近西側門便放輕腳步，右手臂先著壁，轉身瞥見一只綠色口袋時已來不及止步整個人往那人胸膛迎上去，驚慌未定，突然給火針刺熱扎了一下，尖叫一聲啊！把那人從面前震開，雖仰起臉與他相視，卻一點也沒看清他，只是像觸了電。大家在東庭那頭問什麼事時，她一溜煙竄進房裡去了。

「阿暖啦，第二的。」阿媽向賢仔姨婆也向父子倆說。阿公看孫子們吃飽飯，便說：「去呷糖仔餅仔！頂面拜拜過先呷。」說了三遍，秋蜜正要去拿，看見她阿爸提著一個大紙箱回來了。「阿爸！這啥米？」姊弟三人似乎猜著了那是什麼興奮地衝向阿爸。「入內面才看。」阿爸說。「電視機！電視機！」秋添秋蜜敲著紙箱大叫，三個孩子簇擁著他往廳內走，一個電器行的師傅拿著一支天線跟在他後頭，他便無暇他顧，不用去和他父親打招呼。「對囉，買啥電視！」阿媽忍不住怨。

阿爸和孩子七手八腳在廳內裝置電視，其實電器師傅一下子就把它弄妥了，一個人老練的從天井邊的石梯爬上屋頂，漫步繞行到後面大廳的屋脊上裝天線，賢仔姨婆走到天井仰著頭叮囑他：「小心喔，這舊厝。」屋瓦響了幾聲，那人大聲問：「郭先生，你要不要上來看看天線安在這邊好不好？」

阿母愁沉著臉走到餐桌邊，賢仔姨婆說：「囝仔人誰人不愛看電視。」阿公淡淡應句：「是啦，愛看就買一台來看。」「台灣家家戶戶攏有電視。」賢仔姨婆又對阿媽說。「沒一定啦，阮厝邊還未有電視。」阿公稍稍提高音量說。屋瓦又震動了，聽起來非常清脆，彷彿隨時都會破裂。

錦程並未意識到電視機帶來的詭異氣氛，有意無意地張望那關閉的房門，直到離開父親家都未見到那個被他的菸燙到的女孩子走出來。兩個小姊弟領他到村內的車站候車，站在那裡覺得天氣熱了起來。他趕他們回家，心緒不寧的又燃起一根菸。腦子空白了一會兒，察覺有個美麗的女學生從煙霧裡走過去，怔怔地望著她；她回眸，他顫了一下，彷彿就是那被他的菸燙到的女孩子。那麼近的距離，要不是看得清清楚楚，就是什麼也沒看見。

9 霧

晚間母豬產下十三隻小豬，阿媽一夜起起落落，唯恐母豬壓壞小豬，一遍遍數齊十三隻，一隻一隻將嘴湊向母豬的奶頭。同床的阿公被擾得輾轉難眠，有氣無處生，鐘聲一響她便一去無回，這時他終於得以進入夢鄉。

夜半海上搭了大霧，照海的人紛紛提早歸來，不敢逗留。岸全望不見，四下白茫茫，只有執在手中背在腰間的一盞小燈，慌張盲目地呼朋引伴，漸漸人和燈越聚越多，像蒙在白帳子裡的螢火，小步小步朝岸上移動，岸在哪裡，在腦海心海裡，在幾個有方向感的男人嘴裡。有那根本分不清或快分不清東西南北的人，大多是女人，光是跟著若隱若現的燈火走，暗地裡徬徨猜疑，霧水濕了鬢臉，這時又想起水鬼找替身的傳說，更加惶恐，膽子小的幾已泫然欲泣，弄得最後對方向的一點直覺和迷信，也怕是死神的驅使。恍惚又見著一點光暈，也不敢貿然跟上去，只有大聲問：「頭前這個誰人啊？」「命婿婆啊！汝猜咧！」光憑聲音就認出人來，歡喜之情簡直就像他鄉遇故知，結實往他身上撲抱過去也不覺得奇怪。

大霧起到了豬槽裡，綿絮飛繞著特地牽來照明也給小豬取暖的一百燭光燈泡，底下依偎著一團粉紅色的豬仔。阿媽手在牠們身上點了又點，聽見腳步急忙高聲問：「賢仔？賢仔？」「阿姨還未返？」照海歸來的阿爸反問。「怎濛霧濛到這款形！不知找有路可返抑沒，不要貪心，像舊年告仔憨憨差一點啊就淹死在港內，出門的時才交代伊要把素綾仔跟緊，不知有沒咧？」阿媽對著茫茫的霧說。

母豬小豬暫時安定，阿媽爬出豬槽，伸手做著撥霧簾的動作，蛛網般黏人的霧。左鄰右舍全消失，連自家的宅院也看不見，她又撥了撥前方霧帳，揮去睫毛上的霧水，眨眨眼睛，自言自語：「怎這霧……」忽然碰到一具冰涼的肉體，趕緊抓住問：「賢仔？」「賢仔啦！三更半暝汝沒睏是在這欲驚死人？啊呦！指甲也不剪，刺一下破皮啊啦！」阿媽笑著將手挪下來握緊她的手又搭住她的肩，「眞正是賢仔，哪濕濕冷冷像一隻章魚咧！就驚汝乎章魚嚼去哩！我在顧豬仔啦，煩惱汝還未返，叫汝不要去，愛呷章魚，坤地仔去抓就好，若萬一去塡落海，看我是欲怎跟眞仔交代，夭壽，明日不要去啦。」「好啦，放手，抓緊緊欲怎行啦？看我抓這六十八隻重軀軀，我背入內放好，看有給我偷溜走沒……」賢仔姨婆撥開她的手，「我跟素綾仔去，人伊人鳥精，目睛金銅銅，看著濛霧就趕緊叫我上岸。」「抓幾隻咧？」阿媽問。「六十八隻啦，若不是犯著這大霧，至少嘛抓咧一百隻，不知有偷走沒。」

前庭和過水庭上的燈都亮了起來，隔在中間天井裡的霧，沒有黑幕襯托，單單薄薄，不再潔白有份量。阿母起床燙蝦煮魚，進房間拉了拉孩子的腳趾頭，孩子們有默契很快就起身吸食鮮蝦肥魚，彷彿並未完全清醒，如夢似幻。賢仔姨婆恍然想起對阿媽說：「甘有叫伊？」「免啦！」阿媽搖搖頭說，好像她也忘記他了，其實她悄悄回房過，發現他鼾聲大作，睡得比這魚蝦更死更甘甜。

吃罷消夜，春宵將盡，霧半落，稍可見天空幽藍眉目，各自歸房就寢。剛迷糊好似聽見女人啼哭，嗚嗚噎噎克制著悲傷，如霧飄去。

大清早村民熱烈拍打章魚的聲響此起彼落，將雞鳴都打下去。他們家門前只糞池蓋是塊堅硬的水泥，天井上顯然有塊拍章魚拍出來的墨印，但怕吵醒難得回來的阿公和孩子們，賢仔姨婆走來走去找不到一處合適拍章魚的地方。她走著走著就散步到了東邊，先是感覺氣氛不對，忽然一個女人像個孩子邊走邊哭，打聽之下，原來是昨夜用心嬸在照海回家途中車禍往生了。在路邊和幾個舊識唏噓一番，淌了淚，欲回家報告新聞，一路上拍打章魚的聲音聽起來竟像掌聲，她想她的章魚不拍也罷，用手抓一抓也可以炒得脆。走了幾步又改變心意，還是回去拍章魚吧。

回到家門口，阿公正在過水庭上打太極拳，居高臨下，遠遠地感覺到一股威風，沒看見阿媽，又不便進屋，正在外頭徘徊時豬槽裡突然直起一個人來，嚇了她一跳，是阿媽在裡頭安撫小豬。兩個人見面講一樣的話：「聽講用心嬸仔昨暝……」賢仔姨婆說：「汝也知啊，汝沒聽見伊查某兒剛才一路哭……昨暝去照海，走到海邊，是伊目睛金在叫賢仔！賢仔！我就知，時候到汝自然就返，跟我講，這潮汐伊抓六七百隻……」「怎昨暝那霧，在陸上都行沒路，驚是驚跌落海，怎知返來到大路才……」「桂仔的媳婦講連東嫂跟連東的後生孫仔四五個作伙，看著濛霧就趕緊招人欲上岸，行來到車仔路，頭前的人過去，也沒聽到聲，來到咱社內，大家在講話，怎沒聽到用心嬸仔，趕緊返去看，已經去乎一台車拖百外公尺，沒彩咱一個用心嬸仔做人上好，一暝就沒去啊……」

陸續有路過的人談起用心嬸的事，阿公無心推拳，草草結束出來外面與人寒暄討論，他說：「生死有命，富貴在天！」來安慰鄉親，「只是七十歲人，應該好好享受，不免為著抓幾隻章魚三更半暝跑去照海，現此時也不是以早那個時代沒飯好呷沒菜好配。」說罷背著手再去找人閒聊。

歇了一下，將心情平息，阿媽到後院拔草。這時節沒有土豆藤蕃薯藤，只能拔些粗草，還有前幾天備妥的水泥紙袋，將母豬生產的胎衣胎盤密密實實的包紮緊，再裝進麻袋。等到中午退潮，悄悄的不告訴任何人，拎了麻袋就走。穿過田間小路，越過海岸，下海走了約百公尺遠，開始尋覓水坑。找到一個大小適中的水坑，把麻袋裡的東西取出來放進水坑，再找些石塊牢牢緊緊的壓住。人們以爲嬰兒吐奶是因爲這些東西沒壓好的緣故，雖然不是嬰兒，只是幾隻豬仔，也要謹愼，免得不出幾天就被浪潮打散。潮來潮往，將這些血腥帶入水中作爲藻肥魚食，不消一兩個月，草枯肉爛，所有的污穢都會被海水拱洗得乾乾淨淨，不留痕跡。

她往岸上走了一段路，突然想起用心嬸，長嘆了一聲，回首望海上看，已記不得剛剛把胎衣埋在什麼地方了。

10 清明

灶間的柴薪有好多種，萬事伯公剛剛又送來一米袋的刨木屑，秋暖一時興起點數起來。阿爸撿的漂流木。阿媽折的銀合歡樹枝。她們剝的土豆殼。阿母捲的雜草團。前不久砍掉的那棵果子又小又酸又澀的老番石榴樹，老樹頭要等燉補熬藥方才使用，一根就能悶燒整個下午。兩坨牛糞乾，阿媽大驚小怪：「誰人撿這牛屎？」「我撿來燒趣味。」她說。「鯛蟬又出世了！不曾燒著牛屎，好命的在稀罕歹命的，那牛屎若曬沒乾，燒起是全全煙了了！汝當作牛屎香哦？」阿媽說的是村東一個叫鯛蟬的老阿婆，聽說打會端飯碗起，要是看到牛糞，不管它乾濕冷熱，手一傾，便把它剷到手掌上，就地找堵牆塌掛上去，待它乾了，再來收回家去當柴燒。家裡更不用說，糊滿院牆。據說因爲時常張指恭捧牛糞，她的手掌比男人還大。至於火頭，多半是雜貨店的廢紙，大紙箱到四色牌，花花綠綠的綴點在枯草朽木中。她就愛看這堆積燃物山洞似的灶口，家中只這個地方感覺最殷實，說是「留得青山在，不怕沒柴燒」，這麼多柴薪也等於是一座青山。

今天煮黃豆排骨湯，她在灶底先鋪層土豆殼、一個鮮黃色的香菸盒子，撒把刨木屑；放幾枝銀合歡、一段彎曲像舌頭形狀的漂流木；再丟幾把土豆殼；還要幾張日曆紙和刨木屑。與阿媽那棉被上蓋下鋪的原理相同，層層將主柴包裹在中間。她搭配柴薪構築火巢單靠興致談不上技巧。最後，劃根火柴點燃一捲報紙，將火舌迅速塞進頂高的柴薪底下，再急急的拉動風櫃。

若在平常，她等火生上來，早溜達去了，幾分鐘才回來將柴火往裡頭推一把，但是只要阿公一回來，她就寸步不離，牢牢據守著灶孔。這是自她懂事以來學會的一種逃避現實的方法，能少碰見阿公一次是一次，一日三餐說慢也慢，說快也一不去想就過去了。

撿回來的牛糞擱過春潮萌了芽，一根根纖細銀白的莖直苗苗地鑽出來，灶口陰暗，只有一個小天窗，苗莖長得好快，斜斜地向著窗光，長過了頭，被葉子壓下來，整個成了橫的。

火已熄滅，剩下一段燒紅的木柴在灶孔內，像隻血紅的眼睛直瞪著人，她繼續把玩牛糞。

錦程來了一會兒，所有人都照過面了，唯獨前天與他撞個滿懷的那女孩子不見蹤影。從外面進來一個好像就是，走過他父親面前也沒叫阿公，倒去喊了「阿媽！姨婆！」阿公問：「這個是秋香抑是秋啥米？我知中央攏有一字秋，哦，秋暖，對，秋暖，也沒叫阿叔。」瓊雲回頭叫聲阿叔！阿母連忙阻止道：「不是啦，自細漢三四歲就做伙玩，大家攏講兩個像，連老師嘛講親像雙生仔，大漢就沒像了，一個三月生，一個九月生，兩個同學的！」「眞正生做有像，我也險認不對人。」賢仔姨婆說。「一個黑面，一個白面！」「一個哭面，一個笑面！」秋蜜秋添在門口一搭一唱。阿媽笑說：「講著對，人鳳珠仔生這才是查某囝仔，白抛抛婧噹噹，阮阿暖値得人一分？人伊好命，也免山也免海，人在講生緣免生婧，這叫阿雲是生著緣擱生著婧。」「沒影，咱阿暖是深緣，愈看愈婧，兩個那面路仔同款，認是認得出，若把伊想起又沒同，不知叨位沒同，怎不把兩個抓來站做伙來看一下，走去啊？查某囝仔！來姨婆看啦！顧講話，剛才打幾點鐘？」姨婆邊問邊瞅手上的錶。

阿公也看著手錶，阿媽回答是九點。姨婆抓起斗笠，告辭走了。阿媽提起備妥的飯菜，趕著孫子們動身前去掃墓，獨未唱到錦程的名字，阿公有點不高興，哼哼地清清喉嚨，叫聲：「阿程！」走過去瞄了籃底一眼，嫌菜色過於陽春，還不及昨晚吃的。阿媽說：「全姨仔愛呷的，滾豆仔、芋仔、煎青嘴仔魚、豆乾炒芹菜，山珍海味不就是這。」「以早只有這可呷，現此時沒同，汝總不能講以早攏呷菜脯，汝就講伊愛呷菜脯，常常煮菜脯去乎伊嚼。」

數落罷轉對錦程說起以往清寒生活的過法，特別強調他的祖母到頭來也過了幾年好日子；只不過窮人儉樸的腸胃年輕時候一旦養成，老了對於奇奇巧巧的食物就算提得起勁，也能看不能吃了；簡單的烹調反而能吃出食物本身的美味，就像這碗清水煮綿、只撒鹽花芹菜末的芋頭。隨即又問：「部隊吃得好否？」「馬馬虎虎，還不錯。」

掃墓的人絡繹不絕，沿途都是久別重逢的寒暄。阿公神采奕奕地，不錯過任何介紹兒子的機會。若遇到陌生的面孔，年齡在他相識的範圍，卻沒和他打招呼，他心底便覺得不踏實，東想西想，最後斷定那不過是個從未謀面的外來客。一種偏激的心理作祟，他不想開口問他大老婆，好像求助一個樣樣精通人面廣的管家會使他臉上無光。這時突然看見一條土黃色的狗，「這隻狗仔眞面熟，怎沒看著咱那隻狗？」他問。「舊年熱天乎人毒貓鼠毒死，若活著，也跟嫂仔去新厝，那是伊孫養的。」阿媽說。「剛才行過穿一身軀白色的衫……」他有意無意順口問問。「那萬里的媳婦後頭的阿舅。」她說，非常清楚他指的是誰。「喔，莫怪……」這會他滿意放心了。

出村落，迎面一條土路，兩道光禿的牛車轍壓印在路上，行人跟著這軌跡走，把它輾得又平又硬，即使連下一個月的雨也不能更改，儼然是條正式的道路了。而夾在車轍中間和兩旁的草脈，所占的面積比走道還大，像非常瘦的人凸起的肋骨，上面盡長些硬骨子的草類，就是春天，草葉依然黃澀，拖泥帶水的模樣。阿公說：「每年在行，也沒人欲整理一下，現此時誰人在做村長？」

路的左邊是道比人高的硓砧牆，偶有幾枝蕃石榴樹探出頭來。右邊的石頭藩籬卻很矮，還不到膝蓋，籬邊伴隨著幾叢灰藍色的海芙蓉。田上的作物一目了然，一叢叢散布在牆籬下的是瓜，掌葉的是香瓜，爪葉的是嘉寶瓜。種落不久的瓜苗，少數幾株已向土坑外爬蔓了。一條條像綠色繩子的是土豆，葉子圓而繁聚，細看有幾處較稀疏，繩子欲斷未斷。

阿公聽見孩子們向錦程指出這些作物的名稱，遂拉開嗓門朝前方說：「阿程，汝看，這就是人講的『清明瓜、穀雨豆』，穀雨豆不是這土豆，是菜豆那類的，這土豆年過就種落了。阿程，汝看這土豆、瓜仔，發這婧，人講『妻好一半福，苗好一半穀』，等候熱天汝就可以返來呷瓜仔、土豆，咱這上出名就這兩項，今年種多少土豆？」「兩萬外栽！」阿媽說。

一路走來，再謹慎的步伐也不免踩到一兩個草率亂葬的小古墓；只有兩三顆灰撲撲的硓砧就算數了，或是一塊岩石當墓碑，上面手刻的字已難辨認。說也奇怪，必有幾株帶刺的青草野薊捍衛在墳墓上，扎得人唉唉的叫。

三年的墓，總算有點滄桑，融入自然裡墓地裡，雖然在季風鹹水的肆虐下墓草未拱，墳土依稀可見。

三年的墓也像三年的房子還新，遠遠即看見墓背，一彎白色的水泥墳牆。

阿公和阿媽一走上去就不約而同分兩邊撫著墓背往前走。「這哪會裂一條？」阿公驚愕地質問阿媽。阿媽立刻過來，一道扭曲的裂痕橫走到底，像斷掌紋似的，最寬的地方容納得了她一隻拇指。她說不出話來。「地勢的問題。」錦程說，「剛好在斜坡邊上。」「這樣阿祖才能看風景！」秋添說。「風景？」錦程往遠處看去，一片海。面海的斜坡上駐紮著許多墳，被草網自然而然地攔住的小古墓穩紮穩打，而做了風水有了重量的墓，都好像要滑入海似的。他對她說：「趕緊傳人來看一下，叫清基是否？看欲怎樣補？這樣不行，現此時，才三年的墓，熟識人不當給咱偷工減料，攏是同社的人，汝跟伊講，我知伊是龍泉的後生……對，叫阿兄來看一下，那陣沒叫阿兄來給伊監工。」說著雙手往上推，作勢要將脫臼的手臂接回去，這一用力太猛，墓臂無動於衷，反而將力全退回來，腳下的野草皮被捲去，踩著赤地往下滑。「爸啊！」「阿公！阿公！」兒孫們急忙俯衝下去拉住他的手臂，幸好他的腳已抵住了坡上如一個踏階的無名小墓。「老啊，老啊，阿公老啊！」他暗紅著臉。孫子們一溜煙跑回去幫阿媽掛墓紙，他心口上還蹦蹦跳跳的。「你看，是祖公仔在處罰我。」這句話說給錦程一個人聽。

此地絕大多數的墳墓也和房屋一樣坐北朝南，南風時大時小柔韌地吹進墓彎，即使有那麼幾秒鐘風好像完全靜止，墓地裡的草仍然直不起腰桿來。錦程望著這片山水，想起往年和母姊們回外婆家掃墓的景況，此時此地在這裡是多麼奇怪的事，忽然聽見父親愉快地說：「哪會發這蕊花這婧在姨仔墓頂！」一朵小花開在墳頭的草叢中。「紅花？黃花就有，這墓仔埔從來不曾看過開紅花，嘿也奇怪。」阿媽說。「阿媽，那不是發出的，是插的，藏在草裡面，剛才來的時沒看見，這陣才乎風吹出來。」秋香說。那頭秋添將花從草間抽出來，秋蜜又將它像一枚髮夾地安插進去。「是誰插的？」錦程問。「也知！可能是風飛來的。」阿媽說。

掃完墓，回到家，家裡來了一群台灣親戚，秋蜜逕奔灶口，果然秋暖待在那裡。「還在這裡孵蛋！阿祖墓頂的花汝插的？」秋蜜問。「什麼花?!」秋暖問。「別裝了！」「你這個小匪諜！」原來秋暖和瓊雲尾隨他們出去，快步從海路趕在他們前面上過墳了。秋蜜掃視灶口外邊，附在她耳畔說：「剛才掃墓的時候阿公滑倒下去。」「一定是阿祖在處罰他。」「阿媽也是這樣說。」

來的是阿媽的阿兄元進和他的細姨雪仔，以及兒女媳婦紅男綠女一行人。兩天前碰面相問皆是何時回來，這時問的則是何時回去了。

「這細漢的在這做兵，沒叫阿舅、阿妗、阿兄、阿嫂、阿姊！」阿公將有意與秋添往後院迴避的錦程叫到身邊來。「啥麼阿姊，把阮叫老去，阮這個今年才剛好十七！怎麼媽媽沒有一起來？我還不曾見過，阮嫂仔人足有量，這麼多年啊，早就沒見怪，攏是自己人，後遍一定要招伊作伴來，我看著伊，一定講乎伊知，伊好運啦！」細姨雪仔一臉又粉又油，張著朱紅的唇笑吟吟對父子倆說著，忽然斜瞟向她丈夫，「也像阮，惹熊惹虎！」「做生意沒閒，店面不能沒人顧，生這囝仔全讀書的，兩個老的走不開！」阿公說。元進舅公說：「不歹哦，聽講在哈瑪星買一棟厝在租人做生意，那市草好，不少錢喔。」「做那小生意艱苦，一仙五令囝囝啊賺，柑仔店！還是恁較早去高雄打到天下，來，坐啦，站在這。」阿公說。「免坐啦！去！去參觀！愛看古蹟，這間有夠舊啦！這幾十年的老厝？阮嫂仔咧？」舅公的細姨望著阿公問。「剛才去培墓，返來又沒看人影。」阿公做樣子左右瞧瞧，彷彿她原本在這裡，「常常嘛沒看人影，就不知在沒閒啥？在做啥大事業？」

這時阿媽從外頭進來，說：「在這啦，叨來一個閒，就前日生一巢豬仔，去給豬仔兒飼奶。」阿公問：「手有洗沒？」阿媽攤開雙手看。「有、有，聞到那豬屎味，曉風，有小豬，要不要看！」舅公的細姨掩著口鼻尖聲喊道。「可憐！看這都市人，豬仔有啥好看？人講不曾呷豬肉也曾看過豬行路，我看是呷過豬肉不曾看過豬行路。」舅公說。

裡頭傳來小姐的聲音：「媽啊！好有意思耶，有瓦斯爐不用，用這個在煮東西，兩個好大的鍋，可以煮一個禮拜的菜，這個妹妹，借我拉一下這個什麼？好好玩喔！再放點柴進去燒……」舅公搖搖頭笑著對阿公說：「你看，風櫃也好玩！」阿公說：「就是講，我早有打算欲起新厝，就是不捨這舊厝。」

錦程趁他們在外頭吵吵鬧鬧時走到灶口，看見秋暖對著灶孔，蹲坐在一塊小紅磚上，膝蓋抵著胸口，烏龜似的縮著，固執的盯著一本殘破的書簿子看。秋暖知道有個人站在那邊，聽是陌生的腳步聲，堅持不抬頭。剛才應觀眾要求燃起的一把多餘的火雖已熄滅，橘紅的火燼烘得她臉紅耳赤。錦程找到這失蹤人口就走開了。

掃墓的湯菜凝成枯山水，回鍋熱過，阿媽和阿母招呼：「呷飯啦！」照樣是阿公、錦程、秋香、秋蜜和秋添五人一桌，無人提及阿爸，阿母照例笑笑說：「恁呷恁呷，坤地仔免管伊，伊常常嘛講算命的講伊是乞食身皇帝嘴，四處有人請。」

阿媽提著煮熟的豬食走到門口，正巧不纏仔姨婆來了。清明時節是她關節炎痛得最厲害的時候，掃了一趟墓回來更加舉步維艱，人長得胖，偏腳生得小，腳盤貼滿藥布載著渾圓的身軀緩緩移動，阿媽就算提著一大桶餿水也沒她笨重。她聽說阿公在裡頭吃飯就不進去了，塞給阿媽一個紙盒。「免啦，瑞源仔囝仔一大拖。」阿媽推辭著。「再多都呷不夠，那群！像虎爺咧，拿五、六盒返來也沒問看有欲送人沒，梅子啦！全部收入冰箱，我偷拿一盒來。這一年一趟，也沒多，一個意思，汝也在跟我客氣。」說著腴軟的雙下巴一動一動的。「阮也沒冰箱……」阿媽說。「冰在腹肚上好啦！冰箱！」

兩人壓著嗓門敘舊兼話別，不一會便忘情地笑罵起來。伯公的么兒梅溪也從高雄回來了，熱情地叫：「嬸仔！不纏嬸仔！入來厝內坐！」姨婆說：「好，好，才來去看恁的新厝，聽講起一間多婧咧，我先來走。」梅溪叔說：「恁開講，我先入內找阮叔仔。」

飯桌在過水庭東，灶口出來的地方。梅溪叔一進來，先問候阿公，讚錦程一表人才，接著入大廳上香拜祖先，特別是拜阿祖。過後一一去掀門簾張望以前他們家的房間，對每個房間都說句話。「未習慣，新厝沒像厝，來這才像返來過。」出了門檻，去推過水庭西側從前他父母的房門，門抵著，自言自語：「誰人在內面？」又走到天井中，雙手抱胸抬頭望著屋頂的紅瓦，久久沒有改變姿態。

「叔仔，想以早，咱這間厝是東邊上新上氣派的大厝，這陣變作是東邊上舊的。」梅溪叔說。「呷飯啦！」阿公叫他。阿母罵秋香不快備副碗筷。「拿一雙筷來，我呷章魚就好，我來去買燒酒，跟叔仔跟這少年家飲兩杯。」阿公推辭說兒子不會喝酒。「坤地仔咧？去山？」梅溪叔問。阿公說：「十二點外，哪有一個人擱在山內？剛才去培墓，才九點外，歸山沒半個人影，咱這種田輕鬆，沒像台灣，你有看那種稻子的沒？透中日午，摸草割稻子，那才眞正是艱苦，咱這的田小小角，全部加起也沒人一區的一半，全社也沒人一個人的大。我有一個朋友，聽講少年的時去田內帶便當，便當內底只有一丸飯跟一瓣鹹鴨卵，那才眞正是艱苦。」「對啦，人田大地大，一片田看沒田邊，環境好，天氣也好，汝講在澎湖，能做多少活？給汝買一台機器，我看開開至海底去。我常常在講咱這的父母有夠厲害，靠幾格田幾叢土豆也能飼一大群囝仔。」梅溪叔說著塞了一口章魚，知道他要說什麼，阿公不搭腔，他又問：「年輕人，學什麼的？」「電機！」錦程答。「厲害厲害，以後不怕沒飯吃，我們都靠你了，在哪裡當兵？」「青灣！」「青灣？不曾聽過，靠哪裡？」「風櫃。」「喔，那裡討海的多。你說澎湖那麼小，也是有地方從來沒有去過，說不定我澎湖還沒高雄熟呢。有沒有女朋友？那怎麼辦？寫信打電話聯絡？」錦程笑而不語。梅溪叔摸摸身邊秋添的頭，又說：「考第幾名？打拼讀，像阿叔讀大學，知不知？秋香讀幾年？」「國中二年。」秋香說。「秋啥？」梅溪叔又問。阿母過來添湯說：「秋暖國中三年，秋香國中二年，秋蜜仔小學五年，添仔小學四年，秋水也在讀夜間部。」阿公接著說：「會讀就盡量讀，查某囝仔也同款，沒讀書出去只能在楠仔坑加工區做女工，讀書以後才會做老師做祕書，台灣的阿姑就是在做老師。」梅溪叔又摸摸秋添的頭說：「有聽著沒？會讀盡量讀，阿公會給恁栽培。叔仔，汝不知，這兩個細漢的之前還有生一對雙生仔，來，站起，汝看，兩個平高平大，一定是那兩個約好來出世的。」「龍鳳胎？」阿公問。「不知，要問嫂仔。」阿母又忙不見人影，秋蜜和秋添互看一眼，說：「呷飽啊！」齊跑開去。

「嬸仔！豬飼飽未？呷飯啦！汝看，豬比人較好命。」梅溪叔大聲向門外呼喚。不久阿媽進來了，梅溪叔急忙走下天井，塞給她一紙紅包。「我也不是沒錢，也不是過年。」阿媽說著將紅包塞回他胸口的菸盒後面。梅溪好賭，往昔賭輸了錢不敢跟他阿母要，總是偷偷摸摸溜進嬸嬸的後房跟她借錢，這些年出外人變得懂事，過年給嬸嬸的紅包跟他阿母一樣大，但不忘叮嚀別給他家人知道，這會連清明也拿紅包，無非是要做給他叔叔看。「收起，收起，跟我客氣，」梅溪叔裝凶把錢又塞給阿媽，「嬸仔，我在跟叔仔講，咱這厝以前是全東邊上大間的厝，這陣是全東邊上舊的厝，輸人沒輸陣，拆拆咧，咱來起一間新厝。」阿媽連忙喝斥他說：「在黑白講啥？咱這厝遇著風颱不漏不翻，起新厝做啥？阮住著眞舒適。」「誰人講不會漏水？」最後一個待在飯桌邊的秋香說。阿媽罵：「囝仔人有耳沒嘴！」「全社攏在起新厝，去年算算十外間……」梅溪叔一開口，阿媽就捶打他手臂，將他往外推了一把，說：「炎仔、財仔、清選……算不了，大家不是在住舊厝，等這群囝仔大漢賺錢才打算還未慢，大漢不是全走了了，像汝啦。」「有咱叔仔在，汝煩惱這。」梅溪叔笑著看阿公一眼，阿公不置可否，一副興趣缺缺的表情，他又追著阿媽說：「嬸仔，汝這人勤儉一世人，人叔仔欲起新厝乎汝住，汝擱嫌，是欲等到風颱把厝飛去，才欲來起？好啦，不跟汝講，老古董！未開化！叫坤地仔日暗欲抓章魚來招我。來走，叔仔，來厝內坐啦。年輕人，有空常常來啦！這自己的厝。」「順行！」阿公鬆了一口氣說。

阿公一直看著梅溪叔的身影在院子跟阿母交頭接耳，消失在圍牆外。他轉身步入大廳，廳內異常的暗，下意識的仰頭向梁上望，輕喚：「阿程，來一下。」

錦程跟隨父親走進廳底的房間，由於頂上開了天窗，反倒比廳堂亮些，迎面兩扇閉合的窗門中間透著一道劍般的光芒。

父親坐到床沿，說：「你來看到也好，阿爸就是這狼狽，你看，你那阿兄自我來沒跟我同桌呷一頓飯，細漢有，大漢就不曾叫過我一聲，大家不是念著情份，是看在錢的份上在相交扯，親像我是多有錢，每項都欲找我出錢……這叫做欠情還錢，欠錢不能用情抵，欠情就要用錢還，這是欲怎樣算，世間就是這現實啦……」說著伸手拉來牆壁邊的行李袋，伸手進去摸了一摸，「這媽媽交代的，存著用，小心放好，賊仔偷去就麻煩，看是欲休息一下，抑是欲返去，我愛睏啊，擋不住，欲睏一下。」「爸，你保重，我回去好了。」錦程說。他兩條腿往床上縮，直桶桶地向後倒。一團白光自天窗照落下來，靜靜的躺在紅磚地上，臨去時錦程沒來由地用腳將父親的木屐挪到那光暈裡。

11
醃

落了一夜細雨，太陽升起燦爛無比。秋蜜雙手雙腳攀在門前的閘門上，秋添來回推動閘門，看到阿公提著行李從屋底一進接一進走出來，兩人趕忙離開門口，把閘門敞著。雖然不覺得過去四天不好過，卻難掩今天的好心情。「他好可憐，連啓惠家的小山要回高雄，我都會想哭。」秋蜜說。「他在的時候，我都不敢大聲放屁，聽到他放屁，也不敢笑。」秋添說。

賢仔姨婆拿走籃子，掀開布，取出放在石臼裡的鋁鍋，蹲在西側門外大快朵頤。秋暖屏住呼吸站在她背後瞧了一會兒，她渾然不知。「賢仔！素仔來欲找汝啦，賢仔！走叨去……」聽見阿媽的聲音由遠而近地喚她，仍停不了嘴。

「夭壽！在這啦，素仔，汝來看，看這個胎膏鬼，避在這吸石蟳仔。」賢仔姨婆抿抿嘴，轉臉笑說：「素仔，汝那先坐一下，我這隻呷完才講，人伊金榜仔在咧，我怎好意思拿出來呷。」阿媽說：「汝也知驚死人，看有夭鬼沒，每年返攏要漬一鍋，今年住阮這，以早住素綾仔那也不敢在那呷，臭哼哼，攏是漬在這。」

吸光一鍋生腥的粗鹽醃石蟳打狗蟹，賢仔姨婆將蟹殼打包好，走到天井洗手漱口，阿媽還直嫌她說：「臭腥腥！」素仔姨婆只是笑說：「沒呷會思念哩。」賢仔姨婆心滿意足歇了一口氣說：「就是這夭鬼，阮眞仔不愛我返來，看我像山頂跑出來的妖邪咧，假紳士就呷屎沒！」看見素仔姨婆送她的炒土豆和兩包海產，又動了氣推辭一番。阿媽四下瞧瞧，只見秋暖坐在餐桌寫功課，就將昨日午後打她那沒良心的一巴掌的事說予她倆聽。

當時秋暖也算在場，開著房間向天井的窗子，伏在那兒聽。事情好像是這樣開始的，阿公午覺睡得並不舒坦，醒來尋不著人問錦程去留，正好餵完豬的阿媽走進來，劈頭問她：「阿程咧？」阿媽也沒頭沒腦反問他：「阿程？誰人是阿程？」阿公老大不爽，背著手踱了幾步，又繞回來指著她罵：「汝也管阿程死活，一日到暗只知顧那巢豬仔！我看棉被拿出去睏豬槽！」阿媽粗著嗓門對她兩個老姊妹說：「我就應伊一句講，若沒是翹腳在厝坐就有得呷。汝知講我啥？講怎沒得呷，不時有人送柴送火，送衫送被，當作我不知影！講這話來糟蹋我，夭壽鬼！死沒人哭！連永早一個兵仔行軍至這過，拿一罐罐頭來請咱開也拿出來講，不知叨一個不管時跑去給伊滴答，看有歹心沒？還有那做歌仔戲的來借一下便所也不行咧，還擱講阮坤地仔沒教示，不曾叫伊一聲，不知是種到誰人？我氣一下拳頭母給伊崢去，當作我不敢，沒閃，崢在伊嘴邊……牙槽不知有歪去沒？」「面仔，汝這一個憨性，伊沒回手？」賢仔姨婆瞠目結舌問。「一定有的，中墩三隻虎，郭牛、有溫、嘉三，歹有名的。」素仔姨婆低頭打著賢仔姨婆的手背說。「伸手欲來摑我，我給伊推去，做我出去看我的豬仔，看有歹命有沒？嫁到這款……比畜生還不如！」

一時間三個人都無語，秋暖問：「阿媽，誰人叫汝嫁伊？」「囝仔人有耳沒嘴！」阿媽罵完，又說：「攏是恁東邊祖仔害的，叫我要嫁在中墩，才好照顧伊……」賢仔姨婆接口說：「沒法度，恁阿媽，生成是大婆命，汝看，當初恁東邊祖仔將我送人，抱恁阿媽來，我送龍神，龍神又將素仔送人，這手抱入來那手送出去。東邊祖仔把我送人，去抱恁阿媽來，就是準備欲鬥恁舅公元進，汝看，元進不是同款娶細姨……」「元進娶兩個某，大婆神仔跟細姨雪仔攏在高雄，老母恁阿媽在拖，眞正這個面仔頂世人不知做啥孽。」素仔姨婆唏噓道。「賢仔送人，抱我來，素仔送人，抱賢仔來，看古早的人憨這形！」阿媽又對秋暖說明一遍，秋暖這才明白眼前三人關係非比尋常，今天兩人聽阿媽揮阿公一拳，沒有出口氣的痛快，倒是感慨萬千，甚至擔心她遭報復，秋暖聽得也很不是滋味。

阿媽看見門外媳婦回來了，不想多說，結論：「想那時才嫁來沒幾日，叫我去借一隻鵝頭掘，我只講一句還未熟識，起手就打，鼻孔血流到土腳，阮嫂仔也有看到，也不是啥好人，還有人相爭。恁這查某囝仔以後目睛就睜金，有錢沒錢有厝沒厝，嫁若性地好就好命。啊，講到神仔，下晡欲返來，每遍嘛挑工跟細姨相出路。」「講到這個神仔有夠歹，元進也敢娶細姨，那遍我去左營找伊，當我的面掐伊媳婦的大腿。」賢仔姨婆做著掐轉大腿肉的手勢。

陽光美好，還有微風，一根竿子斜跨在天井東南，掛在上頭五串香腸像五條辮子，慢慢地滴下油來。上百隻煨黑糖的章魚串在竿上攤在屋頂上，散發出一股甜腥的氣味。阿母爬上屋頂，去把竿子挪個更照陽的位置，秋添瞇著眼仰頭說：「阿母！伊台灣人每遍攏拿這醃腸、肉酥返來換咱的章魚、蚶仔、蝦仔，醃腸、肉酥、肉乾呷久嘛會膩！」素仔姨婆聽見拍著賢仔姨婆的手說：「有聽著沒啊？恁這台灣人！專門拿那沒新鮮的返來換阮這新鮮的，連囝仔嘛嫌！」「好，好，後遍不敢了，看愛啥米，來跟姨婆講！來啦！來跟姨婆講啦！秋添仔！沒講阮哪會知啦！」大夥一齊笑了。

12 少女

「楊老師啊，自從你接了訓育組長，你看那些女孩子的頭髮，越留越長，什麼耳垂以上一公分，根本就看不見耳垂了！」女老師站在窗前說。「眞的嗎？」楊格吃驚的問。「過來看，隨便一個走過去，你看看，你看看，有沒有，以前蔡老師管的時候比你嚴格多了，女孩子不能寵，再寵下去就碰到領子了。」「又不是在管兵，一公分兩公分計較，待會我帶把尺出去量！」楊格求饒的笑著走到玻璃窗前，等女老師搖搖頭出辦公室，剩下一位白髮蒼蒼的男老師，又說：「不必那麼硬性規定嘛！女孩子嘛，哪一個不喜歡留長頭髮！」

每四週一次衛生檢查，星期一週會結束後的例行公事，楊格背著手，一行行踟躕地走過學生背後，挺像個巡田的農夫認眞地視察他的作物。男學生的平頭，彷彿仙人掌，手一摸便會扎人，理得那麼短，剩下一小截一公分不到的髮根，連青色的頭皮都看見了。有幾個理得特別徹底，一問，同村同個理髮師，把頭髮刮得像鬍渣子，一頭岩青使人想到了出家人、血氣方剛孔武有力的年輕人，完全管不住似的。女學生的清湯掛麵倒是很整潔，將黑都凝住在頭上，黑到發亮，甚至還反光。不像男生的頭一目了然，他得從女學生右後方稍微個別打量一下。實在沒有一個公平的準則可循，度量頭髮的長度或頭髮與領口的距離都不是辦法，頭形長短、脖頸長短、耳朵高低、髮際高低，乃至不同的髮型都可能影響他對頭髮長短的看法。還有站姿，他很不願意大聲命令「抬頭挺胸」，任她們那樣斂著下巴微縮著肩膀。只能憑直覺，第一眼覺得過長，那就是過長了。女同事的一番話，自己也覺得心虛，於是開了殺戒，一連登記好幾個名字。她們會在背後罵他當面又跟他撒嬌，他既害怕又有點喜歡，大不了明早到辦公室複檢，只要稍稍再修過，加上洗了頭蓬蓬的，他不會太爲難她們。「三年級女生頭髮太長了！」他說。

他走到曾瓊雲背後。自從那次在課堂上結下心結，這小女生見了他，不敬禮喊老師好，還像隻小鹿見了獵人，拔腿就跑，這舉動令他難受，對她更是另眼相待，考試、做作業，乃至檢查頭髮，前兩項倒是比以前更加用功，頭髮卻越來越放鬆。這回簡直就沒有剪的樣子，一點粗拙的刀痕也沒有。她把鬢髮塞在耳後，那撮頭髮還向耳垂翹起。「太長了！」這一說，她便把頭高高昂起。

「就跟你說，你這次一定不會過，上次那麼長，這次更長，如果今天又過，那就偏心得太明顯了，我們的頭髮像一坨牛糞，你的頭髮像我丟在後面田上的那坨牛糞，還長出好多青草。」秋暖這樣說她。

「媽啊，再短一點！」瓊雲對爲她剪髮的媽媽說。「你不覺得楊格好像在對你贖罪！」秋暖還說。「媽啊，再短一點！」瓊雲又說。「反常，每次叫不要太短！不要太短！」媽媽說。

隔天早自習七個女學生在辦公室站成一排，楊格一眼橫掃過去，白嫩的耳垂一片片懸在髮尾，後頸項上打理出淡青的髮根。馬上叫她們回去又怕她們下次打混，突然發覺有個頭髮特別短，耳朵露出一大半。是瓊雲，她還在跟他賭氣。他想趁她們散去時看看她的表情，她卻第一個奪門而出。

上他的課也總低著頭，一直到星期六早自習音樂老師在升旗台上排好合唱團的隊形，叫楊老師來幫忙看看排得好不好，他才有機會看清楚她。頭髮中分呈人字型，兩支髮夾斜斜別在太陽穴的地方，像兩葉窗簾被扣起來，窗外美景一覽無遺。

朝會結束前，合唱團上升旗台表演，清一色女生，著白色短袖襯衫藍色短百褶裙，藍色背心，唱起了：

手把槳兒往上划
水花四濺高
滿園春色觀不盡
難繪又難描……

春天已近尾聲，操場周遭的野草樹較校園內的植物更有份量，隱約構成威脅。透過玻璃窗可看見教室後面的木麻黃，濛濛水綠。陽光下，台上個個唱得唇紅齒白，把身上的白與藍推動起來，成一波波海浪。楊格站在台下望著幾天前他曾走過她們背後的女孩子，剪髮三日呆已經消失，一個比一個清新漂亮。

歡樂的日子容易過
歲月如水奔流
歡樂的歲月如流
光陰一去不回頭……

一首抒情的自選曲。常常都是這樣的安排，指定曲昂揚輕快，自選曲多愁善感；但是落差太大，令人有樂極生悲的感受。楊格不自主的專注著她，凝神的注視，彷彿能將她的歌聲單獨抽離出來。悅耳的聲音，清晨玻璃窗外的鳥鳴。唱歌的少女，五官都是表情，連貫到頸子、肩膀、胸部、四肢、整個身體，甚至看不見的丹田、心肺，整個人都獻給這首歌了。他發覺她有點不專心，眼光偷偷偏離指揮的手勢，瞟向底下的隊伍，一碰觸到他，飛快的趕回指揮的手上，唱得比剛才更加賣力，與詞意不搭調的微笑起來。

13 哀歌

合唱比賽已經結束，瓊雲這陣子卻特愛吊嗓子，早晨來等秋暖上學，打開西邊側門，對著屋外的桑樹唱。那些雞鴨是不怕人的，瞧邊關開通了，蠢蠢地往她腳下鑽，她邊唱邊把關，伸出一隻腳逗弄雞喙，防不勝防的讓柔滑的羽毛溜過小腿肚，噯呀笑起來。

秋香說：「難怪我們學校會得最後一名，眞丟臉，有優等的有甲等的，乙等的只有一個。」「問題是出在你們這屆身上，我們前兩年都是甲等。」秋暖反駁說。秋香又說：「前兩年得甲等那是因爲你們上兩屆會唱歌，她一畢業，你們就走調了。」秋暖不服氣說：「好啊，那今年我們畢業，看你們明年會得什麼等。」瓊雲滿不在乎又唱：「春朝一去花亂飛，又是佳節人不歸……如果唱回憶，就不會變調了……記得當年楊柳青……」「老師說不能再唱回憶了，每年都唱回憶，好像我們只會唱這一首。」秋暖說。

「這陣才幾點，一個一個坐在那逍涼，等候十二點欲看電視。」阿媽入門來，劈頭就罵。「瓜仔澆了啊。」秋香說。「瓜仔澆了啊，瓜仔澆了就沒別項代誌？這款時，滿山全人蚜蚜爬，汝去看，誰人叨有查某囝仔惦在厝內坐，土豆田全全草，四斗仔，草發到腳頭趺仔，人英仔已經在塗第二遍草，咱連一遍也塗未完，跟人同田邊，不驚人笑死，坐那等，草就會自己死，土豆就會自己生，敢是跟恁伯公伊住久，一群囝仔全學做笨彈骨，不看人伊多少人在台灣賺錢，免靠種田賺呷，咱咧？……」秋香插嘴：「咱嘛有一個。」「……一個？一個？一個賺沒夠買米……」阿媽被擾了神忘掉剛才在說啥，失落了片刻，但望著孫女一下子又想起來：「趁今日禮拜沒塗草，拜一又要讀書，免一禮拜，土豆乎草包了去……」

阿媽儘管嘮叨，瓊雲尚在哼唱，隨秋暖溜進房，秋蜜出門去了。秋香拿著一包甜豆，一顆一顆揀，一顆一顆瞧，一顆一顆送進嘴巴，說：「阿媽！土豆生在土腳底，有草沒草不是同款會生。」「同款會生，那沒發草的，多生多少土豆，若草包去，生那土豆不成樣，到時人一千栽就多掘汝兩布袋咧。」「眞的抑假的？咱今年來試一下！」「死查某鬼仔，應嘴應舌！」阿媽唾道。

秋蜜直奔富蓮家。她收到了筆友的回信，好像在海邊網到一尾珍貴的魚，連忙將一同下海的友伴喚來分享喜悅，甚至慷慨地稱作是「我們的筆友」，然而臨到回信，秋香和月寶一點也不幫忙，見她握著信就跑，她只好往筆友的起源地來，只有看守病人跑不掉的富蓮高興就替她想幾句。她很快就意興闌珊，養著一尾看不見的魚，要餵食換水眞麻煩。信剛寄出去，還是想往富蓮家走。

常常只有富蓮在家，其他人都田裡幹活去了。秋蜜挨近她身邊，等到她說句：「你看一下，我去廁所。」或者「你看一下，我去煮飯。」才覺得自己來得有點意義。這中間，她自個兒無話找話說，要逼富蓮出聲相應，有時比引蛇出洞還難。若有其他孩子上門，她就黏住他問東問西，抓住一句話，便笑個不停。「噓，我爸在休息。」富蓮將食指豎在人中和嘴唇上。

待富蓮離開客廳，她就輕輕走去，悄悄撩起印著白鶴青松的布幔，看富蓮阿爸躺在裡邊睡覺。他頭抵著客廳的牆，總挨在床邊緣，準備下床的樣子，讓自己隨時有摔落的恐懼。有回他睜開眼睛斜瞅著她，那眼睛凸在凹陷的眼眶內，一斜眼就好似要掉出來。她更探進半步好讓他舒服的看見她。

「阿伯，你生病怎麼都沒有聲音？」她問。

「生病是什麼聲音？」他唉聲問。

「會痛的聲音，像我阿祖嗯—嗯—嗯，不知道哪邊在痛，阿伯，你哪邊在痛？」

「頭痛。」富蓮的阿爸微微側起身子指著頭，「想太多事情，想得頭痛。」「不要想了，快點睡覺，睡著了就不會想了。」「汝是坤地仔的，早阿男兩個月那個。」「嗯。」「就是汝，以前呷過阿蓮伊阿母的奶。」「爲什麼？」「那陣恁阿母沒奶。」「爲什麼？」「去，去找阿蓮講話，我愛聽恁講話。」說著微笑闔上眼睛。

「你看一下，我去廚房準備煮飯，等一下泡糖水給你喝。」富蓮說。秋蜜倚在門檻邊，聽富蓮舀了一杯半的米，拿到庭院邊的石台上淘。每淘洗一回，就轉身蹲下來傾水，漿白的水徐徐自她把關的指縫間流出來，滲入地底。院子上，有條黑色圓石的小路，女孩子的步子，一步一圓石，石邊包圍著青草。

「煮糜還是煮飯？」秋蜜高聲問。「糜！」「哦，我們家中午吃糜，晚上吃飯，如果很熱，晚上也煮糜。」「我們都吃糜。」「哦，每次都煮一杯半嗎？」「一杯半再多一點點。」富蓮量的是阿爸健康時的份量，現在弟弟在發育，都把它吃光。

趁著富蓮進灶口，秋蜜從容的掀起布幔，她曉得富蓮是默許她這麼做的。金燦燦的陽光自天窗照射下來，小室內呈現暖和的黃銅色，只有角落還是暗土。躺在床沿的阿爸，一隻手垂到了床外，手指頭離地上那團光線只有一點點。她抬頭看看天窗，窗子是方的，光線為什麼不是方的，而有點渙散不成形。她站在幔下，從他的腳看向肩膀，未再跨進去，未看到他的頭部。來來回回看了好幾遍，更消瘦了，彷彿一葉扁舟，什麼都載不了。聽見富蓮在隔壁用筷子攪糖水的咚咚聲才把布幔放下，像放下一段長袖。

她高高仰起玻璃杯，富蓮的阿母突然跑回家，跌跌撞撞往房間裡撲去，大聲哭喚著富蓮阿爸的名字，「聽仔！聽仔！」富蓮兩腳一蹲，雙手蒙眼原地裡哭，手上一把小白菜貼在額髮上，顯得異常青翠；突然間奮起身來，衝進房底，母女倆在那裡絕望的盡情大哭。

瓊雲和秋暖在唱歌。瓊雲的媽媽上秋暖家來，不免與秋暖的阿媽搭唱數落女兒孫女一番。兩個被罵的女孩在西側門外，瓊雲唱，秋暖時而和兩句，愈唱愈起勁。聊遠了，阿媽見瓊雲的媽媽相辭要回家，繞回來說：「恁阿雲有欲讀高中沒？我在講阿暖國中讀畢業就好，坤地仔就講要繼續讀，查某囝仔人，讀那多書做啥？」秋暖的阿母從田裡回來，歇了口氣，在天井邊洗腳，插嘴說：「人阿雲哪會不讀，阿華、美靜，每一個嘛講欲繼續讀，伊阿公清明返來也叫這查某囝仔會讀書就盡量讀。」阿媽斥：「那免講，出那隻嘴有效？阿公在那阿公咧！人阿雲只一個小弟，汝不看咱幾個，永豐仔行船一月日咱種田要種一年，每項欲跟人，哪有那財產，汝看人阿生那幾個查某兒，每個都在台灣住頭路，阿生涼仙仙，細漢的看有讀國中沒，那幾個大的才小學畢業……」「面姑仔，我講一句實在話，咱艱苦幾年，不要後遍囝仔怨嘆咱一世人，自己不讀就沒話講，若欲讀，借錢也要借來栽培……」瓊雲的媽媽正說著，見秋蜜握著玻璃杯嗚嗚咽咽一路哭進門來，連忙問發生什麼事？秋蜜換了氣，哭得比方才更響亮，驚駭的哭泣與平時完全不同。秋暖快步過來，秋香也從房間跑出來。她阿母用力掐緊她手中還盛著一點兒糖水的玻璃杯，她嗚咽說：「阿蓮……阿爸……死啊……」

阿母和富蓮的阿母都是港子人，少小時常一起玩，馬上跟著哭了起來。阿媽用力抓了鼻子一把，往衣襟上抹，「鳳珠仔，做人沒路用！煩惱呷煩惱穿，煩惱讀書煩惱賺錢，免煩惱啊……」瓊雲還在唱：「欣欣木葉入春青，紅白花開滿中庭，去歲與君……」媽媽哽咽罵：「再唱我要從嘴巴打下去了！」她看見秋暖流淚走來，問：「發生什麼事？跟我講，我也要哭！」

14 流籠

自富蓮阿爸過世那天起，秋蜜又恢復晨哭的習慣，醒來睁開眼，糊裡糊塗就想哭，一哭就哭出淚水。阿母去叫她的同學早晨來叫她一道上學，見到同學，她馬上閉嘴抽泣，幾分鐘收拾好面容書包，若無其事了。阿祖過世也是秋蜜發覺的，阿母心底擔心這孩子怎麼老和這種事有關聯，卻不敢說出口。她背地裡怪怨：「攏是恁阿媽，自伊出世就在想欲將伊送恁姑婆的兒，那人在台灣，結婚四、五年還未生，到三、四歲已經懂代誌還在講，若無這個囝仔會這愛哭，無代無誌想著就哭，那心肝內不知有多煩惱。」她囑咐秋蜜這陣子少去富蓮家，日後凡有喪事都少看爲妙，以免犯沖。這頭才說，阿爸馬上拿了紙鈔，叫秋蜜去學校請幾個男童女童出殯時負責執童幡旗子，她也沒能禁止。

富蓮阿爸出殯後兩天即是端午，秋蜜從早就握著一張十塊錢，那是她執童幡的酬勞，想拿去退還給富蓮。阿媽趕著他們去田裡除草。「連添仔也給我去，若無中午沒油飯可呷……」「阿媽！阿媽！包肉粽啦，阮不愛呷油飯。」秋添說，秋蜜也附和。「我透早就去沙園把井仔邊的草揪了，我沒那閒工，我等一下愛擱去洗豬槽，沒那美國時間，肉粽？油飯跟肉粽不是同款那料。」秋香說：「阿媽不會包啦！阿母亦不曉，請素綾仔來教咱包。」阿媽又催促：「去去去，趁日沒多大，不要去一下子就返來，兩個細漢仔去四斗仔，兩個大的去東港仔！一厝的囝仔放一田全全草，欲笑死人不是啊？添仔跟蜜仔耙仔要拿去，不要像舊年用手揪，沒落雨，那根沒揪起，翻身又發滿山。」

阿爸掌起擱在井邊的瓜準備回家。前兩日看好可以採的兩個嘉寶瓜，想到再過兩日就是五月節便多留兩日，這可是今年第一次採瓜。阿母說：「汝放著，用手拿那兩粒，阿母會唸，沿路人看著怎好意思。」阿爸把瓜擱下，背著手，無所謂地走了。走到了另一畝田，想到今天是五月節，也許可以叫她早點回家煮飯拜拜。回頭瞧她，屁股向著他，像個四支腳的腳架，正彎身抓理著瓜藤，他張了口，想到要大聲呼喊或走回去說，便做罷了。

他路過東港仔，看見兩個女兒背對他在田中耙草，頂多個把時辰前耙倒的草已枯萎縮水呈灰藍色。他靜靜走過，沒同她們說一句話。「阿爸啊！汝欲去海欸喔？」秋香大聲逮住他。「沒啦！」他頭也不回，順勢朝海看去，金藍色的潮水退得剛好適合下海。這時節瓜正待熟落，也許是料理了老朋友的後事，使他對山無心，對海也無意。

醉人的油蔥蝦米香，在灶口煮油飯的阿媽，不時發出一聲：「梅峰仔！坐啦！坤地仔免五分鐘就返來！」「嬸仔！汝沒閒汝的！免管我，我也不是人客。」他向著門外應，看見阿爸，笑張了嘴，「唉！咱這個聰明一世的聰仔，揀這個時陣，我省一個工，順便返來過五月節，眞多年不曾返來過五月節。」「呷飽未？」阿爸問。梅峰伯笑：「問早頓抑是問中午頓？」「沒差啦，來濕兩杯啊。」阿爸走到天井洗手。「透早就欲飲？」「罕幾時！人在消夜，咱在消早。」

阿爸去買了一瓶蔘茸兩瓶啤酒、兩個鹹蛋和一罐鰻魚罐頭，配合早飯剩下的半塊煙仔魚、幾撮肉鬆和一小盤土豆仁，兩人飲起酒來。

「透早就去大春那買酒，伊等一下就來找我滴答。錢乎伊賺，還要聽伊虧。且慢咧啦，等候靜子返來炒兩個菜，桌頂空空沒菜也在呷燒酒，梅峰仔，留落來呷飯，那油飯可以呷，欲拜的我盛起來了。阮那囝仔在稀罕肉粽，阮東邊姨仔愛呷我煮的油飯。」阿媽說著把一鍋香噴噴的油飯擺到飯桌上，另端著一碗油飯出去了。

阿爸執起酒杯，微微頷首，梅峰伯也跟著致意，兩人一齊將酒乾了。鐘響，餘音裊裊，等鐘聲消散阿爸說：「不是講月琴準備欲去高雄？」「阮阿母不捨，若沒，一兩年前就叫伊來了。這個熱天過，後學期把阿傑跟阿惠轉來去高雄讀書。」梅峰伯說。「我以爲是伊自己不愛去……高雄那個放去啊？」聽口氣是放了那女人一兩年的意思，阿爸說著又斟上酒。梅峰伯手握著酒杯，像猶豫著先答話或先喝酒，「放啊，早就該放啊。」「來啦！」阿爸以慶幸的口氣邀酒，梅峰伯沒喝，他獨自飲了，夾了一塊魚肉，嚼著說：「好啊，若沒不知欲怎樣結局。」

梅峰伯浸淫在沉思中，很快得了要領地說：「上趣味的就是那遍硬欲跟我來澎湖，住在馬公旅舍，講欲住那等我，我若不去找伊，伊也不會來找我……我一去就哭講這啥澎湖，連海也沒看到，呷水鹹兜兜。」「那時陣連聽仔嘛拖落海。」「剛才我才在想這件代誌，講跟汝去不行，聽仔若去就絕對妥當。」阿爸拿起酒杯，倒吸一氣欲喝下，忍不住笑出來，把杯子擱下。「騙厝內講欲去馬公開一個高雄港聯合澎湖農會的啥米碗糕米嗦會，跑去通樑看大橋，西嶼呷海產，日暗返來問講梅峰仔怎沒返，草稿早就寫好了，叫聽仔講，那老實人講白賊，講一遍歹勢歹勢，第二遍煞像眞的，騙講那個高雄代表這也不知，那也不知，拜託汝留落來鬥腳手，隔日透早還要開會。大家攏好騙哩，冬子一看就知影伊聽仔在白賊，聽仔沒跟伊講也不行。」梅峰伯問：「恁靜子知否？」「不知，不曾講過，伊沒像冬子那巧。聽仔啦，自從那遍，看著月琴就吱吱囑囑，不敢看伊的面。伊有跟我講，講早慢還是得跟月琴歸家，恁兩個在海邊仔散步，伊就在尾後講這。」兩人微笑著又喝了一口。

「講來世界也眞小，汝不相信，有一日在夜市仔，遇著月琴伊三兄，生做像萬沙浪那個，給我講一句，這個查某伊熟識，第二句叫我半年內解決去，若沒就離婚，沒第二句話。」梅峰伯仰了那杯酒，又說：「鬱卒的是，伊也沒第二句話，我講分就分……這油飯聞著眞香。」梅峰伯伸手摸油飯鍋，又說：「卻輸不是肉粽！油飯哪會輸肉粽，只差沒一葉粽葉，呷油飯用碗添，用筷呷，免脫索仔，免沾手也是好。」「呷一碗？」阿爸問。「等一下，呷燒酒配油飯！」

兩人不約而同靜默下來，外頭有人喊：「有人在咧沒？」「在這啦！」阿爸答應。富蓮的大哥文彬走到過水庭上來叫：「阿伯，阿叔，我等一下欲來去高雄，來跟恁講一聲。」阿爸問：「坐幾點的飛機？」「十二點半。」「來去高雄要常常來找阿伯，也不是外人，阮跟恁阿爸像親兄弟咧。」梅峰伯說著站起來搭他的肩膀，「好啦，免厚禮數，返去陪恁阿母呷一下飯咧。」「好，好，順行。」阿爸伸手比了一下，表示可去也。

文彬步下台階，見一亭亭玉立的少女走來，嘴角不覺鬆動，邊走邊打量她，「這個漂亮的小妹是誰啊？」瓊雲不發一語，快步跑進屋子，他掉頭瞧著她的背影，淺淺一笑。

瓊雲方到，秋添、秋蜜、秋香、秋暖陸續回來了。阿媽隨後拿著一隻空碗回來，見孩子都在家即質問：「不就去沒一點鐘就跑返來。」「沒喏，阮後腳踏入來，汝前腳就返來。」秋香解釋說。「我看是我後腳踏出，恁前腳就跑返！」阿媽說。「才不是咧！沒汝問阿伯……」秋添高聲說。阿媽舉起手不聽他說，「好啦，好啦，全是話，去添七碗油飯來拜拜啦。」

阿爸和梅峰伯慢慢斂了酒興，聽著屋裡的對話而搖頭發笑。秋添邊玩邊唱：「冒犯天朝的大罪被禁雷峯塔，三時風，五時雨……」秋蜜把油飯裝進塑膠袋內，再擠到袋尖來摶緊，跑來問阿爸：「阿爸，這樣像不像粽子？」「有像有像，油飯肉粽！」梅峰伯笑著站起身，望著天井外的天空，「熱天放暑假叫恁阿爸取恁來高雄找阿伯，阿伯取恁來去大統坐流籠。返來去囉，天烏陰烏陰！」阿媽不免勸留一番，接著說：「欲落雨啊，恁去耙草，那草有拿出來田外沒啦？若沒，雨落，不就又活起來……」這時阿母回來，又留了梅峰伯吃飯。梅峰伯說：「呷也呷了飲也飲了，返來去睏一醒啊，連睏也是澎湖較好睏。」「好啦，這粒瓜仔拿返去。」阿母掀開頭巾從籃子裡拿出一顆瓜。

「嘉寶瓜！」梅峰伯說著把瓜托得高高的。一路走回家，右手虎口疼了，換到左手。有人和他打招呼：「哇，瓜仔熟了！」「熟了！坤地仔種的。」他說。

哨音欲吹還留反覆輕撮著，忽兒東，忽兒西，怕被捕捉似地。有人認眞吹了起來，但是吹得不好，噓噓噓的好像把尿聲。他們響響吹會兒就罷了，剩下原來那個人還在那邊層吹不窮，反反覆覆那幾個音節，又引來幾個人不知不覺地跟著吹。

「拜託，不要再吹了好不好！」用掉三顆火種還生不起火來而火冒三丈的女同學，站起來兩手扠腰找尋始作俑者，大聲責罵：「蔡昆炯！不要再吹了啦！」同時間在另一邊的男孩子們興奮地鼓譟：「起來了！起來了！」

「吳美莉！快點哦，只剩你們那組還沒生起來，吹口哨啦，吹口哨把火神叫出來！」男孩子們說罷便一齊吹出剛剛那幾個音節。反而是蔡昆炯閉著嘴，自告奮勇跑過來幫她們生火。他先將滿是紙燼的火巢搗亂，再輕鬆築起來，「我從六歲就開始煮飯了！」他說，「撒一點草，火才會香！」女同學看他要點火了，便說：「吹呀！吹口哨呀！」「別急嘛，欲速則不達。」他劃上一根火柴，包圍在旁的一群女同學，和幾個湊熱鬧的男生一齊吹響口哨，七嘴八舌，湊著臉朝火苗吹氣。「散開一點，不需要這麼多二氧化碳！」蔡昆炯輕輕搧風。「起來了！起來了！」女同學鼓掌又叫又跳。

巡視過帳篷和炊火，童軍老師兼忠班導師的林老師匆忙趕回家，他的妻子正在坐月子，而婆家娘家又都在台灣。這是畢業前一年一度的畢業露營，兩個班共六十三個畢業生參加。營已紮下，部分學生在走廊的洗手檯洗菜、切菜，部分在營地生火煮飯，部分在帳篷周圍撒石灰。

哨聲沉寂片刻，悄悄死灰復燃，一個正在撒石灰的女學生壓著嗓門斥：「喂！不要亂吹口哨了啦，等一下把蛇引出來怎麼辦？」

蔡昆炯撮尖著嘴，舌頭往前伸，隨時準備偷吹兩聲，看起來有點尖嘴猴腮樣，吹不出聲音來，反而吸上一大口氣，聞到焦味，嚷著：「飯哦！飯哦！誰家的飯快要臭火乾兼著火啊！」

夜幕輕垂，橘紅的晚霞均勻地由深而淺向上漸層，溫柔地交接上了藍天，那藍色在交界處猶如迴光返照，明亮如畫。有此一說，「朝霞晚落雨，暮霞行千里」，但願有個好夜，明日也是好天，楊格如此沉吟著。林老師告退後，營長的職務由他擔待。這個星期，他每碰見林老師就孜孜地向他討教露營須知，林老師總說：「安全第一，讓他們開開心心就好，到時候不是你叫他們做什麼、我叫你做什麼，是他們叫你做什麼就做什麼。」平時一個口令一個動作的學生，此時倒都自動自發分工合作，像螞蟻一樣，他只管忙著回應東一句「老師，你來看！」西一聲「老師，你看我們這組！」幾個調皮的男學生更好像逮到機會似的，與他勾肩搭背起來。「老師！你怎麼可以在那裡袖手旁觀呢！」他才看會夕陽，他們就這樣喚著。

「月亮出來了！」男同學指著東方藍色天際粉筆畫的白月。「早就出來了！太陽還沒下山就出來了！」女同學說，「還指月亮！要割耳朵了！」

夜幕低垂，從楊格站的角度看去，操場好似泊滿了文風不動的帆船。炊事區裡升起了與帳篷等數的灰白色炊煙，縷縷直凝。他聞到了飯菜香。不時有人問：「放鹽了沒？」「鹹不鹹？」男女生不同組，不時聽見兩個陣營敵對的叫罵聲，十四、五歲的女孩子罵起同齡的男孩子，已經是河東獅吼般地，而男生馴起悍來也毫不憐香惜玉。他想不起那個年齡了，他是個晚熟的男孩子。他相當愉快，如此愉快，讓他想起回到坐月子的妻子身邊的林老師，他們口中的林爸。這是他教書的第一個年頭，再這樣過幾年，他大概就會變成林爸那個模樣，娶一個老師當老婆，養幾個小孩，過一輩子，幾十年的教書匠生活。

微風輕　悄悄地　吹過原野
營火在　暮色中　照耀
你和我　手拉手　婆娑起舞
跳一跳　轉個圈　眞快樂

哨音不再，有個女聲不經意地把歌詞哼出來，唱得輕，像剛塡好的詞正試著去配合那曲子。蔡昆炯發現唱歌的人是瓊雲，快樂得不得了。

天空別無他色了，楊格放下仰望的臉，環視周遭罩下一層帳布，樹木雄厚的向校園包圍過來。他想折枝樹枝，遂往操場外緣走，聽見女老師催促學生：「快開飯！天暗得很快！楊老師呢？楊老師呢？」他急忙從樹間竄出來，答應著：「這裡！在這裡！」女老師問他：「你在那裡做什麼？」「做什麼？喔，想折一枝樹枝。」「折樹枝做什麼？打學生哪，還是要當牧羊人。」

「老師！快來我們這組，老師！我們這組！」學生們盛情爭相款待老師，尤其是女學生，怕破壞桌上景色，老師不來就不開動。老師們先驗收一番，允諾循著方向分頭吃過來。

教室和走廊的燈全點上，四菜一湯擺在合併的六張課桌上，有謝師宴的意味。昏昏花花，又有點淒涼。家家戶戶同一菜色，一個男學生說這是人民公社。炒上一道蒜味油菜，楊格來到第三組時，菜葉跟著天色已完全黯淡，墨而不綠，只見錯綜的菜梗一段段的。一條紅燒魚形狀優美，鰭上的刺還故意展開來，被筷子夾過的地方露出魚肉白。紅蘿蔔炒蛋、煎香腸、海菜魚丸湯，鄉下的家常菜。靠近瓊雲這一組時，心情特別愉快，相同菜色試了八遍，這是最後一組了。他看見她傍晚時圍起一條方格子圍裙，耳後紮上兩個小到不能再小的辮子。怎麼一陣子她的頭髮已長到能紮辮子了，那時他這麼想著。

「老師，不公平，我們的菜都冷了。」一個女學生跺著腳撒嬌。「夏天就要吃冷飯冷菜！」楊格說，「坐下，坐下，魚誰煎的？」「曾瓊雲！」他瞥了她一眼，她的辮子已經散開了，兩隻眼睛黑溜溜的。「郭秋暖啦！」「曾瓊雲啦！」瓊雲和秋暖相互推辭。楊格微笑看著，吃了一口魚，鼓著嘴說：「好吃的，怎麼不敢承認，偷偷告訴你們，」做出張望的樣子，「你們是最好吃的一組，老師都已經吃飽了還覺得好吃就是眞的好吃。」他說的是實話，趁機又瞥了瓊雲一眼，她特別潔白，而他耳根隱隱發燙。「老師！我們飯後還有水果哦！」「嘉寶瓜和香瓜！郭秋暖帶來的，還有水果刀。」女學生突然亮出一把尖刀。「小心刀子！這麼好，都是我最喜歡吃的，家裡種的？」楊格問。「他們家好多好多！」瓊雲盈盈笑說。「我知道你們村子，冬天的蕃茄也很好吃，我以前有一個……」楊格看著瓊雲和秋暖說，其他人嚷嚷：「我們港子也有！」明知插不上話，他在嘴邊喃喃：「我以前有一個高中同學也住在……」「我們瓦硐也有，香瓜、嘉寶瓜和蕃茄！莊麗琪家也很多！」說著瞪了瓊雲一眼。「你們都很幸福！」楊格說，「從小吃那麼多魚和水果，吃魚聰明，吃水果漂亮，難怪……」「老師！老師！younger！younger！電話！」兩個吃飽飯的男學生在升旗台邊大聲呼喊，營地上的人不約而同靜了下來，教室那邊傳來電話鈴聲。

林老師打電話來，楊格故意假裝成校長捉弄他，林老師說：「還有工夫騙我，那一定沒事啦，吃飽了，晚一點，我要是走得開，我再去一趟，看看你們的營火晚會。」「對我這麼沒信心，你照顧好老婆小孩要緊，這邊的老婆孩子，我來應付！」掛上電話，發覺幾個男學生站在窗邊聽他講電話，突然有點害羞，無言以對。

應那幾個男學生的要求，楊格爲他們「來點音樂」。他們耐心聽完一曲「在那金色沙灘上」，開口請老師播放他們自備的卡帶。能從平常播放國歌的擴音器裡聽見流行歌曲，他們異常開心。「心串串，心怦怦，臉兒紅，都是爲了你，是你到我的夢裡來，還是要我走出夢中，啦……」通俗而好聽的歌曲，學生們琅琅上口。天完全暗了，帳篷顯得更厚實沉重，生根著地彷彿一幢幢小屋。前不著村後不著陸的校園只能仰仗教室的燈火，這些燈火除非冬日的雨天，平時不到天黑學生就回家去了，燈火多半備而不用，現在點亮起來，特別新穎，難怪學生們把觀看夜間的教室當作飯後活動。營地上零星的光點是學生自備的蠟燭和手電筒。相形之下懸在空中的月亮和星星起不了作用。剛剛蔡昆炯告訴他今天這種將圓未圓橢圓似蛋的月叫做張弓月。楊格想再回去瓊雲那一組吃水果，卻被幾個男生纏著去生營火。

林老師回家前已經和幾個男童軍把營火架設完成。「今年搭的比去年小一點，早點燒完早點打烊睡覺。」林老師說。交錯成井字向上疊堆的木柴，中間塞著樹枝，楊格戰戰兢兢把四個放在最底層的火種點燃，直徑一公尺像口火井的柴堆滋滋地燒起來，煙霧向上飛，彷彿點了一根巨大的蠟燭，美豔的火立刻成爲營地的焦點。

學生們丟開手邊的事，從四面八方蜂擁過來包圍著營火，並因擠動開始繞著火團轉，楊格緊張得心口怦怦跳，喊著：「小心點，小心，後退！」圓圈愈擴愈大，跳動的火焰將少年的臉龐鑄成黃金面具，火光射進他們的瞳孔深處。飛蟲飛進火光中，又從火光中飛出去。迷惑的氣氛很快就消失了，流行歌曲又將他們帶回明確的普通的表情。楊格悄悄退下，一時還不知道該做什麼，兩個女孩子跟在他背後叫：「老師！」他回頭看見她們，但不是瓊雲秋暖，雙手各捧了一塊半月形的瓜，他覺得好窩心，想到林老師這胎生了個女兒好高興，「三菜一湯，夠了夠了，不生了！」恐怕是眞的等他吃水果，她們還在那裡收拾晚餐。

有營火便有營火晚會，校長和主任回家溜溜又返來參加晚會。學生們圍個大圓圈，盤腿席地而坐，每組輪流表演一個節目，表演者站在場中央，營火也站在場中央，看表演也看營火。熒熒火樹，塵煙飛舞。他們是獻給火的祭品。

年輕新婚的校工李先生踩著腳踏車來了，不一會師丈也騎摩托車載孩子來了。

「顏老師，你回去睡吧，這裡有我和李先生。」楊格說。「那怎麼行，晚上才得看緊一點，下個禮拜要畢業了，別看這些小毛頭，都會趁今天晚上表白一下，去年就惹出麻煩來。」女老師說完便趕著師丈快帶孩子回家睡覺，並囑咐了許多大小注意事項，聽得師丈和楊格都笑了。

營火層層塌陷，平行架放的兩根木棍燒成黑燼一齊酥散，上頭的火花微微振動了一下沉下去，發出砰的小聲響，像遙遠的煙火聲。最終一小叢火花，在戰土般的泥地上殘喘，再無危險性，也不再有吸引力，周圍空無一人，他們在遠處嬉笑遊戲捉迷藏。火滅後，星月亮些，月彷彿圓了點。

三十分鐘自由活動，過了一節課的時間還有半數人未歸隊，甚至還大膽的兩手圈嘴大聲張揚：「張明忠要親王彩虹了！」「楊文洋愛蔡依芬！」女老師說東這聲是誰西那聲是誰。楊格傳令兩個班長去找人，搭住他們的肩膀才發覺露氣已沁涼了衣裳。他等在帳篷邊，看著操場四周的人影，伸手撫摸帳篷，篷外是涼的，篷底是溫暖的。兩個班長都太斯文，喚不回他們，他可不願意在這時刻大吼大叫。他用指甲反撥著帳篷的帆面，發出一種莫名的聲音。他拉扯繫篷的繩子，有的繫得緊，有的繫得鬆，繫得鬆的帳篷有柔軟的弧度。一部分學生在洗手台上刷牙洗臉，有個女學生突然直跑過來，他不相信是瓊雲，此時又傳來一聲：「張明忠親到王彩虹了！」他顧不得這個，聽她對他叫聲：「老師！」他一時不知說什麼好，竟傻氣的，「那瓜眞好吃……」她自鼻尖呼出一笑，飛快跑開。晚餐後他便失去她的聲音和蹤影，晚會時，只辨認出她的樣子在那兒，她表演節目時也因與顏老師的先生寒暄而錯過，她們表演西班牙舞蹈，嘴巴咬著一朵玫瑰花，女扮男裝的則黏了鬍子；她當然是咬玫瑰花的。

「動作快，十分鐘內各就各位。」他不願進辦公室廣播，拉著喉嚨吼叫。「老師！我們不要睡覺，我們要看星星！」女學生們齊聲吶喊回應。男學生隨即此起彼落學著狼嚎。

女老師幾番威嚇巡行，動盪起伏的帳篷終於大致平定。容納八個學生的帳篷在外觀上與空的並無差異，就好像裝滿火柴的火柴盒和空的看起來並沒有兩樣。校工李先生騎著加裝燈泡的腳踏車巡夜回來，「沒事！」他說。他那旋轉數圈的厚重近視眼鏡有催眠的作用，楊格望著不由得打了個呵欠。「我們不要睡覺，我們要看星星！」言猶在耳，他知道他們躲在帳篷裡講悄悄話，只等待老師入睡就展開祕密行動。他打起精神，拿著手電筒走出辦公室。

他沿著走廊走，想確定教室裡沒有人。走廊盡頭的洗手台邊有兩個女學生，一個正拿著毛巾擦拭肩頭，一個看守著，看見老師來了，已經拉起手要走卻沒走。他原本想開手電筒也沒開。月光曖昧地勾勒出她們的輪廓，兩個臉蛋像兩個瓜子從黑色的瓜子殼跳了出來，她的下巴尖些，敞開了一顆鈕子露出漏斗狀的頸項。他知道是瓊雲，黑暗中他怕她們看見他靦腆的笑。「沒有洗澡睡不著？」他說。瓊雲點點頭，一旁秋暖又拉起她的手，拖了她跑兩步，瓊雲回頭又叫聲老師，「改天送你她家的嘉寶瓜！」他目送她們進帳篷，開始巡著校園周遭走，並不時露出微笑來。他站住，踢了一下跑道上的營火灰燼，突然瞥見一個身影縮進工藝教室。他輕步走到工藝教室後面，倚牆坐的一男一女學生連忙站起來，他們竟沒有逃跑，跑了也就算了，他只好問：「在這裡做什麼？」女學生拍拍裙襬，男學生說：「說話。」「有什麼話明天早上再說！」女學生跑開，男學生遲了一秒也跟著跑，跑到南邊轉角處，噢了一聲，隨即又有一男一女學生一道兒向營地上奔去。他突然失去方向，又走回到營火灰燼邊，用腳去碰它，還是溫的，他脫掉一隻鞋，以穿襪子的腳掠過灰燼。

16 瓜枕子

走道上散布著香瓜，青的、黃的、半青半黃的。每個瓜都留一小段果臍，偶有幾個還跟著一片瓜葉。心血來潮將瓜連帶瓜葉切割下來，沒有特別的原因，有時看那瓜好像特別漂亮。粗糙的瓜葉直挺挺，那瓜像剛戴上皇冠般神氣。

阿爸把超級小刀摺起來，放進胸前的小口袋，朝附近的另一畝田走去。採瓜的日子，這把小刀天天帶在身上。這刀到他手上已經舊了，他霍霍地在水缸上磨了兩下子，磨掉土黃色的鏽。這原是阿媽買來閹豬仔用的，也有孩子買來削鉛筆的，他專門接收這些沾過血削過鉛的小刀。有時一把刀閹過豬削過鉛筆又拿來採瓜，歷經紅黑綠三種生命，好似放下屠刀，洗盡鉛華，成了一個茹素的人。

另一畝田上，阿母正彎腰收拾阿爸採下來的嘉寶瓜。要在放假日孩子們來興高采烈一下子就搬光了，她獨自則有點無奈，腰痠背痛。熟透自動迸裂開來的瓜，裂痕像地震造成的斷層般有力道，露出橙紅沙沙的果肉。掰開來，兩隻金龜子正在裡面享受大餐，他用力將它擲出田外。

「四斗仔我挽好了，我先來去幫春滿挽嘉寶瓜，等一下才來載瓜仔。」他再掰開另一個迸裂的嘉寶瓜，走過去遞給她一半，另一半拿在手上啃了起來。他不吃刀切的嘉寶瓜，他知道完好的瓜味道絕對不如這個。

「也不教伊挽，常常要請人幫伊挽。」採瓜得趁早晨太陽尚未高照瓜身堅硬的時候，田內工作未做完還要去幫別人採瓜，阿母匆忙咬完瓜肉，瓜皮一丟抱怨起來。

「哪會沒教，不是照常挽那青的。」他大口咬了一口，豐沛的湯汁從嘴角淌到衣襟上。「若教未曉，歸去種香瓜就好。」他抓了兩個瓜走去放入簍子又走回來說：「等一下返去，先去跟阿母借兩千塊，電視的分期付款到期了。」文彬這趟回來辦喪事把他手頭一點錢都借光了，她是知道的，賣瓜的錢不夠濟急，重要的是前天阿媽剛賣了十隻豬仔。她知道這一切，仍面有難色，「買那隻電視，已經唸一個月，這陣還欲去給伊拿錢，汝準備耳孔要用棉紙塞起！」

放學後，瓊雲隨秋暖回家，不見秋暖阿爸，只見壘壘疊了一地像青石的瓜。黃昏她又來，滿屋暗飄秋香。五個香瓜擺在佛桌下來的案頭上，熟透了，瓜蒂上浮，頂上的葉子枯萎了，一滴紅蜜自果臍滴下來，凝在鵝黃的瓜身上，凸顯出一格格細緻的紋路。「好美好香啊！」瓊雲說著將鼻子湊到瓜上，嘴唇也吻上去了。「農會要借去照相的，好像要做月曆！」秋暖說，「你看網牽得多漂亮，又粗又均勻。」「哦，像香水一樣，一定好好吃。」「那還用說。」「要照相，會不會太熟了。」「本來說星期一要來沒來，都黃得差不多了，這種天氣，我們已經換過一遍了。」

瓊雲看見阿爸回來，立刻跑過去堆著瓜的前庭：「阿暖伊阿爸！你幫我們選一個。」「欲做啥？」阿爸問。「要送老師的。」秋暖在裡頭高聲說。「要送哪一個老師？」秋香高聲問。「你管！」秋暖說。「哼，三八。」秋香說。「要送老師的，這粒上讚！」阿爸毫不遲疑地掌起一個超大的嘉寶瓜，放在虎口裡像啞鈴般舉了兩下，又猶豫說：「不過，要叫老師幫咱撿籽，像這不是常常有。另外，桌上那香瓜，今日呷當好，緊一日慢一日攏沒那好，拿一粒去送老師，兩粒返去分小弟仔呷。」又吩咐秋暖：「拿兩粒去乎伯公。」瓊雲喃喃說：「可惜今天不行。」阿爸轉身，又從西面壁下抓起一個香瓜：「這粒也不歹，今日才採的，黃是黃，上好擱放三兩日。」

瓊雲把瓜抱進秋暖房間，隔天並未帶到學校。這天是國中生活的最後一天，明天即是畢業典禮，瓊雲好不容易尋到一個機會，辦公室只有老國文老師和楊格在，帶著畢業紀念冊來請楊格留言。「明天，明天再來拿，可以嗎？」楊格看著她怯怯的說：「老師，郭秋暖家的瓜，問你今天幾點會經過永安橋？」「眞的，眞好，晚一點，五點半吧。六點。」楊格說。

「六點眞的不行，昨天我阿爸說今天要種新的瓜仔，除非現在馬上去，要不然就晚一點，七點。」秋暖不顧瓊雲陰沉著臉，進房裡換上下田的衣，出門時小聲地逗她說：「你自己去，楊格比較喜歡你自己去，我幹嘛去當電燈泡。」

秋暖走遠，瓊雲推開她的房門，撲鼻是溫郁的甜香，愁眉注視床榻上一坐一臥一黃一綠的香瓜和嘉寶瓜，然後把門帶上，快步跑回家去，始終不曉得屋裡秋暖的阿媽喋喋不休在叨唸些什麼。

六點鐘，時針和分針搭成一條橋時，楊格依約來到橋上。海天一片光明，洋溢傍晚特有的歡慶且孤寂的氛圍。從小六點就是他心目中夜晚的門檻，傍晚則是隔壁的五點，夏天晝長傍晚指的是六點以後寬限的明亮時光。他又看了一下手錶，六點鐘的錶面是均等平靜的兩片汪洋。橋的兩邊也是兩個世界，東方依然是岩石和藍海，橋西在約九的方位，太陽金燦燦的漾在出海口，兩岸的陸塊彷彿被銷熔了幻滅了，也彷彿是它將兩塊分離的土地銲接起來了。再逼視就要泌出淚水。他約的這個時間，所有南向往馬公的老師都該回家了。他把紀念冊擺在桌上，對所有問他怎還不下班的老師說：「不簽完不行，明天就要畢業了。」他心有顧忌的騎車來回，南下北上。

這段橋有點兒彎曲，南下時前面的路偏右，像是時間六點五分，北上時，距離六點還有五分鐘。他允許自己停下來好好的看會夕陽時，瓊雲正從南方分針的方向慢慢朝時針走過來，兩手提著一袋瓜，像打了桶沉甸甸的水從井邊回來。淺蘋果綠的短上衣，前面打了幾板褶子，牛仔長褲。第二回看她穿便服，好像更稚氣了，又好像變成熟了，眞是個美麗的女孩子，他在做學生的時候也沒有這樣美麗的女同學，假使他是她的男同學，她大概不屑一顧吧。頭髮又長長了點，風也靦腆地笑著，她發現他在看她，就把袋子提上來，像嬰兒似的橫抱在手彎胸口間。他以最緩慢的速度靠近她。

「郭秋暖不能來。」瓊雲有點責備的說，把袋子高高提起，頒獎似的拿向楊格手上，「她阿爸說，嘉寶瓜的籽要撿起來當種子，這個嘉寶瓜又大又漂亮，應該也會很甜，不常常有。」楊格肅然起敬的把車子停妥，雙手自布袋裡捧出那個寶貴的嘉寶瓜，那瓜皮青竹絲般翠綠，皮上的綠紋又像龜殼花一般華麗。

「哇，好漂亮，我不捨得吃了，拿來當枕頭。」楊格說。「不行，那怎麼把種子留下來！」兩人一齊笑了。「最好等兩天這根尾巴乾了才吃！」瓊雲說。「好！」兩人又是笑。「要不要送你回家？」楊格問。「不用，還要看夕陽。」「喔，常來看夕陽？」「我們小學剛學會騎腳踏車最遠就是騎來橋上看夕陽，今天本來也想騎，又怕不小心把嘉寶瓜摔壞。」兩人再度相視而笑。楊格從車箱裡取出紀念冊交給瓊雲，「這袋子借我，跟種子一起拿來還。」說著把袋口繫緊，「去吧，去看夕陽，大馬路危險，小心一點。」「這裡，我比你還熟咧！你不喜歡看夕陽？還是不敢？」楊格突然有點招架不住，看了一眼說：「我看過了。」瓊雲擺擺手，輕快地靠路左邊往橋中央走，夕陽餘暉在她左側鑲上金邊。楊格站在那裡，等她回頭向他揮手，只見她邊走邊翻開紀念冊。

17 露

清早起床，阿爸一口氣喝光一碗白開水，阿母用同一隻碗，也喝了一碗，沒說一句話，便一前一後，保持著三步的距離，出門去了。

秋暖聽見那碗放下來的聲音。從前睡在大廳裡，與其說是跟秋香秋添同床，勿寧說是跟阿媽秋香秋蜜秋添還有記憶中的阿祖和秋水一大堆人同床，因爲前後兩房僅以薄木板隔間，幾道隙縫被他們交頭接耳越鑽越大，秋添更是從小蹭過來擠過去，斷了一塊木板後，兩邊幾乎通了。那時她早晨經常聽見阿媽挪身出去探看天窗的聲音，她每期望時鐘在這時候響，卻從未曾。阿媽越小心不震動床板，床板越起伏暗動得令人心驚，她怕吵醒同床的阿祖，即使阿祖過世，也已習慣成自然。秋暖自立門戶以來，也開始橫睡，一醒來就將身子挪向床岸，騰起背僵直著脖子望天窗。她只能看天亮與否，好天壞天有時還看不準，更別說判斷時辰了。雖然聽見那碗放下來的聲音代表已經天亮，仍不忘探探天窗。藍濛濛的，玻璃太老舊不夠透明。

她不喜歡朝露，溼冷黏腳，好不舒服。偏偏又不喜歡穿塑膠鞋，也不走別條路。露珠都碎掉了，她不是第一個打這兒走過的人。

看見玉杯走在前頭便快步跟上前去，她這麼早起是心血來潮偶一爲之，玉杯則是天天如此。阿媽常誇秀春姨家的女孩子勤快，其中又以玉杯爲最。她比秋暖年長三歲，要是升學的話，今年高中該畢業了。據說是小學二年級時挨了剛流產的老師一巴掌，左耳才變得重聽，本來就內向，這下更封閉了，讀完國中就一直留在家裡幫忙。她習於獨來獨往，不像秋暖，從前當秋水的跟班，現在偏和秋香不搭，總覺得少個下田的伴。她一時忘記玉杯傷在哪一耳，不曉得是不是站在同一邊，不敢貿然說話，她從來看不慣別人對她大聲嚷嚷，況且是這麼清靜的早晨。

「你去山裡做什麼？」拿著斗笠和耙子的玉杯問赤手空拳的秋暖。「不知道，要先去問我阿爸。」「在蓋頭仔？」玉杯眉直而長，眼睛特別深邃，充滿表情，秋暖跟著她用眼睛說話，「不一定，那你呢？」「我欲來去埋瓜仔藤，那新種的。」「在蓋頭仔？」「不是，我喜歡走這裡。」「我也愛走這裡耶！怎麼好像很久沒看到你們張玉環？」「她去台灣。」「去做什麼？」「去打工賺錢。」「這麼好。」秋暖說。

玉杯右轉，秋暖亦步亦趨跟在後面。蓋頭仔這條小徑，阿媽說它是沒心肝的、鷄仔腸鳥仔肚，兩側織捲著怪異的野草，中間的泥地只比雙鞋寬些，這些年阿母身材日趨肥胖，阿爸常嘲笑她身體凸到路外面去了。左邊一堵及腰的硓砧石牆，牆內的土豆已蔚成一行行綠繩，整片田看來像空白的作業簿又像信紙。右手邊，是叢人高馬大的龍舌蘭，剛毅蒼勁，露水絲毫沾不上身。走十餘步，龍舌蘭便失去土地，無以爲繼的斷成一個小崖，底下兩公尺深又見一畝田，這田已著邊際，田外是海陸交界的沼地，眾多污泥裡打混的毛蟹常來侵食，往常種植土豆、地瓜，僅莖葉的損失，今年種的是絲瓜，因此圍著一件魚網。這一陡落難免令人不安，尤其是田內靠小徑僅一步的地方有口小井，口徑不到一公尺，卻城府很深的樣子，井未築墘，井邊也無抽水機也無水桶，更添恐怖氣氛。乾旱時，這井裡的水鹹得跟海水似的。

左邊的田則與路面同高，詭異的是一般田頂多兩三堵，這田卻被四堵硓砧石牆團團包圍，像一間沒蓋屋頂的屋子。靠小路的這一堵約兩個人高，是全村最高最長的一堵硓砧石牆，與右邊陷落的低地形成強烈的落差。從側面看，凹凸不平的石牆彷彿隨風扭曲，這種危險性不下於腳下低地的井。兩種威脅同在，腳下的路還一點也不寬貸，非但窄，而且不牢靠，路基以硓砧石填嵌在土壁上，隨時會坍塌。絲瓜不似土豆地瓜平整，藤蔓延伸浮沉，又東一朵西一朵的開著大黃花，容易使人恐慌分心。具備多種危險，要有外人隨行，都自動帶往東港的路去。前頭玉杯把斗笠交到右手，伸出左手以指腹輕觸著硓砧石牆走，秋暖一看便笑了，因她自己也是這樣。

這塊四面圍以硓砧石牆的田是博士伯公的，秋暖小時候跟阿媽進去過一次，北牆邊有排番石榴樹，一口大井，井邊種著兩畦青菜，其餘一大片土地什麼都沒有，連草也沒有。下過雨犁耕的痕跡和足跡都消失了，泥沙微微起伏，氣孔均勻，像個大年糕，上頭還可以看見一些貝殼和石龍仔，她站著不敢動，忽然拔腿從那窄門逃了出去。這麼多年來未再進去過，相信裡頭還是和她小時候看見的一樣。牆內的博士伯公總把一小個收音機塞在石縫中，音量調到盡頭，聲音支離破碎，熟悉的女播音員在播報漁業氣象，「……澎湖海面偏南轉東北風，五至六級陣風八級，小浪轉大浪……輕度颱風目前正在呂宋島……」

「欸！你眞聰明，才說要去埋瓜仔藤，颱風就來了。」秋暖說。玉杯一閃神，斗笠掉落到底下的田裡，二話不說馬上縱身跳下去撿斗笠，欲攀爬硓砧石上來時，發現牆下有個鳥巢，巢內四隻小鳥嗷嗷待哺地向她張嘴。「怎麼了？快上來啊！等一下滿花婆來就罵死。」秋暖蹲著叫，這一說完才想到滿花婆不可能早上下田，聽說她與博士伯公年輕時因一點小事就在這裡指天立誓田沒交水沒流，究竟是什麼小事，倒沒人知道，此後男人早晨下田，女人黃昏耕作，避不見面。

「鳥！一窩小鳥！」玉杯就地找不著蟲子，便以手指接著透明的口水餵給鳥兒，鳥兒吃得津津有味。

出了高牆，小蚯蚓路開展成一片田野，左側是秋暖家的田，右側草坡向下斜傾至水澤邊。田上坐著無數青香瓜，坡上臥頭笨重的大黃牛，放牧一夜，小坡已禿。「牠懷孕了！」秋暖跟玉杯說，「坐在那裡好像在孵蛋咧！」玉杯笑笑走開。

草坡再過去還有一塊更低窪的田，叫作「蓋頭仔」，這邊是陸地最南端，濱臨潮間帶，海水大起大落時，似欲掀起這塊新娘蓋頭。潮汐經年累月的侵蝕，終究給占去一道兩三公尺寬的水路，叫做「港仔口」，這兒多是鹹淡兩棲的生物，也是孩子們下海前的實習教室。然而蓋頭仔並未被雕蝕成畸零地或半島，幾種濱海植物抵死捍衛，使之保有完整的弧形，像一把豎琴。這塊地屬於英仁家，由於海水經常倒灌，經濟價值不高，墾植多半徒勞，而坤地的田大都在這一帶，多年來無條件借給他耕作，英仁伯公說：「打拼種，種沒一粒瓜仔嘛有一粒土豆！」前年他們舉家搬到高雄去了。坤地既養了那麼多孩子，也就不差多帶一個。往年大多種土豆，省得照顧，偶爾種種香瓜輪替來改善土質，從上面引井水下來灌溉增添許多麻煩，妻子總是埋怨。今年嘉寶瓜擲了三副聖杯，連這兒也種嘉寶瓜，嘉寶瓜比香瓜皮薄汁多，常常還會天賜般的自動迸開，更加使海濱的毛蟹躍躍欲試大舉入侵，這給秋蜜秋添帶來不少擒蟹的樂趣。

秋暖澆完水搬完瓜，找了一根樹枝來把纏在魚網上的毛蟹往外推，弄了老半天，毛蟹還是無法脫困。她拿起一個迸裂的瓜用力往港仔口擲，碎了一地橘紅，然後走過去看小蟹吃瓜，邊胡思亂想著和瓊雲一起去台灣找秋水打工的事。瓊雲是早有這番盤算，最近沒有提，因爲她總說：「不可能啦！」

牛車上放著三大簍瓜，牛拉得極其緩慢，阿爸也不催促由著牠慢。自從知道牠懷孕以來，秋添和秋蜜便不再坐牛車，秋暖摸了摸牠的肚皮，把手輕輕搭在車尾。走了幾步，回頭看東方天際，天空清藍，沒半朵吊山雲，阿母說雲起處就是台灣，它們自中央山脈升起。又是晴空萬里的一天。

吃著粥，秋暖稀鬆平常提到：「阿爸，我跟瓊雲嘛欲來去台灣打工！」阿爸沒聽見似的，沒聲音。桌上一碟菜豆仁，兩塊煙仔魚，苦瓜燜了豆豉。阿爸將半碗蕃薯籤粥仰盡，滿口食物說：「留咧掘土……」「又擱是，上討厭掘土豆！」秋暖翹著嘴說。「唉呀，呷那兩個月頭路是在賺啥錢，不過是多買兩三件衫仔褲。」阿母淡淡說。

18 同袍親家

郵差送來兩封信。「誰人的？」阿媽問。「郭坤地！郭秋蜜！」郵差說。「郭坤地這張叨位寄的？」阿媽問。「嘉義。」「嘉義？蜜仔也有？」「伊的筆友啦！」郵差笑說。「啥米號作是筆友？」阿媽問。「兩個不熟識的人，汝寫批乎我，我也寫批乎汝，用筆在做朋友啦，不曾見面喔，這就號作交筆友。」「三八啦！沒代沒誌，呷飽太閒咧！不曾見面是在做啥朋友？」阿媽說。郵差呵呵笑兩聲，「對啊，不曾見面在做啥朋友，我後一遍放假就欲來去高雄找我的筆友！」

阿媽把信捲起塞到豬槽外牆的空心磚孔內，繼續去洗豬槽。豬仔見著這新奇的東西便不停地仰吻上攀，欲將它咬下來玩玩，阿媽握起八戒刷趁機趕緊用力地刷。她賣掉十隻豬仔，留下三隻來作豬胚養，逢著夏季，不乏瓜果、濃稠的餿水可食，豬仔轉眼拉出胚形，健壯、活力充沛，看樣子或許能早個十天半個月出售。

「阿爸，阿爸，我幫你看好不好？」秋蜜看完她的信，搶著要看另一封，阿爸鮮少收到信。

「免免免，我也不是沒讀書，以早《昔時賢文》全本背起來……」「知知知，良油村女娥眉，難為時賞……」秋蜜搖頭擺腦吟道。「嘉義？啊！這一定是我做兵的朋友，阮同梯的。」說著把信撕開，信封一丟。「這字很漂亮，啊，對，我知道我知道……」秋蜜急忙衝進阿爸的房間，從阿母裁縫車的小抽屜裡取出兩張泛黃的照片，邊看邊說：「這張，這張，他寫的字比較漂亮。」阿爸匆匆瞄了照片上的阿兵哥一眼，興奮地說：「對啦，對啦！阮同梯的。」

當兵的同袍金生來信說，想趁兒子聯考完帶他來澎湖玩，留下電話號碼，希望他打個電話來，兩人分隔多年，不知地址是否更改，收不收得到信。秋水今年快十九，他倆退伍一別，正好二十年，秋水和他們入伍時的年紀相當了。薰著裁縫車油味的相片背後寫著：「坤地留念，勿忘在此，親家金生」。忘記當時是誰先起的鬨，彼此互相戲稱親家。金生的妻子生頭一胎時他人在軍旅，孩子的名字還是他倆在營房裡一起取的，「你回去趕快給我生個美女來配！」金生說。闊別二十載，不曉得後來金生又添了幾個孩子。他退伍回來結婚，入門喜，頭胎生了秋水，當時很想告訴金生，後來一連養了四個千金，還會想到該怪金生直叫他生女兒。兩人在相片背面雖留下地址，卻你沒來，我沒往，始終未曾寫封信將那地址走一遍，讓它過去了。此刻忽然得此音訊，憑信傳語報平安，卻覺得茫然不真切。四十年來一視同仁坤地未曾親筆寫過一封信，早年仰仗朋友聰明，後來女兒讀書識字就說給女兒聽寫，女兒因此總以為他沒念過書。秋水愛糾正他的遣詞用句，秋暖只要主題，自己作文章，秋香則是一字不漏照本宣科，秋蜜還不得而知，看她都有來信了，應該會寫信才對。他覺得寫信比讀書耕田要難人，像做人一樣難，幸好寫信並非經常，多半報紅白喜事商定日期罷了。秋水細密委婉，可以報憂，秋香簡單明瞭，報喜足矣，秋暖善解人意，適於情商濟急。可惜這回聯絡失散多年的老友，已有更直截了當的方式，不用再磨練女兒的文筆了。

阿爸帶著信紙出門打公用電話，秋蜜和秋添跟在後面，秋蜜慷慨從她的豬公挖出一把錢幣，「我先借你錢，你要跟你的親家講電話，一定會講很久，就像你欠人家錢那麼久沒還，利息一定很多，阿爸，記得要還我利息哦。」

阿爸通上電話，寒暄問候親家，輕笑幾聲，敲定時間，叮嚀如何交代計程車司機，便掛了電話。銅板沒掉幾枚，秋蜜頗失望地對秋添說：「她們嫁不出去了，阿爸不會寫信，連電話也不會講，親家耶！你也沒跟人家說我們廟裡的電話……」

金生父子抵達當日，阿爸一看見他們父子倆一般高一樣的小平頭不覺笑張了嘴，金生見他也仍是個小平頭，走上前開口就說：「你的頭髮還這麼黑金，我的白頭髮開始發出來了！」

在家吃個便飯，阿爸隨即包了車帶他們與秋蜜秋添去遊本島名勝，並交代晚餐不回家吃了。阿媽知道阿爸已在馬公訂了旅社，但是能省則省，況且才來跟她拿錢，還是催秋暖打理出一間客房，想找機會自謙寒酸，令他們留下來過夜。她兒子海派的個性她不是不曉得，口袋裡又正好有賣瓜的幾個錢，她是心疼那般花錢如流水，一個夏天早出晚歸的經營種作這下去了大半。誰想到對方健談無比，連兒子也變得話多得像毛毛蟲，兩人彷彿堆積了半生的話等著向對方說，其他人則像一開場的人物表，介紹是介紹了，還不知何時才輪得到出場。

隔天，金生父子一睡醒即趕過來，因爲昨天說過要同阿爸下田採瓜，哪知九點光景，阿爸已工作完畢回家了。阿爸奚落他們說：「都市人睏一瞑，阮莊腳人可以睏兩瞑，睏到這當陣欲跟人賺啥米呷，汝沒聽人唱，『透早就出門，天色漸漸光』，恁講七早八早，阮是七晚八晚，也不是阿兵哥仔！」阿媽在旁說：「交通沒方便啦，等車坐車費時間。」

吃過清粥小菜，阿爸問他們要不要坐船去離島玩，這時候去傍晚回來正好。「太晚了！」金生伯看了兒子一眼說。「還早咧！」阿爸說。「早也你講，晚也你講，附近走走就好，這個坐車也暈車，坐船也暈船。」秋添在一旁插嘴問：「坐飛機會不會暈飛機？」金生伯的兒子做了個鬼臉。說到飛機金生伯說個笑話，「有一個信基督教的阿婆也來坐飛機，坐在我左手邊，一上飛機就驚到一直跟伊阿門祈禱，禱到空中小姐送果汁來，欲飲果汁要先祈禱，等一禱完，飛機已經降落在澎湖！」阿媽提議他們去廟裡拜拜，也就去廟裡拜拜，等燒金紙時順便在海邊踱了踱。阿媽偷問秋添他們有沒有添香油錢，秋添說：「沒半仙。」說到午飯，阿爸趕忙要帶他們出去吃，只是給金生伯攔住了。

秋蜜看阿爸一如往常打著赤膊，就一直小聲叫他去穿衣服，他便去套上汗衫。秋蜜秋添與金生伯的兒子允宗已經相熟，怕允宗無聊，四處找著玩意兒給他玩，一會兒展示田邊網住的一隻招潮蟹，「這叫作白筱！」特別強調說，「跑來偷吃我們的嘉寶瓜，我阿爸說牠的力氣很大，會把房子抬起來，所以要綁起來。」那招潮蟹聽到這一介紹也表現出力拔山河的模樣，不斷向他們舉起牠的大螯。一會兒跑到屋頂拿下一頂爬滿金龜子的瓜帽，一隻隻綠得發光，拿出來翻身，看牠們掙扎著想翻轉過來。「小心哦，金龜子尿尿最臭！」翻過來的金龜子蓄勢待發，加足馬力一一飛出天井，最後一隻成了俘虜，給繫上棉線，綁在椅背上飛。

這些看在允宗眼裡都是新奇可愛的，只有昨天午餐出現在飯桌上的蛇——鰻魚叫他提心吊膽。允宗與秋暖同年，今年剛考高中，金生伯跟阿爸說第二志願沒問題，阿爸不懂第二志願的意思，也沒多問。而當年阿爸幫忙取名的老大，年初已入伍。金生伯退伍後密集生了四個，自嘲說：「年頭一個，年尾又來一個。」都是男兒，允宗是老么。「兒子都給你生完了！」阿爸說。「唉呀，女兒好，我想要生一個，天公伯都說我上輩子沒燒好香沒做好事，沒我的份，不賞我一個。來來，你看我們這個秋蜜，唉呦多可愛，兩個眼睛黑溜溜，說起話來甜蜜蜜，長大來給我們阿宗做老婆，我們就一言爲定，坤地，這叫作指人爲婚。」金生伯呵呵地笑，允宗聽了臉都紅了。秋蜜面露嫌惡，翹著嘴溜走，聽見金生伯還在背後說她「你看害羞了！」更生氣，一進房間就罵：「奸臣！下次都不要來！」秋香躲在那裡邊吃他們帶來的荔枝邊看小說，問她什麼事氣呼呼的，就是不肯說。

趕忙跟過來的秋添被秋蜜趕開，遂跑去秋暖房間，把這話學給秋暖和瓊雲聽。秋暖和瓊雲跑過來取笑秋蜜，秋香說：「哈，報應，還在那邊說阿爸要把我們許配給那個四眼田雞，哈哈……」秋蜜一時想起阿母跟田仔姆說她小時候差點送給別人家當孩子，不覺悲從中來，嚎啕哭了起來。

哭得越劇烈，笑得越大聲，阿媽提著餿水桶進來，說：「現世啦！見笑，一巢像豬仔一日到暗吱吱叫，這台灣來的阿伯會笑死啦。」抓到了金生伯的眼神，又說：「人莊腳的查某囝仔叨一個不是煮呷、洗衫、掃地、掘草，厝內底款到有高有低，阮不曉教囝仔，歸日呷飽閒閒冤家量債，一間厝放到亂草草，沒整沒理……」

底邊笑聲漸止，哭泣不斷。金生伯笑說：「歐巴桑，查某囝仔古椎就在這，愛笑就笑，愛哭就哭，換做是查甫囝仔，笑亦不是，哭亦不是，聽著就氣，我上怨嘆的就是阮牽手生沒一個查某兒。」「艱苦啦，這陣的查某兒跟後生同款，也愛栽培也愛讀書，老輩老母磨歸年，做牛拖，以後不知呷伊有一嘴沒嫁出去啊！管伊，養得大就好，啥米也沒剩，以後免望夢有嫁妝就好。」阿媽說著把灶上的鼎蓋掀開，一蓬白煙直衝屋頂，呵得她一臉濕熱，澎湃的海鮮味立即瀰滿整個屋子，揮摑了幾下，才看見灶上煮著一鼎珠螺。

呼喚數次，方才由瓊雲取來針插，阿媽又數落孫女們一回。阿媽見允宗獨自一人無聊，喚他：「這個台灣囝仔！」抽出一根新針給他，自己拿著一根舊針到水缸上磨。她教允宗如何挑珠螺，針從螺帽邊有點偏斜地刺下去，不要太出力，順勢輕輕掏繞上來，整個珠螺的尾巴都出來了。她只在自己這邊放個碟子，螺肉挑到碟子上，叫允宗邊挑邊吃，又叮嚀：「針若斷尾，不可呷入去，要連那粒螺仔丟丟走。」倘若是孫女這樣做，又要討罵。

熟透的珠螺並不難挑，螺肉已從螺殼中浮上來，允宗小心翼翼的把螺肉送進嘴巴，每次急欲檢查針尖，反被針扎到嘴唇，他總要看見完整的針尖才放心將螺肉呑進肚子。他發覺螺肉的尾巴有黃綠兩種，心理作用，越吃越覺得黃尾巴甜綠尾巴苦，巴不得能從外殼看出尾巴的顏色；呑忍了一下子，就把綠尾巴的全放到阿媽的碟子上。挑了一小碟，阿媽就叫秋添送到餐桌上給他們下酒。

阿爸和金生伯坐在東邊的椅條上喝啤酒配土豆，距離午餐還有一個半時辰，阿母去海邊敲牡蠣尚未回來。阿爸已擬好下午的計畫，「初一十五中午滿，初八二四早滿暗滿，今日十四，呷飯飽水就淹啊，咱先來去頭前海游泳，游了，返來休睏換衫，等候水短才帶恁去抓蟳仔。日欲暗，才來去田裡看瓜仔。」金生伯說：「田來去走走咧，海我看免了，游沒二十公尺就……」「我載兩個囝仔自這游去到對面的嶼仔……」「又在臭彈！」金生伯舉起酒杯示意阿爸乾杯，「唉，老啊老啊！」然後稱讚土豆又香又棉，每顆豆仁都好像懷孕六、七個月的肚子那般光滑飽滿，上面擴散著幾條細紋。「阮牽手上愛呷土豆！」他說。

秋添過來送珠螺，挨著桌邊吃了一會土豆，又悄悄運了幾捧土豆到房間給姊姊們，阿媽看見喝斥他：「囝仔人歹款！欲呷土豆，咱是沒種？過兩日若掘乎汝呷未完！」「咱的土豆不好呷！」秋添說。「這細漢就這懂呷，煞不知這買的土豆較好呷，汝不看人伊西嶼全在討海，查某人種是那幾格土豆，冬天未過就開始種落，擱用井仔水在澆，才會五月節未過，土豆還幼綿綿白泡泡就掘起來賣，沒像咱的土豆，放在土底七、八個月，放到像老姑婆，皮攏紅去粗去，當然嘛不好呷。」

「咱嘛來給土豆澆水。」秋添說。「汝在憨一勢，不知天光抑日暗。」阿媽抬頭看了金生伯一眼，他顧著把頭傾向桌子中間跟阿爸小聲說話，「別講沒那工夫，人伊西嶼沒在種瓜仔，井仔水單單拿來在澆土豆，咱的井仔水澆瓜仔都沒夠，還會輪到土豆，那好命，土豆種落就由在伊去，有是靠天公伯仔幫咱澆水。」秋添說：「叫阿爸多挖幾個井仔！」「憨啦！等汝大漢才去挖。」阿媽笑說，「等汝大漢若擱在這挖井仔，那也慘啦！」

另一邊金生伯壓著嗓音問阿爸：「有想欲出去看看咧沒？趁還少年。」阿爸笑而不答，走到灶邊拿兩瓣蒜頭，以大刀在灶面上拍了兩下，阿媽聽見鏘鏘的聲音不免要說：「不拿砧，等一下刀就打斷去。」阿爸剝去蒜膜，把扁裂的白色蒜米放到螺肉上，再淋點兒醬油膏，邊攪和邊說：「少年?!過兩年欲做阿公啊，親家?!」

19 貓

吹東風的一天，吃過午飯，阿媽背靠著牆赤腳坐在過水庭的東邊門檻瞌睡，酣酣地瞇一下就飽了，只是一味的自我沉醉著，不願意清醒。灌了滿嘴的風，口水淌在嘴角。像她這種勞碌命的人，不在床榻上不小心睡著，反而睡得盡情舒暢，當成是額外的享受。畢竟是操勞的個性，還有三分知覺放在睡夢外。

午後太陽滾到西邊去，西門西曬，東門稍涼。炎熱像一枝鐵鎚搥下，地面上無絲毫力氣和聲音敢反抗，如此安靜，甚至靜過夜半無人。她彷彿聽見她婆婆在後房呻吟，只有想便溺時會叫：「面仔！面仔！」飲食或其他慾望則全無。「面仔！面仔！」她叫。秋暖聽見了跑來傳命，「阿祖在叫汝！」「我是欠伊啥債？我若死，看伊欲叫誰人？」若陳家的人不在場，她總要趁機挾怨帶怒地發洩一番，陳家住到婆婆死後才搬走，對她和婆婆都是好事，她管不了自己的嘴巴。「汝才不會比阿祖先死咧。」秋暖說。「那也有一定！棺材是裝死的，不是裝老的！」她說。婆婆身上沒掛幾兩肉，只剩一副瓦解冥頑的骨架，臥床越久變得越重，孫女不是不幫忙，但至少需要兩個人手，一個在前面拉她的手，一個在後面推她的背，假如手勢不對，費勁的程度好像是在扳起一塊千斤墓碑。她怕她的手會脫臼，盡量不假手他人。她手上還握有一絲力氣，像縛綑住所有骨頭的一根繩索，每當聽見媳婦心不甘情不願的腳步聲便開始集中精力將鬆散的軀體動員起來，但對別人就沒有這種能力了。

時鐘敲兩下，她醒過來。她撐開粘在一起的眼皮，捏著麻痺的腳板，彷彿仍聽見婆婆在叫她，叫聲那般微弱。她停手，聲音變得更近更傳神，撒嬌似的嗲嗲的，好似充滿食慾在向她乞食。「我是沒欠伊啊，應該早就去投胎了。」她想。她問心無愧無奈地喟嘆一聲，起身走過來。她看著天井底熱烈的金光，突然想起好幾天不見母貓蹤影，這麼痛快的陽光，照理牠應當欲仙欲死地攤在天井底曬太陽。又想起牠拖著影子孤單地走上屋頂的磚坪，牠那如吊床下垂的肚子，不禁叫出聲，「啊慘啊！穩當是跑去生貓仔兒！」剛才掏她耳朵的乞食聲準是小貓兒叫，依照聲音的方位和遠近判斷，直搗秋香房底去。

「擱睏擱睏！貓母生一巢貓仔兒在汝的紙箱仔內啊！」秋香聽見阿媽的話，迷迷糊糊以爲是白日夢。見光的母貓還保持了兩秒鐘的溫柔，乞憐似的盯著人看，發覺眼前的老祖宗要出手了，即刻變張凶猛的虎臉，直硬起脖子。

秋香聽阿媽說了聲「僥倖啊！」竟掉頭出去了。這在他們家也不是什麼大驚小怪的事，昔日若發生在西半壁，阿媽總是跑第一個，忙著吆喝罵人清理善後，因爲母貓是秋添小時候抱回來養的，弄髒了別人的地方實在抱歉，這會不必擔憂這個，她也不管了。

秋香坐在床沿看著母貓一口咬住貓兒柔軟的頸子，一隻接一隻從容不迫地往外搬運，待在窩裡的貓兒顫抖著喵喵哭叫，聽得她起雞皮疙瘩。等母貓帶走所有小貓，她才下床察看衣箱。是冬天的衣箱，阿媽掀開的一件綠色的冬衣拋在外頭，衣箱的一角札實地凹陷下去，血腥像一片乾涸的紅土凝在谷底，底下隱約可見黃黃白白的毛，差點以爲是母貓遺漏的一隻小貓，仔細辨識遂驚聲尖叫，那是她大姊過年買給她的毛衣。啼著哭腔跑進阿母房間：「貓母把貓仔兒生在人的箱仔內，給人弄到歸箱仔攏是血啦……」

這胎生下四隻花貓兒，有隻左臉上有大塊黑斑，看起來特別邪門。轉眼過了一個月，小貓精靈淘氣，四處流竄。母貓天生性格乖僻，平常神出鬼沒，喜愛流浪在外，是隻有家不歸的貓，只有哺育時期需要居家食宿，經常可以看見牠的蹤影，當然偷腥也偷得更爲頻繁。

一窩貓在一塊玩耍，加上母貓從前所生的還有三兩隻偶爾現身，大熱天裡七、八條毛毯子在地上滾動，黏答答的叫，看了使人欲加燥熱。每逢客人上門，阿媽總不忘說句：「抓一隻返飼啦！」得到的回答總是「我也不是呷飽太閒！」她看人家興趣缺缺，便令秋添將貓自兩隻前腳抓起，「汝看！這隻耳仔揚揚面擱黑一邊，會煞鼠！」桂嬸婆說：「會煞也好，未煞也好，阮歸世人不愛飼這貓仔，軟膏糕，講是講會抓貓鼠，鬼啦！呷便便，一年是欲望夢伊抓幾隻貓鼠咧？常常沒聲沒說，兩粒目睭吊樑仔目看人活欲驚死人……」姆婆則推辭說：「阮那新厝討有一隻貓鼠？這阮搬走，幾間空房，一間放一隻入去咬咬咧，才不翻身傳一大堆貓鼠，看汝種多少土豆嘛沒夠伊呷！」瓊雲的媽媽說：「唉呦喂！咬那貓鼠紅吱吱，頭在這，尾在那，活欲驚死，飼來玩是好，不過阮那隻狗在厝爲王爲帝，伊不容允貓仔來跟伊雜造，一日到暗相打就慘咧！」一旁瓊雲插嘴說：「媽，等爸中秋節回來，讓他抓幾隻回去船上，他說船上有很多大老鼠，把貓放在船上，又有魚吃，又可以抓老鼠，一舉兩得，多幸福啊！」她媽媽才要罵她癡人說夢，阿媽倒先開口：「那貓暈船就暈到死啦，憨囝仔！」貴嬸則說：「汝先來幫我將阿裡那幾隻先趕走才講，每日像祖媽咧，呷飯時間就來，我在呷飽換夭咧！拿錢貼我，我嘛不愛。講是講，全社的貓仔還有在分佸叨阮叨。」惟獨萬事伯公慈悲帶回一隻，「啊！這隻！這隻上像阮祿仔細漢養的那隻，過兩日伊欲取囝仔返來放暑假，這隻剛好跟囝仔玩。」才歡喜少了一隻，不到半天萬事姆婆氣咻咻地把貓拎回來，一進門就摜在地上，「夭壽！汝看！給我抓一身軀，公的都不愛了，擱飼至母的去！」阿媽對外一貫和氣，幫她找著理由說：「是啦，佸那厝清氣溜溜，攏不免抓貓鼠，擱嫌飼貓全全毛，人祿仔那台灣囝仔嘛不愛咱這土貓仔，不得確連抱嘛不敢抱咧。」人一走，她又垮了臉說：「等若掘土豆，大家才來飼貓鼠咬布袋。」並不忘算起這筆老帳：「攏是這個憨添仔啦，在推磨，做奴才，沒代沒誌抓一隻貓母來飼，汝才看人的囝仔有人欲貓仔沒？汝若推銷有一隻我才乎汝打。」「不啦，打汝做啥？一隻五元。」「十元嘛乎汝。」

貓兒一隻也沒推銷出去，母貓偷腥越偷越凶，阿媽只好將兩隻小貓抓到她養母那兒去，雖然吃的還不是她提供的食物，但至少眼不見爲淨，獨居的東邊祖仔要罵要打也有個對象。不過十分鐘，小貓認路回來了。她已經死了半條心。除非送出橋外，否則無論在村子哪家，牠們都嗅得到路回來。她從來也不是個行事徹底的人，況且這事也無旁人支持，也無需對誰交代，只要不看見孫兒們偷偷把魚丟給貓吃，她也就睜一隻眼閉一隻耳，任其自生自滅。倒是桂嬸婆看不順眼每次來都有話說，「一內面貓比人較多，人有豬槽、牛巢、雞巢鴨巢，我看汝要去起一間貓巢……嗯、嗯，那啥味？那貓屎是比狗屎較臭幾百倍，擱酸擱辣，聞得想欲吐，早起掃去，日暗還在那臭……趁這陣還細隻沒緊趕趕出，汝才看，翻身貓母生貓仔兒也生，貓祖貓孫一大拖，連褲腳嘛咬去嚼！這陣在賣瓜仔，簡單，我教汝，日暗時叫囝仔去抓，用布袋米袋仔裝裝捆捆起，跟瓜仔做伙載落去馬公，瓜仔一簍十塊銀，貓仔，龍村仔不敢跟汝收車錢。咱好心好幸，亦不是隨便放，放在菜市仔，有魚有腥，夭未死，也沒輸在這！欲就緊，擱等，龍村仔一車嘛載未了！」

阿媽心底設想著那情形，嘴巴卻故意不搭腔，免得白費心機時桂嬸婆又要嘲笑她無能。桂嬸婆又說：「這隻貓母就沒話講，飼著了就飼伊到老，幾隻大隻的嘛做一夥抓去放，免得在那夭飽吵，連幾隻貓仔也抓伊沒法度，若恁祖媽，早就趕出了了，啊像汝，爬上頭殼頂放尿啊！」

20 牙

五點半鐘，天蔚藍，蒼白的月掛在東，坐西猶有芒刺的太陽離地還有一步。連接日月成一道斜傾的蹺蹺板，太陽越沉，就會把月兒載得越高。海面上有四枝釣竿，也那麼傾斜著。秋蜜辨認著哪枝釣竿是她阿爸。「不是那一枝，是這邊這枝，我們來打賭！」秋添用食指指罷，馬上伸出小指要來打賭。

屋頂的磚坪似歷經一場大火的灶台，幾個小時了，餘溫猶存，赤足踩上去，暖和和的。秋添和英傑躺在坪坡上磨背，秋蜜做著切打他們手腳的動作，吟唱：「貓咪貓霸霸，放屎糕蚊搭，蚊搭洗未起，抓貓咪來剝皮……」

反覆念了數遍，秋添和英傑依然閉目躺著，搔他們癢，也不起來。「昨天晚上我們家那群女人都在哭。」英傑睜開眼，映入眼簾的是秋蜜明亮的眼，月兒在她頭上。「爲什麼？是不是你們要去台灣了？」她問。「她們不要去，說要跟阿媽在這裡，連阿媽也在哭。」「結果咧？」「剩我跟我阿母要去。」「誰叫你沒有哭！」「我阿母在房間裡哭，叫我要跟她去。」英傑說完，大嘆一口氣。

秋添說：「以後你就變成台灣囝仔，你回來不要買香腸跟肉鬆喔，帶小克力給我吃。」「巧克力啦！貪吃鬼！」秋蜜罵他。

秋蜜下去灶口盛了三碗蕃薯籤粥，叫：「貪吃鬼！下來拿啦！」自己端兩碗上去，惦記著多兩塊蕃薯要給英傑那一碗在右手。

三個人先喝掉蕃薯籤，然後用湯匙搗著碗底的蕃薯塊。秋添看英傑搗了大半碗的薯泥，問：「你有幾塊？」秋蜜說：「不必問啦，他的只是比你的大塊而已。」

他們端著碗高高坐在屋脊上，邊看月升邊賞日落，還忙著和馬路上來往的行車人畜打招呼。東邊有部摩托車慢吞吞的蹭著，三個人不約而同站起身來，秋添向車上的人吼了一聲，秋蜜馬上用手肘撞了他一下。那陌生人灰髮黑眉滿臉橫肉，就是阿媽這樣的鄉下人也會形容他像山頂跑出來的，一身臃腫邋遢像他綑在後座的大帆布包，斜瞄他們一眼，兜到廟口，循原路騎回來，又瞄他們一眼。他們追到東面磚坪，伸長脖子看著他在東和家的牆邊停下車來，卸下布包。

嘉道喝一上午的米酒，睡一下午，這時候算是酒醒了，出來散散步，順道要去買酒，看到這個賣膏藥的便背著手停下來瞧瞧。彼此互看一眼，兩人都滿臉酒紅。賣膏藥的人把歪在布中央的瓶瓶罐罐像棋子似的擺好，然後倚牆半蹲，像張矮凳子，也不叫喊，也不說話，只是微笑，只是抽菸，讓圍觀的孩童指指點點：「蜈蚣！」「蠍子！」「海馬欸！」下田歸來的婦女好奇地停下腳步，看見那賣膏藥的邪裡邪氣的，遂堅持要孩子回家吃飯寫字，還不知道葫蘆裡賣什麼藥孩子哪裡肯聽話，不免引來責備拉扯。男人則朝孩子後腦勺一記飛掃，孩子乖乖走開。

賣膏藥的無聊地望西看了一眼，西邊路的盡頭，兩片屋簷傾斜交接像支玻璃漏斗，屋間窄巷，如同接在漏斗下的瓶頸，霞光正從那兒悄悄流走。煌黃的汁液，將房屋襯得黑石般固若金湯，槍砲彈藥都打不進去。微不足道的路燈亮了，虛情假意的月兒也亮了。嘉道蹲了下來，將空酒瓶擱在地上，順手拿起一瓶裝有一隻大蜈蚣的藥酒朝孩子晃去，蜈蚣往瓶口衝，孩子們給嚇退幾步，隨即雙手扠腰團結在一塊怒視著他。這時賣膏藥的對著他們舉高他的香菸，然後一聲不響的用手指熄菸火，幾個孩子尖叫著飛奔而去，看得嘉道哈哈大笑，喊著：「不怕?!不怕再來啊！」

「大家在呷飯，也不是像咱這呷酒人。」賣膏藥的聽嘉道這麼一說便「啊呀！」一屁股塌在地上，兩條肥腿微微盤住，拱著他的大肚桶。嘉道隨便抓起一瓶酒問：「這是在飲啥？」「內行的也得問！」賣膏藥的說。「去港尾啦，港尾較有人，也像阮這，沒雨神也沒蚊仔！」嘉道說著見老伯走來便大聲喊：「伯仔！呷飽未？」老伯才駐足，一群孩子又壯膽跟著圍上來。嘉道說：「幫人客介紹一下啦，這罐啥？」「這罐喔！這是消炎的，蚊蟲咬傷，囝仔跌倒擦傷攏有效；若這是痠痛藥布，靠路燈看一下，有掛保證的，內傷、鬱著、胸坎疼攏叫伊好離離，亦有這，消腫止痛，馬上有效，汝若欲挽嘴齒，我馬上試驗乎汝看，黃齒科呢，這我在行的，傢伙隨時帶咧……」說到拔牙，賣膏藥的露齒笑了。老伯拿起一支高粱酒瓶，孩子們連連發出怕又驚奇的聲音，「我當作是蔘仔咧！」他將瓶子向路燈高舉，仔細端詳那隻沉溺在黃色藥酒裡的蜈蚣。「這才眞正是寶！在將軍澳抓的，以毒攻毒，百毒不侵……」賣膏藥的正說得高興，老伯把瓶子立下，那蜈蚣應聲沉了下去。

「擱等一下，呷飽人就出來啊。」嘉道看賣膏藥的又意興闌珊了，好像整個村莊都對不起他似的，連問兩聲「會曉挽嘴齒？」賣膏藥的不吭一氣。嘉道轉身拉住一個孩子，「囝仔，去，去叫阮阿炯來，伊娘咧，發一隻豬哥牙尺外長！」孩子拼命想拉出手來，他急躁地用力一甩，「啊！我自己來，汝等咧，我翻身來！」

望著他猴急的背影，賣膏藥的唾：「肖仔！」一個背著娃娃的女孩子對其他孩子說：「趕緊叫人來看好戲！」兩個小男孩一路跑一路叫：「挽嘴齒喔！有人欲挽嘴齒喔！」

英傑吃完飯趕來找秋蜜和秋添，路上聽到消息，回來告訴秋暖。「誰人欲挽誰人的嘴齒啊？」秋暖問。「豬哥炯！」秋添說，「伊阿爸……」「伊阿爸？」秋暖瞪大眼睛。「不是啦！是一個賣膏藥的，伊也不是醫生！」秋蜜說。秋暖皺著臉：「那不是痛死了！」秋蜜說：「我知道，豬哥炯愛曾瓊雲，我去叫曾瓊雲去給他加油，他才不會痛！」「你又知道了，你不要眞的跑去叫她，她等一下就來了！」秋暖拉著秋蜜的衣服不放，說著瓊雲就來了。一群人七嘴八舌拖瓊雲往外跑，秋暖叮嚀弟妹們：「不要說我們來囉！」

老遠即聽見哀求聲，「阿爸，我沒愛啦！沒愛啦！」秋添急得一頭鑽進去正看見阿炯的阿爸舉起手朝他腦袋刮下去，「沒愛沒愛！擱講沒愛！欲讀高中啊，是欲留這支豬哥牙來笑死人，那囝仔在叫豬哥炯豬哥炯，汝沒聽到？」孩子們呵呵笑，秋暖趕緊用手摀住秋蜜的嘴，其實她沒有笑。賣膏藥的站起來，只比中年級的學童略高些，仰臉看著被他阿爸扭送來的少年，說：「啊！我看！」嘉道一手掐住他嘴巴，另一手扳開上唇，露出慘白的門牙，再用力翻，始看見疊在上面還有一隻牙。「哇！竄牙！簡單啦！不是牙欉，兩隻腳的，少年家生作這緣投，沒彩竄這支豬哥牙在外口……」

嘉道說：「當然嘛緣投，不看誰人生的，不止緣投，歹竹出好筍，恁輩是青暝牛，伊讀書讀第一，剛才全校第一名畢業……」阿炯甩開下巴，羞恥得閉眼低頭求饒：「阿爸，沒愛啦，大家攏在看！」他阿爸吼：「男子漢大丈夫，管伊去看……」一旁觀看的老婦人說：「嘉道啊！汝眞正有夠夭壽，逼那個囝仔在這表演挽嘴齒乎大家看，做人老輩嘛要做差不多……」嘉道充耳不聞。「這囝仔這乖……自一粒子，三、四歲就跟告仔上山落海，多友孝咧！全社沒一個沒講伊乖，汝好心好性，不要這酷刑……」漸說鼻頭漸酸。

賣膏藥的拿起一隻鉗子，試著箝兩下，興致勃勃問：「看是欲坐落抑是跪落，我抓一個勢。」「男兒膝下有黃金，沒隨便講跪就跪，坐落坐落！汝這矮仔冬瓜。」嘉道按住兒子的肩膀令他坐下。秋蜜喊聲：「快跑啦！」英傑秋添還有其他孩子跟著起鬨：「跑啦跑啦！」老婦人回應著他們說：「怎不知欲跑，今日這個囝仔若是跑，返去不止伊，連伊老母也會乎伊老輩打死，可憐喔！告仔！」又來了幾個孩童。有女孩子喊叫伊阿母來，有男孩子嚷快拔快拔，阿炯握拳搥地掉頭怒吼：「閃啦！攏閃啦！」秋暖和瓊雲不約而同蹲了下去，躲到孩群屁股後面。

他一副從容就義的模樣，緊緊將雙腿盤起，兩手罩住膝頭。他不動如山，無論如何不能把他的臉拉向燈光，反倒是賣膏藥的得遷就他，單膝跪下，將帆布上的瓶罐撞成一堆，另一隻腳高高弓著，並像釘釘子般向下使了幾次力，兩隻手臂也試著活動活動。但是他看不清少年的臉，「閃！閃！看沒！」說著將下巴抬高，想借點光來。孩子們馬上挪移至賣膏藥背後的牆壁邊去，剩下秋暖和瓊雲還蹲在他背後。他阿爸幫忙扳開他的嘴唇，尤其是上唇，由於過於用力，幾乎堵住他的鼻息，他沒有反抗。賣膏藥的推開一個小孩，有點光貼在他左臉的顴骨，還是昏黯，但是他覺得凸起的暴牙就像他的生殖器官一樣正暴露在眾人面前。

賣膏藥的在他的牙齦上塗了一些麻醉藥粉，孩子們靜靜的屏息等候，一下子又等不及的吵鬧起來，賣膏藥的說：「還未，還未，算一百聲！」孩子們當真數起一二三四五六七……秋暖瓊雲偷偷站起來，瓊雲側出臉看了他的腦袋一眼，然後緊抓著秋暖的手腕，把她的手越拉越長，像反手押制犯人般。被抓痛的秋暖使勁抽回手來，瓊雲改扣手肘扣得更緊，最後索性閉上眼睛，兩手一起掐著她的手肘，整個人貼在她背上，死抱住她。有個東西刺在秋暖手肘內側，秋暖問：「這什麼啊？」她聚精會神沒有回答。孩子們數到八八、八九、九十……她緊咬住嘴唇，他臉上已開始綻露解脫的微笑。

當孩子喊到九八、九九，瓊雲握牢楊格在橋上交給她的瓜種子，拼命狂奔而去。漆黑的天空彷彿再現今夕與楊格同看的夕陽，綺麗的紅霞匯成一片血海。「我喜歡彩霞滿天的夕陽，郭秋暖喜歡一朵雲也沒有的夕陽。」「我也喜歡彩霞滿天！」楊格說。想著這些話，雙頰更燙，她邊跑邊哭。

他兩手緊攫住腳掌，幻想著這雙鷹爪將把他整個抓離地面，然而身體隨著被牽引的牙向前傾，好像一簍地瓜要給勾到秤子上，他阿爸趕緊用力壓住他的肩胛，秋暖看見這個動作，淚水滾了出來。他聽到一個鬆動的聲音，扎在地心的牙根像枝老樁從水泥地面被拔上來，它脫離牙床那一刻他兩手向前撲去，把賣膏藥的壓倒在瓶瓶罐罐上面。門牙的痛彷彿鼻子也被割掉，似哀嚎又似歡慶的血淋淋的咆哮，像隻脫困的老虎縱身跳開，一溜煙不見蹤影。混亂中，原本就打定主意要那顆牙的秋添眼明手快立刻下手掌住它，撿到了寶，也跟著奔跑起來。賣膏藥的預備給他消腫止血的藥粉根本來不及派上用場，伸著他肥短的脖子叫：「抹藥仔啦！沒抹藥仔會流血流死啦！」大聲叫完蹲下來左右尋找血跡和牙，自言自語：「到底有挽起沒？」他老爸嘉道只罵聲：「幹！」

一奔回家，秋添便把握在掌心火熱的牙拋在天井裡，一邊洗手一邊啊啊地叫。秋暖拿著手電筒在水缸邊找到那隻牙，弟妹們一窩蜂圍過來，她握緊拳頭，「不要擠啦！這裡暗矇矇，到燈下面去看。」弟妹們簇擁著她挪到燈光下，她打開手掌，那隻惡名昭彰的牙頹廢地躺在手心裡，牙根黏著一絲鮮血，「好像一顆流血的貝殼。」秋暖說。「好臭喔！」英傑說。

21 落雨炸

醒來聽見不算小的雨聲，所有人的感覺都是微笑，尤其是婦女們。阿母比平常晚醒了一個多鐘頭。他們睡在前頭的間仔，隔著天井和水缸，還有灶口和柴堆，鐘聲飄到這已悠悠忽忽；雖然離後院更遠，但雞鳴要比鐘聲結實高揚，有幾聲更尖銳得能將人刺醒。一旦下起雨，一切擾人清夢的聲響都消失了。

夏天裡難得可以睡得如此心安理得，阿母連翻個身都懶，她把手盡量往後伸，確定阿爸不在床上。這種感覺好似在坐月子，比坐月子還清閒，身邊一個人也沒有。她依稀記得他起身時跟她說了句話，又好像是夢。早瓜只剩零零落落幾個藤尾瓜仔，一天十來個，湊兩三天才下馬公賣一趟，不值得冒雨下田去採，她想他一定是釣魚去了，但她懶得去想今天是初幾，有沒有流汐。

但是她記得她今天原本該做的工作。她把今天原本該澆水的田幻想瀏覽一遍，雨中的瓜葉更濃綠泥土更深沉，汪汪地融爲一體。抖擻的藤蔓像翹起觸角的蝸牛爬滿地。晚瓜坐果十來天了，隔了兩夜，尤其是雨夜，明後天再見面時，就會發覺那瓜有如小碗變成了大碗那麼明顯。她是不聽氣象報告的，此刻她得好睡，並非來自對晚瓜和好雨的寄望，而是乾旱、強颱、苦雨、蟲害皆無，上半季的成果，叫人心滿意足，該得的得了。

阿媽未多耽擱，只比昨天晚一會，五點鐘響，迷糊的聽了一刻雨才起身。她那三隻豬胚已講好價收了訂金，豬販隨時可以來抓，但絕不會是下雨的這一天。她跟豬販子說，夏天餵水多，我養一日強過你養兩日，你若慢一個禮拜來抓，最少多重個四五斤，當作是送你的。話是這麼說，從那天起，她餵豬的心情已不相同。

還不急著去餵豬，她手捻著鈔票，戴上斗笠，趁雨沒人，準備去大春的店把最近家用的賒欠清一清。通常夏天的帳她都會等媳婦去還，今天這麼主動，是因為昨天大春抱了些紙板來，早不來晚不來，偏在坤地下馬公買了菜媳婦煮好菜的時候，他兩手背在屁股後面，伸長脖子，瞪大眼睛，「哇！啊雞啊鴨啊魚啊蝦啊香菇，全莊仔內恁呷上好！啊像阮中午才一盤魚脯仔，一盤仔蕹菜，擱一項啥……昨暗剩的……靜子厲害呢，若是阮阿近，未曉料理，買再好的菜嘛煮未出啥好料……」她連忙解釋：「昨天阮查某祖做忌，多買那半隻煙雞，白賊七，有雞哪有鴨咧？魚嘛是自己釣的，蝦仔靜子伊赤崁客母拿來的……」「汝白賊咧我白賊，魚圈欲叨釣啊？報我來去釣啦！呷就呷擱驚人知！汝好命啦！恁坤地仔上甘呷！」一旁媳婦陪笑著說：「伊講算命仙講伊是乞食身皇帝嘴！」大春抓著她的眼又說：「菱角嘴欲呷不驚貴！就是講咧，也像阮這是乞食身乞食嘴！」「不見笑啦！」她罵媳婦也罵兒子，大春這種冷嘲熱諷也不是第一次，依然惹得她食不知味，鐵青著臉。她今天要趕緊把錢還清，心頭才會舒坦。她也知道這麼做不正讓大春說中了，但她已管不了這麼多，夏天賣瓜，手頭稍微鬆些，大家都是這麼想。況且這錢是兒子的朋友給她的紅包，表示她一點也沒有占兒子媳婦便宜。

眼看大春執筆在帳簿上刪去幾行字，她了了一樁心事，她雖不識字，這方面倒信得過大春，就像他信任他們一樣。回到家，雨仍滴滴答答落，不見一個人起床，豬雞鴨貓也都無聲無影。滾了粥，她悶悶得打起呵欠時，有人上門來了。廣結善緣，這點是她最得意的，她認也不用認，知道是意嬸婆，由上而下搭蓋的斗笠、簑衣和枴杖，像間緩緩移動的小茅房。她一物不遮地出去把意嬸婆連扶帶架地拖上過水庭，並爲她取下一身的遮蔽，自己揮著頭臉上的雨水。

意嬸婆坐落到椅子上，開始唉聲長嘆，說：「濕濕雜雜，像在行經咧！」「呷飽未啦？」阿媽問。「人也在管汝夭抑是飽，死抑是活，咱這自古早就是有棺材沒靈位的。」「是沒代沒誌又在氣春仔，伊也不是快活，磨東磨西，咱九十啊，做阿祖啊，多呷幾年，連祖祖都做著，人春仔是孫媳婦，不比媳婦，就算是媳婦，也不能乎汝喊東就東喊西就西，家事是人在掌，汝作汝呷飽睏睏飽呷就好嘍。」阿媽未聽她告狀就先勸解一番。「別項就免講，自今年……橋頭那陣兵仔看伊車一車菜，跟來到厝內買菜，擱來就買瓜仔，常常有代誌沒代誌就來厝內行踏，像一陣青頭雨神咧，汝這查某人嫁人生兒，恁頭家沒講話，阮也管未著，也不想看汝這厝內查某囝仔三四個，杯仔是乖啦，珮仔和環仔跟那阿兵哥一句長一句短，三八亭童，若乎人拐去跟人走才來欲哭沒目屎……啊，這目睛疼歸暝……」意嬸婆掏出手帕拭著血紅的眼角，彷彿生氣而傷了眼。「透早有閒就起來煮粥炒菜乎那陣兵仔呷，咱想一年，叫伊給咱煮一嘴豬血湯，沒就是沒！一枝目睛毛就要摸來找靜子幫咱夾，還想欲別項，作夢啦！」阿媽說：「我來去叫靜子！」意嬸婆攔住她說：「沒趕緊，等一下，落雨天多睡一匙仔。」「春仔生的像春仔，沒憨，汝免煩惱伊！汝沒去看，東港仔、四斗仔、蓋頭仔，連土豆田嘛清到沒半枝草。春仔賣菜乎兵仔，沒出價，還省車錢工錢……」「剛開始沒，這陣常常嘛半買半相送，才幾個兵仔，買也買未完，不是得去馬公賣。」「總講一句就是，誰人叫汝呷老還目睛金耳孔精才會顧人怨！」

雨小了點，仍不休地落，一針一針刺進天井，繡上千萬串水鑽。過水庭的屋簷垂著水珠簾，簾後這一家之主和那一家之祖不知道在檢討些什麼。阿母戴上斗笠走過天井，吃了粥，二話不說就來幫意嬸婆拔睫毛。阿媽餵豬去了。

意嬸婆從藍布衫子的口袋掏出一支不鏽鋼的雞毛夾子，然後靜靜的仰著臉。照例是要把眼岸邊殘倒的睫毛一一揀掉；剩下幾根直立的也都拔去，像拔刺拔雞毛一樣，最好是一根也不留。

她想起十多年前還年輕的時候，意嬸婆幫她挽面的情景。閉著眼睛，任由她咬牙切齒牽動的線在臉上切割磨走，將細毛全都挽去。那時意嬸婆老愛說自己的臉皮已經垂老得像火雞脖子，線若走過面皮就要整張翻起來囉，哪像靜子的臉又油又光。她聽著靜靜微笑，悄悄睜開眼來，看見她的皺紋恍若幾十年晃眼過去了。這些年意嬸婆倒老得沒她的快，當初輾過意嬸婆臉的輪子正朝她滾來。當時她倚賴的是意嬸婆滿布皺紋的雙手，今天意嬸婆借重的是她那時緊閉的雙眼。老太婆蒼白的眼皮不聽使喚的闔下來，人家說的「死雞仔眼」就是這個樣。連眼皮也長老人斑。她用食指抵住上眼瞼，拇指撐開下眼瞼，紅紅黏黏的眼眶之中，眼白混濁，湖心沉寂，光禿禿的，沒有半點風景，看不見自己照映在裡頭。稍一閃神，差點刺到她的眼睛，便解釋說：「落雨天沒夠光！」眨眨眼，又拔了一根，說：「落雨天也較沒雨神！」要不然總趁老太婆安靜出神之際來沾她，她好似沒感覺動也不動，只是擾亂了她看不過去動手去趕。意嬸婆突然整個頭垂掉下來。「落雨天多睏一下，頭就暈暈，還會刺否？」她呑了一個呵欠，看著雨問，天井水溶溶的，雨的節拍加快著。

「落雨天，我想汝沒去山仔！」月琴阿姆一進門就隔著天井大聲對阿母說，英傑和敏惠飛快地衝破雨幕，直搗秋香秋蜜秋添的睡窩。阿媽招呼：「月琴仔！我有記不對沒啊？不是後日欲去高雄，行李款好未？」月琴有句話「落雨天躲沒路，行李摸過十外遍了！」說出來不妥，只禮貌應應：「也沒啥行李。」「包袱仔要準備好，不要像以早金霞！」月琴聽見金霞豎起耳朵，嬸子卻沒說下去了。「金霞是誰人？阮阿母嘛講到金霞。」「講啥？」「講不要像以早金霞，金霞是誰人？」阿媽手往外一撥，說：「沒啦，金霞以早住在隔壁，早早就跟人欲去台灣，衫也沒整理好，囝仔也沒牽好，哭得大細聲，罕得穿高跟鞋，行出門就來斷一隻鞋跟。」沒說的是金霞一家此去發展不順，好不容易長子學了一手修車功夫，卻又發生意外被車子壓成殘廢，昔日老鄰居都說她出門時就有了壞預兆。阿媽又點點滴滴問了些遠行的細節，回頭轉述予意嬸婆。

一會兒秋暖瓊雲秋香也陸續起床。「落雨天，大家怙厝內底相看，沒處跑，再講還是咱這舊厝較好，雨有出路，人也有出路。」阿姆站在過水庭上望著天井裡的雨，喃喃說：「落雨天，冬子應該也有在厝。」

意嬸婆每回來拔睫毛一定給秋添五塊錢買糖，順便交代將來她死的時候要來送她，並一再詢問，直到秋添承諾，姊姊們因此總取笑他：「恁阿祖來了！」一起床就有錢握著，秋添眉開眼笑，伸長手在屋簷下接雨，順便將錢洗一洗。

桌上只有土豆仁、醬油糖魚脯，秋暖拿了兩個鹹蛋剖成四半，「我喜歡一整顆挖著吃，不要一下子就看到蛋黃。」「我喜歡蛋白！」瓊雲說。「我喜歡蛋黃！」秋蜜說。秋香抱怨沒菜，阿母說：「落雨天，沁菜配，不會去煎兩粒雞卵！」「阿母，炸蕃薯乎阮呷！」秋香咬著筷子說。秋蜜聽了便一個勁的要求要吃炸蕃薯，秋暖也幫腔，有她們賣力，秋香就不吭聲了。阿媽在那邊終於忍不住說話，「欲呷自己不會去煎蕃薯餅，誰不知欲呷炸蕃薯，用炸的傷重油，月琴仔，咱自己人，一月日單單是這油、鹽、米、糖、味素，就要多少開銷，透早才去大春那還帳，不省咧，開學註冊又全是錢，欲呷炸蕃薯，中元到了，看欲炸啥才去炸個夠。」「人家就是現在很想吃嘛！」秋蜜哭喪著臉。「落雨天，嬸仔，好啦……」「阿媽……」阿媽嚴斥：「免寵伊，越來越不是款，萬事伯公講的，講到呷就一個一個像武松打虎，若欲做工作就一個一個桃花過渡……」

又有個人上門來，打著花傘，傘下可見白皙的小腿，穿件開前襟的素面紫色及膝洋裝，五分袖緄了一道小白邊。因爲她，雨看起來彷彿稍微小了，可以看穿了。雙手齊撐傘，專心一致如同膜拜地穿過雨來。被雨打濕的裙尾呈深紫色，似飄來一朵馬鞍藤花。拾階而上，傘仍撐著，進到前庭才把傘移開，滿臉早已是笑，朝他們問候地嫣然一望。馬上又撐起傘微笑渡水而來。

「落雨天，找沒查某兒！」簷溜的雨水打在傘上蹦蹦作響，瓊雲的媽媽邊收傘轉身向天井甩甩傘，邊與眾人寒暄起來。「落雨天，穿那婧！」意嬸婆呵欠說。阿媽說：「穿這婧，少年咧十歲！跟阿雲像姊妹咧！」一屋子女人全瞧向她，瓊雲還對秋暖斜了一下眼。她急忙笑說：「落雨天黑白穿，這多久的舊衫囉，那日拿欲乎阿雲穿，伊嫌老沒愛，我看好好打損，落雨天穿出來淋雨嘛好！」說著又打轉著拍拍身上的雨滴，這才發覺月琴阿姆也在，一時有點尷尬，點頭問候，趕緊轉移話題尋著瓊雲，「在這眞逍遙，也呷也睏，我看我乾脆將汝的戶口遷來這好啦！」阿媽說：「就有汝生這憨查某兒，來這跟阮住歹呷歹，汝去看桌仔頂也沒半項菜，那個自早起在那脹鮭，吵欲炸蕃薯！」「好啦，嬸仔，多人好呷食！這炸的誰人不愛呷！」阿姆又幫著求情。

雨又急了點。秋蜜想起來就麻木地纏阿母一句，秋添說要去買糖分她吃，她也不理。連敏惠和英傑也加入鼓吹他們阿母炸蕃薯的行列。意嬸婆打起瞌睡，阿媽仍不怠忽做主人的職守，繼續同她聊天，繞著天氣打轉，甚至和老天爺翻起舊帳，「落這雨，甘是有風颱，落這風颱雨，多落兩日，瓜仔就泡水去了了，舊年也是，前年也同款，風颱收的，比咱收的較多，月琴仔，這款天恁欲去高雄，船甘會開？」「也知？慢兩日也沒要緊。」阿姆說。一旁瓊雲媽媽聽了不禁暗自感傷，她與月琴是村裡僅有的兩個裁縫師，又都是外村嫁過來的，平素雖無交情，但因丈夫皆旅居外地，兩人絲毫無同行相忌，反而有種命運相似的情感，如今人家已在高雄拋根擋地，夫妻團聚在即，以後就只剩她仍做織女張星望斗盼七夕了。

「落雨天，呷炸的不燥，好啦！咱來炸蕃薯，阮厝內還有一粒高麗菜，叫英傑返去拿，還有鹹菜炸丸子嘛上好呷，多炸一點，等一下拿幾粒去乎冬子的囝仔，冬子，咱若沒去，伊也不曾行腳到。」阿姆說著站起身來。瓊雲媽媽也說：「我有芋仔，我返來去拿，順便叫阮志帆來鬥鬧熱。」在一旁補衣的阿母看阿媽一眼，試探著說：「欲呷的人不趕緊去刨蕃薯皮啊！」瓊雲媽媽撐開傘搶在阿姆面前說：「先講好，麵粉跟油我來出，阮阿雲常常在這呷恁的。」

幾個小的搶著削皮，秋暖和瓊雲負責剉籤，阿母拿出兩個中元普渡專用的不鏽鋼臉盆，她這個麵粉和蕃薯紅蘿蔔，瓊雲媽媽那個裹芋頭鹹菜高麗菜。坐鎮在那裡的阿媽說：「有心欲炸啊，就多炸一點，還有姆婆跟東邊祖仔！」秋香說：「阿媽！若有蝦仔就好！」並發出吸口水的聲音。阿媽舉起手：「擱講啦！」意嬸婆聞到五香的味道，又感覺屋裡搖搖晃晃的，清醒一問，才知道一屋子的人正準備炸東西吃，因此又想起她家裡嘈嘈切切的女孩子和憨兵，再怨嘆一回。

阿母想起，又拿出海菜乾來，自己也覺得好笑，說：「好了，好了，連厝嘛欲拆來炸了！」阿姆站在最前線，痛快的把整桶新開封的沙拉油全倒盡，扭開了鍋上一盞小燈泡，油金純淨，好似一片蜜湖酒海。這支油炸大隊的排場在這屋裡恐怕是空前絕後的，「阿啓師在辦桌炸肉丸嘛沒像咱這功夫，我看喔，莊頭分到莊尾，一人可以呷咧三粒。」瓊雲媽媽說著從虎口擠出一個丸子，手撥散髮，連額眉都給麵粉染白了。阿媽說：「作一遍呷乎夠，誰人敢擱吵就抓起來打。」「人家台灣的工廠就是像我們這樣，叫作生產線，一貫作業。」秋暖津津樂道。阿姆全神貫注，一句話也沒多說，雨嘩嘩嘩，幾乎聽不到油炸聲。

雨不間斷的下了兩天，第三天早上一下子陽光金銅一般亮晃晃，這種天氣變化對瓜仔而言簡直是水深火熱。阿爸趕著灑農藥，也只能灑農藥，澆水施肥都不是時候。阿母望著整田翻白低頹的瓜葉，相較於前天早上的心情，恍如隔世，好似一池綠水退去了。還不至於死光，只是元氣大傷。「擱一日，擱多落一日就沒救啊。」阿爸說。

接連數日，阿母怏怏然，每舀一匙回鍋油，就想起同在屋簷下做了二十年媳婦的月琴一遍，她去高雄那天天氣眞好，她們都不會忘記。

22 秋來

不消半天光陰，綠洲變成沙漠。陽光熾豔，犁起收集成堆的土豆藤奄奄一息。這是穿草鞋第一塊翻身的田，四周圍依然蒼綠，將這枯地孤立起來，像個繡框，裡頭繡著兩個婦女和三個女孩，其中一個還是女童模樣。兩個婦女兩代人，阿媽戴斗笠，蒙面的是阿母，孫女裸露著頭臉。犁上來的藤需要人拔土豆，犁開來的壟面需要人撿土豆，犁下去的田溝需要人耙土豆，按部就班這三部曲。犁完田吃罷草的老黃牛在田邊的荒地上休息，好似擱在船邊的一根木槳，動也不動。

「我講三國枝仔！汝又跑頭先，欲掘乎阮追，土豆有婧沒？」阿媽駐足田頭，大聲的問候田裡的老婦。「不歹啦，這區舊年是瓜仔田，瓜仔田沒婧，別區就免講啊，不緊掘，囝仔欲開學啊。」阿媽邊走邊瞇眼看著附近的田野，眼神癡迷而空洞，抬頭望望日頭，自言自語：「六月秋緊丟丟，七月秋秋後油。」

午飯才開動，阿媽隨口說了句：「人三國枝仔在掘土豆啊！」桌邊的人皆未搭腔，繼續朝一盤乾煎白帶魚進攻，獨秋暖像被點了穴，沒有動靜，牡蠣苦瓜，炒過火的蕹菜，已然一桌秋色。

瓊雲吃飽來的，怕阿媽三催四請，抱隻貓陪她，等在秋暖房間裡。「要不要去哪裡玩？我們快要掘土豆了。」秋暖回房就說。「沒有地方可以去。」瓊雲昏昏欲睡。秋暖隨便說說：「去游泳！」「不要，那裡有阿兵哥。」「去後面海，不要去前面海。」「不要，會曬成黑人！」瓊雲說著將貓放到窗台上，貓輕巧自三爪窗鑽出去，她則慵慵地攤在床上。「起來啦！掐死你，一副相思病的樣子。」秋暖拉扯著她腰間的布帶。「相思病。」瓊雲翻身趴著說。「楊淑寫信來，要不要看？她和櫻梅在湯匙工廠上班，住在一起，說下次回來要給我帶一對湯匙。」「沒聽過一對湯匙，是兩支湯匙。」

瓊雲假裝睡著，她無事坐在床邊發愁。「唉，掘土豆掘土豆，又要掘土豆了。」說著把腳縮到床上來摳，一個勁兒把小趾邊上尖峭的一片小甲給摳掉，聽見瓊雲翻身就說：「聽說沒有這塊小趾甲就不是漢人。」瓊雲沒聲音，探頭去看她的腳丫子，小甲分明，獨立於小趾外側，且潔白透明。她把腳伸直，看自己土裡來去厚拙的腳趾頭，說：「你喜歡夏天還是秋天？」「都不喜歡。」「我也是，都是掘土豆害的，如果不用掘土豆，秋天還不錯。我們夏天在幹什麼？如果跑去台灣打工，也要回來了，回來……還是要掘土豆。楊淑寫信，別的不問，問我要掘土豆了沒，還說很想念掘土豆，那是因爲她再也不用掘土豆了……」瓊雲說：「好了，別再土豆土豆了，眞想念還是假想念，信給我看看。」

烏影窗口橫過，阿媽爬上磚坪去翻菜豆乾，秋暖趴在窗口等她的腳回來，她的腳枯瘦而有力，鷹爪似的。每年七夕過後，阿媽就會從田裡挽著一水桶的土豆回家，不是提的，是親密的貼身挽著，好像在路上碰巧遇見一位老友，好說歹說，硬邀人家到家裡敘舊。收成土豆雖然不必從長計議，她卻老是一個人臨時起意，該不會她也怕秋天怕掘土豆吧。準是某日近午匆忙打土豆田趕回家時，看著刺眼，停下腳步來拔一蓬比土豆四五倍高的野草，深根八爪盤紮在土底，碰地一聲像記地雷悶爆開來，心坎也一震。順手帶起旁邊一椿，然後一椿接一椿，下手不能自休。

這時要有人經過一定會說：「就欲掘土豆啊擱在揪草！趕緊返啦，日頭赤豔豔！」這時已不是怕人嘲笑，而是覺得有點對不起這些土豆。拔得起勁，聞到一股土根香，原來連土豆也揪上來了。她站起身，眼前一片黑，手斬捷，如搖鈴似的一抖，甩掉根部的泥土，五、六顆乳白色的豆子掛在手掌下了。她放眼望去，不再看見雜草，而是遍地芸芸綠葉，微風拂來，如萬蝶拍翅。回過神來，扯下那五、六顆土豆，走到井邊將它們擱在井岸上，然後提了兩桶井水將泥土稍微淋濕，接著便赤手空拳將溼地上的土豆抽拔精光。不多不少，約兩塊榻榻米的面積。一個順便連接著十個順便，她遂一不做二不休地將土豆藤上的土豆全摘完，再用井水粗略洗淨，擱在水桶裡挽回家。回家一鼓作氣緊接著起火煮土豆。

晚飯後瓊雲又來，屋內反常的靜悄悄，直走到過水庭才發現一窩人都趴在廳裡燈下，附近的女孩也在，哇一聲說：「一人一支煙囪，又在開工廠了！」秋暖抬臉說：「快來，日記三塊，作文五塊，書法兩塊，畫圖也兩塊！」「我不用錢……」瓊雲一說所有人都揚起臉來：「幫我幫我……」瓊雲邊找椅子邊說：「今年我弟也畢業，都不必寫暑假作業，他也跑去幫別人寫，我要看，看誰的字最好學……」正要去搬一張綁著紅繩子的椅子，秋蜜說：「那頂是瘋國仔的！」「她怎麼好像很久沒來了。」秋暖說。高高伏在供桌那邊寫的秋香說：「別講，講一講明天就來了！」瓊雲搬了另一張椅子在桌邊坐下，微掀開桌上的報紙說：「連飯桌都搬進來了。」「你去看他寫好那幾篇，這裡一塊油，那裡一塊油。」秋蜜說著把一本日記本送到瓊雲面前。瓊雲說：「什麼都好，不要日記，最不會寫日記。」秋暖說：「隨便寫一寫。」「那你寫，以前都被老師笑的，寫那什麼流水帳，每天都是起床上學吃飯睡覺玩，就沒有別的事，就眞的沒有別的事嘛！書法，書法，鬼畫符我會。」瓊雲瞧秋蜜皺著眉頭遞來一張宣紙，又說：「不要寫到哭喔，以前我才可憐，一面寫暑假記趣，一面偷流眼淚，我媽就說，又在那裡偷彈玻璃珠了。那我們新生開學要準備什麼？」「買制服啊，剪頭髮啊，不然還有什麼？你最好頭髮剪短一點，以後可沒有楊格給你護航了。」「哼！」瓊雲撩撥了一下頭髮，說：「小秋添，去買汽水，來喝汽水好不好？」

兩天後他們也開始秋收。前一天午餐阿媽即說了，晚餐又說一遍：「明早起欲來掘土豆。」清晨秋暖醒來更換下田的衣裳時，莫名其妙的反而欣喜。阿爸說：「一個得去蓋頭仔澆小玉仔！」三個姊妹互推，最後猜拳決定秋暖去時，她硬是求阿母代替她去。

一家人很少一起出門下田，這天倒是。所有工具都擱在小推車上，推到牛車進不去的地方。阿爸扛犁，拖鞋趴搭啪啦打著腳板，孩子提籃子拿斗笠跟在後面，阿媽押尾。看見兩戶人家在田裡工作，一家剛犁起土豆，一家已經掘到土裡去了，彷彿是同一家人，一個過去一個未來，阿媽呢喃著：「掘土豆喔！」

他們的牛肚子已經大到不能再大，秋蜜形容：「好像我們一起吊在單槓上。」伯公前兩天才特地跑來，瞧牠步履蹣跚沉重得很，「看這扮勢，土豆掘未了就生了！」這牛近三、四個月，除了偶爾車半桶肥載半載瓜，皆在田野散漫度日嚼草安胎，著實改頭換面變成一頭溫柔的母牛。原本夏日裡無耕作牛就清閒些，也並非全是懷孕的緣故，每日只負責埋頭吃草就是了，到了秋天就有得忙了。牠緩緩的踩著牛蹄走到田頭，任由主人將犁頭掛上肩頭，阿爸看牠乖順，便把牛籠和牛鞭都拋在旁邊。犁土豆對牠而言是第一遭，牠似乎感覺到任重道遠，牟牟地叫了起來。「趕緊把麻藤草揪揪咧！」阿媽抓起藤蔓，一拉高才發覺牽連了一大片，「像在牽網咧，看掘這啥草，沒緊鏺鏺咧，等一下就害犁盤著牛絆倒落。」

天空無雲也無飛鳥。阿爸握著牛繩，調整好犁頭，對準第一行土豆，將六根筷子長的尖爪刺入泥地，「厚」地一聲，同時扯了一下牛繩，牛甩甩尾巴，拖著犁笨重地邁開步伐。隨即自前面的土豆叢裡飛起幾隻蚱蜢，秋蜜和秋添咿咿喔喔在田上亂跑，將蚱蜢全逼出來。直到阿媽吆喝，他們停了下來，牛才再度遲疑地向前行，泥動根走，一列綠色草葉便給帶動起來。

阿媽拔完牛耒犁準的土豆，好不容易等牛慢條斯理地來回走了五趟，才動手快速地將土豆藤抓起來抛抛泥土聚攏成堆，孫子們也跟著做時，只聽見她嚷嚷：「趕緊去拔土豆，這我來就好！」秋蜜則在那頭囑咐：「你們不穿拖鞋，等一下鉤蟲會鑽進你們的腳喔。」除了秋添，沒有人理會她。秋暖還笑她：「老師說的對不對？吃生的東西會長蛔蟲，不穿鞋會有鉤蟲，對不對？你看，不脫鞋，跌倒了吧！」跣足入田，露氣微涼，平時搭著拖鞋，沾惹露水是件討厭的事，脫了鞋，服貼的腳板不但喜歡拖泥帶水，甚至像蚯蚓般直想逞入泥土底。

「看誰先拔一籃子。」秋香席地坐下，將土豆藤像草裙似的拉近膝蓋。秋暖撿起一根落單的藤，把它拿正起來看，葉子綠而圓，像一枝枝小扇，挺拔地迎著晨曦。扯下三顆白白胖胖的土豆，隨手將它揚棄。

23 無事

瓊雲洗了米，菜也洗淨切妥，各就各位搭配好，一條魚放在白色盤子上，紅蘿蔔和蔥段薑絲擺在上頭，絲瓜則鋪在花盤子上。面東的廚房沒點燈，從外頭進來覺得暮氣沉沉。她阿姨有憋尿的習慣，匆匆一瞥就衝進浴室，門也沒關，邊尿聲淙淙邊說：「阿雲，汝變這厲害，炒這菜婧噹噹，色就是色。」「生的啦！阿姨你老花眼了。」「老花眼?!」阿姨拉著拉鍊走過來看，「啊喲！真正青的，我在憨，欲煮這婧有可能，欲煮到沒半點油煙還有色就沒那麼簡單，這魚早起買的？一斤……」瓊雲走出廚房。

「又想欲亂亂走，人阿暖去掘土豆，來幫我車這褲腳，阿姨又拿衣服來了！」媽媽低頭踩著裁縫車。「哎呀！每次都拿那些阿兵哥的衣服，臭死了，都是臭汗酸味。」瓊雲嘟噥。「洗清氣的。」「都有那種味道，洗不去！」「阿兵哥出門在外，衣服哪能洗多乾淨，不要不要，我要教你做衣服你也不要。」瓊雲跺了一下腳，轉過身去：「不要啦，做的衣服那麼死板，現在很少人在穿，以後更沒有人穿，買就好了，幹嘛浪費時間。」「不識貨，買的哪有做的合身，你沒看你阿姨那裡好幾套高中制服要做，你看那些買的卡其制服，像用牛皮紙摺的，鬆鬆垮垮……」瓊雲插嘴說：「那些壞學生制服用做的，都會被教官叫去罵，可是眞的比較挺比較帥，那你也幫我做一套。」「你要做壞學生啊！制服就不必了。我跟你講，不要亂亂走，人大家攏在沒閒掘土豆，要，你就去幫阿暖掘……」「唉呀！我就是怕蟲！」「若不，不好去田裡找阿暖，被人家看到不好意思。恁二嬸種較多，我若多幫伊掘兩日，恁三嬸就會講話酸，我籃子已經提到田頭，還講，免啦免啦！汝去幫美英仔掘就好，阮沒愛欠人人情……」「若我，攏沒愛，管他的。」「你講這樣，人家看你好像閒閒的又沒去幫忙就笑你懶，不會做人，你就像你爸爸，叫我都不要去，講一人一家，自己做好就好，伊在外口，我在社內，還要跟人站起，你知不知道？」「我不知道！那是你們在麻煩，我跟阿暖都沒這種事。」「那是你這個沒良心的，看人在那艱苦……」「掘土豆有那麼可怕嗎？」「日頭赤豔豔，田內汝去坐看嘜咧，我擱過半個月，等日較毛，較有風，咱後陸那幾隴也欲來掘掘咧，今年沒愛去給恁二叔三叔借牛，免得講咱這種沒三千栽去跟人種三萬栽纏腳絆手，等恁明清爸有閒才來幫咱犁犁咧，我慢慢啊來掘，掘到欲中秋，我才來去幫恁二嬸三嬸鬥掘，沒管大小區，一人兩區，那陣就沒像這款天，日頭燒滾滾，沒五點過後，土腳不能坐咧。」

瓊雲回頭把菜煮好，一身悶熱到外頭尋志帆，看見他玩得一身髒，像爸爸的兩根鬢腳濕濕的貼在鬢邊。他今年要上國中了，玩得特別凶，爸爸不在家，姊姊又愛往外跑，他把地盤建立在家附近，好邊玩邊照應家庭。瓊雲喊他：「孩子王，吃飯了！」他喚她：「很窮的雲！你要去哪裡？」

她信步向東走，秋暖家的田都集中在港仔口以東那一帶。走到港仔口便聽見笑鬧聲，秋暖和秋添抬著一個人似的抬著一麻袋土豆，秋香和秋蜜各提一籃絲瓜，陸續從小路走出來，東西全擱到推車上，秋蜜也把自己擱了上去，叫秋香秋添去推。瓊雲掉頭和他們一道回家，看見西天低低沉沉的掛滿雲彩。秋暖說：「去我們家，今天我阿媽要煮豬腳土豆。」瓊雲看她好快樂的樣子。

前面牛車上有兩個女孩子的剪影，四條腿在車後頭搖晃。秋蜜大聲一喊：「曾美銀！」車上左邊的女孩子揮了揮手。秋香也喊：「曾美金！」車上右邊的女孩子也揮揮手。「推快一點去超車！」秋添說著傾身推快起來。秋暖在後面叫：「慢一點！等一下煞不住！」「誰不知道他要推快一點去看曾美玉有沒有坐在前面。」秋香這麼一說，秋添馬上放慢速度，說：「她有什麼好看的？也不去照鏡，較醜那藥仔頭！」秋蜜說：「汝才要去照鏡咧！馬不知臉長，猴子不知屁股紅，癩蛤蟆想吃天鵝肉。」「你才癩蛤蟆咧，再說我給你推到水溝裡。」秋添作勢要往右邊推，這時秋香看見蔡昆炯騎著腳踏車迎面而來，說：「現在不能叫豬哥炯了，你們那個癩蛤蟆來了！」

經過那晚拔牙之恥，蔡昆炯銷聲匿跡好一段日子，經常上山下海早出晚歸，避免碰見人開口說話，一根舌頭整天躲在嘴巴裡面舔著門牙和傷口。他阿爸問他話，老是抿著嘴回答，惹來一頓罵：「幹！飼汝這死囝仔栽！汝是暴牙拔了變大舌！」小孩子越想看他的牙齒，他嘴閉得越緊，他越不發言，小孩子越好奇，「拜託咧，給我們看一眼，以後我們都不要叫你豬哥炯了！發誓！」拔掉那隻陡峭的暴牙，加上一段時日的沉默寡言，整個臉孔像改了風水，他屢次聽見婆婆媽媽們對他阿母說：「早就該拔，汝看，這個嘴唇合來，歸個人變這斯文！這緣投！」他關在房裡偷照鏡子，表面上並無改觀，但就是覺得自己真的變俊了，不知不覺咧嘴笑了。不過至今未再吹過一聲口哨。

蔡昆炯減速慢行，秋添也煞了車，叫著：「欸！欸！你那顆牙齒有沒有丟到床底下啊？」蔡昆炯緊閉雙唇鼓起雙頰，溫和地表示拒絕回答。「你傻瓜啊！那是暴牙，拔掉就不要它生了，還丟到床底下幹嘛！」秋蜜管教多事的弟弟。蔡昆炯騎到瓊雲和秋暖身畔停停走走，忽進忽退地踩著踏板，說：「剛才我遇到楊格！」「在哪裡？」瓊雲驚奇問。「在北邊，後陸那裡，他說他暑假去台灣，才剛回來，騎車出來兜風，問我們考上哪裡。」「我們？」瓊雲輕輕說了聲。他靦腆地微笑，這是他拔牙後首度和瓊雲說話，他不希望她們認為他是專程來傳話的報馬仔，未掉頭，朝東騎去。「欸，你去哪裡？」秋暖大聲追問。「去兜風！」他瀟灑地舉起手說。「載一袋土豆去兜風，瘋子！」秋暖笑著對瓊雲說。

一心想著楊格可能是爲她而來的，瓊雲一會兒爲錯過而有點失落，一會兒又是心頭飄飄的。「你那天沒看到他那隻牙齒，這麼長，如果是我就會留起來作紀念。」秋暖說。「這麼長，不是像豬一樣，你再誇張一點。」瓊雲說。「你不相信，你叫他拿給你看看。」這麼說著，秋暖家到了。大夥忙著搬東西下車時，有部摩托車在旁邊停下來，最先看見楊格的瓊雲裝做沒發現，秋香轉頭衝口而出：「楊格！」馬上改口又叫：「老師！」楊格望裡頭看了一眼，說：「去田裡回來？秋暖！秋香！你們家啊？好古色古香。」「嗯，我們的老窩！老師你兜風回來了！」秋暖說。「欸，騎到跨海大橋，走瓦硐回來，不知不覺又繞進來你們村子。」楊格笑著瞥了瓊雲一眼。秋香問：「又繞進來？你來過一次了喔？」楊格心虛想混過去不答，秋蜜說：「騎外面那條路就忘記我們了，不要有外面那條路，大家就會穿過我們村子這條路。」秋香罵她：「說什麼啊？你又懂了！」楊格對著秋蜜說：「大家不走進來裡面才好啊，你看空氣新鮮又安安靜靜。長得好像秋暖喔，小妹妹，再過幾年要讀國中？」秋蜜對他比著兩根手指頭。「我還要三年！」秋添說。楊格笑笑，看著秋暖和瓊雲，「頭髮長了，曾瓊雲！你家呢？在哪裡？」「在那邊，那根電線桿旁邊。」瓊雲指著東北方。楊格順著她指的方向望去，不明瞭她指的是哪支電線桿，又回來看她的手指頭一眼，再順勢望去，迷惑了，指的好像是天邊。秋暖支支吾吾開口：「老師要不要進去……」秋蜜和秋添仰著臉一搭一唱：「吃飯！」「土豆煮豬腳！」秋暖連忙說：「喔，少丟臉了……」瓊雲忍不住笑了出來。楊格左邊跟弟弟妹妹說：「哇！這麼好！」右邊對秋暖說：「不要客氣。」眼睛又轉向瓊雲這邊說：「好了，再見！」她小聲回了聲：「再見！」屋裡阿媽打亮燈大聲在問：「誰人來啊？入來啦！」秋香趕緊揮手說：「老師再見！老師快點走，不然我阿媽來了，你就跑不掉了！」秋暖聽了又尷尬又著急，幸好他在阿媽出來前走了。

瓊雲幫忙抬土豆進去，也告別了。走到門口還聽見秋暖在說：「你不吃啊，今天有煮豬腳！」她頭也不回的走了，走到半路忽然折返回來說：「我要吃一塊豬腳。」

24 趕豬

拖到午飯過後，錦程才準備離開營區，他把暗藏在櫃底的兩盒月餅拿出來，放進一只有提耳的厚質塑膠袋，這只塑膠袋是前天隊上的弟兄去買書提回來的，他特地要了來。他將一套便服也放入袋內，完全掩蓋住月餅，然後試著在手上提一提。

迎面撲來一陣海風，他看見營區大門對面的海岸，不禁想笑。只不過是兩盒月餅，也要像小偷似的暗來暗去。跟他同床的小張半年來已經胖了五公斤，任何食物都逃不過他的鼻子，只有他覺得當兵眞好，不愁吃穿無憂無慮。

「拿一盒中秋餅返去老厝走走咧！」他父親說。這次回家隻字未提老家，父親想也知道他沒再去過。他甚至也沒多說營區以外的事。「拿一盒能看？一個工不多拿兩盒，那厝內多少人？」母親親自挑選三盒著名的月餅，並交代一盒要給同屋子的伯母。她還不知道他們搬走了。回營那天已被充公一盒，再三解釋是受人之託，弟兄們才口下留情。母親說：「千里迢迢，不拿上好的，人怎會稀罕，不如在那買就好。你阿婆啊！千里迢迢抓你去那做兵，不去拜拜走走，哪行？人在伊的地盤，伊才是監護人。」說到底就是迷信，求個心安理得。

營區一公里外有間普通的矮房，門邊牆壁上朱漆寫著「修改衣服洗衣換拉鍊」，舊漆褪色，才重新描上。營區的阿兵哥習慣來此更換便服，趁機接近改衣服的許太太家的少女們，對她們開些老掉牙的玩笑。那許太太是個聰明稱職的良家婦女，對阿兵哥的玩笑從不置可否，正因如此，他們還有個分寸，也懂得箇中樂趣。錦程從未曾一個人來，有幾回即便一個人想去馬公逛逛，也就穿著軍服去了，沒遇到憲兵找麻煩，他知道自己長相斯文行爲端正。今天則不想穿軍服。

「嗨……」他推開門進去，生疏的打聲招呼，想學其他人再稱呼一聲許太太或姨仔或大姊，卻叫不出口。「咦？孤單一個？」許太太側著臉向門外探看。「欸。」看見她兒子在女兒不在，立刻感覺輕鬆多了。更衣的地方原本是兩個兒子房間，「孩子長大了！」她解釋說，浴室在後邊與妯娌家的廚房相連，於是改在她和丈夫的房間，錦程說：「沒關係！沒關係！」

匆匆換好衣服，燈也沒開，只暗中感覺到床和櫃在周邊，一種夫與妻的感覺。換好衣服抬起頭來看見門框邊貼著一張仕女圖，眉目幽婉溫柔，伸手去摸，想知道畫的還是印刷品。回頭看了房間一眼，窗戶全用月曆紙封住。

出房門許太太頭也沒從裁縫車上抬起來就問：「去哪裡？送中秋禮啊？」錦程敏感的低頭看看自己的衣著，只是平常的一身白衣藍褲，馬上意識到是塑膠袋現出禮盒的形狀，當下不好意思起來，說：「喔，沒有啦，有個遠房親戚住在這裡。」「哪裡？」「好像叫中屯，台語叫中墩。」「中屯？中墩？好像有聽過，我住澎湖四十年，還不曾去過，知是通樑那方向的，對不對？通樑就曾去過，去看一欉大樹跟一條大橋，澎湖人沒有看過通樑大橋會被人家笑死。」

阿媽又來巡視新蓋的農舍，預備傍晚日頭小的時候將母豬搬遷過來。豬槽只是其中一間，東西向橫陳在屋後的農舍還有許多用途，負責搭蓋的阿允師等不及聽完她的口頭計畫，便說：「好，好，我知，我知，起一間像中墩國小對否，西邊井仔邊開始是一年便所，擱來是二年豬槽，三年養雞養鴨，四年柴間，五年牛巢，擱來咧？」「這個便所跟豬槽尾後要開一個肥坑，以後就免在門口舀肥，中央那間較大咧，放東放西才有位。」她補充道。阿允師繼續打趣說：「我知啦，有便所哪會沒肥坑！多砌一間，剛好自一年讀到六年。」她說：「汝若欲送我，那上好，我就這錢，舊年到今，賣土豆跟兩巢豬仔存的，汝欲多砌一間送我，我就來把東邊那欉芭仔樹除起來砌咧！」「多砌一間欲住人喔？」阿允師說。

空心磚疊砌的陽春房舍，一朝一夕即造就了北面若大一堵牆殼，一格格空心磚赤裸粗糙的，也不打算抹層水泥在外面，她以掌心撫抹著扎手的牆壁，說：「汝那鐵土黏有夠沒啊？我看錦仔起那，落一陣雨，內面一痕一痕，若多落兩日，空心磚一格一格看現現，不要颱風一來就傾傾起，豬是比人較值錢嘍，我跟汝講。」磚塊間壓擠出來的水泥被抹刀抹平，這條水泥痕越厚，她越高興。牆上凸淌著幾滴水泥，尚未凝固，還來得及刮掉，她也不捨得刮掉，彷彿這也能增一分鞏固的力量。

她犁了土豆給他們去收拾，自己回家來幫忙做小工，早一天蓋好她就省一天工錢。土豆掘不到兩區，一列農舍已經蓋出來了。農舍坐北朝南，北面密不透風，一個孔洞也不留，南面則僅築了不到北面一半高的圍牆，裡面的隔間一目了然。將來關了牛豬雞鴨的，堆了柴犁鋤擔的，也都一目了然。那群放任慣了的雞鴨豈能盼望牠們安分待在裡面，不過是提供一個夜間棲身之所，儘管門戶洞開，或者圍張魚網即可。只有最西的便所和最東預備做牛巢那兩間整個築高，留扇門，各安一個三爪窗。至於門，阿兄答應廢物利用做兩扇木門給她。阿允師免費送她的泛黃的舊空心磚疊在東邊靠近芭仔樹那面牆，其他地方都是鴿白的新磚。唯獨豬是不能馬虎的，她雙手拿起訂做的一扇水泥閘門，試著關上豬槽門，想到如此一來，家禽家畜都管理好了，心底好踏實。

這公車好像了解他的心事，讓他在青灣等了四十分鐘才來了一班風櫃往馬公的車，在馬公車站又遲疑地等了半小時，終於面對現實坐上車。行至學校，上來一群穿卡其制服的學生。卡其軍訓服像警察制服，看起來古板肅殺，男孩子穿這樣子也罷了，連女孩子也裹在乾禾草葉裡，令人聯想到巾幗英雄這類的。有個女學生，他看一眼便覺眼熟，阿兵哥看見漂亮的妹妹都會覺得眼熟，他受不了同行的小奇阿將阿風他們，沒想到自己一個人的時候也和他們沒兩樣。女學生後面又跟上來一個，這個女學生更加似曾相識，但是先前那個比較漂亮。來不及收斂凝惘的眼神，她就好似警覺到他而拉著前面那個女孩子止步掉頭站住了。看樣子是新生，漿硬的衣領和帆布書包。後來的那個女孩子有個地方和別人不一樣，新制服上背著一個舊書包，他坐在位置上可以一眼辨認出她來。他又想不需藉由舊書包，可以找個特別的地方來分辨她，好像怕她逃跑似的。

女學生的吸引力持續不久，沿途沒有轉移注意力的目標，他偶爾還是會張望那兩個女學生，並試著聽她們說話，她們沒有說什麼話。車開上橋，他突然開始緊張，一方面又說服自己若無其事的等著看橋邊的無人島，這他感興趣。也許是坐公車的關係，覺得島比上次乘計程車時來得小。退潮，小島孤立在海中，偏西的日照刻畫著它乾旱的岩身。蒙面婦女朝它彎腰駝背做著拾穗的動作。

車子轉進村莊，他把月餅拎了起來，走到離她們只一步的地方，發覺她們也在挪步準備下車，心裡竊喜，這就印證了這兩個女學生可能與他有某種關連。他看了看下車的地方，勾起上次在這裡等車的記憶。斜陽照著她倆背影，如照著那雙生島，舊書包更明顯地呈草黃。她們走路算快的，一個女學生加入她們的行列，三人行了一段，背舊書包的女學生先告別了。

他記得父親家門口有堵圓孔的空心磚牆，每個圓孔放一個貝殼。走到她消失的門口，果然看見那些貝殼，是父親家，不料一想成讖，複雜的情緒漲滿心頭。日不閉戶，門戶洞開。和上回一樣，長長的宅院空落落的。他聽見裡頭有人在說話，毫不猶豫立刻打了退堂鼓。

他走到廟裡。他要尋找某種熟悉以打消那種人生地不熟的徬徨。他鎮定的無所事事的把廟裡頭的文字逐一讀遍，但是心不在焉，右邊梁柱上的上聯讀完，也沒有接著去看下聯。從匾額大字到光明燈裡的小名字都不錯過，在喉裡腦中唸出聲，盤據在心底的不快稍微減輕了。他想，大不了再坐原車回去，他知道這裡的車都是從馬公來回馬公去。才想著突然父親的名字就出現在眼前。清明時記載添香油錢的紅春聯紙已褪似舊磚瓦。父親的名字旁邊是他的名字。各添了一千塊錢，怕人家不知道，故意分別記載。

他看得入神，絲毫沒有發覺遭人側目。廟公不能不如此謹慎小心，前年秋，阿德伯當廟公的時候，據說只是打了一下子盹，就讓小偷將大王面前的金爐拖走，直到五點鐘燒香時才發現，所幸小偷臨上飛機被逮個正著。佛法無邊，此事雖傳為美談，但作為廟公的阿德伯心裡可不好受，尤其是他妻子阿德姆更覺顏面無光，後來每日午後都得親自跑趟，敲叩窗戶喚著阿德伯的本名：「阿狗仔！阿狗仔！」此舉很快就招來孩子們的戲弄，裝腔做調學著叫：「阿狗仔！阿狗仔！」有前車之鑑，火炎廟公當然不想落此下場，「小心沒蝕本！」他的妻子總是叮嚀他。他說：「報紙嘛有刊出來，賊仔才沒那憨，每年來偷同一間廟。」他認為他們村子應該可以免疫了。妻子說的更有道理，「若識字就不會來做賊，也不只澎湖賊仔，也有台灣來的賊仔，汝別假博。」這村子裡的男女老幼，阿貓阿狗，在他腦袋裡皆登記有案，已有個譜，自然而然就唱出名來了，第一眼分辨不出來就是陌生人。他有一套疑神疑鬼的想法，若是村裡人，跨過門檻的聲音總是順勢不打腳的，膝蓋像蛇般攀滑過；否則不是叩叩地腳打門檻，就是高高騰空跨過。倘若是某某人的女婿親家之類的，也理應有某某家人陪伴。否則他再多瞧兩眼，他就會自動報上名來，某某人伊家的人啦！廟裡的這個年輕人令他費猜疑的不只是單槍匹馬，而是生得一張不陌生的中墩面，好像誰又說不出是誰。

「少年家，若欲拜拜要趁早起！」廟公忍不住好奇走過去。錦程禮貌地笑笑，轉身走人。「少年家，不知誰人伊厝的人啊？」錦程假裝未聽見他的追問，快步的向前走，告訴自己，早點把事情辦完，再晚，可能得留下來吃晚飯。回頭看，果然廟公遠遠地盯著他，不再遲疑，直奔父親家。

阿媽去了一趟田裡回來，趕忙著為母豬搬新家。她早上即叮嚀秋添下午不要亂跑，留著趕豬時做幫手，秋添叫了兩個小男孩來湊熱鬧，人手一支樹枝守候著。還有附近的東熊路過聽見豬嚎進來探究竟，發現沒有男人，自告奮勇說要留下來幫忙抓豬。

那母豬十分戀舊，也或許是小豬中豬陸續離開身邊的愁緒未了，請也請不出，趕也趕不走。「敬酒不吃吃罰酒！」東熊迫不及待要使出蠻力，阿媽連忙說：「且慢咧，且慢咧，豬也是呷軟不呷硬，今日我看伊是心情沒夠好，慢慢啊來啦。」下午已洗過豬槽，她取來刷子和水管，將剛剛撇下來的一堆豬屎沖刷乾淨，緩和了緊張氣氛，準備重新展開驅逐行動。

母豬趴在洗乾淨的地板，賭氣的動也不動。三個小孩踩上圍牆外的食槽口，把掛著菜葉的樹枝伸到豬鼻子前逗弄勾引牠，絲毫不見效果。阿媽彎下腰用力地從牠屁股後面推，一堆肉像吸盤緊吸在地上，阿媽後腿滑開，下巴插在豬身上。「這樣不是辦法。」等著阿媽黔驢技窮的東熊一副無用武之地的雙手扠腰說。阿媽又換了個角度推了幾下，一樣沒有用，好像叫不動自己的孩子，惱怒起來，從牠屁股踢了一腳，牠這才叫著站起來，往前衝了一下，又停在豬槽口不動了。

錦程來到門口正好看見一群男女老幼前拉後推的拖引著一隻憤怒的豬，小孩子越抽著樹枝鼓譟「快走！快走！」豬嘶吼得越淒厲。少女皺眉頭愁憂的站在台階上看著這幅景象。就是那個放學回家的女學生。豬好不容易被硬拽入屋旁的小路。他曉得那有一條小路。少女跟著一步步緩慢的走，喃喃不知道說著什麼。那豬聽似在哭泣。

他走進院子，一番肉搏蹂躪後的泥地散發出動物和塵土的氣味，白色的豬鬃掉落在褐色的泥地上，一根根好像白髮。他覺得有點反胃。「你在找誰？」隨後有個女孩在問。他一回頭就認出她來，小女孩偏著頭指著他，作出極力思索的表情，「你……是我阿公的兒子對不對？」整個下午他首次笑張嘴，「這送你們的中秋月餅。」「謝謝你。」她點頭雙手接住月餅，又問：「你有沒有看見他們？」「有，在……」似近又遠地傳來長聲哀嚎，他舉起來表示方向的手擱在半空中。「你先進來裡面坐，我去告訴我阿媽，等一下喔！」小女孩好像不願意他知道趕豬的事，亟欲安頓好他，把他拉進屋裡，指定一張椅子給他，東張西望的不知道想做什麼。吵鬧聲不斷傳來，再按捺不住，小女孩衝過去打開西邊側門，他趕緊問：「你是秋？」「秋蜜！」說著奔了出去。

他像第一次到訪的四處觀察，過了約十分鐘，未再聽見令人頭皮發麻的豬嚎聲，只見一個年輕人步伐匆促的走過門前，掉頭看他，迴避了他的眼光，揚長而去。大廳裡的時鐘敲了半響，看看手錶，五點半。他盯著側門看，兩個小男孩從側門跑過去，像跑馬燈一下子又自前門閃逝。他走過去把兩隻雞趕向側門，跟著來到門邊，站在那裡望著後院嶄新的農舍。

「阿媽，汝別號，阿媽，汝別號啦！」秋蜜邊哭邊說，秋暖在一旁拭著淚。「都是你啦，叫他們來幹什麼，母豬給你們害死了啦，做鬼來抓你們。」秋蜜罵著秋添。秋暖說：「別亂講，又沒死。」秋添鼓著兩腮，有氣難出直垂淚，自責地把剛才打豬的樹枝對半的折了又折。阿媽面對著母豬坐在豬槽內，先前備妥的食物絲毫引不起牠的興趣。秋暖打起一桶井水，灑了一把在牠頭上，牠依然癱瘓不動，眼睛半吊，嘴亦半開。阿媽伸手撫摩著牠的背，粗硬的豬鬃在她沉重的手勢下漸漸軟去。她後悔莫及，想著與這隻母豬晨昏相伴的種種，又哭了起來。

「你趕快去廟裡請廟公幫我們打電話叫獸醫來。」秋暖吩咐秋蜜時才發覺有個人站在他們背後，她還未正眼看過錦程，嚇了一跳，問：「你是誰？」秋蜜連忙說：「他是阿公的兒子啦！我阿媽在哭了，因爲她的母豬好像快要……」他說：「剛剛還好好的……趕快叫醫生來看看。」秋暖有點難爲情的走進去搖搖阿媽的肩膀說：「阿媽！阿媽！汝別號啊，我去叫醫生來。」秋蜜告訴錦程：「我阿媽很少哭，今年已經哭了兩次。」秋暖走了幾步又聽見哭聲，折返回來拉她的手在耳邊說：「阿媽，阿公那個來澎湖做兵的兒來啊。」錦程看著秋暖的一舉一動，也聽得一字一句，大聲叫：「大姨，我來了！」阿媽連忙拉起衣角來拭淚，一下子就站了起來，轉身扭開滿面淚痕的臉說：「見笑死，阮這莊腳人就是沒路用，一隻豬親像一條性命咧！」說著一聲笑，「來多久啊？暖仔！蜜仔！去看欲煮啥，留落來呷飯啦，日暗啊！」趕著秋蜜秋添，「去，緊去，取伊入去坐，找看有啥好呷沒……」「阿媽，有中秋餅！」秋蜜笑著說。「沒較早來咧，來呷瓜仔，這陣沒啊，剩幾粒藤尾瓜仔沒滋沒味……」秋暖說：「阿媽，我來去叫醫生！」阿媽一聽忍不住又啜泣，「可憐我一隻豬母……」

25 草蜢公草蜢婆

秋蜜在蓋頭仔的野地上踢踢踏踏撲來撲去。母姊們在田內賣力地掘土豆，而她下午一到田內就沒心工作，口袋裡塞著兩個塑膠袋窸窸窣窣作聲。阿母早跟她聲明了，「先掘一籃仔才去抓草蜢仔。」她確實兢兢業業從泥土裡挖掘出半籃土豆，因爲有了這半籃，使得她越加沒耐心。埋頭苦掘依舊半籃，背著阿母偷偷從秋暖籃子倒過來半籃，尖尖的一籃子慢慢提過來擱在布袋邊，然後甩開那兩個塑膠袋，如甩著兩隻水袖，「一籃仔給汝掘滿啊，我欲去抓我的草蜢仔！」說著像點燃引信，急忙跳出田。「啥米給我掘……」阿母抬起頭來，一句話已追不上她，何嘗不知道她會來這招，但是如果規定她掘完一行再說，恐怕她會含含糊糊埋沒許多土豆在土底。她耙了兩下，趕緊站起來望著跳動的紅色身影喊：「井仔要看咧！」

平常漫空飛躍的草蜢此刻都不知去向，任她跑來跑去，不見牠們自草叢中濺起，只偶爾似流星劃過。這落單的幾隻偏偏又敏捷得很，在她屏息潛行將至時，飛快地自躲藏的草叢裡振翅逃逸。她鍥而不捨追蹤過好幾塊田才抓到一隻。

「又擱是草蜢婆！」她噘著小嘴說。她用拇指和食指掐住那隻褐色草蜢的兩條後腿，看牠冒著斷腿的危險一振一振作伏地挺身般地前挺。「草蜢婆踢啊踢！踢去找文德！文德沒洗腳……」這麼信口念著，忽然瞥見腳邊出現一口小井，「踢啊踢……」提心吊膽小步移動，井也跟著移動，大腿發麻，手上的草蜢彈斷腿，像橡皮筋射了出去，她跟著前傾，趕快平衡站好。在井和腳之間停著一隻綠草蜢，小心的慢慢蹲下身，伸出手爪蒙住草蜢，並鼓起勇氣往井裡瞧。是個再瘦不過的井，井口凹癟，井邊拖條長影，蛇一樣從她的影子旁邊爬上來，比她大一倍以上，穿過了在旁邊吃草的牛影子。她想起個把月前秋香跟月寶在討論報載的穿山甲人，最近因爲開學多事都忘了怕了。秋香說：「不管她有多善良，說什麼我都不敢靠近！」腳底涼軟軟的，好像冰正慢慢融化。半空中傳來拍翅聲，搭著這股力量往前衝，手上的草蜢後腿一蹬，趁機脫逃了。

她衝到母牛身邊，前胸後背熱呼呼的，這才敢探出頭，牛跟著站起來注視前方。勢均力敵了，雙方皆按兵不動，手上緊握的塑膠袋裡草蜢猛踢著腿。是個大男人，背著金光，灰暗的形象。西斜的日光絢爛奪目，她舉起右手在額頭上搭遮陽篷，也遮去了那人的頭首，青衫綠袖，原來是個阿兵哥。母牛走了兩步，低下頭以嘴拔了幾口草，而後磨起牙來。她跟過來撫著牠肚子上細密的毛，一邊偷偷盯著阿兵哥。

小女孩靈麗的眉目露在牛背上，一雙穿著紅色拖鞋的腳接在牛肚子下面，阿兵哥看著這個有趣的畫面。

他掉過頭去，高筒綁腳黑布靴拂著野草，聲音聽起來有點神秘又有點無所謂。

「小妹妹，你爲什麼不在田裡弄花生？」他問。

她不吭聲，暗罵他：「什麼弄花生！懂不懂，花生是用拔的、掘的！」她舉起塑膠袋，察看草蜢的腳還在不在。

「牠的肚子怎麼這麼大？」

「牠快生小牛了！」她對著他的背影回答。

「聽說牛有九個胃。」阿兵哥折腰一撲，又嚇了她一跳，瞧他兩掌罩在草地上，好像抓到昆蟲似的。輕一點，別壓扁牠！她暗自祈求。

「這個你要不要？」阿兵哥問。她看他抓在手上的是隻螳螂，喜出望外，完全拋開了敵意。

「等一下就打架了！」她看看袋裡兩隻昆蟲，笑著對阿兵哥說。「不要再抓這兩種了，抓看有沒有草蜢公。」

阿兵哥以憋扭的台語緊學著她講草蜢公，三個字黏在一塊。

「是草——蜢——公！這種土色咖啡色有花紋的叫草蜢婆，你看，凶巴巴的，嘴巴張起來好大，牙齒大又黑，好像在罵人，眼睛大大凸凸的。草蜢公全身都是綠的，翅膀也是綠的，有點像你這樣，比你這種綠漂亮，眼睛細細一條，嘴巴很小，還粉紅色的。草蜢公比較容易抓，不像草蜢婆那麼會飛那麼會跳又那麼凶。」

阿兵哥接到任務，認眞的在野地上踱步巡行，低聲記誦著：「草蜢公、草蜢公……」

一陣沉寂，又是新的局面，昆蟲重新部署。秋蜜和阿兵哥分頭尋找，阿兵哥低迴地吹著口哨，似有調又無調，秋蜜聽著覺得好有安全感。撲空幾次，阿兵哥才正視起這件事來，即使長手長腳，沒有捕蝶網，徒手捕抓昆蟲，比巡防海岸更需耐心和技巧。可疑船隻只來自前面海上，昆蟲則天上地上無所不在，他眼觀四面耳聽八方，兩隻手隨時準備突襲。

「這是草蜢公嗎？」阿兵哥把一隻青色昆蟲控制在掌心裡，僅一小頭露在虎口外。秋蜜先笑他發音不準再說，「不是啦，這隻翅膀還沒長長，這叫脫膊體仔，草蜢公比較綠，不是黃綠，欸，別放！別放！這隻也要！」「脫──膊──體──仔。」「脫膊體仔！就是打赤膊的意思。」「喔。做什麼用的？餵雞啊？」「做作業，要有十種昆蟲，瓢蟲、螳螂、蝴蝶、蜜蜂，什麼都好。」「喔，生物學家訓練。」阿兵哥稚氣地笑。「那你來這邊做什麼？」阿兵哥仰頭望天說：「做兵！」「不是啦，這邊，田裡。」秋蜜頓了一下腳，表示她指的是腳下這個地方。「幫那個阿姨弄花生。」「掘土豆！」秋蜜糾正完他，指著他別在左手臂上的白棉線，「是誰啊？」「爸爸。」阿兵哥正視著她的眼睛說。

阿兵哥叫章震，他們的軍營在村外中正橋頭邊，對面是國民小學，兩面國旗分插在橋頭兩邊。該單位主要的例行工作就像牆上標語寫的，「反侵略、反滲透、反走私、反分化」，具體一點說就是海岸巡邏與防守。橋邊上設有崗哨，一名士兵站崗，注目來往人車。營區在橋右岸，左岸入村子三百多公尺，於廟口右側臨海也設有崗哨，村民駕駛小船舢板出海捕魚需來申請報備。

兩個崗哨各面對一座無人島，站崗時看著一幅單調的山水畫。營區前面這座小島，地圖上標示著「雁情嶼」，相傳有如一分為二合二為一的雁情嶼是一對夫妻，或者情人，廝守相連的墳墓。秀春姨則說雁情嶼就是台語的「眼鏡嶼」，兩眼相連，不可分割，猶如一副眼鏡，漂流的眼睛，一樣不失浪漫。章震問是誰取的名字，阿姨說：「誰人知影！」廟口崗哨對面的小島距離村莊很近，雖然低矮，面積不比雁情嶼小，卻沒有名字，村民喊它叫「嶼仔」，好似一條狗叫狗仔。

初來乍到的兵們就等一個禮拜一天假，放假趕緊離開部隊往馬公跑，像教徒做禮拜一樣。市區裡不外是吃吃喝喝、看電影、打電話；或者像學長說的，到書局、藝品店、特產行搭訕店員小姐，據說都長得漂亮白淨，因爲都是高雄來的小妞。了不起也不過是找個撞球間打打撞球，藉以認識叛逆的當地少女。在他們可行的地方，馬公鎮只不過幾條街道一艘郵輪大小，在街上遇見同袍，剛說完再見走不到兩個路口又重逢了，因而總是互道：「不要說再見！」久而久之，也會覺得無聊。最殺風景的是街道上不時傳來的鐵蹄聲響，頃刻間好似兵荒馬亂。章震第一次和隊上的弟兄去馬公就遇個正著，同行的張正光二話不說就把口香糖吞下去，因而「服裝儀容不整」被提報到部隊受懲。憲兵每以死板的紀律妨害阿兵哥可憐的自由，就在那三兩條街道不斷玩著貓抓老鼠的遊戲。也當感謝他們的捍衛，使得馬公鎮荒涼的純情不致一次就被看透。

出門過橋，回營過橋，兩道低矮的白色護欄在幽藍的夜色中發亮，像一條鐵軌、一道銀河；而營區對面的雁情嶼是靠不了的月台，另一個恆星。「中正橋？怎麼取這種名字。」章震望著窗外說。小橋，他就想到小喬。

認識阿姨之前，除了馬公，他們似乎別無他處可去。有回幾個人乘了公車北上要去看通樑大橋，先過一條小橋，原來這小村莊是個小島，給兩條錶帶繫在手上。又一次乘車過小橋大橋，去看漁翁島西台古堡，阿兵哥們在砲台邊站下，把那生鏽的大砲看了又看，在古堡內玩起躲貓貓。

除了站崗、投郵、買東西，腳踏車不曾在村裡多作停留，他們自成一個離島。阿姨家這塊新大陸是阿東發現的。向阿姨採購蔬果種類並不多，貪圖現採新鮮還說得過去，方便省事倒不盡然，魚肉豆腐其他時蔬仍得往馬公去購買。當時阿東騎個腳踏車準備前往廟口的崗哨，阿姨在他前頭趕牛車，牛車上坐著穿花衣的少女和一簍青菜，他亦步亦趨跟在牛車後面，牛步緩軟，牛車和少女彈性極佳，抬轎子似的。她知道他在看她，便害羞地別過頭去撫弄簍裡的菜葉，最後索性兩手摟住簍子，頭擱在上面閉目休息。這地方趕牛車的女人不止一個，但阿東卻是第一次遇見，他用力往前踩了幾下，回頭看這駕牛車的女人。比他想像中年輕，她跟他點頭微笑，他也點點頭笑，順口就喊人家阿姨，「那菜要不要賣？」原來她們家就是雜貨店旁邊的紅瓦小矮房，從店旁的小巷可以看見一個窄窄暗暗的側門，鑽進去，地上這一堆那一堆的蔬果，女孩子也是這一個那一個的，他一來就希望以後有理由能夠常來。蔬果新鮮美味不說，街上所謂的「兵仔市」衝著阿兵哥好養好說話，不乏濫竽充數，哪有先挑先選的份，阿姨是個大方的女人，常常免費加菜，還感謝他們幫忙消化那些賣相不佳卻特別好吃的，零頭也總是自動去掉。一般的伙頭軍享受特別待遇中飽私囊是時有的事，商家招待香菸檳榔，年輕小妹等在市場入口迎接陪伴採買，貨物直接送抵營區等等的，他們這小單位，不過像採買一個大家庭的菜餚，在這方面非常吃虧。阿東爲人爽直，雖然不貪圖這些，但是對那些大小眼，以爲阿兵哥吃的是國家的糧不須討價還價，不但不做人情，還給貴了價格少了秤頭的小販早就不順眼了，自然有很多理由改來阿姨家買菜。

阿東領頭帶來一群阿兵哥，大夥兒跟著阿東叫「阿姨」之後，阿東反而自升一級，改口稱呼大姊。阿姨的長子據說在嘉義當兵，長女在台中工作，在家的四個女兒，依序喚作玉杯、玉環、玉盞、玉珮，正氣歌說：「喂！小心一點，別橫衝直撞，全都是易碎品啊！」還有個么兒叫常富。阿姨教他們叫阿兄。玉杯不睬人的，只玉珮、常富肯叫，玉盞則學玉環阿兵哥長、阿哥兵短的。阿兵哥暫代阿兄的缺，一家子兄弟姊妹齊全。

這個集團的成員又有向心力強弱之分，章震是個游離分子，充其量只是張正光的跟班。張正光說這種地方待久了人會變得沒鬥志，請台北的家人寄了一堆書來，準備退伍考個研究所，書本來了，爲了逃避書本，又愛隨阿東來阿姨家吃吃喝喝，說是比去馬公省錢省時，到底不像阿東、阿川、正氣歌「三人幫」有心。有一陣子白天家中常唱空城計，只一個老人陰森森像貓頭鷹盹坐著，不到中午不見人影，打聽說是收成土豆去了，阿東又興致勃勃號召他們去幫忙，吃人嘴軟的也不敢不來。阿姨一再推辭，最後只好坦白說：「耙仔沒夠，眞正免啦！」「耙仔沒夠，買就好了啊！」阿東說。阿兵哥反正是天眞爛漫的，買就買，但是將來留這一堆耙子豈不是浪費。阿姨向鄰家要了兩支閒置的舊耙子，自己家裡的倉庫角落也搜出兩支，她家阿祖在那邊說風涼話，「沒彩工啦！請鬼在拿藥單！」這耙子上山下海，土豆蚌殼皆要它耙，黃土裡來海沙裡去，諸多砥礪磨難，哪支不是弄得滿身傷疤才得以退休。其中一支耙身單薄，鏽蝕得崎崎嶇嶇，前頭已不是平的，好像鏤出來的花邊，「這支不行，耙著腳不只流血，我看會有破傷風喔。」她把它包在報紙裡，小孩問是不是要拿去丟，她沒回答。另一支耙身外緣雖完整，中央卻破了個一元硬幣大的洞，「這個沒關係吧！」阿東說。阿姨拿著耙了兩下，說：「不好啦，掘著會漏風，會掘到一面的風沙。」阿東用砂紙刨去鏽粉，從罐頭剪了一片鐵片下來，拿來兩根小鐵釘準備將鐵片釘補上去，才搥兩下，穿在木把上的眼孔整個斷了。這邊一片嘆息，那頭老人家又說了：「就講沒彩工咧！」阿姨把它和剛才那支包在一起，說：「人啦，用舊也不捨丟走，早就不當用了，擱放在這作古董，我看這兩支要叫伊阿祖啊，那兩支幫我磨一磨，勉強還可以用，擱不行，來去買兩三支新的。」

這是弟兄們第二次下田，章震奔喪歸來的第一個假日，他們埋頭掘土豆，他心不在焉，本想散步到海濱，卻在野地裡逗留。他又爲小女孩抓到了一隻螳螂和一隻瓢蟲，她自己也抓了兩隻，但都不是「草蜢公」，被她譽爲最漂亮最斯文的蚱蜢。她說抓不到也好，抓到了也捨不得拿來做標本。小女孩帶他轉移陣地。

秋蜜去了一個多鐘頭，阿母掛著心遣秋暖去瞧瞧。秋暖來到母牛放牧的地方看不到人影，邊走邊喚：「郭秋蜜！郭秋蜜！」走到蓋頭仔，果然看見秋蜜在靠港仔口的小坡地上，雖然同時也發現她身邊有個阿兵哥，卻已煞不住地大吼出：「郭秋蜜！」秋蜜看著秋暖立刻收斂拉長的下顎，裝出淑女的樣子，便嘻嘻哈哈地笑。秋暖瞪她，問：「抓好了沒？」「還少三隻，阿兵哥幫我抓三隻。」秋暖匆匆瞄了阿兵哥一眼，看到他臂上別著一朵白花，在夕陽和風中，像隻白粉蝶沾著。原本還有點不放心，因爲這朵白花，全拋開了，只說句：「抓完快點回來。」就走開了。

「你姊姊？」阿兵哥問。「凶巴巴，好像草蜢婆。」秋蜜調皮地向他高舉袋子。「還好，有點凶，你叫郭秋蜜，秋天的秋，蜜蜂的蜜？」「嗯，蜂蜜的蜜。」「秋天的蜜蜂，秋天的蜂蜜，她呢？」「郭秋暖。」「喔，我知道，是不是還有一個郭秋水？」「你怎麼知道？」「你爸爸出海釣魚，把戶口名簿留在我們崗哨裡面，我記得看過。」「那你呢？你叫什麼名字？」「文章的章，地震的震。」「章震什麼？」「沒有了。」「兩個字？我們這裡沒有叫兩個字的，有，我阿媽名字是兩個字，如果我們也叫兩個字，那就五個都是郭秋。啊！不是，我叫郭蜜，還有郭暖、郭香、郭水、郭添。」

「還是有一個秋比較好聽，秋水伊人。」章震說。

獲得阿母允許秋蜜提早回家，在住家附近見了花草樹木就掐，一會兒工夫便採集得二十多種葉片。天暗阿母和姊姊返家時她正攤著兩張圖畫紙在過水庭的地面上做作業。大廳內飄浮著墨香，秋添打燈在那兒孤軍奮戰，寫好的毛筆字一帖帖披掛在桌椅電視上頭，隔一會兒掉一張下來，百忙中抽空抬頭來注意，沒有動靜，繼續寫字，餘光發覺宣紙波動，望著北邊的窗，點點頭學大人的口氣說：「不錯，還有風咧！」秋香站在門檻上說：「快點，寫完一缸水啊！」

白色圖畫紙上整齊地躺著十片葉子，經過挑選，十葉都是長橢形，如十隻青色小舟、綠色碟子，空空涼涼的泛著濕氣。秋蜜專心貼妥，抬起頭欲找秋香拌嘴，秋香已不見人影。她喊：「郭秋添！來幫忙我一下！」連喊兩遍，秋添才過來。她要秋添幫她管住蟲袋子，一隻一隻抓出來遞給她。「還活著，怎麼不先悶死？」秋添說。秋蜜不語，只顧擠出一坨南寶樹脂，將昆蟲往那上頭按住，心中默數至三十才鬆手。「只有八隻欸？」秋添說。「喔對，你等一下去幫我抓看有沒有蒼蠅蚊子或蜘蛛，蟑螂也可以。」「這就叫標本？」「對啊，老師又沒說要怎麼做。」

秋暖洗完澡，從外頭進來，發現秋蜜不再蹲在那裡，「人呢？弄好了啊？郭秋蜜，你很厲害喔，還叫阿兵哥幫你抓蚱蜢，也不認識……」還要長篇數落，走到了兩張圖畫紙旁邊來，邊擦頭髮邊蹲下來，先看見一幅綠葉，覺得賞心悅目，「怎麼不採點暖色紫紅色的？」說著目光往一旁移，臉立刻扭曲起來，慘叫：「郭秋蜜！你好殘忍啊！」一隻螳螂正拖著一道白白黃黃的黏水走到了圖畫紙邊緣，牠的兩隻大弓手陷在糊中給拉成直的了，一隻蚱蜢奮不顧身的掙扎而斷了腳，一副生離死別的景象。秋蜜急忙跑出大廳，一看，說：「哎呀，不行，我去給阿蓮借強力膠！」「救命啊！」秋暖又叫，「別這麼殘忍！」

26 初戀

清晨微涼，瓊雲穿上制服，站在鏡子前眼泛淚光。一向早到今天卻姍姍來遲，秋暖等在門口，見她愁著眉，連問幾聲：「幹嘛啦？」

放學回來，秋暖從竹竿上收下曬乾的衣褲，換好裝下田去了。瓊雲獨自在秋暖家空徘徊，走來走去，尋起貓來，反覆呢喃：「怎麼都不見了！」西邊側門關著，陽光鑽在門縫中，金光乍洩，像隻貓眼瞪住，她在哪裡注目，牠就瞪到哪。

西下的日頭照在東邊屋瓦，爬上樓梯，頭才探出頂，便覺一面金箔照下來，熱光洶湧。悄悄一步步往後退下天井來。秋暖家是看見南橋看不見北橋的，她背起書包急急忙忙跑出去。

書包裡的算盤嘈嘈切切，一口氣跑到了北邊村盡頭，橋已在眼前才歇腳。秋老虎這時已咬不了人，還是露出發威的表情。天邊連接海面金膏灼亮，像溢著蜂蜜。瓊雲緩緩走下坡，到了白色的橋上，急遽的心跳和喘氣平息下去了。她哄自己要來看橋，橋在那兒不動，夕陽也還長，何須如此飛奔。她是希望能在橋上遇見某個人，才如此飛奔。這事她一再要求，卻得不到自己同意。她早晨還下決心不再想見他，傍晚卻把一切推翻了。一個女孩子朝思暮想著一個人時，朝令夕改是常有的事。而且還不知道要持續多少個朝朝暮暮。整個夏天她找不到時機告訴秋暖這件事，只因瞞著她最好的朋友使她越感到寂寞和想念，一罈密封的酒汁發酵了。

她與他往返的方向相反，早上她南下他北上，剛剛她北上他南下，或許擦身而過了都不知道。五點過五分，一個小於的符號，她看手錶。橋上比陸上涼爽些，海水幾乎平坦，來到橋墩下也不疾不徐。彩霞是黃色調的，雲朵像英國地圖。

過了五分鐘，彩霞稍有些變換，往回走，此時已心平氣和的，忽然聽見有人高興的喚著她：「瓊雲！瓊雲！」她忘了先前所有的盼望，彷彿偶遇般的自在輕快。「放學了！來看夕陽！」楊格騎著車停在她身邊，由頭到腳打量她說：「看你穿這樣有點不習慣，穿窄裙，好像一下子成熟許多。」「成熟？變老了嗎？」瓊雲收起綻放的笑容。「十幾歲就怕老！」楊格呵呵笑著看她憂愁的表情。「走！載你去兜風，去跨海大橋看夕陽，小橋看小夕陽，大橋看大夕陽，十幾歲就怕老的人，到底十幾啊？」

左手抓住車尾鐵架，右手拉著坐墊中央的皮帶，瓊雲面西側坐，兩隻娃娃鞋輕輕擱在摩托車邊上的煙管，僵硬的姿勢，一段路後也就熟悉柔和多了，好似兩手抓緊坐在高牆上頭，有種騰雲駕霧的感覺。雙眼未曾離過天幕，只在瓦硐海邊看到臨海的夕陽，沿途皆是林叢後若隱若現的暮色。

到了跨海大橋，經過乾柴烈火的焚燒，已非同一場夕陽。橋身延長，天河亦變得壯闊，觀眾來到面前顯得那麼無足輕重。兩人並肩站立於橋頭，夕照輝映的臉龐如上了一層油彩，楊格側臉看著她，她故作不知情，終究裝不來了就別過臉去，望見北邊水色的天，覺得臉熱呼呼的。

「以前我們也穿這樣的，不知道是顏色的問題，還是整套的問題……」「是顏色的問題，好難看的顏色！稻草！」瓊雲說。「那換什麼顏色好呢？紅？」瓊雲緊閉雙唇笑著搖頭。「橙？」楊格故意問。瓊雲搖搖頭。「黃？」依然搖頭。「綠？」一味搖頭笑顏越加美麗。直到他說完藍、靛、紫，才說：「這樣說不準，一種顏色就可以變化出好多種顏色，眞正那種顏色很恐怖的。淺藍、淺紫還不錯，但是也要親眼看到才知道喜不喜歡……」楊格緊閉雙唇笑著點頭，她說的都有理。瓊雲住了嘴，他的表情依然沒變，她忽然有被寵弄嘲笑的感覺，用虎牙咬住了下嘴唇。「最好有像夕陽的顏色。」楊格望向天際，她也跟著伸長了頸項。楊格心情忽然沉了一下，趕緊問：「上學怎麼樣？學什麼？」瓊雲打開書包，將課本一本一本掏出來給楊格看，「國語、英語、簿計、商業概論、數學、珠算、算盤！」楊格一本一本幫她放回去。「都得放一塊木板在裡面，課本才不會東倒西歪，以前我們也是這樣，我看看，上面寫什麼，日課表嗎？」楊格取出木板。「不要看！不要看！」瓊雲拉拉扯扯，終究還是放了手。一塊有橫紋的三夾板，藍色鋼筆字模糊難辨。「如果……」楊格把木板向夕陽餘暉傾側著，「如果能做天上的星星就做天上的星星，如果不能做天上的星星就做地上的燈火，如果不能做地上的燈火，就做山上的路燈，如果不能做山上的路燈，那就做家中的一盞燈。嗯……愛是朝生暮死的蜉蝣，它不能重生與再現。嗯……說得越多的人愛得越少。嗯……人的一生只有幾個春天，其餘的時間就是用來回憶這幾個春天……」「別看了！別看了！」一旁輕聲提詞的瓊雲看著楊格點頭微笑，害羞地把木板奪過來。「嗯，很有道理。只是有點太悲觀，我今天上的一課，自己寫的？」「才不是。」「那誰寫的？」「不知道，忘記了，從書上抄下來的。」她既爲擷取這些雋永小語感到羞怯，卻也有點得意。

　　橋上亮起燈，夕陽西沉，天邊殘留的紅霞似火山爆發後的熔岩，燻著幾筆焦黑，天色因此藍得十分詭異。遠處有幾朵小灰雲扭散開，像奔跑的動物。「今天的路燈特別漂亮，如果不能做天上的星星就做橋上的一盞燈……」楊格的白襯衫淺顯，瓊雲的卡其制服已黯然，只剩一小截白襪瑩瑩，全新的白襪。「過橋去再回家？還是這就回家？」楊格問。瓊雲展望對岸和蒼穹，依依不捨難以決定。「都好！」她說。

27 農耕隊

太陽像支麥芽糖倒插在空中，黏黏膩膩，使人等不及要嘗中心那顆生津止渴的鹹梅子。任底下的人左舔右舔，依舊那麼大。兩側舔得稍微薄了點，反而看起來更大。

田上迷彩綠的阿兵哥從一下田就沒安定過，嬉笑怒罵不斷，安穩了一會兒，又開始蠢動。兩個打罷了耙子戰，又打起土塊仗；一個每隔幾分鐘就要爲大家倒一次土豆，喋喋不休繼而呻吟：「要不要喝汽水？」後來乾脆躺在地上。只有「農耕隊長」阿東始終賣力。

玉杯不爲所動，只偶爾瞄阿東一眼，玉盞卻不勝其擾，數度吆喝：「誰再鬧，再不認眞，下次就不要來了！」「你唱歌，唱歌給我們聽，我們就認眞！」正氣歌一說，阿川跟著起鬨。

西邊秋暖家的田裡，一直只有枯燥的刨土聲，鬆鬆軟軟、低低沉沉，偶有鏘地一響，那是見著大土塊，以耙頭敲擊粉碎的聲音。朝向西，暮朝東，背對太陽，以取得面前一塊陰影。今天又是個新局面，下田時大夥一齊自田頭展開，這時已拉出距離。阿母總是一馬當先，三個女兒依序排列，連成一道斜線。那個阿兵哥沒來，秋蜜也認眞工作。秋暖將泥土往赤裸的腳板上扒過來，頭兩波溫暖，接著漸漸陰涼，越掘越深，刮刮地刨到了堅硬深褐色的土裡，猶能見到零星一兩顆土豆緊嵌在地底。繼續往底下挖掘，不僅僅爲了親近那越來越有濕氣的泥土，也不願意活埋掉任何一顆土豆。她以爲作爲土豆，應當是極思見著天日。一顆落單未掘出土的土豆，來春若能發芽鑽出枯寂的地面，恐怕也要死於荒涼。那頭田裡阿兵哥在問要不要喝汽水，秋香也向阿母討汽水喝，阿母說：「去飲滾水！」「不要啦！」「去四斗仔挽那幾粒藤尾瓜仔！」「不要啦！」秋蜜高聲說：「去找阿兵哥喝啦！」她翹著嘴說：「去喝海水啦！」才放棄喝汽水的念頭要專心工作，一窩粉紅的老鼠被掘出土面，一隻隻拇指大，緊閉雙眼蠕動著柔軟無毛的肉體。秋蜜聽到尖叫聲急忙衝過來看，用耙子輕輕撥著土問：「幾隻啊？」秋香起身直嚷：「蓋回去！蓋回去啦！阿母！汝來啦！汝來掘我這壟啦！」

瓊雲一路翩翩飛舞到田裡，見穿草鞋已是一片荒漠，又尋到東港仔。她寸步不離自早晨盼到午後，終於見著行船歸來的爸爸，說上幾句話，翻了翻他的行囊，滿懷欣喜往外跑。

阿川學著狼嚎，正氣歌吹著口哨，玉杯歇下耙子，玉盞抬起頭來，瓊雲令人驚鴻一瞥輕盈的身影在日光下跳動，衣裳透著光更顯輕薄。「你們這些豬哥！癩蛤蟆！」玉盞瞪眼罵。「眞的是，你們這些豬哥！癩蛤蟆！誰會比我們玉盞漂亮？魔鏡！魔鏡！」正氣歌花腔花調說。玉盞又瞪一眼，笑說：「別流口水了！她是我們這裡最漂亮的，我告訴你！」「哎呀，普普通通，只不過穿得比較淑女，哪像我們花木蘭那麼有個性，隨便穿穿在田裡工作也……」正氣歌跑到玉盞身畔，拉扯著她的手臂說：「欸、欸，一盞一盞亮晶晶，我們中秋晚會你去找一些女孩子來，找那個女孩子來！」玉盞尚未開口，阿川即學玉盞的口吻說：「要請自己去請，誰理你啊？豬哥！癩蛤蟆！」「閉嘴！我是爲大家的福利著想……」「還爲往聖繼絕學，爲萬世開太平咧！」「她要是來了，你別給我看一眼！」「好啦！好啦！吵死人了，我找我們班的看要不要去，她們都很害羞，一定不要的。」玉盞說。「那個，那個呢？」「好啦，好啦，我現在就去問她。」玉盞說著站起身，把耙子摔在地上，拍拍手。

「曾瓊雲！」玉盞走到西邊田頭，大聲喊著：「曾瓊雲！」「什麼事啊？」瓊雲大聲問，向東跑了三步，見玉盞背後探著臉，便站定了，「什麼事嗎？」悅耳的聲音阿兵哥不覺笑張了嘴。「後天晚上要不要來參加中秋晚會？」「不行，我爸剛回來，我們要在家賞月。」宣示般喊得好大聲，甜蜜蜜喜孜孜的。玉盞打著圓場說：「喔，那就下次吧！」「下次，下次我就不在這裡了！」正氣歌哭喪著跟玉盞撒嬌。玉盞罵：「沒得商量，還沒看夠啊，人家她爸爸是遠洋漁船的船員，很少回家啦。」

瓊雲回到秋暖這邊，秋蜜急忙湊近來說：「一定是阿兵哥想追你，我認識一個阿兵哥喔，他今天沒有來，他有讀大學喔！」「你少三八了，他們阿兵哥就是太無聊了。」秋暖說。「哼！人家又沒說要邀請你。」秋蜜說。「去掘汝的土豆啦！」秋暖又罵。瓊雲還是笑，「好啦，我跟你們講喔，我爸帶一種美國花生回來，等一下回去我拿給你們吃。」「我們家後天也有人要回來！」秋蜜說。

在秋暖家對付完幾顆不開口的美國花生，鐘響九點，瓊雲飛奔回家。爸爸與好友明清也是瓊雲的乾爸在門口泡茶，兩人都穿白色汗衫，她叫聲「爸！」兩人不約而同問：「叫哪一個爸？」明清爸又說：「叫一個字要我們兩個分。」「明白就好嘛，還要分得那麼清楚。」瓊雲蹲在茶桌邊將一小袋土豆倒出來，「我拿美國花生去換中國土豆，剛才我們咬那幾顆沒有開口的美國花生咬得牙齒都快斷了，最後就拿鐵鎚來敲，爸啊！你不是最喜歡吃這種曬太陽曬到不能再曬的殭屍土豆。」

「哪一個爸?」爸爸又問。「還問呢，有兩個爸爸還不如人家一個，一個跑去海上不見人影，一個躲在田裡也不見人影。媽呢?怎麼不出來喝茶?」說著進屋去尋媽媽。

爸爸咀嚼著乾癟的土豆，從堅硬到糜爛，從有味到無味，再到有味，不記得方才話聊到哪，行船問山地的，務農問海上的，勿寧是這些。剛想問「馬公有沒有好的牙醫?」瓊雲又衝出來了，「爸，曾爸爸!我想到一件事還沒跟你算帳，」說著將兩隻手扠在腰上，「請問你今天怎麼回來的?你記不記得我們家的地址?你上次寫那封信來還上了報，你知不知道害慘多少人?第一個害郵差被狗咬，第二個害我被同學笑，巴不得有個地洞鑽進去那時，你知道嗎?我幫你寫了好多信封，你帶著……」「到底怎麼回事?我……」爸爸又好笑又冤枉又莫名其妙。「這我有看到報紙。」明清爸將事情說了一遍，爸爸哈哈大笑，「我只是看到同船的兒子寄成績單來，突然想要問看你們功課好不好，眞的沒寫地址嗎?沒有吧?!我又不是老番癲!」

媽媽洗完澡推開紗門出來，瓊雲看她換件普通的淡灰紫細格子衣，便嚷:「哎呀，媽你怎麼穿得比平常還不如!」媽媽難爲情起來，說:「你這管家婆!去把裡面的衣服摺一摺!」瓊雲又說:「穿那一件啊!白色的或玫瑰花那一件……」爸爸臉上是笑，並未在意，一陣風吹來，一波神思又飄遠了，倒是明清爸趕忙解圍說:「眞是女大十八變，越變越漂亮，以前才這麼大個，叫她唱歌給我們聽就站好稍息唱歌。」「來來，唱一首〈台東人〉給我聽。」爸爸說。「才不要!」瓊雲擺動身體撒嬌，「那麼俗的歌。」「俗?小時候叫你唱什麼就唱什麼。」爸爸好像突然間注意到她嬌媚的樣子，沒頭沒腦脫口問:「是不是有交男朋友了?」媽媽隨即打了他膝蓋一下，窩在他腳畔的狗起來看了一眼，「黑白講，才幾歲!」爸爸又說:「幾歲?」「讀書囝仔跟人家談什麼戀愛!」媽媽又說。「窈窕淑女，君子好逑!」明清爸說。瓊雲頓了頓腳，「不理你們了，我去寫功課。」

咿咿呀呀推開紗門，進屋裡去了。

這時志帆匆匆自外頭跑回來，說：「還沒睡！敏姆婆還說你們要睡了，門要關了，叫我趕緊返來，我就說還沒有嘛！」媽媽說他：「傻瓜，洗好澡，又跑一身軀汗。」

明清爸聽了志帆的話遂起身告辭，孤單的背影消失在夜色中。「怎會沒感覺，一碾米也十點外啊。」她說。他走到圍牆邊，望著東邊的田野，輕哼起歌來。

六月日頭火燒埔，阿娘仔招君過澎湖，
交通飛機來過渡，三頓海產呷魚圈。
稻仔大叢驚風颱，阿娘仔大肚驚人知，
左手牽衫掩肚臍，正手搧君仔擱再來。

「台東人！暝時擱有一點兒寒。」他說。「中秋啊！」孩子的媽仰臉打了個呵欠。

28 村女娥眉

長串的鐘響平息，一行人回到家，阿媽一副不可置信的模樣，回頭看看大廳又瞧瞧天井裡的光影，說：「我有聽不對沒啊？十點抑是十一點啊？日才行來到水缸！七早八早一群走了了，不就我八點提早頓去，呷飽就準備欲返……」「阿媽！今日是中秋節呢！」秋香說。「我煞不知中秋節，月娘擱在睏咧，欲看月娘嘛要等日暗，日頭落山擱赴赴咧！」阿媽又念。秋暖這才說：「東港仔掘完啊！」「掘完啊，牛沒在那，擱犁兩壟來拔啊，下晡就有得掘，沒彩今日學校休睏，人大家掘欲了啊，中秋過，風透起，才去呷土粉……」阿媽說著拿一個南瓜到水邊去洗。「下晡，坤地仔講欲把四斗仔那瓜仔藤揪揪咧，欲來種菜栽。」阿母這一說，阿媽才住口，專心去理南瓜。

秋暖洗好手腳即往瓊雲家奔去。前兩天她倆遇見從高雄打工回來的玉環，兩個月不見，她變得白皙，穿著也時髦起來了。瓊雲一向比其他女孩子白，男孩子管她叫白雲！白雲！玉環其實還不及她白裡透紅，只是小麥色裡倒進一點兒牛奶，加上穿件映肉的淺粉上衣，彷彿白多了。瓊雲注意到她的上衣，質料普普通通，短短的袖子斜切下來，只有一兩分的蓋袖，顯得手臂頎長，既柔媚且有英姿。特別的是她那件像鄉下阿媽穿的「半長短褲」，一改碎花為全紫，多了兩個口袋，令人刮目相看，那麼帥氣，幾分像男孩子。褲尾做成小泡燈籠，穿繩綁帶，兩隻蝴蝶結在膝蓋兩側。瓊雲將那褲子畫下來，央她媽媽照樣做一件，昨天說明天就可以做好了。

做好了，酒紅色的，是隔壁村一個伴娘做衣裳的剩布，瓊雲直說：「不好看，早就說要冷色系，藍的，紫的，綠的也好。」她媽媽說：「阿暖去換，不知好歹，嫌東嫌西！」她爸爸則說：「女孩子穿暖色的才好看，萬綠叢中一點紅，你看，天空藍的，海也藍的，再穿藍的做什麼！」

秋暖換好出來，大家都讚好看，瓊雲馬上搶著要穿穿看。她一揭開簾子出來，志帆首先說：「太胖，像灌兩條香腸。」她伸手要打他，她媽媽將她旋轉一周，打她屁股：「什麼時候胖起來，我都不知道，屁股太合了，阿暖穿比較好看，人家天天去工作運動，屁股小小的。」「討厭！你們這些人只會給我漏氣，不管，這件給她，你再幫我做一件！」「欸，我可沒說不好看喔！下次，下次再給你們買衣服，我的眼光很不錯喔！」爸爸笑說，不管她們說什麼都覺得有趣。

秋暖不再逗留，因為姊姊要回來了，他們鼓吹她將新褲子穿起來，她怎麼都不肯，說等瓊雲瘦了再穿。瓊雲拿著褲子緊跟著出門，媽媽提個小袋子，又夾著一包東西在胳肢窩裡也跟著來。到家裡秋暖才把剛才想說的話告訴瓊雲，「你爸好帥喔！怎麼都不會老！」「他好命啊，什麼都不用管！」

媽媽從袋裡拿出一罐咖啡一盒巧克力，攤開小方巾，裡頭有粉餅、眉筆和口紅。「拿這做啥，阮一世人不曾抹這，單單做新娘一遍，這陣每日封面，拿去送恁大姊小妹，永豐買的，不留咧自己慢慢用！」秋暖的阿母邊笑邊推辭。「我嘛有一份，歡喜就抹來自己看媠。」跑來湊熱鬧的瓊雲說：「你在說人家，自己也很少用，放到下次爸回來還沒用完。」「我也想要抹啊，沒人請呷喜酒，叫我抹去叨？千交代萬吩咐，伊就愛買，嫌阮醜。」「喔，你是嫌阿暖伊阿母醜才拿來送她！」媽媽捏了她大腿一下。「來，我來幫你們畫一畫，今天就把它用完，免得被你們浪費掉。」瓊雲說完當眞拿起口紅來，兩個媽媽不約而同伸手要阻止，但是已經被她打開了。她媽媽說：「你不會畫啦！」「怎麼不會？跟畫洋娃娃、畫圖一樣，你忘記以前我還用火柴幫你畫過眉毛。」「好啦好啦，那個拿去給他們畫畫看，用剩的再拿來，有人要用總比放著好，這汝趕快收起來，等一下就乎伊毀了去。」媽媽趕她走開，她執意幫她們畫上口紅才肯走，兩人伸了手要擦掉又不捨得，一邊喚人要鏡子要衛生紙，媽媽說：「汝畫好看，不好擦去，我不行啦，等一下還要行返去，等一下乎人笑講伊爸返來就畫紅擦白。」

敵不過瓊雲好說歹說，秋暖從房裡取出一面小鏡坐到椅子上，「我先犧牲給她練習，每個人都要畫喔。」「好！好！」秋添拍手說。

「只畫口紅，你閉眼睛幹嘛！」瓊雲說，「等一下我再幫你拔一拔眉毛這些雜毛，一定更漂亮！」秋暖把蓋在大腿上的鏡子翻過來對準著臉，立刻跑到西邊門外背對他們好好去看。先是抿著嘴笑，忍不住嫣然笑透了，雙唇開啓，左頰上的小梨渦湧出水來。可惜皮膚太黑，她垂下唇角想。秋蜜在那邊喊著：「愛婧貓！」她轉身走過來，阿母和瓊雲的媽媽都看著她，彼此誇獎對方的女兒，「眞正會曉畫咧，免人教。」「這阿暖就是深緣，越看越婧。」

瓊雲畫上癮了，連哄帶騙抓人來畫，月寶靜止不動，連呼吸都屏住了，秋蜜愛笑，好不容易閉上嘴巴，胸腔裡還發出咯咯的笑聲。秋暖的鏡子借她們用，不時又拿過來再瞄一下，不確定兩片紅唇還在不在似的，又偷偷跑到大廳裡照古鏡。

阿媽準備炒米粉，叫剝蝦叫切菜都沒人搭理。這日有點西風，一群人圍在西側門邊沏沏切切，她走過去也沒人注意，她將臉湊近，發現個個唇紅齒白眉開眼笑，於是更瞪大那乾涸皸裂的眼睛：「是欲搬歌仔戲？一個一個抹粉點胭脂，畫黑貓！」「慶祝中秋節，中秋節就要畫這樣！」秋香一說，大家都笑，叫她也畫卻抵死不從。

阿媽掉頭走開，說：「誰人不知是永豐仔買乎鳳珠的，鳳珠仔！汝在打損人的胭脂，這永豐仔去外國買的，媠人畫媠，醜人畫醜！沒叫永豐仔來厝坐咧，半世人沒看著永豐仔，行船是愈行愈瘦抑是愈行愈肥咧！」

秋添含著巧克力，畫到一半，看大家忍著笑，急忙逃開，秋蜜和月寶追著看他的「櫻桃小嘴」，他邊跑邊笑邊以手臂拭去，糊了一嘴又黑又紅，碰到阿爸自外頭回來，秋蜜叫著：「阿爸！快點來看，我們在化妝！」阿爸放眼望去，正好看見阿母欲拒還留的唇紅，笑了一聲揶揄說：「村女娥眉，難爲時賞！」正熱鬧時，一部汽車停在門外，秋添秋蜜急忙過來迎接秋水，幫忙提行李。車上還有一個鄰村的小姐要回家。大夥進屋裡去了，秋蜜還在跟路過的章震說話，秋水回頭看見還以爲是未謀面的小叔叔。秋蜜說：「你有沒有看到？我姊姊回來了，她就是郭秋水，漂不漂亮？」章震看著她的唇偷笑。

出社會一年的秋水這個月剛買了第一條唇膏，最淡的粉紅，早晨偷偷輕輕抹了一層，還深怕別人察覺，沒想到家裡個個桃紅著嘴，她驚奇地問：「這是眞的還是假的？」尤其是她阿母，原本想等瓊雲她們回家再擦掉，免得丈夫看見，既然已和他打過照面，也就不要緊了，這時他又嘲笑起來：「七月半是過啊，不要出來嚇驚人！」此語一出立刻引來所有人的抗議，尤其是秋水，「阿爸！你實在有夠沒水準，這才叫一朵鮮花插在牛糞上咧！」瓊雲眼尖發現秋水也塗口紅，說給她媽媽聽，媽媽說很漂亮，該回家煮飯，拉她回去。她臨去跟秋暖說：「晚上我們來喝咖啡，來失眠！」

阿母去把口紅洗掉了。

地上擺著三件物品，一紙箱是陳家媳婦月琴託秋水帶回來給陳家的；一紙箱是秋水的二姑寄的，她向來是只會買香菇、麻油、肉脯之類的；另一簍子，一看便知是大姑買的水果。阿媽啥事都不管了，忙分配東西送人。

孩子們全聚在秋暖房內等秋水開行李箱。每個人都有一件新衣。「啊！淺藍色的！」秋暖叫。秋水特別向她解釋：「這不是半長短褲喔！這叫馬褲！現在台灣很流行！」「我知道！我還有一件咧！」秋暖把兩件馬褲拿來重疊，發現淺藍色的較寬，褲管沒有抽繩，開個小衩，瓊雲必定喜歡，便不顧秋水等弟妹出去還要給她一件內衣，匆忙奪門而去。

行李箱內滿是藥味兒，秋水將一包當歸枸杞拿出來交給阿媽，「大姑買的，欲乎汝補身體補目睛。阿媽，阿公來高雄買一台機車乎我。」阿媽板起臉孔，「一定是恁阿姑啦，不要像乞食，一日到暗欲去給人討東討西，不見笑，一人一家，沒交沒扯，免去乎人看沒目底，以早沒就沒去講啥，這陣咱開始賺錢，慢慢啊存，欲買啥才去買，不要拿人的，拿人一項，人就記一世人。那一台機車不就要成萬塊？人伊一個細漢兒來在澎湖做兵……」「我剛才有看著一個兵仔。」秋水說。「在叨？啥時陣來的？」阿媽急忙站起身四下張望。「剛才，在門口。」秋水指著門外。「在叨？怎沒講？等一下講咱沒招待！」秋水見阿媽緊張的模樣，趕忙將她拉回來說：「沒啦，我看不對，是咱社內的兵仔啦！伊在澎湖叨位做兵？」「講啥青灣抑是水灣。」「不曾聽過。」「叫伊欲來也不愛，有啦，那日有拿中秋餅來，留伊欲呷飯也走緊緊……」

秋水走到天井，抓起一把曬在地上的土豆，問：「土豆掘完未？」「掘會完？後陸、沙園，擱在那咧，暖仔較會掘，香仔糊糊塗塗，蜜仔是去在鬥鬧熱……」「下晡我來去鬥掘。」「免啦，免去沾一身軀土粉，也不是像瓜仔會乎人挽去爛去，掘到冬尾也是在那，也沒得掘啦，早起十點就跑返來，講掘一區了啊，不曾一日掘到十二點，人若掘兩日咱就掘三日，管伊，九月掘會了就好，風飛沙准伊去風飛沙，目睛嘛呷慣世啊！」阿媽適可而止的叨念對她是種禮遇，這已使秋水馬上有了回家的感覺，望著門外乾燥的馬路，輕聲說：「聽講阿蓮伊阿爸死啊。」阿媽沒聽見，一把抓住她的裙腳，「穿這婧嘐嘐，去田裡沾土粉！」

29 家庭訪問

週末午後，放學回家吃飯，灑掃完畢，秋香、秋蜜和秋添都待著等老師來家庭訪問。「怎麼還不走啦！」秋香望著坐在過水庭上打盹的老婦人發愁，她像一座碼頭盤據在那裡，她坐在那裡就如同碼頭砌在海邊那麼理所當然。

她是阿母的乾娘，照理應該叫「阿媽」，他們非但沒叫過，背地裡還喊她叫「瘋國仔！」若是被她聽見，免不了一陣追打臭罵。她從赤崁馱了一麻袋魚蝦來，生的、熟的、曬乾的，各式各樣深淺不同的魚腥味一層層散發開來。阿媽說整個中墩也沒伊一個人的臭。尤其夏天，她更是像塊砧板，甚至是蒼蠅板，把蒼蠅都給黏過來。他們家阿媽在這裡是出名的急公好義，再怎麼不如的人她也能陪他坐一下午，唯獨對這個赤腳親家婆愛理不理。當年兒子結婚時，她一身牢牢的腥臭加上粗魯多話，打聽著坤地的阿爸娶細姨有錢沒錢的事，不知熏壞嚇著多少人，坤地的阿爸指著她問：「伊是誰人？」說是新娘的乾娘，好像媳婦的德行身家都遭到懷疑，害得她臉上無光的這筆帳，她到現在還記著。「瘋國仔」的外號就是她給她起的。瘋國仔一年來個三兩趟，都是在午飯前，一起來吃個午飯，衝著這點阿媽又總說她「像沒人家的」。她的吃飯，不像人家說的「草地親家呷飽就行」，天南地北謅不完，還要閉目養神一番。她來不是沒有意義的，不僅是看在一大堆海產的份上，阿媽竊喜的是卑微如她也有擺出勢利眼架式的時候，像這樣丟著客人在庭上坐，自己跑去睡午覺，也唯有對待她才如此。

阿爸阿母也午睡去了。瘋國仔縮著一條腿坐著睡覺，乾癟瘦小的身軀好像魚乾堆在那裡，一副愁眉苦臉，彷彿從未曾快樂過。母貓倒不嫌棄她依偎在她腳邊。她坐的椅子和五月來的時候是同一張，小孩把一根紅繩子綁在椅背上作記號，自己不敢坐，還囑咐阿媽下次要給她坐同一張。綁繩子作記號還是英傑的主意，他家小孩更是敬畏她，那也是從他們的阿媽那裡學來的，她堅信她懂巫術，叫孩子躲遠一點。今天只不過是巧合，她坐在綁紅繩子的椅子上。入秋了，只有三兩隻蒼蠅依戀著她。

吹西風，東西兩窗皆敞開，金風送暖，秋暖睏會兒就睡了。瓊雲躺在床上看牆壁上的卡片目錄，估計環繞牆壁一周還需多少張目錄。秋蜜一個星期前即作了預告：「我們新來的漂亮的老師要來家庭訪問。」秋蜜不止一次吹牛他們的新老師有多好，對她的廬山眞面目，瓊雲有點兒好奇，但眞正期待的是楊格的來訪，他這學期是秋香的導師。

女同學來把秋蜜叫去陪著老師挨家挨戶作訪問，快到她家便打發同學的弟弟來作報馬仔，秋香把阿母叫起來。

瘋國仔聞到一股清香，睜開眼，看見穿緞面米白色襯衫鬱金香花裙柔柔軟軟的小姐被幾個女孩子簇擁而來。秋香怕老師太深入，把椅子搬到前庭，阿母指著椅子，「老師，這坐啦！阿蜜仔，去倒水來老師飲。老師聽有台語沒？」

「有，聽有，我媽媽嘛是台灣人，你好，秋蜜的媽媽喔，不用客氣，剛剛喝了一肚子水，不坐了，我走走，看看你們的房子，可以嗎？那麼漂亮的姊姊，都是秋蜜的姊姊嗎？」出來看老師的秋暖和瓊雲，聽見老師這一說馬上縮回房去。

「對啦，老師啊！一陣的查某囝仔若雨神咧。」瘋國仔拿起搭在肩上的毛巾揮了一下。老師彎腰鞠躬說：「阿媽你好！」「不是啦，那不是我阿媽，是我阿母的乾娘。」秋蜜急忙解釋說。「你阿母的乾娘，也是你阿媽啊！」一個女同學說，兩個跟著嘲笑。瘋國仔走到天井，從頭到腳打量老師，歪仰著下巴在水龍頭下接了一口水，咕嚕咕嚕嗽，大口往牆上噴，嗆嗆嘴說：「老師啊，生做這婧，嫁未？」「還沒啦！」秋蜜不耐煩地大聲朝她吼，老師則是點著頭撫著秋蜜的頭髮笑，露出一隻小虎牙。

「蜜仔最小，有三個阿姊，一個秋水在高雄半工半讀，一個秋暖在讀高中，一個秋香讀國中，還有一個小弟秋添在讀國小。」阿母一一說明，阿爸在房裡聽著覺得好笑，心底應句「也不是來查戶口！」老師說：「秋水、秋暖，好好聽，這裡好多女孩子都叫秋。」「秋天最美，現在就是秋天。」秋蜜說。「對，秋美，秋美的姊姊叫秋月，妹妹叫秋燕，都取一個秋。」老師說。「六年級有一個秋芬，她家還有秋桐、秋芳。」女同學仰臉對老師說，「四年級有一個仲秋，三年級有一個秋衣……」秋香也說：「我們班也有秋滿、淺秋。」阿母靦腆的笑說：「也知，全是秋了了，莊腳人不識字，號來號去就這幾字。」「秋！秋！秋！煞不知沒閒歸年，要中秋過後，沒熱也沒寒，才會秋，尪仔某愛鬥陣，生出來不就是秋天做的種。另外一種是冬尾後新年時，尪仔某有閒常常做伙，算來九個月，十個月，剛好秋天的時生的，也是號秋，全這查某鬼仔！」瘋國仔說。「沒水準！跟老師囝仔講這。老師，這坐啦！」阿母聽得又好笑又好氣，覺得歪理也有點道理，卻不得不罵她。「秋蜜媽媽，不用客氣，要不是有家庭訪問，我也沒機會來村子裡玩一玩。」「老師不管時都可以來，老師是台灣來的？」「也不算啦，我也是澎湖人，我家在馬公眷村，小學畢業才搬到台北去，這種老房子好有意思。」老師說著脫掉高跟鞋，走上天井的樓梯。

瓊雲在房內看著女老師嫩白的腳踝拾階而上，糖甘蜜甜的在屋頂上說：「哇，曬了好多花生，好藍的海，那邊還有一個小島。」小女學生們在天井裡仰望天空下的老師，她的一顰一笑，在她們看來都是那麼不解，卻又引以爲榮。她們拉長脖子，彷彿被動的旋轉著身體。她在屋頂上走了一圈，對著底下的蘿蔔頭笑笑，然後走下來，花裙襬曳過斜亙在秋暖窗外的樓梯。近在眼前，從三爪窗一伸出手就能抓住她的腳，瓊雲一時間有種失落襲上心頭，好像一隻鳥飛來又飛去。

女老師在過水庭上四處探望，其他人仍好奇的追隨她的眼神。每進入一戶人家就尋思著那個孩子寫給她的日記，寫的就是這屋裡的事，在這屋裡某個角落寫的。接著又步下天井，去撫一撫水缸上的仙人掌和秋海棠。瓊雲把窗子全打開，跪在床上，臉抵著窗柱子，看到了女老師令人羨慕的波浪長髮。楊格也來了，不知道是眾多女聲中突然出現一個男聲，還是她特別能聽得他的聲音，遠遠的才到院子，她就聽見了。

阿媽睡醒起來，看見一屋子的人，還弄不清狀況，便聽到瘋國仔高聲叫著：「擱一個查甫老師來啊！」阿母依樣拉著庭上的那張椅子請老師坐叫孩子倒水，楊格也照樣是推辭一番，然後朝屋內的兩個老人家叫：「阿媽！你好！」「好、好、好！」瘋國仔握了一把土豆邊吃邊應邊揮趕蒼蠅，嘴角溢出白色豆沫。阿媽急忙一步跨出門檻，拿著那張綁紅繩子的椅子說：「老師，這坐啦！暖仔！香仔！是啞九？沒請老師這坐。那也一個老師，那是誰人的老師？」兩個老師互看一眼都朝阿媽微笑。

「阿媽，秋蜜的媽媽，我先告辭，沒什麼問題，秋蜜眞乖，我眞甲意伊。好，不用送，我們還要去別的同學家。」女老師說著，分別向幾個大人包括楊格點點頭。瘋國仔又忙走下天井說：「尿在流，來去放一泡尿咧。老師啊，查甫老師娶某未？這一個查某老師生作眞婧眞溫柔，擱好笑神喔，兩個郎才女貌有尪仔某面……」阿媽喝斥她住嘴，秋香說：「亂點鴛鴦譜。」跟著楊格來的一男一女學生笑著注意兩個老師的表情。一群小學女生掩著嘴竊笑，秋暖也跑出來偷看。阿媽趕忙走近來，「老師，免聽伊黑白講，不三不四，沒正沒經，一隻嘴黑惢惢，跟老師黑白講話。」「阿媽愛開玩笑，沒關係。」楊格只好說。女老師聽不大懂，微笑以對。

楊格刻板地和阿母作了訪問，大致是交換學生在家庭與學校的狀況，順便提到秋暖在不在？阿母喚了兩聲，秋暖未出現，楊格就走了。老師一走，阿媽開始數落起瘋國仔沒禮沒體拿老師亂開玩笑，會害孩子分數被扣光光。「親家啊，姻緣天注定！」瘋國仔背起一袋子的土豆、南瓜、冬瓜，搖搖晃晃走出門。「有閒再擱來啦！」阿媽舉起手漫空揮趕一下，「老師走了，緊去掘土豆，日頭欲落山啊，剛才忘記給老師講，一個一個攏教不行。」

瓊雲轉移至西邊窗口，看楊格的背影。秋暖回房又說一遍：「郭秋蜜他們那個新來的老師眞的長得還不錯，甜甜的，很有氣質。」「沒看清楚，只看到裙子跟頭髮，滿漂亮的。」瓊雲躺在窗口下，斜陽抹在鼻尖上，起身走出房間，看見秋添帶老師來，強顏歡笑叫聲：「老師！」「曾瓊雲，好久沒看見，你看，都小姐的樣子了，郭秋暖呢？」老師問。阿母叫：「郭秋暖！曾秋桂老師來了。」秋暖出來叫聲老師。「眞正歲月不饒人，被這些孩子逼老了。」老師對阿母笑著搖頭，又問她們誰讀馬公高中誰讀海產學校。「其他人呢？」「張淑眞和郭櫻梅在高雄一間冷凍公司，楊淑婷和她姊姊在台南的電子公司上班，前不久換去湯匙公司，郭櫻梅也一起去。」秋暖說。「好快喔，一個個都長大會賺錢了，要常常聯絡，不然過幾年就疏遠掉了，尤其是出社會的都會比較早婚。蔡昆炯讀普通科，用功一點，他有希望上大學。」「嗯。」秋暖點頭。老師是村裡人，阿母不需客氣招呼，閒話家常一番，老師當著阿母的面勉勵秋添用功讀書便告辭了。秋高氣爽，老師們走過的村落，顯得特別肅穆。

30 鍋

自從那日去過鄉下，錦程心情一直擱淺著，原本只是因爲那老婦人伏在母豬身上哭的畫面不時重現，屋漏偏逢連夜雨，幾天後小張來跟他自首：「我沒想到你眞的要拿去送人，你那盒中秋月餅被我偷吃了兩個。」小女孩一定對月餅滿懷憧憬，可能尙未得到大人許可即偷偷掀開來看，然後大聲嚷嚷：「怎麼少兩個！」他不知道他們家教嚴不嚴，最好是不嚴，孩子有偷吃東西的習慣，只能這麼想。

這事擱過半個月，每看見月亮就覺有件事未了，打算再去走一趟。月餅的事還可以釋懷，他想知道的是她那隻母豬是不是眞的死了。他問負責採買的老汪，「一隻豬值多少錢啊？」「死豬還是活豬？」「不知道。」「豬肉一斤大概三十塊錢，我們連上一天要買半隻，兩天就吃掉一隻。活的就不知道了，活的啊，我想母豬會比公豬値錢，很簡單，因爲母豬會生小豬，哈哈哈哈。」

禮拜天，錦程一早就離開部隊，先到馬公買了餅乾糖果和蛋糕，帶這類像要去拜拜的東西準沒錯。他搭的這班車進村裡來，路兩旁都是收成的土豆鋪滿門庭的景象，想到和父親去掃墓時看見的豆苗，已是半年前的事了。父親家門前的空地雖大，卻是泥土地，他們把土豆撒在圍牆外的路邊，借用小長條柏油路面，這部分是瀝青鋪設完後用車來回輾平而延展出去的。爲使土豆不致亂滾，以一根竹竿阻擋著。他望著腳邊和著塵土的土豆，更加強了到這裡來的信念。屋底總是空的，看不見半個人影，他也習以爲常。探頭看看左邊昔日的豬舍，嗅不到豬的酸臭，而是種乾柴和土壤混合的氣味，也許這就是土豆的氣味。門階旁的植物開著磚紅色的花，小女孩告訴他這叫作落地生根，一片厚厚的葉子就可以長出好幾株新苗，這苗把它擺著不種也能生長。天井西半邊也曬著土豆。廳裡的鐘敲了十下。「阿姨！阿姨！」他禮貌性的叫了叫，看不到人，就把東西拿去放在飯桌上。爬上樓梯，發現屋頂上也滿是土豆。再望過去，連廟埕上也曬著土豆似的塗了層土黃的花生醬。再出去就是一片海洋了。他坐在天井邊的階梯上曬太陽發呆，正想去後院探個究竟，父親的大老婆回來了。

她大步走進來，大聲的和外頭的人說著話，把一個提鍋擱在水缸上，取來砧板，蹲在水龍頭下殺魚，又喃喃自語了兩句。錦程怕踩到梯下的土豆躡手躡腳的，但是那麼大一個人，她竟沒察覺。一鼓作氣，再而衰，三而竭，他又陷入那種來也不是去也不是說也不是不說也不是的窘境，只恨自己蠢。

他突然像個長官似的對自己下達命令，遵命大叫了聲「阿姨！」她嚇了一大跳，轉身就罵：「夭壽！光天白日，欲驚人不是？汝這個……是……喔，放假，何時來？來，這坐啦！」伸長脖子瞧了又瞧，趕緊放下刀，拍拍手，乾脆洗洗手，指揮他到過水庭上坐，看見他帶來的伴手，又罵他人來就好自己人何必客氣。錦程趕緊趁沒人在從口袋掏出紅包說：「頂一遍來忘記，這我返去，阿爸交代的。」「沒沒沒，不行，不行，不行……」突如其來的紅包使她受寵若驚，一再推辭，「我欲用有咧，汝在作兵，也不是在賺錢，汝留咧用，汝留咧用……」「阿姨，你收起來，我沒欠錢用，這我阿爸交代的……」錦程接觸到她堅硬有力像扁擔般的手，兩人正拉拉扯扯，姆婆來了，說：「面仔！這誰人來……啊！汝的魚乎貓咬去啊，爬至厝頂去啊！」

趁她忙著招呼人，錦程將紅包塞入她口袋，因此，她心神不寧，說話恍惚，「嫂仔，這個……」「我會認見，曾來阮厝坐過，金榜的細漢後生，同金榜的體格跟面路仔。」姆婆說。「這咱阿姆。」她對錦程說。錦程叫聲：「阿姆！」「好好，啊！面仔！汝這天神，那魚不先去洗起來，等一下就乎貓全拖拖去，養那不知啥貓，像虎咧！」她對這位嫂子的話一向言聽計從，馬上乖乖蹲到天井去收拾魚。「叨位買那沙毛？」姆婆問。「阿木乎的，抓兩尾返煮。」「不啊，阮不敢呷沙毛，毒攔臭腥，我剛才去給得仔買這兩尾，汝看，金閃閃。」「來啦，我順手幫汝殺殺咧。」

姆婆招呼錦程坐，自己也拉張椅子坐下來。錦程偷偷瞅著這位老婦人。她頭梳得整整齊齊，結成髮髻套在黑網裡，一絲不苟，並抹上香甜的髮油。雖然穿著與他家這位阿媽一樣成套的淺灰碎花上衣半長短褲，但感覺清爽多了。從側面的釦縫間隱約可見垂掛在胸前的乳房，暗示著一種女性的權威。她把腿重疊在一起，兩手圈住疊在上頭的那個膝蓋，準備好好陪他聊聊天。左手腕上一只翠綠的玉鐲子，他母親也戴這樣的玉鐲。

她說：「留落來呷飯，自己人，這別項沒，一定有青魚，也只有這，咱這莊腳所在，不要棄嫌！不會啦，人咱金榜這囝仔有教示，擱讀到大學畢業，沒像阮坤地仔青瞑牛在牽牛。」笑了笑又說：「咱面仔自己人，土人，阮是有啥話就講啥話，朝直啦，未曉講好聽話。當初恁老輩想講欲去台灣住頭路，我就叫伊要跟去，咱講實在話，恁爸牛仔，以早沒改名是叫郭牛，恁爸金榜仔也不是那種沒情沒義的人，也有寫批叫伊去，伊自己憨漫，講田內一山的土豆蘆穗還未收，講是講，也是依著厝內擱一個老的，行未開腳。汝不知，那當時咱祖仔是用石磨在磨蘆穗，加幾枝蕃薯籤，叫做蘆穗糊在呷。阿姆今日跟汝講這，不是欲來批評講誰人對誰人不對，人電視有在講，是非成敗轉成空，在外口的人在看是恩恩怨怨，咱自己知影其實也沒像人想的大婆細姨一定就結冤仇，咱面仔也眞認份，金榜仔來娶恁老母，伊也沒怨嘆，伊也知跟人不能比，若不是恁老母好女德，會庇蔭尪，恁老仔當初時褲袋仔空空，一塊人，沒錢亦沒厝，不定著還是要擱返來澎湖種土豆，哪有像現此時事業發展成功，咱也替伊眞歡喜……」

阿媽心情亂紛紛，一邊想事情，一邊不放心的聽她嫂子發言。他們做了幾十年夫妻，他從來只給他母親一點點手頭零用錢，他這孩子大概不清楚這些才撒這樣的謊。她百思不解他的用意何在，也許眞的是他父親的意思，希望他們能多關照他。她怕瀧瀧的流水聲干擾，打開水缸來舀水洗魚，聽到這段話，又一閃神給魚刺扎到了手。

「可能汝不曾聽過恁爸講起，頭先伊不是去台南，是先去一趟桃園，住在那旅舍內，頭路找沒，錢也用了，人擱來破病才慘，寫批來叫恁阿伯去桃園取伊返來，當時的艱苦，咱來講著就目屎流……」一句話哽咽，眞有淚水，這秋收含風沙的季節，女人容易流淚。

錦程看著她，心底想如果換成她是父親的大老婆，而不是蹲在水缸旁邊像個奴僕的婦人，也就不會有今天這個局面了。

「恁阿伯千里迢迢去到桃園看那旅舍黑梭梭，沒值得咱莊腳，恁爸躺在那是一嘴水嘛沒，全身軀軟糕糕，恁阿伯扶伊去搭車來高雄坐船，連伊買去旅舍煮飯的一個生鍋，也作伙拿返來澎湖。」拭了一把淚，又說：「那個生鍋冬天滾魷魚土豆肉上好，前年熱天，恁那大阿姊返來，看見那個生鍋講：『擱在用這個老古董，丟丟走，我買一個新的乎汝。』我講，這不止歷史悠久，亦有汝想未到的感情跟紀念性，汝有錢嘛買未著，我叫面仔拿來汝看，面仔！」

阿媽乖乖地到灶口取來那只鍋，摜在紅磚地上，說：「看，就這個啦，用未破也摔未破，講是日本貨。」錦程看著如陀螺將倒晃動的鍋子，發出喔喔的聲音。好奇形怪狀的鍋，他從未見過，近似橢圓去頭的鍋身環腰做了一圈三公分寬的東西。他想起地理課本上的行星圖。更像是小孩子踩在上面彈跳的一種玩具球。鍋子腰部以下燒得焦黑，聲音聽起來比鐵輕比鋁沉。他也不曉得該說什麼，不由衷地發出一個類似苦笑的聲音。姆婆又說魚快被貓拖走了。爲了不辜負她倆這一番搬弄，他說：「另天我才來呷看伊煮出來，有特別好呷沒。」「好好，不免另天，今日還未煮啊，看是欲剛才講的，土豆滾肉跟魷魚乾，還是鹹魚，滷肉嘛上好。面仔，我看臨時也傳沒肉，我一塊三層煮去啊，土豆是有，歸土腳全是土豆。另天若放假先打電話來咱廟內，叫廟公放送郭坤地的名，看是叨一日欲來，咱坤地仔才去馬公買豬肉。今日留落來呷飯，沒肉嘛有魚，跟咱阿姨、阿兄阿嫂做澎湖囝仔，沁菜呷呷咧。」

孩子接踵從田裡歸來，阿媽陸續唱出他們的名字，這回倒一個也沒弄錯，一一指定他們叫阿叔以及姆婆。「擱有阮一個阿媛嘛來跟阿叔阿嬸鬥掘土豆，不知我來，已經返去啊。」姆婆說。秋蜜、秋添、秋香都喊了，唯獨秋暖沒有開口，蒙混過去。錦程想這女孩子眞固執。阿爸阿母進屋時，姆婆叫錦程喊「阿兄！阿嫂！」錦程照做了，阿母笑著答應，阿爸則不自然地微微動了下巴。

姆婆忙著督促阿母張羅午飯時，阿媽按捺不住偷偷鑽進秋暖的房間來，壓著喉嚨說：「在這偷講，別乎恁阿爸跟阿母知。汝看，包一個紅包，還騙我講是恁阿公寄伊拿來的，一世人不曾乎我一仙五令作所費，也不是在反行，啊！三千，慘啊！給人收這。」「一定是頂一遍來汝在哭那隻豬母，看汝可憐。」秋暖說。「夭壽啊，見笑死，咱也知伊早不來慢不來。看欲怎還，給人收這，若乎伊老母知，抓準咱貪心有跟這囝仔講啥，雞婆，恁姆婆剛才還跟伊滴答那古早的代誌，萬一……」

「伊欲好心就好心，歹心就歹心，汝想嘛沒路用，沒一定人是眞正好心咧。」秋暖說。

阿媽走出房間，看她嫂子走了，秋蜜、秋添陪客人玩著，連忙跑去關照阿母煮得怎樣。錦程以爲她是進去數落秋暖剛才不叫人，心裡過意不去，不一會兒，看見秋暖出來，朝西邊側門又走出去，幾秒鐘後，從大門前經過。約十分鐘，梳洗完畢，換上乾淨的衣裳，黃底白圓點的上衣，又打大門前經過，繞原路回房，就是不走大門進來。他試著揣摩她的身影沿著屋畔行走，因此知道她走得非常的慢。猜測她快進來時，忙將目光移開，她遲遲未出現，他朝西側門望去時，正好與她看個正著。比起剛才回家時那一眼，柔和多了。

就在同時，瓊雲出現在大門口，落落大方，翩翩步入天井的陽光中，向他遞來一個閃亮的微笑。都還記得彼此的角色。錦程還記得清明時，幾個大人對這女孩的讚美，當時不以爲意，再照面，才明白，確是個美麗的女孩子。也不過一個春秋之隔，半年的時間，對服兵役的男孩子而言，甲蟲仍然是甲蟲，但是對一個少女，蛻變和飛舞都學會了。

瓊雲和秋暖一前一後出了房門，阿媽交代秋暖好去準備碗筷，又說：「我來去後壁看豬仔。」錦程聽見以爲母豬還活著，放下心中一塊大石頭，同時也有點心疼損失了三千塊錢。門外郵差來了，秋蜜和秋添飛奔而去，錦程隨即起身，走到西側門去抽菸。

秋蜜拆開打了幾個結摺成一隻鳥形的信紙，「慘了！慘了！」邊走邊說，「我慘了，怎麼辦？我的筆友叫我寄一張『近照』去給她耶。」秋添說：「那就寄去啊！」秋香說：「人家看到你的樣子一定嚇得不敢再跟你通信，而且你還說謊，每次都叫阿蓮幫你打草稿。」「欸，我們寫的都是眞的，才沒有亂說謊！」秋蜜嚷嚷。秋暖擺好碗筷，說：「早就叫你不要交什麼筆友，那可能是一個男生，冒名假裝做女生，故意叫你寄照片去給他看漂不漂亮。」「沒關係啊，你叫他先寄他的照片過來給我們看看，我們再……」秋蜜打斷瓊雲的話說：「啊！我們寄你的，你最漂亮，寄你的照片去……」秋香又說：「還說不是，你這個大騙子。」「反正防人之心不可無，諜對諜，你有沒有跟他說你幾歲？」秋暖問。「只說讀小學五年級。」秋蜜說。秋添看看瓊雲的臉又看看秋蜜的臉說：「只有照臉，也看不出來幾歲！」秋暖笑：「你少天眞了，傻瓜！他跟你說他幾歲？」「國中二年級。」秋蜜說。「拿來我看，我看他寫的字像不像國中二年級。」秋暖說。

錦程聽他們講話，一面呑雲吐霧一面微笑，他想起連上阿彬也正有此困擾，阿彬說話確實有吹牛之嫌，但他不明白這些小女生怎麼這麼自卑。他把菸掐熄在外面牆壁一處石洞內，站在側門口說：「來，秋蜜，我看看。」一群大小孩子全望著他，秋蜜跑去，把信封信紙都交給他，秋添也跟過來。他看那字，雖然稚氣，卻未必就是小孩子的字，連上的胖子、阿丁寫的字比這更加幼稚。從那字的筆勁和口吻分辨，信的性別應當是女生無誤。「就算是男生，送他一張照片也沒關係啊。」錦程說。秋蜜嘟起鼻子，難爲情的說：「不要，我的照片很醜。」「人也很醜！」秋添促狹說。秋蜜伸手要打他，秋香在那頭也說：「少丟臉了！等一下人家以爲我們澎湖的女生都是這副德行。」大家把矛頭指向秋蜜，輪流取笑她。她瞪著眼睛不回嘴。錦程摸著她的頭頂說：「你長得很漂亮啊，改天拍一張漂亮的照片給他們看。」

31 深秋

迷彩農耕隊離開了一陣子，又回到穿草鞋來。他們是散漫的游擊隊，只有阿東最賣力，他說做事要有始有終，「革命尚未成功，同志仍須努力！」他放三天假沒有回家，早出晚歸就是待在田上掘土豆。手臂的痠痛過去了，手掌的水泡結成繭，握住耙子結實地感覺到多一顆東西在手裡面。各人手上的耙子都已拿合了手，一眼認得，也不再朝三暮四，老覺得別人的耙子好用。章震喜歡他那支穿洞的破耙子，用刀子在木柄上刻著幾個字，「山」「少」「沙」。如此的耙行有如三跪九叩，使他平和地度過了喪父之痛。阿姨自去忙種菜種蕃茄，他們仍堅守崗位，耙個不停。

穿草鞋這一帶地處偏僻，背陸面海，主要是秋暖和玉杯兩家的田，對於阿兵哥掘土豆，秋暖一家人已見怪不怪，但是當他們移師到後陸的田上就成了特殊風光。路過的村民不免說話，「春仔！去叨位請這陣阿兵哥，掘一日不知要開多少錢？拜託嘛幫我請三、五個來。」「人這是軍愛民民敬軍，還在講啥錢不錢咧！」「若有這阿兵哥像羊在嚼草，做啥攏緊！」「留一個來做兒婿啦！」「教得拿耙子拿到好勢溜溜，比查某囝仔還較巧，耙得有模有樣，續落不就要訓練耕田。」「免笑，恁阿生在屏東作兵，我看嘛是去在幫人種稻子割稻子。」

不管冷嘲熱諷，阿姨只當耳邊風，懶得搭理。倒是阿兵哥知道警惕，在後陸時天真爛漫多少收斂著，因此重返穿草鞋加倍覺得自由自在，儘管吼叫、唱歌、打鬧，洋溢慶豐收的歡暢。

白天裡只有佩媛和阿母待在田裡掘土豆，佩媛和其他年輕的女孩子一樣，原本也沒有蒙面的習慣，但是附近常有阿兵哥走動，因此拿一條方巾反覆練習，把頭和臉都掩護起來，只留下兩隻靈魂之窗，烏溜溜地儘管往外邊探索。如此包藏住，自己多一份安全感，對阿兵哥也好，好像面對的是個老氣橫秋的婦女而肆無忌憚。佩媛長秋水一歲，她的男同學們也都在軍中，可是她感覺自己比他們成熟沉穩得多。她剛開始蒙面蒙得鬆鬆垮垮，三、四天後已能使布巾服貼於額頭兩腮，如多了一層面膜給風吹日曬。呼吸也漸漸順暢，況且起風了，不再覺得悶得透不過氣來，但是聞著自己的鼻息，有時令人昏昏欲睡。她家種得少，往年總是她和母親來幫忙嬸嬸，今年也是母親在電話那頭提醒她來的。她和嬸嬸每碰頭三句不離她母親，不但嬸嬸把會告訴她母親的話拿來說，她自己也轉變成母親的思量在應對。她告訴嬸嬸敏惠來信說母親在加工區找到一個車衣的工作，一切都好，信上說。她和嬸嬸的速度相當，齊頭並進沒有問題，但是起風了，怕吃風沙，漸漸閉上嘴巴不多聊。不多聊轉而胡想，自己也不知道放慢了動作，拉開了距離，默默收聽著鄰田阿兵哥的對話。因此認得了幾個名字和聲音，知道他們在想什麼。對於這些，她和嬸嬸從來不予置評，但有時秋香、秋暖在，會與她討論方才聽見的某句話，她聽了她們的批評，有時也忍不住笑起來，卻總是冷淡的結論：「阿兵哥最無聊了！」

阿媽拎了兩只提鍋來，三催四請地叫：「阿媛！阿媛！來呷點心！」佩媛應著好，但不夠大聲，阿兵哥附和著喊：「阿媛！阿媛！來呷點心！」佩媛聽見越不願意去吃，直到嬸嬸拿到她面前，才勉強撥開布巾，喝了幾口仙草。

今天仍是晴天，太陽照耀，女人依舊得把斗笠戴著，但風捲起了煙塵，斗笠的繩子加緊勒在脖子下。阿媽在另一邊捲攬圮散在地上的土豆藤，葉子曬得香香脆脆，發出細碎的聲音，藤則像網般柔韌耐於塑造。聚攏摶團後，再以土豆藤搓出繩子來攔腰綁起，一綑綑同棉被大小散布在田上，好似捲起了夏天的鋪蓋，準備換下一幕場景。她邊收拾邊大聲問：「春仔！這區上尾一區不是？」阿姨不在田裡，阿兵哥大聲代爲回答：「是啦，最後一區！」「阮擱兩區咧，每年攏掘到這當陣，趕快哦，霜降沒收禾，一暗減一籮。」

夜漸長，晝漸短了，孩子們放學來到田上，所能做的有限，但越是這樣，他們越愛參與，糊糊塗塗幫忙做了點兒事，又要跟著歡歡喜喜班師回朝。穿草鞋西邊田是他們家所有的田裡面田壟最長的，八十多公尺長，大人一整天頂多能耙三行半。秋蜜每望一眼這迢迢的田壟就嘆聲唉喲，好像這是片無法穿越的沙漠。日頭變得溫呑，不需再朝西暮東，一律由東向西耙，一則秋天的夕陽美豔無比，一則是避免與東北季風正面衝突，尤其傍晚時分，風一瘋起來頭巾都綁不住。秋蜜站在西邊田頭，對準她阿母那一壟耙了起來，也不管她阿母在那頭喊著：「不行啦，會埋到阿媛那趟！」才耙兩下子就有風沙飛進眼睛，飛快地奔跑到阿母身邊，兩指撥開眼瞼要她朝眼睛吹幾下，眨了眨眼說：「我嘛欲配目鏡，郭秋香掛目鏡都不會被風吹到。」「人伊是近視。」阿母說。「我嘛近視！」「看那多電視，早慢嘛會近視，去去去，趕緊去掘啦，日暗啊！」回到她的地方總共耙了兩步，土豆尚未鋪滿籃底，就把耙子拋了，丟下一句：「我去找郭秋添一下！」朝海岸跑去。

土豆藤車回家去了，原本每晚集中覆蓋在藤下的斗笠、耙子和籃子暴露在田上，一副是秋暖的，一副是秋香的。迤邐在地上的深褐色葉末如顫動的碎翅，風颳來，此起彼落地飛舞。秋暖用耙子勾起籃子，又一陣風，剛剛圈在籃邊的葉子紛紛蕩向別處。秋香籃邊的葉子越積越高。昨日傍晚殘留的田壟，早上由阿母和佩媛接手耙去，看不見也想不起昨日的段落，每日都是新的一行。

秋暖站在田頭對著夕陽綁上頭巾，祖母式的綁法，方巾對半摺成三角形，尖角放在後腦勺，另兩端綁在下巴下面。無論什麼臉型的人這一綁都成了尖瓜子臉，秋蜜說這樣像老太婆、巫婆。她想著方才分手時瓊雲說的話，「你看不出我談戀愛了啊，等一下我們要去橋上兜風看夕陽。」通常女孩子談戀愛，身邊的知心女友總是只知甜不知苦地跟著陶醉，難怪這陣子她莫名其妙地快樂。

玉環來報到的時候，阿東正好掘完一行。「啊，只剩兩行，快一點，我們一人一半，你那一頭，我這一頭，剩下一行，看誰……正氣歌你們兩個再分一行就完了，快點快點，等一下來慶祝大功告成。」玉環越說越興奮。阿東響應著唱：「快呀！快呀！時候不早了，我們要回家了，今天的，不是，今年的工作已經都做完……」正氣歌卻說：「不要弄完啦，我沒有心理準備，我以後放假沒地方去。」「你不是阿東去哪裡你就去哪裡嗎？」「他跟你約會，不給我當電燈泡啊！」阿東把帽沿轉到後腦勺，撿起一塊土塊，正氣歌趕緊躲到玉杯背後，兩手拉著玉杯的衣服，阿東學著投手反覆練習投球的姿勢，最後將土塊往上拋，一腳將它踢散了。

每次玉環一來，蕭瑟的感覺都不見了。阿媛回頭跟秋暖說：「落花有意，流水無情。」秋暖沒說話，片刻才向前頭喊：「落花也很無情啊！」秋暖一耙耙地往下掘，一耙耙地將泥土拉近眼前，嫻熟到一面想心事一面看見土豆就能反射性的將它握進掌心裡。若是想到了細節去，例如瓊雲那次去給老師送瓜穿什麼衣服，便會失神遺漏掉幾顆土豆。但右手還是不停地刨土，左手也待命地做著抓取的動作，碰了幾下，抓到的都是軟泥。彷彿爲了細細鬆土，才種了土豆。意識到左手停頓了好幾秒鐘未進帳，右手加倍認眞的往下掘，連耙了十二下，未見一顆土豆。耙子發出擊石的聲響，再耙一下，一塊指節長的斷玉浮現出來，稍不當心，就當碎珊瑚掩埋掉了。秋暖對這種聲音這種弧度非常敏感，在她還像秋蜜那麼小的時候就開始收集土底的玉塊。也許是掘土豆對一個小女孩來說太無聊了，她阿母哄她也哄哄自己，說這些玉都是古早留傳下來的，說不定價值連城。「連城？連哪一個城？」「京城。」

不過是些斷散的玉鐲，最長約半道彩虹的一段弧形，大都零零碎碎呈塊狀。她用水和香皂洗去它們身上的泥土，但無論怎麼搓揉還是澀的，還是去不掉浸沁在身上的土色。以一條藍底黃花的手帕包著，心血來潮就拿出來一塊一塊的看，冰冰涼涼好像裡頭含著水，但是，是乾燥黯然的膠白、湖青兩色。久而久之彷彿被她殷切的目光手上的油脂潤過，才顯出點色澤。一塊塊擺在床上，試著銜接成一個圓環。折斷處無一能與另一個相契合，選擇最相近的靠攏在一塊，排出扭扭曲曲的圓缺。又或者當作棋子，一只吃掉另一只咖咖作響。玩夠了又放回手帕中，四個角對打成兩個結，一只小布包，也算是私藏細軟塞在衣箱底。反覆種的耙的就是這幾畝田，仍有玉石不斷出土。

阿東掘得比玉環還快，兩人快碰頭時，從土裡即能感覺到彼此同心協力一搭一唱的刨土響。兩人都按捺住不看對方，直到鏘地一聲，耙子敲到了耙子，玉環以眼神許阿東把面前的一小塊耙完，自己將耙子重重砍進土裡，站起身來環顧周遭。犁開的田溝本有小山小谷，如今已夷爲平地，遍地的綠葉只剩幾件綠衣，不知道是光復還是淪陷。鳥兒孤零零叫了幾聲。太陽即將下山，橘紅油滋滋的像顆鹹蛋黃，沒有雲彩，普魯士藍的西天非常莊嚴遙遠。田野上的女孩都穿花衣，阿兵哥起身，像沒有葉也沒有根的樹幹。

大家陸續把籃裡的土豆倒進布袋，飽飽一布袋半個人高，空籃子和耙子全依偎在旁邊。正氣歌吆喝著：「章震的也拿過來倒啦，又跑去哪裡遊魂了，叫他回來參加結業式！」「和他的小女朋友在那邊看牛吃草啦，章震！章震！」阿東朝南邊樹叢喊。「玉杯，你不要走啦！」正氣歌拉著玉杯的袖子，「我們要來慶祝咧，玉環，有什麼吃的，芭樂、大黃瓜、香瓜、嘉寶瓜……都好都好……」「早就沒了，青蕃薯，要不要啃？」玉環說。「那我騎車去買點東西，順便，嘿嘿……」正氣歌扭動著眉頭。阿東說：「不用啦，你去回來，天就黑了，現成的，去找些木柴，烤花生來吃。」正氣歌又拉著玉杯說：「玉杯，你不要走，我去找木柴，我們來慶祝，每個人都要唱歌。」玉杯茫然立著，阿東唱：「好花不常開，好景不常在，愁堆解笑眉，淚灑相思帶，今宵離別後，何日君再來……」正氣歌走了幾步掉頭說：「我老子說這首歌不能唱，這是妓女唱的，要就唱，今天我把歡樂帶給你，謝謝你在前線保護我，這首才好聽……」「囉唆！你老子還我老子啊？」阿東冷不防撿起一顆貝殼朝他屁股扔去，他哇哇跑了起來，不時滑稽地回頭張望。他彎身去拾柴枝，聽見玉環的歌聲隨風飄來，迷離又輕柔地，沒有歌詞的吟唱。愣了兩分鐘，忘記有任務在身。玉杯從另一頭走掉了。

秋添在岸邊扭龍舌蘭刺，一根根刺在葉片上，見秋蜜和章震來才想起阿爸交代他叫阿母或秋暖去提水餵牛。有時三個人一齊去找阿爸，阿爸汲了井水交給他和秋蜜，等在田外的章震再幫他們提到放牛的地方；今天阿爸去網魚，章震進田來幫他們汲水。水桶小，來回提了三趟。

放牛的這地方，北邊有排銀合歡圍著，西南邊沿海是一堵龍舌蘭，隱密而溫暖。章震說那龍舌蘭好像特大棵的鳳梨，「眞想把它拔起來，看看底下有沒有一顆大鳳梨。」「所有的阿兵哥都來也拔不起來。」秋蜜說。連續幾天在附近放牧，草地光禿，就折幾枝銀合歡給牛吃。牛肚子圓鼓鼓，秋蜜手不夠長，必須一腳跪下來才抓得到鎖在肚子底下乳房中間的牛蜱。她右臉偎著牛肚，右手伸進去細細摸索，一雙眼睛若有所思，好像牛肚子裡有人在跟她說腹語。

她不讓秋添插手抓牛蜱，她跟章震說：「他小的時候，有一年冬天，我阿媽抱他，摸到他背上吸著一隻牛蜱。」章震笑笑，不以爲意，直到秋蜜將牛蜱摘下來給他看，褐綠色的一「顆」蟲，長著幾根纖毛，看了怪恐怖，更令人害怕的是薄薄一層膜裡竟然別的沒有，飽含鮮血。這事他是幫不上忙，只有袖手旁觀的份。靠近秋蜜這邊站，一則怕牛蜱爬到她身上，雖然她說牠們爬得比烏龜還慢一萬倍，一則秋添在牛乞那邊對牛蜱處以極刑，他是看到血就怕的。秋添撿來一塊石片，把從秋蜜手中接來的牛蜱放在上面，再以釘牛乞的那塊石頭敲擊那些寄生蟲，邊敲邊罵：「吸血鬼！吸血鬼！」一顆顆血球迸出鮮血，染紅了石頭。

章震逃避現實仰臉行空，一朵雲灰灰黃黃的，粗細不等的描上了紅土邊，看了好一會兒，石頭似的沒有動靜。忽然聽見那牛甩尾巴，前腳往後踩，鼓脹的肚子一彈秋蜜整個人傾在地上，章震趕緊把她從牛肚子下拖出來，說：「嚇死人了，別抓了，被你抓完了吧。」秋蜜說：「牠今天脾氣不太好，如果沒有全部抓光，像頭蝨一樣，很快又會繁殖出一大堆。」

三個人盤坐在草地上聊天，順手剝倒地鈴的蒴果玩。不遠處的倒地鈴蒴果乍綠還紅，面前的則已凋萎枯黃，好像烤乾的宣紙。膨脹如拇指的蒴果，撕開來，裡頭只有一兩顆綠豆大的圓種子，那黑珠種子有個像心形又像美人尖的白點在上面，玲瓏可愛渾然天成。「這叫什麼呀？好有趣！」章震說。「烏彈籽！」秋添說。「烏彈籽，黑子彈?!」章震隨手放了幾顆在胸前的口袋，秋蜜看見了，把自己和秋添剝的全交給他，他也全部放進口袋。

在北邊田上的阿兵哥嘶吼唱：「歸去來兮！田園將蕪！」又招魂似的喚幾聲：「章震！回來吧！」秋蜜鬆開綁腿，把章震的布鞋脫下來還給他，說：「我要回去掘土豆，太陽快下山了。」「太陽已經下山了！」秋添說著把另一隻布鞋脫下來套進章震的大腳，站起身往後一看，日頭果眞已不見蹤影，卻瞥見一個黑影在母牛身後探頭探腦，嚇得他馬上撲跪在章震懷裡，叫著：「怪獸！怪獸！」秋蜜不分青紅皂白，先躲向章震背後再說。章震目瞪口呆地看著一隻小牛探出頭來，掙扎一下，從母牛的尾巴下面血淋淋的迸了出來，「天啊！我的天啊！救命啊！是這樣生的啊……」尙在喃喃不能自已時，兩個孩子已從他腋下跑掉，一路高喊著：「阿母！牛仔生牛仔兒！牛仔生牛仔兒！」赤足踩到石子或草刺，更加大聲討救兵。

秋暖和她阿母立刻放下耙子，飛奔而去。玉環也興奮的跟著跑了。土坑裡的柴火已經燒紅，阿東和正氣歌急忙雙手捧了土豆往裡頭丟，踢土掩蓋，不約而同朝銀合歡樹幕的方向奔馳。佩媛按捺住好奇，藉著霞光，低下頭繼續挖掘。這時候她突然非常想念她母親和弟弟妹妹，委曲得想哭。

血滲染在枯草地上，像泥地上烤紅的木塊，眾人在七、八公尺外紛紛煞住腳步，嘴裡啊啊呀呀地發出聲音。小牛一著地，前腳跪了一下，立刻站起來，跪下去又掙扎著站起來，母牛掉頭尋牠，溫柔地舔著牠濕黏的毛皮，牠黏著的眼睛漸漸張開，膽小的慌忙鑽進母牛懷裡，本能地吸吮母牛的乳頭。幾個女孩子都蹲下來，咬著手指撫著臉說：「好可愛喔！腿好長喔！」阿兵哥見了這血腥的場面，像怕犯忌諱似的不敢說話，但女孩子天眞歡欣的模樣使他們覺得這也沒什麼大不了，轉而嘲笑章震厲害，會幫母牛接生。章震急忙退開兩步否認說：「母牛自己生的，不信他們可以作證！」「玉環！你們家的牛什麼時候要生？」「你慢慢等吧！又沒有怎樣怎麼生？」「怎樣？又沒有怎樣……」「你很煩哪！」取鬧一下要走了，阿東說：「小牛等你長大啊，我們來鬥牛！這地方還眞不錯！」「適合幽會。」正氣歌說。阿東踢了他屁股一腳。

天暗得飛快，龍舌蘭葉像削尖的鉛筆，一枝枝刺向天空，日頭榨出來的橙汁，只剩一點兒滲在參差的底叢。阿母埋了胎衣，秋添跟秋蜜拿來簍子和扁擔，秋暖在前，阿母作後，一同挑著小牛，小牛的耳朵和頭露在簍子外面。秋添牽著母牛，繩子大半纏在手上，難得把牠牽得這麼近。秋蜜亦步亦趨跟在牛後面，不時伸手撫摸一下牠。從那黑色形影稍可感覺到豐收的歡欣。倒是阿兵哥在田上吃烤土豆，煽風點火作興著冷清的祝慶。秋添和秋蜜對著東方章震的輪廓擺擺手，咧出一口白牙。他也朝他們擺擺手，心想怎麼牛的肚子依然那麼大。

孩子的阿母喊著：「阿媛返來去，耙仔籃仔放咧就好。阿環！阮那袋土豆才麻煩這阿兵哥幫阮載返來。」玉環應聲「好！」正氣歌說：「眞希望明天還能來！章震，你去問你的十年計畫，她家需不需要幫忙掘土豆！」他們走遠了，章震才想起忘記提醒秋添，不知道他記不記得拿他的刺。

32 避孕藥

六點半鐘外頭已黑魆魆了，出了林老師家，楊格忽然順手拖起瓊雲的手。回家的一路上，楊格從後頭拉過來環腰圈住的一雙手也沒放斷過，瓊雲只覺不由自主，好像那手不是她的了。要不是天暗得這麼早她也不敢。

下了車，瓊雲笑著飛奔至秋暖家，自己聽那蹦蹦如擊鼓的腳步聲，臉頰愈加發燙起來。楊格原本欲載她進村裡來的，她發覺車子轉了彎，急忙掐了他肚子一下，想到這，又害羞得連耳根都紅了。

秋暖剛從田裡回來不久，瓊雲見她灰頭土臉的模樣，眞有點慚愧，但是抵銷不了她的喜悅。她兩手緊握跟著秋暖走出屋外，秋暖進了浴間，轉身欲鎖上門時，她急忙伸出手來給門夾，「我跟你說……」浴間裡亮著燈泡，秋暖從門縫裡看見她滿臉通紅，眼睛裡還閃著淚光，如花露般。「你怎麼了？你喝酒了？」秋暖有點沒好氣地。她一下子哈哈笑個不止，秋暖板起臉將她一推，把門鎖上。她拍著門板叫：「你聽我說啦……」秋暖扭開水龍頭，嘩嘩的流水中高聲說：「你說啊，我在聽……洗耳恭聽你的羅曼史。」

浴間內說起話來回音特別悅耳，春澗般的流水使她胸口的心跳更加激越，她背靠著門，雙手貼住門板，抬頭望望天空，又看看周圍，「我們剛去林爸老師家，」注水告一段落，「什麼啊？」秋暖尖聲問。她想像秋暖側著耳朵不可置信的模樣，笑了一下又說：「我們剛去……」說時遲秋暖已舀起一瓢水刷地從頭上淋下去，小舟被瀑布沖了下來。「我們剛去看林爸老師的女兒，五個月了，我們畢業露營那時候生的。」她看著從右邊房屋出來的燈光，迷濛地送人到階下兩三步，接下來必須靠圍牆外馬路對面的路燈照路。「五個月的小孩啊，脖子已經可以直起來，開始學翻身了。」「誰？誰的小孩？」秋暖問。沒有沖水聲，該是在抹香皂吧，抹香皂都聽不清楚，還說什麼，笑笑說：「好啦！專心洗你的澡，少說少給你潑冷水。」秋暖一瓢瓢正沖得頻繁，白色泡沫在地上汪成浮雲。瓊雲升高嗓音說：「只誇獎妹妹可愛，哥哥會吃醋，眞好玩。你沒有看過林爸老師的太太，也在當老師，眼睛好大。」流水聲停止了，她也不想說了。秋暖敲敲門。她失魂地看著豬槽的屋頂，有幾秒鐘，也不曉得自己在想什麼。秋暖打開門，她大叫一聲，整個人驚慌跌到她面前，隨即又咯咯地笑，衝著往房間奔去。「神經病！」秋暖說。

「你們眞的在談戀愛？」秋暖坐在床沿揉著眼睛說，「一顆沙子弄不出來。」「好了，眼睛好紅！」「氣死人，眼淚都沖不掉。」秋暖停止搓揉，眨眨眼又閉閉眼。

「那……你們戀愛到什麼程度了？」「什麼什麼程度？」「少裝蒜了！」秋暖睜大眼盯著她的眼睛不放，她兩頰紅暈，唇色嬌嫩如嬰孩。「你要知道，說出來不要嚇到哦！」「好啊，你說。」秋暖又揉眼睛翻眼瞼，「快說啊！」「我不說，我做動作。」「太肉麻了吧！」「那就不要！」「好，你做，你做，你都敢做了，我還有什麼不敢看的。」冷不防瓊雲倒向床榻攔腰將她摟住，她尖叫直用力將她的手打開。瓊雲笑了好一會，秋暖像木頭人似的僵硬不動，看都不看她一眼。瓊雲也收斂起，靜靜坐著玩手指頭。

「三八，不來呷飯，兩個在內面笑啥，笑到吱吱叫。」阿媽見秋暖出來就唸。除了阿母去洗澡，大家都在桌邊吃飯。秋暖走到灶邊摸蹭，阿媽又說：「好命啦，人煮便呷便。」秋暖跨過門檻，看見大廳紅磚地上幾撮香灰，抬頭望望頂上的香爐，又看看地。

她走出大廳，走下天井，遊魂似的，走進阿母的房間。她拉開三爪窗下裁縫車的抽屜，非常自然好像來取個針線拿顆鈕釦。但她開的是左手邊的抽屜，長方形的抽屜拉到底，那裡面阿母將兩綑黑白鬆緊帶擺前頭，衛生所護士送的小藥丸放在後方。她拿了藥片，發覺身上沒有口袋，急忙塞在褲頭上，故作輕盈地回到房間裡，把房門的木門橫上。

她把那片藥丸拿給瓊雲，瓊雲愣了一下，馬上又連珠炮似地笑起來，且笑得前仰後翻，捧腹在床上打滾，「我被你笑死……你太天眞了，怎麼那麼幼稚……」秋暖見她笑個不止，便怒瞪著她，「我不管你，你們有那種超友誼的關係……」瓊雲一聽「超友誼的關係」稍微克制住的笑又發作了。秋暖把藥藏進枕頭套裡，說：「我不是跟你開玩笑的。」瓊雲拭著淚水，深呼吸，試圖和緩情緒，又笑了幾聲，說：「拜託，我的小姐，不要想像力太豐富，怎麼可能呢？」「怎麼不可能，林美麗的姊姊，六月結婚，十月就生小孩了，誰不知道是先上車後補票。」「沒有沒有沒有，我們什麼都沒有，只拉一下手罷了，你放一萬個心，求求你。」瓊雲雙手合十對著她拜。「最好是沒有，別玩那種禁忌的遊戲，」秋暖小聲又說：「你們不會有結果的。」「你說什麼？」「沒有。」「笑得肚子好餓喔！」瓊雲摸著肚子說。「嗯，好餓喔，去吃飯。」秋暖說。「等等，讓我看看避孕藥長什麼樣。」

瓊雲回到家，不到八點光景媽媽已經入睡了，便跟弟弟說：「我忘記要班費，怕明天早上忘記。」弟弟說：「不要吵她，你沒發現她最近身體不太好，好像很累，常常在睡覺，有時候我放學回來還在睡，飯也吃不下，不知道是生什麼病，晚上還在吐咧。」「吐？你別煩惱，明天叫阿姨來帶她去看醫生。」「你說媽會不會得什麼絕症？」「亂講話！女人有些時候會比較疲倦，你不懂，不要胡說八道，胡思亂想。」「媽好可憐，爸在家就不會這樣了，如果爸當農夫就好了，爸當農夫不知道什麼樣子。」瓊雲翻著媽媽裁縫車上的衣服說：「當農夫有什麼好，船員才能環遊世界，村子裡有那麼多農夫，只有爸一個船員，你沒有看地圖，世界那麼大，百分之七十都是海洋，我們村子連名字都沒有。」大副吠了兩聲，好像讚許她說的話，她走到窗邊瞧瞧牠。

弟弟又說：「鄭保民的爸爸有船，也是船員啊。」瓊雲說：「那是漁夫，不是船員！」「如果有農夫和船員給你選，你要跟船員結婚啊？」「我寧願在家裡想念，也不要兩個一起在田裡髒兮兮的。」這麼說著，有點心虛，傍晚林爸老師家的情景，楊格好羨慕。「哈！那蔡昆炯沒希望了，他是農夫！」弟弟笑說，「也說不定，他那麼會讀書，可能會當老師，老師呢？老師跟船員比呢？」說到老師，瓊雲既羞又喜的，輕輕拍著他的頭說：「少胡說八道！去睡覺！」

弟弟檢查門窗進房去，她突然感覺孤單，想媽媽和大副也是形單影隻的。熄了客廳的燈，摸黑要進房時又覺不放心，回頭發現媽媽房門底下推出一線金光。媽媽是無意中睡著的，床頭小燈亮著，燈下有爸爸這趟回來買給她的銀盒子。躡手躡腳進去幫她熄燈蓋被，然後去開弟弟的房門跟他說：「我看媽是得了相思病，比較嚴重的相思病，爸要是端午節或過年回來就沒事，都是中秋節害的！」

33 喜餅

學生放學後，玻璃窗響成了校園裡的獨奏，有時響得就像有人在外面敲窗，會叫人心慌。楊格放下筆，走到北邊窗台把窗戶鎖緊，順便看了一下窗外的木麻黃。裹著紅褐色塵粉的樹木像生鏽一樣，使人錯覺是玻璃擦得不夠乾淨。確實不如夏天乾淨，這也不能怪學生，鹹水煙總是在窗外蒙上一層油煙。

才回到座位上，又響起一串窗搖聲。他知道這不是上鎖能解決的問題，而是那玻璃與窗櫺之間、窗和窗之間本來就有空隙。林老師巡了校園回來，說：「下雨了！」楊格望了一眼窗外，沒看見雨絲，也沒說什麼。林老師又說明是：「毛毛雨！」

楊格繼續改作業，同時也感受到林老師在辦公室內徘徊不去。他知道絕非因爲這雨，而是自從他帶瓊雲去過他家之後，他就時常對他流露出一種欲言又止的神情。他眞後悔那天起風夕陽又太美一時興起去了他家。

「楊老師，我有件事想跟你談談。」楊格抬起臉來面對事實。林老師看他正色以待，舌頭反而打了結。「我知道你要說什麼，直說沒有關係。」楊格說。「你不會怪我多事吧，你跟那個女學生……」「是比其他學生特殊，不過也不像你想的那樣……」楊格本想趁機告解，這事不可告人著實困擾他，不料一開口就言不由衷，直想爲自己脫罪，「只是好像哥哥對妹妹一樣。」「哪個愛情不是這樣哥哥妹妹開始的，你不會覺得我古板吧！」「我以爲你是最開明的。」「雖然學生都畢業了，可是年紀還小，況且還在讀書，如果等到高中畢業，也許別人就不會那麼在意。那天你們走後我和我太太就在討論爲什麼不可以師生戀，什麼理由都有道理，也什麼理由都不是，結論是我們還是不贊成……我太太有個同事不錯，介紹給你怎樣？」楊格苦笑說：「別把我想得那麼糟糕。」「也不是因爲這樣，我們早就在幫你留意了，我有看過，眞的不錯，好、好，先不說這個，你還年輕，剛離開學校，太單純，多教幾年書就百毒不侵了，再漂亮的女學生也沒感覺了。當心，十六、七歲的女孩子天眞得很，動不動就以爲山盟海誓了，那種勇氣比二、三十歲的女人有過之無不及，要是還沒有陷進去……」楊格覺得脖子發熱，再不爲女孩子說句話就要瞧不起自己了，「你想太多了，她們有她們的個性，她們的瀟灑，未必是你想的那個樣……」「什麼樣？一哭二鬧三上吊……」林老師此話一出便知失言，道了歉又說：「千萬不要去吃愛情的苦頭，沒聽過閩南語一句話，『愛到較慘死』，不是我在恐嚇你，你是聰明人，知道時機不對，如果眞的放不下，再等個兩年再說。到時候如果還是同一個人，我絕對祝福你。」說著舉起右手做著發誓的樣子。

林老師一走，天色飛快的黯啞下來，楊格依然待在位置上，感覺雨漸漸加大，細雨變成小雨，雖然依舊聽不見雨聲。下了雨，風受到壓抑，窗外那棵樹幹傾斜樹枝被風剪成燭台形狀的木麻黃靜止了好一會兒，忽然燃起風火，樹葉上下左右搖晃。他離開窗，走到走廊上看雨，眼前一片迷濛，看不見任何具體有意義的東西。第一次感覺到下雨是和他息息相關的事，這才匆匆回到座位上，手忙腳亂的理著桌上的東西。他穿好雨衣騎車離去，心裡想著見到瓊雲該說什麼，一面以為下雨她應該不會來了。

秋末這場雨，也是秋天唯一的一場，不輕不重的總共下了三天。日光微薄，要等地乾，恐怕不只三天。因雨阻隔，秋暖家最後一區土豆田所剩的三行土豆還留在土底。阿媽對外宣稱土豆已經收成完畢，嘴巴說不要了，「掘到九月份，欲十月，土豆乎蟲蛀了去啊，這聲擱浸雨水，掘起來也沒肉沒陀啊，擱要了一個工重再犁一遍。」心底卻仍記掛著，好像還有艘船沒來靠岸，逢人上門就說：「落這雨沒時沒陣，害我了三壟土豆。」

這日萬事伯公來，阿媽又叨念一遍給他聽，萬事伯公說：「人送汝三百壟，汝敢跟伊計較這三壟，天公伯仔愛落就落，誰人管得著伊。」「就是講哩！」阿媽人云亦云地把刨木屑曳到灶口去。

「阿錦在分糕仔桃。」萬事伯公說。「阮沒分著。」阿媽說。在大廳寫功課的秋香大聲說：「阿媽，人阿寶跟梅仔攏有糕仔桃可呷，汝去討一盒啦！」阿媽啐道：「討！兔在呷草咧，兔！見笑，汝看這查某囝仔這貪呷，以後嫁沒人要，常常看人在呷糕仔桃就叫我欲去討糕仔桃，呷人糕仔桃，免包紅包喔？人是念在咱一家這多隻嘴，歹勢來送糕仔桃、討紅包，汝擱欲去討。人阿錦只兩個查某兒，伊來送咱糕仔桃，以後咱四個查某兒，咱偏伊咧。擱過幾日發仔欲娶某，又要一個紅包。」「娶某只有阿爸一個呷好頓，嫁查某兒阿爸有酒飲，咱擱有糕仔桃呷！」秋香說。萬事伯公哈哈笑說：「講得也是有道理！」阿媽說：「呷呷呷，只知呷，後遍自己的糕仔桃才留幾盒起來呷。啊這個欲嫁這個在高雄呷頭路，嫁叨位啊？」「嫁台南，講是在開裝潢公司，嫁台南，嫁妝不行馬馬虎虎，伊阿錦講伊每個月薪水攏寄返，就將這筆錢做嫁妝，沒偏伊。」「大的嫁桃園，嘛是好億人，人的查某兒山好啊，兩個攏嫁好尪。」「兩個攏外銷，現代的查某囝仔，平平同款條件，寧可嫁台灣，沒人愛留在澎湖，敏仔的後生阿源在台北交一個，來玩好啦，講到欲返來澎湖住，翻身人走去啊。」「大家攏愛住都市，愛欲虛華，誰人欲住這搧海風，阮那兩個不是嫁澎湖，近咧？不是走走至台灣去，沒效啦！大家腳底像抹油咧！」

萬事伯公沒有搭腔，阿媽又說到別處去了，萬事伯公彈了一下菸灰，說：「沒聽人在唱：土豆開花釘落塗，台灣查某擱來嫁澎湖，嫁咱澎湖有夠好，一日相招卜流七跎。阿發仔欲娶的就是台灣小姐。新起大厝七個門，門樓堆花廳鋪磚，看見台灣無若遠，一港海水在中央。」

瓊雲嘴含酸梅，左手托腮，右手挾住筆擱在算盤上面，聽著阿媽和萬事伯公對話，盯著對面的秋暖瞧。秋暖正聚精會神的在練習打算盤，大概是不在課堂的關係，滴滴答答的聲音也滿好聽的。若是在課堂上，聽見「算齊」，食指劃過算珠的聲音，她的神經就會緊揪起來。秋暖打算盤的聲音就像麻雀聊天一樣，嘈而不吵，大珠小珠碰玉盤。她旁分的髮線筆直像一條淺綠的小路，兩旁是烏亮的林木；眉毛則略嫌粗獷，在黑眼珠上方形成兩座小丘，兩丘微傾，一些小雜毛幾乎相連到眉心；眼皮上也冒著一些小雜毛，每一根都斜斜地向北方揚起。她眼簾低垂注視著算盤，看似用手在算，其實是用心在算。睫毛編排得濃密整齊，尾端如屋簷輕輕翹起，好像稍微不稱她的心意，就可能挨她瞪眼。鼻和唇之間的汗毛也恣意生長，尤其是兩邊嘴角上緣，像兩撮淡淡的鬍鬚。秋暖近看眞美。媽媽說，「愈鬍鬚的查某囝仔愈婧」，果然有道理。瓊雲在練習簿上畫出一個臉上滿是算題的秋暖。畫成了，眼睛也蓄滿了淚水。飽滿的兩顆淚珠相繼砸落到算盤上，有半顆算珠大的淚珠打動了算珠，彷彿發出「掐」的一聲，秋暖突然抬起頭來，她趕忙起身，眨眨眼，走去問秋香：「你最喜歡吃哪一塊喜餅？」「綠豆椪，裡面有肉鬆和蝦米，有時候是滷肉。」回頭問秋暖：「那你呢？」「鳳梨的。」

瓊雲跑回家用衛生紙將那兩塊喜餅以及椰子口味包了來，媽媽害喜胃口奇差，連她愛吃的白豆沙也沒吃一口，弟弟則只吃燕菜凍。一盒喜餅八大塊，每個人至少會喜愛其中一塊。再來到秋暖家，發現萬事伯公也送來一塊，「烏豆沙，誰愛吃的？」「我阿媽。」秋暖說。

瓊雲拿刀將餅橫切成琴鍵長的一小塊一小塊，秋暖和秋香放下手邊的事彌足珍貴的品嘗著，看她們吃的模樣好像非常好吃，也跟著她們吃了起來。門口祝祿一路大吼大叫：「吳月寶！吳月寶！吳月寶有沒有來？」叫到過水庭上，看見三個女孩子喜上眉梢滿口餅答不出話來，自己反而害羞忘記做什麼來著，愣了一下，迅速跑開。

阿媽自忖阿錦嫁第一個女兒沒來發喜餅，不如趁機去討個喜餅，拉攏拉攏交情。又想她家兩個兒子，坤地只一個秋添，我們四個女兒也比照她有的發有的不發，也算扯平，誰也沒占誰的便宜。況且我們孩子小，先讓他們欠著。今年也只吃過一盒喜餅。重要的是她口袋裡有那男孩子給她的大紅包，還無處展現，拿紅包來包紅包不正好。她搖搖擺擺捧著喜餅回家，雖然想給孫女一個驚喜，但仍管不住自己邊走邊念，使那喜餅成了嗟來食。她看見三個女孩子不回嘴，吃著三色喜餅，立刻就後悔了。

34 飛

終究還是去犁了那三行土豆，壟面上的土豆也不先撿，任鳥兒啄食，阿母自己一個慢慢去掘，掘到第三行，已有幾顆迫不及待發芽了。阿媽看孩子一下子沒事了，就喚著秋蜜和秋添去掘完土豆的田撿土豆，特別是秀春姨家的田，她說：「那阿兵哥掘的，人一壟掘兩籃，兵仔掘看有一籃沒，去那田，一定還有土豆。」這時候的田沒有家界，任孩子們去拾穗，秋暖和秋香已經太大了，不適合在別人田上隨便跑來跑去。不用籃子，秋蜜和秋添從阿媽那兒要了一個米袋，將拾來的土豆直接裝在裡頭，說要賣給阿媽。這拾來的土豆，有些殼已被風沙蟲鳥侵蝕過，有些豆仁已萎縮，外頭輕輕裡頭空空，提起來虛無飄浮好不實在，還發著叩叩的聲音。當然也會有幾顆很好的，不像被風吹著跑流離在田野上的無主土豆。據他們說秀春姨家田上的土豆沒有比別人家多。

土豆的工作還沒完，只是從屋外搬到屋內。屋內到處囤著土豆，札札實實的一柱柱塑膠米袋米糠飼料布袋，全是土豆。阿媽從床底下取出布滿灰塵的袋子，把裡頭四支鐵筴子一一掛在鐵桶邊。擱張板凳，裝土豆的布袋放左手邊，接土豆仁的沙拉油鐵桶擺在兩腿間，白天同人聊天就順口

INK PUBLISHING

讀者服務卡

您買的書是：______________________________

生日：________年________月________日

學歷：□國中 □高中 □大專 □研究所（含以上）

職業：□軍 □公 □教育 □商 □農

□服務業 □自由業 □學生 □家管

□製造業 □銷售員 □資訊業 □大衆傳播

□醫藥業 □交通業 □貿易業 □其他________

購買的日期：________年________月________日

購書地點：□書店 □書展 □書報攤 □郵購 □直銷 □贈閱 □其他

您從那裡得知本書：□書店 □報紙 □雜誌 □網路 □親友介紹

□DM傳單 □廣播 □電視 □其他

您對本書的評價：(請填代號 1.非常滿意 2.滿意 3.普通 4.不滿意 5.非常不滿意)

內容______ 封面設計______ 版面設計______

讀完本書後您覺得：

1.□非常喜歡 2.□喜歡 3.□普通 4.□不喜歡 5.□非常不喜歡

您對於本書建議：

感謝您的惠顧，為了提供更好的服務，請填妥各欄資料，將讀者服務卡直接寄回或傳真本社，我們將隨時提供最新的出版、活動等相關訊息。

讀者服務專線：（02）2228-1626 讀者傳真專線：（02）2228-1598

廣 告 回 信
台灣北區郵政
管理局登記證
北台字第15949號

235-62

台北縣中和市中正路800號13樓之3

印刻出版有限公司　收

讀者服務部

姓名：＿＿＿＿＿＿＿＿　性別：□男　□女

郵遞區號：＿＿＿＿＿＿

地址：＿＿＿＿＿＿＿＿＿＿＿＿＿＿

電話：（日）＿＿＿＿＿＿（夜）＿＿＿＿＿＿

傳真：＿＿＿＿＿＿＿＿

e-mail：＿＿＿＿＿＿＿＿＿＿＿＿

INK

順手多少剝一點，習慣在前庭跟她聊天的婆媽們也隨著轉移陣地，不知不覺跟著剝了起來。每晚對著電視邊看邊剝才是主要的剝豆時間，雖然極其熟稔流利，看到入迷也會誤把豆仁丟地上，豆殼投鐵桶。剝著剝著，日積夜累，豆殼將鐵桶包圍住，繼而兩隻腳被埋沒掉，堆積到了布袋邊和椅子下，就寢時兩隻腳往外圍大步跨出去，留下兩個腳印，明天再就位時兩隻腳就從這兩個窟窿踩進去，非要等到豆殼淹掉半個大廳才肯去整理。

這是母船，四周還有一群子船，各有各的容器，剝滿一杯子一罐子豆仁，再回來倒進鐵桶。整個冬天，家家戶戶都擺著這樣一個陣仗。

距離上回去看他們已有個把月，錦程一直在等著家裡寄照相機來。拿到照相機的第一個假日就興沖沖準備來了。裁縫許太太的女兒常有同學來，一票人去換衣服兼看小妞，邊研議何去何從，避免被拉攏，還要多作解釋，只得穿著軍服來了。

他這一回生二回熟，不再那麼怕羞生澀，反而幸運的才來到門口就碰見秋添摸著腦門子笑問：「你是台灣阿叔喔？我等你好久，我以爲你不要來了，郭秋蜜，你看誰來了！」

阿媽去人家蓋房子的工地舀了一勺白沙，正在灶口划著鏟子沙沙地和著土豆和沙。她停手試吃放在灶上擱冷的土豆，只有他們在那邊嘻嘻哈哈，沒聽見客人的聲音，出來一探，秋添拿來他做的貝殼鳥說：「這隻要送你的。」阿媽趕忙湊近說：「眞正是汝來啊，穿這身兵仔衫，我當作是這的阿兵哥，兩個常常在跟阿兵哥做朋友啦！汝看，做這隻啥米鳥仔，兩粒珠媽粘做伙，講欲送汝，後壁滿四過的雞毛不去撿，就愛抓那隻雞公來扯雞毛，害一巢雞仔飛天鑽地咯咯走！」「阿姨……」

錦程只想著照相機，忘記準備點食物當伴手，見到老人家便支吾地不知說什麼。阿媽總不忘招呼吃飯，「留落來呷飯啦，近閒啊，大家土豆掘了啊……」「阿媽！汝的土豆！」秋香嚷著跑去灶口翻炒土豆。阿媽說：「我土豆炒一下，拿一點土豆返去分阿兵哥呷，添仔，叫暖仔！去，跟阿叔去看船仔！」

錦程拿出照相機，說：「給你拍漂亮的照片，寄給你的筆友。」秋蜜、秋添伸手撫摸錦程手上的照相機，對它眉開眼笑，小心翼翼彷彿摸著一個小嬰兒。秋蜜說：「走！現在就去照！」「先去海邊，再去田裡和學校。」秋添催著錦程，不敢碰他的手，只扯著他的口袋。「問你姊姊要不要一起去。」錦程看一眼秋暖的房門，忙將目光移向大廳。秋添叫：「郭秋香，你要不要去照相？」阿媽在灶口罵他沒禮貌，沒有叫二姊。其實平常就沒叫姊姊的，她也誤把三姊說成二姊了。秋香說：「照相？你們自己去。」

秋蜜拖著錦程的手來敲秋暖的房門，平常時只管吼叫撞門就進去，所以做出狎弄的表情。「做什麼？」秋暖全聽見他們的話，卻明知故問。「找你有事啦！」秋蜜說。秋暖攏攏頭髮，開門問：「做什麼！」眼睛直視錦程綠衣的胸口，不自在的往上瞅他臉，趕快溜下來，對著秋蜜。「要不要去照相？」秋蜜和錦程異口同聲說。秋暖擠著微笑，對錦程說：「不要，你們去就好。」秋蜜怕掃他興跟他解釋說：「我就知道，除非她的好朋友去她才會去，我們自己去啦，別管她們！」秋蜜拖著錦程走。「你不換一件漂亮一點的衣服？」秋暖在背後問。秋蜜低頭往身上看，錦程也看。「這樣就很好看了，只是如果要給筆友……」錦程覺得自然就好，爲了附和秋暖的提議才這麼說。「啊，穿過年阿爸買的那件紅色的外套！」秋添建議。「還沒那麼冷，你來！」秋暖招招手，秋蜜便進她的房去。

一會兒秋蜜自己出來，披著一件紫色的立領短斗篷，左邊胸口的地方繡兩朵白與黃的小花，還有幾撮綠葉。她兩隻手學小鳥搧翅，綁在脖子下面的繫帶尾端兩個白毛球便晃來晃去。秋添說：

「哇！好漂亮喔！都沒看過。」「還沒走，土豆熟了，抓一把去呷，沒香，單炒沙，後遍來，用蒜頭八角先煮過才來炒較好呷。」阿媽把紙摺成斗狀，裝了一斗塞給錦程，「等冷就脆了。」「好漂亮喔！誰的？都沒看過！」秋添又追問。

秋蜜出了家門才對錦程說：「這是郭秋暖的寶貝，一個不知道什麼親戚，好像是我姑丈的妹妹買給她的，我阿母說那個人不知道為什麼特別喜歡她，她都不給我們穿，自己留起來，說這種衣服不管幾歲都能穿，也沒看她穿啊。」錦程摸了摸秋蜜的肩膀說：「她穿應該太小了吧！」「就是說。」秋蜜展開雙翅拍一拍。

章震遠遠看見他們的背影，以為是姊弟倆和他的同袍，心底才想手就扣了單車鈴，同時也懷疑那紫蝴蝶是不是秋蜜。轉身過來笑著揮手，果真是，於是快踩向前，「穿那麼美去哪裡採花蜜？」「去照相！」「照相？」章震光看秋蜜笑盈盈的臉蛋，來到眼前才發覺旁邊是張陌生的面孔。兩個阿兵哥互相點了點頭。「這是我叔叔！」秋蜜說。「這是我們村子的阿兵哥！」秋添說。兩個阿兵哥又互看一眼微笑點了點頭。

拍好照片，返家吃過午飯，錦程在西側門抽菸，聽見阿媽責怪秋暖沒有打理大廳西邊的空房間，叫她讓出房間給叔叔睡午覺。錦程取出底片，謊稱有事匆匆告辭。部隊裡分子複雜，臨走前交代秋蜜：「幫我保管好，下次再拍。」「給郭秋暖保管好不好？她最會保管東西，像那件衣服那樣。」錦程點點頭。

一個禮拜後，錦程去馬公取照片送來。這天陰天，行到橋上，看見太陽在天邊露臉，使人眼神忽然暖暖的，忘記看橋東邊的雙生島。他不敢早來，配合學生放學時間來的，秋蜜、秋添和秋香剛到家，都還穿著學生制服。秋蜜一看見他就報告：「你的照相機放在珠寶盒裡。」聽見「珠寶盒」

本有疑問，隨即會意是珍貴保重的意思就沒問了。三個姊弟又是笑又是罵圍著看照片，秋暖也回來了。「阿叔來了！」秋添高聲說。秋蜜說：「快來看照片！」秋暖不得不看錦程一眼，湊過去翻照片，錦程被她弄得也不自在起來。弟妹們放開手，讓她拿著相簿，秋香咬著她的耳朵小聲說：「都很醜，苦瓜臉。」「你才醜咧！」秋蜜大聲罵，「誰像你呆瓜，看到照相機就傻笑，是阿叔叫我們不要一直看照相機，想做什麼就做什麼。」秋暖不發一語，看完所有照片，又一張張地看她的紫色小斗篷在風中翻飛的模樣，感覺又是歡喜又是悵惘。「這張寄給筆友好不好？」秋蜜指著一張立在田野上的照片，遠處背景是海。「還鞦韆那張比較好。」秋香說。

深秋薄暮，鍋鏟聲起了，不像在軍中不知不覺又是一餐。鐘剛敲五響，爲了他提早做晚飯。孩子們的阿爸，他同父異母的大哥看見他來異乎平常的平常，就像黃昏走進了一個人。但異樣的是他發現少了一隻鴨子，叫孩子拿著五塊錢跑到廟裡請廟公廣播：「坤地仔沒看見一隻鴨仔，若有看著的人，才麻煩汝抓去伊厝，抑是來講一聲。」一會兒就有個婦女腋下夾住一隻鴨子來了，「飛去到港仔口！」她說，「唉唷，伊乎我抱到燒滾滾，我嘛乎伊抱到燒滾滾！」秋蜜秋添爭著問：「飛去叨位啊？怎樣飛？飛多高啊？」婦人笑笑，舉起手過頭做飛翔狀，說：「也知影，沒多高，飛去到港仔口，擱過去，我也不知影伊欲飛去叨！」錦程說他第一次知道鴨子會飛。秋蜜說她雖然知道可惜從未親眼看過。

阿爸取來剪刀，令秋蜜秋添張開鴨子的翅膀。短暫的飛翔好似已心滿意足，那鴨子嘎嘎叫了兩聲即靜下來了。「這隻母的。」秋添說。「當然嘛是母的，母的輕才飛會振動，公的重飛未起。」阿爸說著平行一剪將翅膀下邊薄薄如瀏海的羽毛修去二分之一，左翅一刀，右翅一刀。掉在地上像把梳子的一排黑色羽毛飄開了幾根，當他們打開側門將鴨子放回去，羽毛便被風吹到天井；過一會又被天井下來的風掃散了，一路殘留幾根烏柔細毛，像女人的髮。

錦程聽見阿媽和阿爸陸續走到灶口去抱怨沒有菜，阿母說：「這陣才欲抓雞來殺嘛太慢啊！呷魚呷肉嘛要菜加，這花菜……」阿爸說：「問題是沒魚嘛沒肉，擱講啥菜加。」「那不是魚喔？做兵仔人不會揀呷啦！」阿母說。「雜碎魚仔！」阿爸不屑，轉身走開，用食指彈掉飯桌上一粒乾米粒，空空的嚼了兩下嘴，走進大廳燒香去。

菜色看起來還不如軍中伙食，但盛在陶瓷盤碗小木桌上，而非鐵盤鋼杯大長桌，自然叫阿兵哥歡喜。燒香的薰陶又總令他開胃，他小時候問過母親，爲什麼聞到燒香的味道他就覺得肚子餓了。

阿爸草草吃完一碗飯，這是他第一次和錦程同桌吃飯，說：「沁菜呷！沒菜！」這也是他同他說的第一句話。「啊，去拿一點兒土豆來配。」阿媽說。「人頂一遍呷過啊！」秋香說。阿媽指著菜櫥說：「熱天炒的魚酥咧。」錦程趕忙說：「土豆好呷，拿返去阿兵哥搶了了。」阿媽受到鼓勵，又說：「叨一日擱來，才來煮土豆糖仔。」

35 名字

郵差送掉最後一封信，馬不停蹄地趕往下一個村莊。他瞥了綑在車上的信件，有封信貼外國郵票，筆跡異樣眼熟，收信人的名字卻陌生，猜是曾瓊雲和曾志帆的媽。他們的爸雖長年在外，但所有的水電費單、孩子的成績單，無一不是「曾永豐先生啓」，因此至今還不曉得女主人的名字。秋天以來，他送過幾次曾瓊雲的信，可能是陌生男孩的來信，媽媽拿到信就皺眉頭。夏天裡遇過她幾次，她反射動作就是喊「大副！」這舉動令他憎恨。他也許能夠克服對狗的恐懼心理，卻不能忍受她們記住這件醜惡的事，女人的記憶眞折磨人。他使勁地加油，兩手緊抓手把，像控制著一對堅硬的牛角，頂過了橋上的強風。

他試著以低沉平穩的聲調呼喊收信人的名字。果眞是曾瓊雲的媽，她出來時，一陣季風，身上的衣服將她裹緊，他愣然地望著她豐腴的胸口和腰身，回春似的光可鑑人的臉頰。意識到自己的冒昧，一味的點頭笑，信離手，踩了車就跑。

看見是丈夫來信，她等不及在院子上就把信撕開。不料信紙才脫離信封馬上飛走，逃出院外，暫停在一堆被風團捲在一塊的風馬牛不相干的東西上面，隨即揚帆一飛就是三間屋子遠。她追上前去，盯著它歇在路邊的垃圾簍旁，又魔毯似的騰空升起。她急得快步跑，背後敏姆婆大聲叫著：「鳳珠仔！汝大身大命，抬轎也沒衝這緊，欲做啥啦？我幫汝……」「沒啦！沒啦！」不敢再跑嘘應著，她知道敏姆婆還在門口注意她，只好不停地慢慢往前走，左轉在小巷內懊惱地踱，猜敏姆婆應該進去了，才裝若無其事返回來拿那張掛在樹枝間的信紙。奇怪它好似故意捉弄人，她不追便不逃。

鳳珠：

接到雲的來信，知道你懷孕的事，大笑三聲。人家說人生有四大樂事，一是久旱逢甘霖，二是金榜題名時，三是洞房花燭夜，四是他鄉遇故知，我這一件樂事把它們都比下去了。收到信的那一天船上的朋友一起舉杯慶祝，恭喜我老蚌生珠。我一看到信就感覺有好事，但是萬萬想不到是這樣。希望你好好保重，分一些事讓小姨子和明清去幫忙。

那天晚上老船長幫我排紫微斗數，也說我命中注定有三個兒女，說這一胎必定是女兒。那夜我還夢見你到船上來，告訴我在那邊港口的哪一條小路有好多黃金，你搬不完，叫我趕快拿袋子去幫忙裝。黃金千斤，不就是千金，所以說一定是女兒。我這裡已經取好三個名字，三個名字都是女孩子名，三個名字都有個「仙」字，因爲我最欣賞李白，李白是詩仙，取個「仙」字也不錯。瓊仙、水仙、海仙，三個名字都好聽，好像美人魚的名字，你們就投票表決吧，少數服從多數。

祝大家　平安　健康

永豐筆

「取了這三個名字。」瓊雲一回家，媽媽就把寫著四個字的紙條拿給她。「信呢？」瓊雲問。「何時變那麼有學問，問我們喜歡哪一個，也不順便取個男生的名字，說女的就一定是女的。」媽媽笑著說，沒意思要讓她看信。瓊雲說：「三個都不喜歡，又是窮，筆劃那麼多；海鮮？水仙？水仙不開花，裝蒜！」說罷又加句：「我希望是男的。」

煮好三菜一湯，瓊雲喘口氣說：「你們先吃不用等我，我去找阿暖做功課。」回頭貼著紗門問：「那你喜歡哪一個？」

走到馬路上，看見蔡昆炯騎著腳踏車，喊他名字，他就過來，開口便問：「你知不知道我媽懷孕？」「不知道！」「我爸取了三個名字，你看你喜歡哪一個？瓊仙，我這個瓊，仙女的仙；海仙，海，」說著把眼往南一瞥，「海仙；水仙，水手的水。」他不假思索就回答：「當然是瓊仙。」「曾瓊仙！」瓊雲聳聳肩，淘氣地做著不干我事的表情。「上課還好嗎？」他看著忽然又顯得有點慵懶的瓊雲。「還好啦，沒什麼有趣的，最討厭打算盤，我知道你，功課很好，考第一名！欸，你好像又長高了，你下車來我看看。」他聽話下車來，瓊雲伸手從自己頭頂升向他的額頭，有如向他致敬般。「眞的長高了，拔掉那顆牙，人變帥了，也變高了，那顆牙眞是你的剋星。」蔡昆炯自己也很驚訝，提到那顆牙他還會臉紅，笑著說：「不要再笑我了！」瓊雲好像盯著他的門牙看，忽然想起來，「你知不知道那天是誰把那顆牙齒撿起來拿去我家的？那天你知道嗎？」瓊雲撒謊搖搖頭，「不知道，好了，拜拜，我要去阿暖家了。」「再見！」他笑著目送她走了兩步，她回頭說：「這麼老了還懷孕，是不是很丟臉？」「才不會，不要聽人家亂說，我小阿姨還跟我大姊一樣年紀，男歡女愛本來就是天經地義的事。」「喔！天經地義的事……男歡女愛……」

到了秋暖家門口，仰臉望著屋頂的煙囪，囪口冒出來的煙一溜煙消散，挾帶的幾顆火星直往南飛射。進門即聞到一股蕃薯香，他們剛去犁了蕃薯回來，洗了「擔青仔」在鼎中蒸。瓊雲直奔灶口，叫阿媽先別拉風櫃，冒火星了。前年就是因爲這樣燒了南邊鐵線家的柴堆，火舌幾乎吻上人家屋角，警察來查，急忙朝灶孔潑水。阿媽趕緊出去察看，沒事才放心回來。瓊雲說：「阿暖伊阿媽！我欲一點兒蕃薯芽仔？阮媽媽上愛呷這。」「盡量拿，看愛拿多少，呷這好呢！比呷蔘仔較補！」瓊雲高興的走開，遍尋不著農民曆，想都已經年尾了，可能早做火頭燒掉了，拜託在那邊搓洗手上的蕃薯乳汁的秋蜜去雜貨店借，「蕃薯芽仔都快熟了，你手還沒洗乾淨！」她說。

數一數筆畫，只有「水仙」屬吉，問秋暖喜歡哪個。秋暖說：「瓊仙最好聽。」「可是這寫動不如靜，有才無命，唉，窮得成仙。蔡昆炯也說這個好。」「呦喔，還問他！」「剛才在路上遇見的。」「路上遇見的就好，幹嘛跑去橋上等。」秋暖故意側著臉尋瓊雲的眼睛說，瓊雲瞪了她一眼，說：「什麼時候去橋上了，早就沒了，說要讀書準備考試。」瓊雲故做輕鬆說，不管秋暖問：「考什麼試？」只聽秋香說：「呷蕃薯芽仔喔！」立刻跑向灶口，掀開鼎蓋，撥了撥煙，白茫茫裡揪出一根熱騰騰的蕃薯丟到灶岸的紅磚上，紅磚暈開一圈熱氣，忽綻忽縮。蕃薯立刻又被拎到飯桌上，剝掉土褐的皮，露出細緻錦黃的肉體。

秋暖、秋蜜和秋添，一個個跟著這麼做，圍滿飯桌，吃起蕃薯。秋香當然不用說了，早吃了起來。蕃薯鬆軟燙口，嘴巴冒煙，一句話也沒有。「我們老師喔……」秋蜜一開口，秋香就說：「一天到晚我們老師，到底叫什麼名字？」瓊雲又去鼎邊挑了兩根蕃薯，她喜歡瘦長形的，順便帶了兩個秋暖喜歡的圓球狀的過來，不知道秋添和秋香爲什麼一直在取笑秋蜜的老師爲蕃薯老師，不耐問：「你們老師到底怎樣啦？」秋蜜想起來似的說：「我們老師那天帶我們去參加國語文競賽有遇到你們那個老師……我們老師參加教師組的演講和作文比賽，都得第二名喔……」「哪個老師？」

秋暖問。「楊格啦，楊格帶他們去比賽的。」秋香說。瓊雲聽見楊格便定住了，怕塞滿嘴蕃薯聽不清楚他們說什麼。秋蜜又說：「你們那個老師說他記得來我們家家庭訪問的時候有看過我們老師，然後我們老師也說她也記得，鄭文華說老師在他們家也有碰到，可是我們家有瘋國仔在，他們記得比較清楚，然後你們老師還一直對我們老師笑，問我們老師貴姓，好像對她有意思……」秋暖推她的頭說：「你又知道什麼是對她有意思！」瓊雲想到蔡昆炯說的男歡女愛，喃喃：「就是男生喜歡女生喜愛的意思。」秋暖問她說什麼，她沒回答，一口接一口顧不得呑的咬著蕃薯，長的圓的都吃。暖暖的結實的一團堵在心口，吃得她透不過氣來，大呼過癮。

王文娟／攝

36 吉貝

來自不同單位的工兵，以及錦程他們七個準備來當小工的小兵，一齊坐上從馬公軍港出發的小軍船來到吉貝島。他們當中有些也曾經一齊搭過那艘要命的「開口笑」軍艦，迂迴了兩天一夜，從高雄暈吐到馬公，相較之下這次航程輕鬆多了，沒有人吐，雖然是波濤洶湧的冬日。有人說這是因爲他常常對著大海站衛兵的關係，「對啊，在島上等於是在船上。」錦程以爲這是個好的開始，並不如他們所稱的發配邊疆，隔天他就知道高興得太早了。

到這兒已經第四天了，每天醒來就是到海邊挑沙劈石，其他的什麼都不知道。所到之處也沒見到當地人、平常人，或者是漁船漁夫，彷彿世界衹有他們這批阿兵哥，連海鳥都穿了迷彩服。他們的任務是在十四天內建造一間同教室般大小的房子，除了鋼筋水泥由本島運送過來，其他材料都得就地取材。第一天還有力氣笑，笑那風實在太猛烈了，光掃沙進畚箕就難倒他們了，挑扁擔更難，一個人好像一支掛著兩個秤鉈的秤，在風中打轉。可惡的是好不容易趕進畚箕的沙，擔起來搖晃晃像醉酒般忽進忽退顛左擺右，擔沒幾步路就被風颳走一大半，工地還在遙遠的百公尺外呢。

有人索性用跑的，以爲可以像過火那般的過風，沒兩下子就敗退下來了。在這兒風特別大特別惡意，非要摜倒他們才甘心。天也黑得特別早特別黯。其實一整天都是陰陰沉沉的，算不得天亮。

第三天有人想出一個消極抵抗的好方法，「把沙子弄濕，看它還飛不飛！」他們走到離潮水更近離工地更遠的地方去扒潮濕的沙，沙果然飛不了了，但是重得不得了，像鉛塊似的。兩害相權取其輕，與其被風耍得團團轉，徒勞無功，不如務實認份的挑起這重擔。右肩頭上的皮膚很快就被扁擔磨破了，改以左肩去摩擦，有人乾脆脫去上衣，把衣服摺疊墊在扁擔下肩膀上，效果很有限。傷口醃在鹹水與汗水中刺痛難耐，小奇說：「好想哭喔！」話一出口就遭到風沙掃射，他皺著眉連說了幾遍，終於大叫起來，「眞的好想哭喔！」但沒有人因此停下腳步或搭個腔。錦程這才發覺一整天下來竟還沒開口說過話。其實不只是他，其他人也是一樣，這時候說什麼都是多餘的，況且腦海中也是一片空盪的風沙，原本待在裡面的東西都不知道哪裡去了。

劈石不比挑沙輕鬆，一群人又是呆頭呆腦走到岩礁上來，機械式的左手扶鑿，右手朝鑿頭上鎚，連和風沙鬥智的趣味都沒有，就只是蠻橫地硬碰硬地敲打就是。唯一學到的只有，要不打到自己的左手，右手出手就要又快又用力，以鐵石心腸來對付鐵石。沉重的擊石聲蓋過了風聲。偶遇到質地較軟的打兩下就鬆碎開來，心一陡落，慌了手。生在那裡數萬年的岩石一塊一塊平整的給砍下來，搬回到營地還得再敲成碎石才派得上用場，海沙須用井水沖洗才可以拌水泥。每日往返於海邊與工地之間，他們也會像小孩子那樣，眼睛故意不去看他想看的東西，那凝聚海沙和岩石的屋子，期待它會突然堆積起來，甚至就快完成了。或總看著走在前面的綠色汗衫泛浮著一朵朵白色結晶雲，無意識的看著。往海邊去的時候則認眞尋著鋤沙劈石的地方，沙灘的流失並不明顯，雖然到處是凌亂的腳印和鋤痕；岩石的削減則會讓人從不知不覺到突然發現缺了一大塊，他們譏自己這也是鬼斧神工。

房子給牆圍出來了，像一個空盒子擺在那裡，很突然也很突兀。「這算不算海市蜃樓？」大家變得文言起來，言簡意賅，愛用成語。越是到看見成果的時候心情越是浮躁，然而改變最大最令人心驚最「滄海桑田」的還是面對鏡子的時候，乾裂起皺的臉比被他們破壞的沙灘和岩石還要糟糕。彷彿眼睛也花了，湊近鏡子細看，皮膚分裂成一格格菱格，彷彿一下子老了十歲，再不愛漂亮的人也要心慌。島上找不到任何可以滋潤皮膚的東西，教他們去海邊撿螺的一個較熟悉當地的老士官，又教他們去找蘆薈來敷臉。好不容易找到了，將那黏答答怪味道的東西鋪在臉上，除了一兩個倖免，都起了一臉紅瘡紅疹子。於是最好的法子就是暫時不去照鏡子，但心底因此又多了股怨氣。白天勞動，夜裡身體雖然疲憊需要休息，心上卻渴望一點兒調劑。但昏天黯地，冷鋒刺骨，什麼也沒有，又哪也去不了，大家都喊無聊死了。身體動不了，故意怪罪離島無處玩樂，害他們提不起勁。尤其是打聽過這裡雖有幾十戶人家，可是並沒有漂亮女孩子，漂亮的女孩子都到本島去了，更加是興趣缺缺。躁動彷彿跟月圓有點關係，月圓了風也小了些。

這天是慘澹的日子中最開心的一天，兩名工兵奉命前往本島補給工務材料去了。受命至啟程有兩天的時間，這兩天這兩個人可吃香了，弟兄們見到他倆就纏著拜託買東西。兩人只是敷衍著說記下來了，各式各樣，不外乎菸、酒、零食之類的，也有要日用品保養品書報的、香蕉的……牌子名稱份量……哪記得了那麼多，哪來那麼多時間摸魚，心想到時候有什麼是什麼，也由不得他們要與不要了。但是錢必須先繳過來才成，有錢好辦事，何況是有錢也辦不了事的時候，現在大家口口聲聲沒問題，到時候吃的吃了喝的喝了又不認帳，可就麻煩了。吃的喝的各出各的沒意思，乾脆開公帳，一人收一百塊，多退少補，跑腿費還沒算呢！兩人都說。

這天到了中午，房子整個蓋起來了，只剩屋頂還禿著，冷風中一片冬陽鑽照進來，就像人一樣覺得待在裡頭很舒服，越是放鬆越發明亮溫馨起來。滿心期待著軍船歸來，走進裡面看到摸到牆壁上的陽光，有如張燈結綵般歡欣。

天暗後，那抹陽光出現在海平線上，但變得很冷漠，好像離鄉太久的人回來了，誰也不認得。潮浪洗去沙灘上凌亂的足履，回復他們還沒有來的樣子。弟兄們圍在一起挑珠螺，用刺刀握把後面藏的針來挑，挑得正起勁，船悄悄駛近岸邊，兩名工兵看不到半個人影頗為失望，雖然港口在往村莊的那一頭，但是盼望的話應該會在沙灘等著。弟兄們見到他倆都說「望穿冬水」。

入夜月亮自海上升起，照見水面上的水紋、灘緣的波浪，甚至蕭蕭的風都現形了。仍然是寒氣迫人。一群人踩著銀白的沙灘，看天邊和水上的月，走在前頭的人呢喃：「兩個月亮！」後面的人也傻傻跟著呢喃：「兩個月亮！」好似說著通關暗號。錦程想起白天照在新房子內的日光，回頭尋著他們從海邊挑沙劈石砌成的新房子。帶頭的人跑了起來，後面的人跟著跑。

在離岸有段距離的地方找到一處避風的岬角，前幾天打石頭的時候遠遠即看見那兒有塊大岩石，今晚走過來，比想像中更為理想。大岩石左右兩邊各有一塊半埋在沙裡的矮石塊，像是一座沙發配著兩塊靠墊，圍起來的範圍，夠他們窩進去。搶不到靠墊的人就往坐定的人身上歪去，模仿著女孩子鶯鶯燕燕的聲音柔弱的體態，引起推擠騷動。有人說沙還是乾的，坐起來好舒服喔！

假裝著男女親熱取暖的戲碼沒那麼快結束。其中一名工兵暈船頭疼喉嚨痛沒有來，另一名開始笑嘻嘻的把上街的戰利品一項項拿出來放在中央的沙地上，每拿一項其他人就拿起來捏捏辨認一下，啤酒、餅乾、小卷絲、花生米、帶殼花生、牛肉乾、瓜子……「好像在過年喔！」這時工兵忽然叫了起來：「慘了，忘記幫松哥寄信了，啊也不知道放到哪裡去了！」「慘了你慘了，失戀找你算帳！」「別講，大家都不要講。」

幾口酒汁下肚，身體中間蓄了一個溫熱的湖，身上硬梆梆的軍服都像茶葉給泡開了。不會喝酒的小奇也喝了，快活得說話說個不停，這個那個吃的，嚼到了花生米就錦程錦程的叫，「喂！你哪來的那個花生米比較好吃欸！」兩三回錦程都敷衍著他說：「有嗎？」他不耐煩高聲說：「你哪來的嘛？我告訴你們喔，郭錦程偷偷交了一個花生妹妹，有沒有？有沒有？一下子花生米一下子花生糖，不也介紹一個給我認識嘛，小氣鬼！」

小奇邊說邊搖著錦程的肩膀，幸好大家都忙著，「花生妹妹」這詞太土氣不吸引人，只當是個玩笑。有別人追問，又扯到了美國總統卡特是種花生的，不久就結束這個話題了。錦程嚼著花生，想要是叫「土豆妹妹」不是更好笑，這一比較才知道花生這名字其實是很美的。他並不覺得這花生比不上他大姨家的，花生是無論什麼時候都耐吃的。「你們看，我把這些沙挖開，這個小石頭其實很大，被沙埋掉了一大半！」「對啊，廚房的伙頭說這裡的沙灘每年都在增加，過幾年我們再來，沙不知道會不會連這塊大石頭都蓋起來了。」「過幾年我們不知道都到哪裡去了，誰還會再來啊！」大家紛紛說著諸如此類的話，服兵役的人聚會時少不了的概歎，用以加強歡聚的效果。錦程也不禁這麼想想，但是對象不是這裡這些人，而是他父親的老家，退伍後他大概就不會再來了吧，再過幾年甚至就會忘掉了，但此時此刻他比過去半年更想念著他們，或許因爲吉貝是白沙鄉的一個小島，離他們村莊不遠的緣故。他望著空中的月亮，月下一片波光，在這兒看不見他們蓋好的新房子，他幻想月光照入屋內的情景，如果這樣的月光能照在他們蓋好的新房子，那麼也一定會照在老家的天井內。才恍神想別的事，再回來就聽見哭鬧聲，小奇趴在沙灘上嚎啕，還有人在唱歌。

37 花生妹妹

「吉貝之戰」回來，有人搶先跟輔導長排了假，加起來五、六天的時間，隔天即返本島去了。一方面快過年了，一方面最近花太多錢，錦程沒有打算回家。小奇也沒有回家，多次來刺探錦程有沒有要去會花生妹妹，他只管看書睡覺閑著，沒有其他欲望，最後只好放棄他，跟別人上馬公去玩，因爲在吉貝兩禮拜沒花錢，口袋裡有錢。走了幾分鐘，又折回來看他是不是眞的沒計畫，準備在營休假。錦程給他嚇了一跳，急忙翻身，胸口讓一個堅硬的東西扎到，伸手進口袋抓出一個小貝殼，「你看，這個貝殼上面有一個台灣……」小奇看也不看，掉頭就走。

貝殼比食指指頭還小，用拇指和食指夾著就看不見了，縮起指頭，它就往臉上掉，在身上床上摸，拿到了，又溜掉，反覆幾次，還是沒能看見貝殼上面的台灣。於是乾脆坐起身來，放在手心上看。乳白色的貝殼中央突起的地方有個黃色線條的台灣，線條東岸粗西岸細，南端接近屏東的地方斷了一點，比那天無意中從沙灘上拿起來就著月光和手電筒看到的台灣還要更像些。特別是那黃色是很漂亮的酪黃色。

他穿上鋪在通鋪上臥暖的軍用外套，打點好便服，準備上父親老家去。在吉貝的時候雖然就想去了，要不是小奇催促，似乎沒有目的，也沒有動力。小奇說在馬公無論怎麼熟悉都不實在，只有認識一個當地土生土長的女孩子，一切才會變得眞實。阿平新近就搭上了一個在馬公賣檳榔的風櫃小姐，小奇說可惜這又有點商業化俗氣了，最好是個天眞無邪的高中女生，總之，花生妹妹給他無限的想像。

回到青灣人一清閒越發覺得寒冷，頂著呼呼的季風嚴肅的往修改衣服的許太太家走，有件褲子拉鍊壞了正好可以拿去修理，順便借房間更衣才不會尷尬。推開門風就把他吹了進去，趕緊轉身閉上門，待關在屋內的一股風熄滅了，人稍安定，眼睛尋著人，正要開口，「要去找花生妹妹喔！」是許太太的大女兒在說話，剛剛帶進來的風怕是吹亂了她的算珠，她重新撥了一下算盤，從頭算起，速度非常的快。他第一次發覺她長得挺像小奇的，白臉，尖鼻子，細眼睛。那麼她呢？他們都叫她小卿，她不就是當地土生土長的少女，小奇又嫌她閱阿兵哥無數，毫不羞澀，太溜了點。

交代好換拉鍊的事，借房間更衣，不敢多看她。算盤的聲響沒有間斷。房底照樣是密封昏暗的，有股體膚的腥悶味，被窩衣堆的形狀一坡坡，在冬天裡看來特別溫暖安逸，像個冬眠的洞窟。貼在窗上的月曆紙被撕開一角，透出一道冷光，印在紙上的水果因此彩亮起來，他邊脫褲子邊伸長脖子去辨認，原來是枇杷。匆匆換好衣服，仰臉端詳門邊的仕女圖，實在是暗，湊近去看，後面突然傳出笑聲，把他給嚇了一大跳，許太太的小女兒和小兒子窩在被子裡探頭，他故作鎮定的朝他們一笑就出去了。

心頭正尷尬著，出了房間，她還故意停下手來打量變裝後的他，說：「要去找花生妹妹喔！」他笑了一笑。

下公車即遇見秋蜜走在路上，兩手拿著東西慢條斯理小步走，恐怕手上的東西灑出來。他走近也不敢嚇她，小聲問：「拿什麼啊？」「鳳梨罐頭！我阿媽感冒了！」「感冒吃這個？」「對啊！感冒最高興就是可以吃鳳梨罐頭，或者梨子罐頭！」錦程還是不解：「那爲什麼不拿回家再開呢？」秋蜜抬起臉來對他說：「我們家沒有開罐頭的啊！」他想拿他的瑞士刀給她看，已到家了。秋蜜交代他那邊坐一下等她，自往大廳挪去。

土豆全不見蹤影了，風涼地凍，屋內顯得乾淨而清寒，天井也變大了。秋蜜匆匆出來拿隻碗，又進去了。不一會小步小步端著碗出來，把碗舉給他說：「給你喝！」碗內一圈鳳梨片浸在淡黃的汁液中，他喝了一口，也叫她喝。他把糖果餅乾拿給她叫她吃，又拿出瑞士刀來說：「這個就可以開罐頭了，還有很多功能。」馬上示範剪開了糖果袋。她只說：「等郭秋添回來再借他看喔！」也不是太有興趣，又說：「我去田裡說你來了。」他說：「不要去，那下次我就不來了。」這時她看見門外瓊雲來了，便伸長脖子高興的對她說：「你幫我們看家，陪我們家的客人，我去田裡等一下就回來。」掏了幾顆糖果放進口袋跑了出去。

那有過兩面之緣的女孩子提著一個橘子色的小手提箱走來，天色陰霾所致，臉上毫無光彩，停在天井禮貌的微笑，仰臉問過水庭上的他該怎麼招呼他才好，微紫的唇泛出白煙。瞧她略顯茫然的樣子，趕緊找話題問小手提箱是什麼。「這是打字機，我跟阿暖合買的，像不像零零七？」提著打字機進秋暖房間，馬上空手出來，看見飯桌上有糖果餅乾就叫他吃，自己剝了一顆糖吃，隨即又回房，取出兩個玻璃罐子來擺在桌上，一罐花生米，一罐花生糖。「我猜，你比較喜歡吃花生米。」說著打開了花生米罐，「吃啊，快點吃，很快就會進風就不好吃了，我也很想吃，可是嘴巴糖果還沒吃完，你在這裡，我去打一下字喔。」

房門開著，不一會，傳出打字聲，他想想覺得好笑，兩個小時前他還在另一個屋子裡聽另一個女孩子打算盤。聲音忽快忽慢，整個而言是慢的。算盤聲流利像一顆顆花生米，打字聲則像帶莢殼的花生，隔了一層，長點慢點，不那麼直接，偶爾破殼一響，有高有低；這也是數字和文字的差別。她把瓶塞打開，擱在瓶上，他抓出一把，趕緊蓋回去，緊緊拴好。又去找了一個碟子把鳳梨水蓋上。他想想又好笑，不過幾天前他還在吉貝海邊吃花生，這小東西確實好吃，特別是單單吃的時候。

打字聲消失了，重新響起又消失，她出來探他一眼又進去了。他想起忘了問秋蜜照片寄給筆友了沒。他剛想去後院走走，她又出來了，撥了撥頭髮說：「這糖果怎麼都吃不完？不管了！我要來吃花生！」說著攤開一張衛生紙在桌上，下巴就著桌子把像小玻璃珠的糖果吐在一角，抓了把花生米放紙中央，挑著吃。「我喜歡吃這種瘦瘦皺巴巴的，不喜歡那種，像這個，肥肥圓圓的，這種好香，那種好油……」他說：「聽說七個花生米就等於一碗飯的熱量。」「我也有聽說，這種胚芽我從小就沒有吃，學我媽的，吃了會長痘痘，我最近好會長痘痘喔。」她左手肘支在桌上，左傾身體，手掌貼額頭，好像在量著額溫般的；另一隻手搓著花生膜，吃吃停停，把花生吃得像喝悶酒似的。發現他在看她，懊惱的把臉別向天井。

「我去把字拿出來外面打。」她說這話的同時他也說，「你好像心事重重。」她有點訝異的問他說什麼。他覺得這好像在吉貝說的成語話有點可笑，改口：「你好像有什麼心事。」她立刻紅了眼，一面想藉笑化解這突如其來的傷感，一面又想藉哭發洩心底的委屈，遂又笑又哭又呢喃。他想不到話也找不到機會開口，她一溜進房去了。

不多久，比他預估的時間還要短得多，她輕鬆的捧著打字機出來，擺在飯桌上打了起來。打字聲立體而富層次，令人振奮。他靜靜站在她背後觀賞那如羅馬競技場觀眾席的字座一起一落。好像他倆已經打好了默契，她半轉過臉來說：「我想問你……我要不要去找他問清楚？」他一笑說：「好啊！既然……山盟海誓，不，不是，是什麼曾經滄海難為水……還有一個他們最愛說的……對！弱水三千只取一瓢……」

她被逗笑了，就一直開著笑口。兩人你一句我一句聊得很開心，忽然聽見一個悠悠忽忽的聲音，不約而同朝大廳口看，雞爪似的手從大廳伸出來，憑空攫了兩下，抓在門框上。「暖仔！暖仔！」阿媽披頭散髮探出頭來，腳纏絆了好幾下子才跨出門檻，瓊雲趨上前去正好接著她一個踉蹌傾落來，又硬又重根本招架不住，錦程急忙衝去接住，阿媽一下子鬆垮下來跌坐在地上，只有瓊雲在他懷裡。

兩人將阿媽攙扶到椅子上，發覺她全身燒燙意識混亂，彷彿中暑一般，在這大冷天裡。錦程問瓊雲這裡有沒有診所，她說村裡是有一個醫生，但是白天在馬公上班，晚上才會回來，村裡人有個什麼小病痛也都等著他晚上回來，內傷外傷都治，打針敷藥也都有，針筒裝在一個便當盒裡，她小時候也以為他是醫生，直到上次她爸爸回來感冒媽媽叫他去給他打針爸爸才說他只是在一間外科診所幫人家敷藥的助手，不過從十多歲跟先生習醫又靠自己自學，醫術不輸馬公的醫生，從來也沒聽過什麼不好的。錦程耐著性子聽，聽完更擔心了，做不了主送她去馬公看病，又問雇車怎麼雇。瓊雲說一是出村外橋頭攔車去，一是請廟內廟公打電話叫車，隔壁村有車行。

兩個外人就這樣窮著急，這時阿媽竟認出錦程叫聲阿程，起身要去張羅吃的，又喚了兩聲暖仔！瓊雲扶著她，任她走去摸了摸灶，腳步比剛才穩定。被瓊雲兩句呷飽了騙了，給她喝碗水，牽她回房休息。

秋蜜和秋添一路從外頭奔跑進來，嘩嘩地好像兩支小火柴擦著屋子這大火柴盒，臉泛紅暈氣咻咻問錦程要看魔術刀，錦程和瓊雲急忙描述阿媽生病的情形，姊弟倆一副早就知道的樣子，直到瓊雲說昏倒了才半信半疑去房底探望。秋蜜說：「等晚上再帶她去給原安仔看！」又跟錦程要魔術刀看。這頭熱，那頭卻冷。錦程只好從口袋取出瑞士刀，一一示範各種功能，說到拆信這項，秋蜜說：「下次有人寄信來……」「照片寄給筆友了嗎？」錦程問。「寄了！寄了就沒再寫信來了。」秋蜜努著嘴說。秋添從灶口拿來一張廢紙請錦程割割看，他叫兩人站開點，咻一聲將紙分成兩半。「不知道拆信是什麼樣子！眞的沒有痕跡嗎？」瓊雲坐下來打字。

秋暖和阿母車青菜蕃茄回來，錦程和瓊雲又過來複述一遍，秋暖看到錦程依然不自在，錦程自己也知道，因此只對大嫂說，秋暖就聽瓊雲的。母女倆也是入房底看看去，出來時阿母望了天說：「日欲暗啊，等呷飯飽，才叫原安仔來看……」錦程提議去馬公看醫生，她說：「沒要緊，可能是前日去山仔穿太少吹到風啦，早叫伊去看醫生伊沒愛，等一下……」錦程無奈的望著秋暖，她逃開他的眼神，走去摸了摸飯桌上的花生罐子和打字機，指著一個字對瓊雲說：「大寫！」迎上前去對剛進門的阿爸說：「阿爸！阿媽艱苦，取伊去馬公看醫生啦，原安仔還要等三點鐘才會返來。」阿爸朝眾人溜了一眼，未置可否。

錦程看著這一切頗不舒服，也無可奈何，便把心思放在兩個少女身上，藉以轉化心情。秋暖溫了開水給阿媽端去，挑選兩顆漂亮的青紅蕃茄，走到天井洗好，拿進房間，出來招手叫瓊雲。他在過水庭上聽見她們說你去啦！你自己去啦！又玩笑的不知說些什麼，然後瓊雲出來把蕃茄放在他手上，說：「洗好了！給你吃！」阿母看見大聲吩咐秋暖拿袋子多裝些蕃茄給阿叔帶回去吃。

瓊雲拿了三顆蕃茄準備回家，臨走前對他說：「吃飽飯我還會再來，可是你大概已經回去了，下次你來，可不可以幫我們翻譯一首英文歌？聽說你有讀大學，是夢十七的歌。」錦程笑著點點頭。她俏皮的說：「一言爲定！」趁大嫂尚未做好飯，錦程也趕緊告辭了。大嫂那人樸拙，一聽他說與人有約得走了，立即露出鬆了口氣的模樣。

兩個小的對他的來訪最熱情也最習以爲常，自去做自己的事，聽說他要走了才趕忙來送客，看他不是馬上就走，又走開了。他量他們說話的聲音房底秋暖應該聽到，但她沒有出來道別。他踱到她房門前，門從瓊雲來就一直開著，整個敞開著。她坐在一個小板凳上，兩腳伸進漆黑的床底，把打字機擱在床邊打。家裡人多了，打字聲音輕輕巧巧的，但他的腳步聲絕不會比打字聲來得大，她很敏感，打完那個字就回過頭來，看他一眼，起身走向他。「我回去了，明天再來看阿媽，晚上一定要去看醫生！」他說。「喔，五點十分的車走了，要六點半才有車，要不然就要出去外面等。」秋暖說著看向屋外。「沒關係，有車就好。」他說。

這一道別轉身天暗了，他把手伸入口袋，轉了轉袋裡兩顆冰涼的蕃茄，才發覺這一趟來還沒有把外套脫下來過。

38 碗片

星期天，小奇和錦程上馬公買東西吃午飯，一點鐘兩人來到公車總站。錦程指著售票口上的公車時刻表，跟小奇講解如何解讀、如何換車，小奇望了望牆上的地圖說懂了。他承諾，下下一回一定帶小奇同往親戚家。昨晚他回到營上遞給小奇一顆蕃茄，還跟小奇招認了這裡的確有個親戚，親戚家也確實有幾個女孩子；但並未說明是什麼親戚。「是喔，花生妹妹，蕃茄妹妹……」回營前小奇去許太太那兒，許玉卿已跟他通風報信了，看到那兩顆蕃茄更是酸溜溜的。錦程說明天還得再去一趟，他以為錦程藉以向他賠罪高興得很，弄懂錦程沒這個意思就裝作生氣了。經他解釋親戚病得不輕，又是有「女孩子成群」的保守家庭，不先通報即上門去只會自討沒趣。

錦程踏進院門口遇見吃飽歇會準備來浴間洗衣的阿母，她見著他很錯愕的樣子，幾乎要問出口，怎麼又來了？拿到他送來的食物，都是蘋果奶粉水果罐頭這類的營養品，才明白他是來探病的。她正要跟他描述看病的事，頭前房底的阿爸聽見交談聲出來探頭，很平常的問他吃飽沒，回答吃飽了，招呼他去看電視，便回房午睡去了。

「喔，有啦，阿暖有講汝今日會來，伊阿爸有講今日欲殺雞，我一沒閒就忘記去……」阿母接著誇獎小村莊的醫生醫術不輸城市裡的，昨天他走了之後，阿媽高燒不退，叫吃飯也沒聽見，甚至昏昏死死去，醫生來出診，馬上診斷出她不是感冒，而是被蟲咬了，打支針，又吃一帖藥，晚間十點起來喝了點粥，又吃了一次藥，一覺到天亮，早上起來又像沒事人了。錦程看見阿媽中氣十足的問媳婦誰來了，便都相信了。

錦程和阿母輪番催促，阿媽看了看錦程帶來阿母抱滿懷的食物，驚訝自己昨天眞的病得那麼重，乖乖進房睡午覺去，臨到房門高聲說：「不要趁我在睏偷跑走！」彷彿有預感他會趁她睡覺時不告而別，揭開布帘又說：「擱過幾日啊，咱的日十月二九，咱這廟欲做醮，多鬧熱咧，要記得來啦，伊的日不知幾月幾日，叫那囝仔去翻臘日看一下！」

秋暖房門合著，沒有打字聲、算盤聲，或者她與瓊雲的談笑聲。西側門卻開著，雞和鴨都沒有進來，北風呼呼地空撲。排在飯桌上的棋子風一來就晃動兩下，錦程和秋蜜秋添玩了一會跳棋，秋暖出來，慵懶的邊走邊對錦程說：「瓊雲沒有來。」「他又不是來找她的。」秋蜜立刻接口。秋暖瞪她一眼，聽秋添問錦程：「那你是來找誰的？」又小打了他一下，善良的對錦程笑笑，又垂臉問他倆：「你們要不要睡午覺？」「那他睡哪裡？」秋添問。「睡我們房間啊！」秋蜜說。「哼！你們那狗窩！」「要不然是要睡你那個貓窩！」兩小的齊聲說。秋暖眞後悔不應該跟他倆多說一句，走到灶口，不望他們又問：「那你們要不要去海邊？」秋蜜搗頭說好，「我正好要去撿碗片！」秋添一溜從天井邊的梯子上屋頂，望海說：「剛好退潮欸！」說走就走，錦程叫他們添外套也不聽。

海邊是一片遍布大小黑石大小珊瑚礁的海灘，和青灣的海邊差別很大，和吉貝更有天壤之別。海水一缸灰白。臨出門時秋蜜提議帶個籃子去撿螺螄，秋暖拒絕，說是要去玩的、看風景的，但是看見這蒼白的景色，後悔沒帶個籃子來了。秋蜜問向東走還是向西走，秋暖說：「又沒有夕陽，向哪一邊不是都一樣，反正也沒夕陽！」雖說如此，獨自往西走去，讓他們在後面跟，然而漸走漸慢，落後他們。

秋蜜跟錦程描述這裡丟碗片跳房子的遊戲規則，秋添一直說要畫給他看，卻找不到一處面積大些的沙地，勉強用珊瑚枝骨畫個小房子，強調實際上要畫得像人那麼大才是。錦程看看原來是疊堆在一起的兩個「品」字，他不記得玩過這種遊戲，但跳格子是絕對有的。秋蜜模擬跳房子給他看，忽而單腳忽而雙腳著地，「跳完格子再出去掉頭回來的地方是海！」她說，「最後一關要把碗片丟到海裡去，然後人反過來伸手去摸，不能偷看，把碗片撿回來才可以，所以不能丟太遠，你會撿不到你的碗片。」

秋暖在後頭高聲說：「好啦！不要亂撿那些有的沒有的，撿兩塊最喜歡的就好！」又叮嚀不要用石頭將碗片敲成自己想要的形狀，免得害人害己。這一說錦程和秋添就把裝在撿來的鐵罐裡的碗片排在岩石上，好似各色不規則的瓷磚浮貼於岩石，非常好看。錦程發覺有些碗片看起來還新新的，但都不割人了，問：「怎麼都好像打破沒多久的樣子？」秋添說：「有些已經很老了，你看！」隨地抓起一塊，摳掉厚厚土色的暗苔，果眞是塊碗片。錦程說：「如果沒有打破碗，不就沒有碗片玩了，不過，還有去年的。」秋蜜說：「去年的早就丟掉了，又回到海裡去了，」說著指向潮水，「你不用擔心沒有碗片撿，小孩子常常打破碗，咦，我今年好像還沒有打破碗呢，他有！他有！你知不知道小孩子爲什麼會打破碗，因爲小孩子會去採一種白色的大喇叭花，採那種花就會打破碗。」她揀了一塊理想的三角片，雖然陶粗色鄙，卻四平八穩的，邊緣的線條比砂紙磨過還柔和。

再把有花樣的碗片挑在手中，一片片拿來擲，花樣翻覆在下面的就淘汰掉了。

他們繼續往前走，秋添說要教錦程抓螃蟹。秋蜜說應該帶點糖果梅子或豆乾來吃的，什麼都沒有的話，至少也應該抓把土豆，他們是這樣子，但是錦程不一樣，他愛吃土豆。秋暖聽見向錦程指控說：「還土豆土豆，每次放在口袋裡吃，土豆膜也不丟出來，跟衣服一起下去洗，那口袋不是髒死了，就是放碗片，割破洞……」秋蜜撿起一支漏斗，秋添嚷：「阿媽叫汝不行黑白撿汝擱黑白撿，阿媽講那有的是死人的。」秋蜜將它扔得遠遠的，「人家要做沙漏啦！海水洗過就乾淨了，要不然海裡的東西你都不要吃！」

秋暖看見他們留在岩石上的碗片，也把自己撿來的兩塊排上去，從這當中再挑出自己喜歡的，仍然是挑中自己撿的那兩塊。拿起第二塊時發現隔壁一塊湖水藍的碗片形狀很特別，大約是農曆二十一，月亮剛缺的形狀，碗片上沒有圖彩，細看有一小處泛白，可以把它想像成雲，雲邊有平行一長一短的水紋；碗裡面反而有一朵帶兩片長葉的小紫花。她把它單獨握在左手，再將岩上的碗片調整集中，繼續往前走，不再低頭看那些有的沒有的了。

走到廟口，秋蜜說：「再過去那邊就是西邊了！」「西天？」錦程驚訝的問。「西邊！」秋添說。錦程望西天，一汪淡淡的糖水；再看看手錶，不過三點多，是午後的陽光，卻將它當夕陽看。

過了廟口就是軍哨，秋暖想到這即笑著趕上他們，問她笑什麼，她問：「有沒有看到阿爸的船？」秋添說：「有啊！我有跟阿叔講，那台寫『慶豐號』的！」「走快一點，我們去看阿祖的墓。」秋暖說。

走到西南角剛能看見西北面的時候，秋暖叫上岸了，她總是以三塊連接的扁石做記號認路。頂著大風往上爬，岸坡遍是乾枯的粗草，幾蓬高草被強勢的風吹圮在地，像一頭頭黃長髮，連髮根頭皮都露出來了。秋蜜說：「我們是不是從來沒有在冬天來過這裡啊？」秋添說：「死掉眞可憐，人家一年只會來看他一次，我不要死掉！」「胡說什麼啊！」秋暖揚著下巴鎖著眉心，連罵人也顧不得。「東邊田裡有三個墓，我們去田裡順便拜一拜，那些查甫祖查某祖都是更老的阿祖，我們都不認識的，唯一我們認識的阿祖卻住得最遠，這裡……平常是不會有人來的……」說著四下張望。

來到阿祖墳邊，秋蜜和秋添雙手合十立著拜又跪下拜，錦程也雙手合十立著拜一拜，默讀有他的名字的墓碑。秋暖把碗片擱在墳緣，拔了幾株特別突出的野草，然後立著跪著都拜一拜，再把兩塊畫有紫花藍魚的碗片像兩塊筊似的擺在墓碑下，說：「下次要記得撿一些貝殼來。」

才回到庭院，秋香滿口食物對著門外嚷：「哇！你們跑去哪裡玩，害我一個幫阿爸抓雞，幫阿母拔雞毛，煮好你們就回來要吃了！」秋添說：「莫怪我聞這煙味攏不同款。」空氣中蕩漫著柴煙味兒，屋裡更是飄浮暖暖濃濃的雞香。阿媽說：「寒丟丟！」趕著秋暖去盛幾塊浮在上面的雞血麵線給錦程吃，雞肉再等會。

錦程吃了一碗凝麵線的雞血，又喝熱雞湯，天色在泛著黃油冒煙的湯中暗下來，肚子飽了，可是晚餐才正要開始。秋蜜盛到第三碗飯，發現飯裡面有顆蛋，便叫：「郭秋香！你又偷煮蛋了！」秋香趕緊過來抓起那顆黏滿米粒的白蛋就跑，熱呼呼，右手燙就丟左手，兩手丟來丟去，像小丑耍球似的。阿媽看了又有氣，「查某囝仔貪呷到這款形，每遍叫伊煮飯就偷煮一粒雞卵，今日就殺雞啊，還煮雞卵來呷！」

除了老薑煮雞湯，桌上還有煎魚炒高麗菜，阿媽跟錦程說：「風透水透也沒去買菜，攏是自己養的種的抓的，呷一個燒飽，趁燒，緊呷！緊呷！」錦程費勁的招呼所有人來吃飯，仍不敵他們招呼他，只好先坐了下來，這才想起沒看到阿爸，問秋蜜，阿媽耳尖喝斥：「免去叫伊，准恁呷，伊做仙，伊會夭著？」

秋香秋蜜和秋添陪著錦程吃飯，四個人圍住方桌。秋香盛了一隻雞腿給秋添，一隻給錦程，錦程要讓給秋蜜，秋蜜用筷子把它推回去，說：「我已經不喜歡吃雞腿了……」秋添咬嚼著雞腿嚷：「騙人！」「眞的，騙你幹嘛，以前每次都是郭秋添跟阿爸吃雞腿，阿爸都會讓給我吃，今天我讓給你吃，今天我要吃雞翅膀，雞翅膀是我阿母跟郭秋香最愛吃的，我阿爸喜歡吃雞肝，阿媽喜歡吃雞脖子跟雞屁股……」秋香說：「你一隻嘴像雞屁股，講不停。」秋蜜罵：「要你管，貪吃鬼。」錦程說：「那郭秋暖喜歡吃什麼？」她在房底打字，聲音一悄一悄的。「她喔，她最喜歡吃雞心……」「啊！雞心被我吃進去了，還在嘴巴裡……」「咬了沒？」秋添雙頰鼓脹滿嘴油膩地問。秋香說：「還沒咬，難道要吐出來啊？不然我們來捉弄她，吐出來給她吃……」秋蜜同情地看著他的嘴說：「吃啦！吃進去啦！郭秋水也最喜歡吃雞心，以前她們兩個都會搶來搶去，下次再留給她吃就好了。曾瓊雲最喜歡吃雞翅膀，那你呢？」「我？」錦程這才放下上顎，用後齒嚼了那顆雞心一下，「我也喜歡吃雞心。」秋添說：「可惜雞心只有一個，又那麼小。」

雞湯的熱氣和喜氣漸漸平息下去，燒香的檀香味擴散在四周，好似一齣大戲唱完了，才聽見有人在唱小曲兒。他在海邊耐著沒抽菸，這時則忍不住了。他打個呵欠走過去，瞥見秋暖坐在房裡面打字。開側門風轟隆隆的塌進來，溫熱的臉一陣刺，關上門，風從門縫切了一刀進來嘶嘶噴濺著，感覺胸腹中的老薑雞湯正在爲他抵禦這寒風。他在角落裡燃起一根菸，拿到門縫邊看那菸頭被風吹出一簇火蕊，隨即化作白灰被風吹開。小腿腳底涼颼颼的，褲管搧拍有聲，低頭看見門腳破了一洞，風灌進來，沙也飛進來。玩了幾回吹火灰的遊戲，他把菸灰抖在洞口下的沙堆上，望秋暖的房門，那門板倒挺厚實的。她用雙手摩擦著腳板。

難得這回從頭到尾愉快，走進馬公車站，看看南線的方向有沒有他認識的阿兵哥。沒有他認識的人，漫不經心的把目光投向另一個方向，一眼就認出瓊雲來，她坐的角落是整個車站離他最遠的一點。他高興地迎上前去，在她身邊坐下來，她毫無反應的一直望著車站外面的黑夜。對面兩個衛兵站在屋子前面。他覺得好冷。她坐在牆邊頭一個位置，北風從牆尖削過來，比野地的墳風還要刺人，她僵硬得像冰塊似的。

他起身看著她泛紫的手，她依然沒有反應。他彎下身來，用臉去對她的臉，她才恍然大悟，好像又有點失望，揉揉眼睛笑著說：「是你？」他拉起她的手，她的手比想像中更冰，冰得會電人，將她牽挪至裡面的位置才鬆手要她坐下。

往通樑的燈號亮了起來，十來個乘客在他們面前排好隊，瓊雲靜靜低頭坐著，稍稍抬起下巴看著乘客的鞋子說：「車子快來了……還沒有買票……」錦程起身說：「我去買票。」「不要！」瓊雲急抓著他的眼神，錦程趕緊坐下來，正要開口，聽見油腔滑調的口哨聲，兩張熟悉的嘴臉，是隊上的同袍。瓊雲也看了一下，他們故作路人模樣的交談著，錦程吶吶說：「沒關係……沒關係……」他倆擺出再見的手勢，一面跟著乘客緩緩向前移動，到了站口一溜煙跑掉，因爲往澎南的車也到站了。這一分心，更使他說不出話來，直凝視著瓊雲。「沒關係！」兩人同時說出口來相視而笑。她轉臉看著站口的車掌小姐，她新近燙了頭髮，所以面朝北風站，撕完票趕緊跳上車，唯恐秀髮被吹亂。「好了！再見！我走了！」瓊雲突然跑向紅欄杆的走道，「幫我買票！」錦程匆忙幫她買了票送到車邊給她，她把幾個握暖的銅板塞到他手裡，說：「謝謝！再見！下次來幫我們翻譯一首英文歌喔！」

他數了數銅板，跟他回青灣的票價一樣。風櫃線的車也在同一時間離站，電鈴聲連響了兩回。這樣排車是對的，一個人不可能同時往兩個方向，兩個人到了這時候也要分道揚鑣。車站內冷清了許多，只剩湖西線的人在候車。下班車要等五十分鐘，想到還要去許太太家打擾就有點煩惱。

39 賭

四個人動作一致的把牌支推向牌桌中央，暖到發熱的手搓著冰冷的麻將棋子。連輸了三天，他的手反倒帶點感情，彷彿聽見有人在叫他的名字，雙手靜止在棋子上，半轉臉將一隻耳朵對著背後的窗戶，「誰人在叫我！」他說。三個牌友同時停下手來，什麼也沒說的繼續洗牌。他們知道今晚他已經跟大春借了兩次錢，他這時候想走也無可厚非，但是賭博防的是好手氣的人想要抽身，輸的人絕不離開。

再築起方城時，他又聽見他的名字在風中打轉，起身將耳朵靠近窗戶打聽，插著一根筷子在窗縫的窗立時響了一響。他把手放到窗縫邊透透風，回座位坐好，正要開口問送菸和茶水上來的大春廟公在廣播誰的電話就看到秋添的小臉，他答應著：「好啦！」仍止不住秋添宣旨般的大喊：「阿爸啊！汝的電話！」他起身說：「我來去聽一下電話！」大春說：「汝去！等汝啦！我先替一下。」

出了大春的樓房，清新的冷空氣讓人感覺寒冷而舒服，感覺到飢餓，他看了秋添一眼，伸手想拉他的手，他卻把手握拳縮進袖子裡。他突然有個小人的想法，該不會是他們故意假裝打電話找他，要把他騙回家。他以爲秋添會跟著去，沒想到他並無此意，離家還一段路就跑了起來，轉身伸出兩隻粉白的手說：「阮在搓圓仔，不行黑白摸！」

他在廟裡踱了好一會兒，電話遲遲不來。廟公踮腳將剛才他來時切換的日光燈又拉回小燈泡，然後換上睡褲，拿起空話筒來又放下去。電話和麥克風就在他床邊。「有得等咧，汝叫人等那久。」「擱等五分鐘。」他說罷再次轉身離開廟公的寢室，其實並沒有踏進去，光是站在門邊。他聽見廟公躺下床的聲音，放輕腳步沒有意識的走到拱門邊望著殿上的紅燈。廟公好像很高興有人在這裡作伴，抓著他又問又說，不時提一下電話的事，說像是阿溪的聲音，阿溪是不是在高雄？什麼工作？娶老婆沒？可能是打來借錢才會這麼有心，問他是不是阿溪也不講。再來又懷疑是他父親那一口灶的人，但不是他父親，他的聲音他一定認得……。他自小就未曾與父親一起生活，想不到男人也會這麼雜念。他應了一聲就沒再搭腔，除了話語，廟裡眞安靜，風只在周遭遊蕩，不會瞎奔瞎撞。暗紅中一一巡視印象中的佛像和香爐，兩束鮮花直挺挺的沒有睡。肚子咕咕叫。廟公沒聲音了。悄悄走向側門，才伸手要推紗門，廟公就在裡邊叫：「坤地仔！汝不擱等一下，一定會擱打來啦，若擱打來我是不放送……」他張著嘴，不知道要說去還是說留，遂啥都沒說的開門走出去，才來到金爐邊，想起還沒有付廣播費，手往褲袋伸，電話鈴就響了。

廟公平躺於床上，屏住呼吸，兩隻眼亮晶晶的直盯著他的下巴。他側過身去對住窗，窗戶靜悄悄，用手推不出聲音，又摸摸緊塞在窗間的報紙，試著拉出報紙，才發覺紙裡面還有一把梳子。瞥見廟公嘴上的白鬍渣，乾脆轉過身去面壁。自始至終從頭到尾就只是嗯、嗯、嗯的答應，再就是問現在是要怎樣？掛上電話，主動說了句：「沒啥米代誌啦！汝睏！」走到了金爐邊雙手往褲袋伸，才又想起還沒有給廟公廣播費，但是口袋裡沒有半個銅板。

一出廟口就覺得全身寒冷，快步走向家門，回頭望聰明家，亂了節奏。屋內只剩佛桌上一對紅燭燈，人都睡覺去了。他抓開桌罩，看見一桌冷冷的紅白圓仔，才記起明天冬至，決心不再想吃的事了。

他躺到床上，根本不去想事情的來龍去脈，就只計算著自己還有多少錢，該如何找錢。妻子終於按捺不住問他誰打電話來把他給嚇了一跳。他把梅溪的話拼湊起來說給她聽。聰明的兒子文彬不多久前好像是認識了一個女孩子，女孩子家好像沒爸，只有母，弟弟妹妹好幾個，常常開口欠這欠那，出著聰明冬子那種老實人卻生著這兒子，沒錢假大方，沒辦法就開始想歪步，好像放假在外面去蹓了電動玩具，在軍校內也跟同學借錢沒還，兩條都不小條，學校查起來，要退學了。妻子焦急的嚷起來，揭開被子問：「眞的抑是假的？」他壓著嗓門說：「眞的啦！梅溪仔交代不行乎冬子知影，伊欲去拜託人……」「憨就死，頂遍返來阿伯才在講伊，看查某囝仔賊頭賊面，眞正憨欲死……」「好啦，好啦，千萬不行乎冬子知影……」「人沒返來，薪水沒寄來，連補助的米也沒得領就知影，伊也不是憨人……」「所以要想辦法啊，梅溪仔講欲招伊大的二的，一個人一個月出一點兒錢來……」「欲騙多久咧？」「梅溪仔怎樣講咱就怎樣做。」「伊怎樣講咱就怎樣做，伊在高雄較好賺錢，咱錢欲去叨生？」他大動作的翻過身去說：「分四份，一個人一月日三五百，梅溪仔講伊梅河較有，叫伊多出兩百，講是沒米可領，多兩百補貼，再叫伊自己打電話來講調去花蓮抑是金門馬祖沒方便返來……」妻子問：「要跟阿母講？」「不講嘛不行，賣土豆的錢在伊那。」妻子長嘆一聲，「沒代沒誌又多一件代誌，上討厭這電話，沒好代誌。」他沒再說話，肚子咕咕叫，聽得她有氣，掐他大腿說：「臭人！呷飯也不返來呷飯，有得博就飽了，我就叫添仔別去叫，乎伊博三暝三日……」

他不覺得餓了，煩惱只能暫擱著，迷迷糊糊有了睡意，惦記著：「天光記得叫添仔拿五元去交廟公，免得伊碎碎唸記牢牢……」

40 大寒

隔天阿爸一早醒來，阿母已經起床了，他急著尋她問文彬的事說給阿媽知道了嗎。阿母說還沒有，便叮囑她說每個月要支付五百，絕對不能給外人知道。阿母瞪他，說：「我在管汝，一定是昨暝賭輸！」

阿爸當下就去把倉庫裡鑿井的工具請出來，許多年沒有用了，這些工具枯朽得好像死了一樣動彈不得，尤其是插在井邊綁繩索用的那支粗鐵支，整個裹滿鐵鏽，像炸酥了似的。去年他就知道了，農會有一項補助挖井的經費，每挖一公尺就可以補助一千五百塊，十公尺以內有補助，十公尺以外就不算錢了。他原本就打算在四斗仔再開個井，一直提不起勁，一拖再拖，現在缺錢了，又正是曠雨的冬季，才有動力去實行，一定得在過年前完成這工作。他還想起東港仔有口坍方的井，不如把它重新整理起來，也算是一口井。這樣兩口井應該可以賺個三萬塊，賭債還了，人情債也暫時有著落，所以眼前這些老骨頭都是本錢。

說到鑿井，孩子們很興奮，平常放學就希望不用下田，現在沒什麼事了反而要奔到田裡來看井。雖然鑿井的心情不一樣了，古法還是得遵循，他拿了粉筆在四斗仔田東圈了兩個圈，編號一、二，穿草鞋東邊圈個三，備了禮到廟裡燒香擲筊，選出一號地點，架設轆轤，繫上紅布條。剛開挖是軟土，每天花些時間就有進展，秋添說：「今天挖到肚臍，明天就會挖到下巴，後天就看不到人了！」他提起勁來挖井給他們看，嘴上卻不屑地說：「這小個井仔，在這一下一下慢慢啊吐，永早阮在挖井仔才不是這形……東港仔那個大個井仔就是我跟恁梅河叔梅溪叔挖的，梅溪仔不愛種田，若講到欲挖井仔顛倒跑第一，也不是眞正欲挖……全我在掘土，伊在高頂拉土……這剛開始輕鬆，挖到兩三公尺就碰到硬土……炭啦，半土半石，運氣好的……也有好運一路沒掘著石頭……掘著這就要開始縮小井仔身……掘到貓公炭、貓公石代表就欲有水，貓公炭有細孔會滲水，會聽到匹匹啪啪的水聲……挖到石頭速度就慢，一畚箕一畚箕的土慢慢……梅溪仔就給我跑走，有時忘記返來拉土，害我一直等……人上不愛挖到硬石、黑心石，伊就是在等挖著硬石黑心石，才來欲用炸藥來爆炸……」頭上傳來秋蜜秋添的聲音：「要怎樣炸啊？」阿爸停下手來仰臉看他倆，頭長長的往中央伸過來又叫聲「阿爸！」他說不出話來，再回頭用鑿子鑿了幾下，換鶴頭掘繼續挖，聽見自己的聲音自兩耳邊往上飛，「阮喔，拿那竹竿，綁沾油的布來點火……」秋添拉著嗓門向井底大吼：「阿爸啊！咱嘛來點火來爆炸！」阿爸笑著又說：「也有用尖鐵枝插孔，大約一台尺半，塞炸藥入去，炸藥有麻糬……」秋蜜忙問：「啥麻糬啊？」「阮就叫作麻糬，另外一種是黃煌，差不多要一公斤，黃煌有夠黃，黃到像卵仁，用電池，牽電線落去引爆。」阿爸停下來裝了一畚箕土，上面孩子問：「再來咧？再來咧？」「拉上去！拉上去！再來就沒了，已經爆完了，就是趕緊扒土、拉土……這炸藥不是合法的，要偷偷去買，趁天未光去偷爆……」

孩子放學到天黑只有個把鐘頭，早上阿母忙高麗菜大頭菜和蕃茄的事，他一個人也做不了事，就等這時候不停埋頭挖掘。每次抬頭仰望，天都比他想像的來得暗，雖然底下已一片黑。秋添和秋蜜像兩個黑章魚頭伸在洞口，他答應留點時間給他們溜下來玩，看來是不行了，「明天啦，明天拜六，較早來咧！」

隔天禮拜六孩子中午就放學了，想是天冷的關係，沒來看鑿井，阿爸只好叫阿母過來幫忙吊土，阿母竟然頻頻打呵欠，「今日哪會這呢寒？」他待在地底自然比地上溫暖，但是一停下鑿子來裝土便隱約感到地裡滲出一絲寒氣，這是從前所未曾有的感覺，他想是中午沒吃飽的緣故。「好！」他仰頭一呼，臉上登時開起一朵霧花。阿母不拉繩索，探問他：「起來啦！寒到欲死！緊來去砍菜！」他不作聲，接著每吊一畚箕土她就要再問一次：「坤地仔！起來啦！緊來去砍菜！凍到欲死！」又過了五畚箕，她沒再問，他決定收工了。

他上來扭扭脖子望了望陰鬱半沉的天空，聽到她孩子氣的說：「這天在放霜，活欲寒死人，趕緊返來去抓一隻雞來殺，這天來呷麻油雞上好，我兩隻手攏在裂啊，拉索仔拉到起水泡仔，將欲痛死！」他瞅了她伸在面前的兩隻僵白的手，又看她紅的鼻頭，搖搖頭抿了一下嘴說：「可能是欲掘著水，井底嘛冷吱吱，兩隻腳凍到麻去。」說著踢踢腳，從褲袋拿出一個小東西交給她，「看這塊是不是玉，暖仔不是在撿這。」

阿媽吃了麻油雞，看兒子和孫子在大廳啃甘蔗看電視，竟愜意到發起呆來，等不到八點鐘就準備睡覺去了，因爲明天還要早起賣菜。她撩起冷凝的布幔又放下去，走到灶口媳婦身邊說：「叫坤地仔今暝不可出去，滿身重債冒冒游，公婆不要想欲學佛上天，冬天也沒啥可賣，只有那幾粒大頭菜，自己要認憨啦，惦厝內電視罔看啦！」再走到前庭，摸了摸蒙上布巾的高麗菜和大頭菜，返回大廳喚秋蜜：「我欲來去睏啊，汝欲睏緊來，不要到半暝才欲來找我，我透早是欲落馬公啊！」

進到房間聞到異常潑辣的尿騷味，濃重到使她懷疑是早上忘記清倒尿桶，她走過去掀開桶蓋，傾了傾，發覺沒這回事，只是涼得像結凍似的。她把那床又厚又重的棉被睡暖，也不省人事了。不知過多久，有個長了兩隻腳的冰壺鑽進被窩裡，她側過身子，用弓曲在肚子前的雙腳緊夾住那兩隻冰冷的小腳，將它融化了。

「阿母啊！阿母啊！」聽見媳婦的催促聲驚急地從被窩裡迸出來，發現媳婦已來到床前，知道誤時了便衝出房間到客廳踩了鞋子就跑，也不顧媳婦喚她穿襪披衣，跑到了前庭駝下來摸不著菜簍子，便「靜子！靜子！」地嚷。貨車司機龍村在外頭「面姑仔！面姑仔！」地催。

她故做鎮定的在車尾坐下來，兩隻腳斜擱在簍間暗地使勁想找個縫隙落腳，邊把手曲伸進外衣袖子。車內黑壓壓，有個女人說：「面姑仔！汝穿有燒沒啦！我就不行移，若無這位就讓汝坐，今日不是普通寒，冷吱吱，我是寒到死死抖，寒到欲翻腹。」「是阿祥伊琴仔！有啦，我穿這件阮錦雲仔高雄買的，多燒咧，不過風啦！」說著撫了撫胸口深褐色的男式軍用大衣。坐在她身旁兩手抱住肚子半閉著眼的萬嬸一動也不動地說：「汝是睏到神去，來叫兩遍還沒起，菜也未赴款衫也未赴穿，人我已經起床洗面呷一個燒，也像汝！若睏未醒就叫靜子去賣，一車的人全在等汝……」她尷尬地不知說什麼好，裡面一個女人用力搓手求饒說：「萬嬸仔！歹勢啦！喔！寒得！大家攏睏未醒，沒聽到一聲狗吠抑是雞啼，靜到會驚死人，這陣才……」說著把手上的手錶向外伸又往腳邊縮，「這個夜光的啦，這陣才四點十幾分，比平常時慢……十外分鐘……」萬嬸唾道：「啥十外分鐘？騙我沒掛手錶仔，成半點鐘都有！」「成半點鐘？汝五分鐘記在我這，五分鐘記在面姑仔那，剩的一人記三分鐘，連龍村仔嘛有份，有沒自己承認，也沒多晚，等一下才買一杯豆奶請汝……」有人接口說：「飲一杯燒豆奶，我嘛寒到強強欲吐……」終於唯一的男人阿三開口了，「啥也欲吐欲翻腹？也不是魚會翻腹？極多是寒到皮皮剉！」

眾人七嘴八舌說著自己起床時冷成什麼樣，貨車出了村莊走到大路上，車尾整個向北開，全像北風般「搗梧」一聲驚呼。「坐入內一點！面姑仔！風透水透！」阿媽答：「好、好。」對面的阿三冷冷說：「哪移得動！」阿媽又喃喃：「好、好。」到了橋上，坐在車尾的兩人眼神交錯地望著斜對面的海，阿三手緊抓車桿，拉長脖子眨眨眼，「啊是結凍，海歸片全平去，湧也平，白蒼蒼……」他用疑問的眼對著阿媽，「啊？面姑仔汝是寒到在哭？」阿媽趕忙用手在臉上胡亂抓一把，「沒啦！寒到流鼻水……」車底的女人又就這兩句話說起笑來取暖。阿媽沒再多說一句話否認，她眞的哭了，她剛剛還在作夢，夢中婆婆說冷，直叫她：「面仔！睏過來啦！睏過來啦！」她沒有聽從她的要求。這種事婆婆在世時確曾發生過，她記得她很殘忍的拒絕了。萬嬸跟他們說：「這恁少年的就沒了解，面仔哪會哭，若連寒也欲哭，早就哭到海沒水……」

連著數日嚴寒，菜市生意冷清，菜販批發量少，小菜農只能蹲在路邊半斤一斤慢慢零賣。年輕人蹲不住好殺價，早早脫手去了，剩下幾個老婦在那兒蹉跎。阿媽又是人家說的「雜念一大堆，正經沒半句」，不懂招呼客人，每每得待到最後。今天算是幸運的，餐館的老頭家娘出來買菜，她總是挑老菜販買。兒子昨晚交代過，「欲殺價就殺啦！天寒越蹲越沒人！」一斤降價五塊錢統統賣掉了。老頭家娘叫她原地等著，她叫頭家來拿，阿媽說不用，一手一袋，簍子背在後面，這就提去。累人的是老頭家娘走路慢，她還得停著等她帶路。到了餐館也不與頭家應酬，掏光菜頭就要走人，老頭家娘到裡面拿了些昨天剩的銀絲捲出來已不見她人影，趕緊叫兒子追出去。

她匆忙趕到車站正好搭上到站的公車，車上有好些個同車來的婦女喚她：「面姑仔！」有人問她吃沒，有人塞給她一個炸粿，有人說：「面姑仔不曾在馬公呷啥，菜也不曾買，所以不敢叫坤地仔跟靜子來賣菜，伊賣兩百就是兩百返去，一仙沒減！」她笑著說：「馬公呷未合啦。」

她右手一直抓著那塊油膩膩的炸粿，雖然飢腸轆轆卻不習慣在外面外人面前吃東西。她看了看那兩隻趴在高麗菜餡上頭酥炸的狗蝦，帶殼的蝦頭使它們看起來那麼大，像舞龍舞獅的龍頭獅頭一樣，實際上是沒肉的，只一層殼，哪騙得了她。前頭清心家的阿玉掉頭說：「面姑仔！緊呷啦，只那隻，不要拿返去乎孫呷，坤地仔那一大群，我嘛是只有買乎兩個老的。」「這隻清心仔呷啦！」阿媽把它高舉起來。阿玉斥她：「好，擱講就欲打汝喔！」

車子開上了橋，一路晦暗的窗微微亮白起來。沿途有幾塊水影掠過，但這是最大的一片海。司機先生側臉一望，回過頭來對著前方叫：「啊呦，那是什麼東西啊！」又定睛望，「是死魚咧！」車上的乘客紛紛將臉湊向冰冷的窗玻璃，一面拿手在上面塗抹，窗外一片蒼茫，海天無際，近處的潮水已退出一條比橋寬兩倍的潮間帶，潮浪不算大，浪頭上有一撇一撇白白的東西。「是浪還是魚啊？」「魚啦魚啦！一尾一尾白白寒到在翻腹！」「我哪會看沒？」女人將窗一推，伸手一指，「那啦！那就是啦！」女人看分明了，驚喜大叫：「眞正是咧！」除了車掌小姐皺起眉頭，沒人喊冷，興高采烈。女人站起身來，「趕緊趕緊！直接提這菜簍子來去海邊撿死魚！」司機說：「記得留幾條給我啊！」聽見死魚，眼力不佳的阿媽也跟著人家伸長脖子，鼻頭抵住潮涼的玻璃，不看海水，倒是看海中央村前頭那隻大鯨「嶼仔」，喃喃問：「有影死魚沒啦？」手指一算，「二十年才死一遍，剛剛好二十年。」

車掌小姐停車哨也省了，車停，村民自動下車，飛快奔散，當眞撿魚去了，阿媽也趕著快步回家通報消息。

哪有人在家，她愁著要不要去田裡叫他們井別挖了快去撿死魚，又想兒子一向聞得見海不可能不知道。門外大春吆喝而過：「面姑仔！還不趕緊跟人去撿死魚……」她爬上屋頂的磚坪往海岸邊看，也不知道是岩石還是人頭一個個的，茫茫的舉起手上那塊炸粿來看了看，下去了。

來到東邊祖的矮房，把炸粿拿給她，告訴她海上正在死魚。東邊祖剝下一隻蝦丟給床畔的貓，她連忙搶起，半途還是給貓奪去，留了兩道抓痕在手上，「破婊！」她罵，仍舊把雙掌合起放入大腿間夾緊，眼神空洞的看著掛在牆上的黑衣。炸粿有一半給貓吃掉。「返來去啊！」她踢了那貓一腳站起身。東邊祖說：「人若像魚那好死就好啊……」「好啦，呷太飽，又開始欲亂啊！」東邊祖又說：「死魚汝這隻牛是有效，有就賢仔那海雞母，撿到一厝內一厝外全死魚……」

她回家惦著，不吃不喝，也沒能做上一件有用的事，兩隻手冷冰冰的。她是村裡少數幾個從不下海的人，有時兒子抓了花蟹石斑需要提點海水回來養著，她也是去去就回，見有大水坑即舀水，從不走遠。所以人家笑她笨，儘忙山上那些不動不走又粗又重的，一顆心卻爲它所牽引，每有親戚鄰居乘船離鄉，她就要失神個好幾天，長年來見他們去了又回，漸漸放心了。她從小就不喜歡海。對此自己也不解，便怪是養母幼時爲了留她在身邊盡說些海妖水怪的故事嚇唬她，養母唾道：「是汝跟海沒緣啦！自己沒才調，生來欲做牛拖，欲怪誰人咧？」

她把那馬公人給的銀絲捲拿出來數，抓了兩個去給冬子，冬子不在，想必也撿死魚去了。回家兒子媳婦一人撿了一簍魚回來，媳婦撿的比兒子多，大魚比小魚多。她歡歡喜喜邊殺魚邊聽他們描述海邊的情景。最早發現死魚的是嘉三伯公，他每早天尚未亮就去散步巡海岸，看見死魚默默的笑靜靜的撿，撿到天空露出魚肚白，才將魚拖回村子並沿途叫喚：「魚自天頂掉落來囉！」媳婦沒停的笑嘻嘻訴說：「喔！那魚是一尾一尾一直浮起，水墘嘛一尾一尾翻在那，有的也還未死，是凍到昏去，尾翹翹，抓未完，抓到愛笑……」扭扭脖子又說：「這不就將三年的魚做一遍死……看這目還金銅銅，鰓嘛紅……明早起一定還有……」兒子說：「有夠啊，撿欲作飯呷？」「若有冰箱就好……看有人欲去高雄沒，寄去……」「殺殺去曬魚乾，抑是欲飼貓仔，這貓仔好命啊！也不是啥好魚，大尾是大尾，較多是倒吊，拜也不能拜……」「我在海邊仔也聽命嬸仔講這倒吊不能拜，怎不改一個名……」

又一回鐘響，婆媳倆方才將魚殺完、處理好，手腳都僵麻了。阿媽將倉房內的大陶缸抱出來清洗，趕忙去給東邊祖煮兩條倒吊魚，準備送一鍋去給她嫂子被制止了，「大家有，也不是啥好魚！」阿母將晚上要吃的份留著，剩下的有些用粗鹽醃在陶缸裡，有些準備曬乾。

擺在天井樓梯下的竹簍乾了，兩條掛在竿頭雙腳撐開像大燕尾的長褲也乾了。夫妻兩午睡起來照常下田砍菜鑿井。阿媽把頭巾綁上，把米飯煮上，去後院飼豬，靜靜地盯著那豬是否有異樣。

孫子陸續回家，對於阿媽告知的死魚一回事並不怎麼驚訝，有興趣的是令他們想起司馬光的陶缸，而非缸中的魚，秋添探探說：「阿爸釣的比這較青！」倒是桌罩內的銀絲捲看起來既新奇又美味，頻頻問哪來的。兩個小的拿來就要吃，兩個大的說要用點油煎一下，小的吃到一半也丟進油鍋裡去煎。

從起油鍋到給她一塊銀絲捲吃阿媽都沒意見，秋暖問：「阿媽，汝在做啥？」阿媽嚇了一跳，盯著她看，想著想說：「汝知恁姨婆的電話不知啊？」秋暖才要問她什麼事，她說：「打電話給伊講在死魚……」「死魚？」

秋暖陪阿媽來到廟裡，先打給姑姑，說了打電話的緣由，姑姑不免嘲笑，「汝跟伊講，伊甘有可能飛返來撿死魚？」旁邊的廟公也附和，「死魚？撿是趣味趣味，台灣人甘有稀罕？」秋暖問得姨婆的電話，接通後急忙塞給阿媽。平常不打電話的人說也不會說聽也不會聽，耳邊的姨婆跟著驚慌亂語，兩人發言交錯，打結了，還是姨婆先住嘴，才弄明白阿媽的意思，這一明白就大聲嚷嚷，旁邊的人都聽到了，廟公對秋暖搖搖頭說：「這兩個喔！」這時阿媽聽懂了話筒裡的聲音，「夭壽！莫怪我昨暗寒死死，七八點就跑去睏，還夢見咱姨仔在叫我，一直叫，不知叫我欲作啥？早起去菜市每一擔魚擔攏去看，看到尾顛倒買沒魚！有影就是死魚啦！頂一遍死魚阿龍欲娶某，好運我剛好返去呷喜酒……」

出了廟秋暖將抄在日曆紙上的電話號碼拿給阿媽，阿媽說：「等幾時才打一通電話咧。」便乘風走了。她將紙揉在掌心，手抓住散髮，望著蒼蒼的海呆直地往前走。她有點近視眼，皺著眉頭，咬食銀絲捲而紅潤的雙唇一直開啓著，嘴裡若有似無的發著「死……」的音。潮水似長似落，灰浪晃動，海漸漸接近她腳下，說出「死魚死浮」來。突然有個生物飄進海面來，沒有翅膀，是個腦袋瓜子，再一看竟還穿著學校制服，是蔡昆炯。「天啊！」說著放下抓在手中的髮掉頭跑回家。

41 靉

「水仙花開了！」她剛把臉俯向臉盆即聽見弟弟在外面叫。

「我又不喜歡水仙！」她將溫毛巾摀在面頰上露出兩隻眸子出來看花。圍牆邊的花圃內開著小小的兩朵水仙。

寒假第一天，出了太陽，她穿米色套頭毛衣，有人看見她問她：「穿這樣不冷？」確實有點清冷，陽光只薄薄一層灑在半空中，她說：「不冷，出太陽了！」甚至還穿毛織的花圓裙，兩條腿空裸裸的如寒冬中的新芽。

來到秋暖家門外看見穿綠衣的阿兵哥在屋裡，對著他的背影微笑，進到屋裡發覺不是秋暖的小叔叔，門牙咬住嘴唇，木愣地走上過水庭。

秋暖因爲阿兵哥的緣故躲在房裡，瓊雲一進門就無聲地說了一句「好帥的阿兵哥！」秋暖搖頭，瓊雲撲到床上來問：「我說什麼？你也覺得對不對？」「走掉了！」秋暖說：「郭秋蜜三八帶他來看曬死魚，還說要再帶他去看新挖的井……」「好可愛的阿兵哥，難怪剛剛都沒聞到死魚乾味！」瓊雲說。「不知道是不是啞巴，沒聽他說過話。」秋暖說。「呦！你也很注意他嘛！」瓊雲跪在床上一步步挪至窗邊將窗打開，陽光淡淡漫進來，窗台上一支黯沉的瓶立即泛起色澤。「臭魚腥味！」瓊雲說。「你爸是做什麼的？怕魚腥味！」「船上才不是這種味道！現在要做什麼？你小叔叔什麼時候要來？」說著拿起酒瓶旁邊的鉤子勾瓶裡頭的福圓肉吃。「不知道，也許不會來了，這裡又沒什麼好玩的，但是照相機還放在這裡，你想念他啊？」瓊雲說：「他人不錯。」「你怎麼知道？」秋暖看著她，她故意不看她。「我跟他說過話！」「說過什麼話？」瓊雲不語。「說過話就知道人不錯？」「至少說過話！」瓊雲說。

兩個人正閒著沒事做，幾乎要拌起嘴來，同學素華來了，在門口就嚷：「我死了我死了，快點救我，陪我去找蔡昆炯，我數學要補考，這題不會，那題也不會……」瓊雲一口答應，秋暖不去，讓她倆說了好久才肯走。

蔡昆炯家也是舊厝，但是規模比秋暖家小很多，屋子還不及秋暖家的庭院長，沒有庭院，前庭外只一級台階做到馬路邊來，但天井、過水庭、廳都有。三個女孩立在門口把屋內看遍了，素華輕聲喚：「蔡昆炯！」瓊雲又喚一聲。「曾瓊雲來了！」素華說。秋暖不出聲，勾長脖子往右側房間看，「有雲耶！」

蔡昆炯自幼小時每回畫圖總要穿插一朵雲在圖上，因此人人都說他喜歡瓊雲，爲了不讓別人看出來，將雲變身，和人捉迷藏，有時作葉，有時是帽，甚至躲進眼白汗珠裡，上了高中雲又明明白白飄到空中，這也是素華前不久說的，秋暖和瓊雲才知道。又說蔡昆炯功課不但全校第一，畫圖的才華也很受老師賞識，也是老師說的大家才知道他每畫必有雲的事，因此現在普通科裡很多崇拜他的女孩子都想一睹瓊雲的廬山眞面目。關於雲的由來，她倒不說是她說的。

庭邊的房間雖淺卻暗，彰顯得壁上的白雲呼之欲出，雖然那白雲也會褪色。三個人擠著門拐著脖子往裡邊瞧，也像那雲似的不由得欲奪框而出。素華作前，拉著瓊雲，瓊雲又勾著秋暖，朝雲走去。三個人又像剛才那樣直伸著脖子擠在房門邊。「住了一房間的雲！」素華捏捏瓊雲的手。繞著四面壁有大大小小高高低低十來幅雲，新雲舊雲，水墨、水彩、蠟筆，也有撕紙和剪貼。多數是孤單一朵雲，也有兩三朵、三四朵，整個連續看來彷彿滿天浮雲嬉逐，但一停止扭頭張望，登時雲又靜止冰冷下來。

底下滿床的舊書破銅爛鐵，沒有人睡的空房。秋暖挽緊瓊雲：「走啦，怕怕的，很少有人來他們家……」臉剛掉轉就瞥見一尊黑影立於左後方，遂低著頭吶吶地擠進她倆之間。

「你們在看什麼？」蔡昆炯問。三個人回過頭來一致責怪他從哪裡跑出來的。他獨先看瓊雲一眼，特別是看她的裙，整個冬天村裡還不見有人穿裙。秋暖看在眼裡心想「好色啊！」他指說屋子有側門，說時有個五、六歲的小男孩從側門跑進來說：「萬嬸婆門兩副！窗仔門有十個喔！」

過水庭上有張長木桌，桌上掛著一條條春聯。素華問：「你平常在這裡讀書喔？」瓊雲說：「好像包青天喔！」「讀到幾點？」素華又問。「九點就睡了！」他說。「那幾點起床？」「四點半。」瓊雲瞪眼張嘴：「哇！我從來沒有四點半起床過，最早最早是五點半，去絡海菜。天還沒亮吧！」秋暖說：「快點哪！不是要問數學。」素華說：「沒關係啦！先幫我們寫春聯，我們家也要！寫啊！幫我們寫！」「你們在看我寫不出來。」「好、好，不要看，我們看別的地方。」素華推著瓊雲和秋暖走開。

三個女孩子在廳檻邊往裡瞧，傾斜傾斜，跨過門檻進廳去。斑駁的東牆花花綠綠一片全是他的獎狀和圖畫，獎狀單薄一張張貼上去，圖畫倒裱了框，恐怕是自己做的框，湊合著不一樣的木條和鐵釘，聽說他爸是雕刻師傅。有一張煙囪飄出雲朵來，女孩雲帽雲鞋還穿一身雲。素華向外說：「可不可以一人也送我們一朵雲！」蔡昆炯沒答應，她便拉著瓊雲躡腳想走到他後邊去偷看他寫字。秋暖瞥見牆下有張椅條，椅條近廳門昏暗的那頭平放著一張畫，比起其他畫顯得繽紛熱鬧，雖然置於暗處，仔細一看嚇了一跳，他畫的是不久前他們排在苔岩上的碗片，但潮水已淹至岩畔。正看得入神，好像有動物叫聲，女孩子一驚同時往後看，明明是個男人卻比看見一頭野獸更驚恐，他赤腳散髮一臉鬍渣身上只著條皺舊的短褲，像個野人似的。父親的聲響蔡昆炯更敏感，急忙擲下毛筆衝入大廳，瓊雲和素華靠向秋暖那邊去，他擋在父親面前不讓她們看見父親，雖然爲時已晚。父親刮刮地搔著頭皮笑說：「幹！也會曉牽查某囝仔！一牽還牽三個……」「好啦！汝入去啦！」蔡昆炯吼著。「我就不入去咧？」父子倆拉長脖子互嚷，秋暖和瓊雲趕緊拉拖著素華出到過水庭上，含著淚光的素華看見春聯上未寫完的一個「日」字，中間一橫寫成個大蝌蚪，啜泣說：「怎麼有這種爸爸……」「唉呀！你不要這麼沒用好不好？」秋暖在她髮邊輕說。裡面蔡昆炯扭著怪聲說：「好啦，對不起，你先進去好不好？」三個女孩子嘴找話說耳卻豎著，忽然蔡昆炯大步跨出門檻簡直是朝她們撲了過來，又小嚇了她們一跳，還問：「你們幹嘛怕成這樣？」方才那小男孩從側門冒出來問：「你到底寫好了沒啊？」見到桌上寫壞了的字大驚小怪，「爲什麼寫成這樣？這什麼字啊？」他說：「囝仔人沒耳沒嘴，返返返，今天不寫了！」小男孩被逐出門外，躲在牆邊探出頭說：「跟萬嬸婆講汝在交女朋友，今年不包紅包乎你了！」

瓊雲解圍說：「這寫的是什麼啊？家居青天白日什麼？」素華說：「白日下啊！另一句呢？」他答：「人在春風和氣中。」一旁小窗聯倒是寫得好好的，「雲山」、「雲海」、「雲門」、「雲窗」，瓊雲指著說：「這我要喔！」秋暖已無心打聽那幅畫的事，向瓊雲使了回家的眼色，瓊雲回她個不可以的眼神。蔡昆炯說：「我們去看雲，今天好天氣。」「好啊！好啊！」素華和瓊雲都附和。「有雲嗎？」秋暖頭子往天井伸。他們已討論起哪去看雲，都說畢業後不曾走永安橋，決定去永安橋看雲。

蔡昆炯帶頭往西邊走，秋暖瓊雲都有默契，唯獨素華直問怎麼不走村裡的大路才近，沿途盡是她未曾走過的房舍田野，盡是她的話。見到了西邊的小廟更是驚訝不已，直說不知村裡有這麼個小廟。秋暖說：「海邊的大廟叫做宮，這間叫作廟仔，要加一個尾音，小時候我阿媽叫我們提東西來拜拜，我們都不敢，現在就不會怕了，但是也不來了，初一十五過年過節都只在廟口拜，只有元宵節還有在這裡乞龜。」蔡昆炯說：「這裡只有我們西邊幾戶在拜初一十五，暑假我都來榕樹下讀書，小朋友也跟著來，有時候南風好涼就躺在地上睡覺，這邊的春聯和燈謎也是我寫的。」素華說：「那我們進去看看……」瓊雲急忙拉住她說：「不要啦，我們來看雲，怎麼變成看廟……」「可是現在不去，下次等什麼時候……」「元宵節，元宵節我們再一起來。」蔡昆炯說。秋暖自走到前頭回身說：「還等什麼節，找一個月黑風高的夜晚，看你敢不敢來。」

過了小廟迎面向北已無村舍，只硓砧石牆有一堵沒一堵的，田忽大忽小，路忽高忽低，忽然一陣北風撲來，掀得瓊雲驚叫，慌張壓住裙襬退避至秋暖身後，秋暖示意素華陪蔡昆炯走前面，他假裝沒事，素華卻講白了，「誰叫你穿裙子啊！蔡昆炯我們兩個走前面，免得看見她裙子飛起來，我們是來看雲的，不是看裙，穿裙子就會像雲那樣子亂飄！」蔡昆炯不敢回頭，向著前方問：「你那裙子是不是毛線織的？」秋暖咬瓊雲耳朵：「他又懂了！」瓊雲說：「對啊！否則更飄！」他說：「只要你不怕壞，找一些東西纏在毛線裡就不會飛得太厲害。」「舊裙子了沒關係，要不然走到橋上還得了！」

秋暖從腳畔揪起幾根枯黃的草莖，「我們都用這種硬骨草仔來編東西玩。」瓊雲接過來一看，「這麼輕，要纏多少啊？纏到拖地！」「太重，等一下裙子掉下去。」蔡昆炯叫聲：「有了！」邁步走去拉扯路旁硓砧石牆上的魚網，那網搭罩在那石頭上應有好一段時日，一拉扯便連石頭牽連上來，他滿口「對不起！對不起！」慢慢把網的孔目從石的瘡孔上一點一點拔脫開來。「噯呦！你像在傷口上拿紗布，痛死了！」素華說。「所以我才說對不起啊！」

三個女孩子沒耐心細看，追著蝴蝶跑走了，等他拿到那張破網，她們已走遠也忘了裙的事，任它在臀上漾動，素華回頭叫：「他來了！」秋暖立即按住瓊雲的裙襬。他覺得男生眞是女生的煩惱，還是笑著跑過來。秋暖和素華嫌那網太大太重，瓊雲一把接來圍在裙上，轉圈說：「太好了！太好了！漁夫裝！你眞聰明！」他心裡默想，「被魚網網住的雲。」

陽光大燦爛起來，四人不約而同朝前面的路望，荒郊枯萎的草叢忽然叫人有些膽怯，素華說：「這條路我從來沒走過……」蔡昆炯說：「你沒走過的路還很多……」瓊雲不知道該怪誰地抱怨：「早知道不走這裡了……」秋暖說：「再過去就是我阿祖的墳墓，我去看看，以前一年只來掃墓一次，今年竟然來三次……」瓊雲問：「那第二次跟誰來的？」秋暖沒說直往墓地走，瓊雲又說：「看你們，一會兒要看廟，一會兒要看墓，什麼時候才走得到橋上去看雲啦！」

42 夜

連著數日晴朗，一覺天明，寒流籠罩，景幕全換了，想起晃耀的陽光如夢似幻。偏偏又是夜巡的日子，也只能這麼想，幸好已乘晴朗出去玩過。晚飯後全身溫飽，人越畏寒，想見夜巡更是痛苦。

小奇邊穿衣邊問錦程：「什麼時候要去你親戚家？」錦程笑而不答。他又說：「說要過一陣子，已經有一陣子了，你三個禮拜沒去了！」小奇瘦小，穿上厚重的海防大衣，只剩小小的一頭兩腳露在外面。「笑什麼啦？不要給我顧左右而言他！」錦程正起臉問他：「請問你去我親戚家做什麼？」「拜訪拜訪啊。」「你想認識女孩子，最近認識的還不夠啊？昨天許小姐那個同學……叫什麼……喔，林秋燕，你不是很喜歡……」「不，我有預感你那個小村莊一定有大美女，我一定要先看到才決定……」「決定什麼？」「決定要追哪一個啊！開玩笑的啦……」錦程轉身要去集合，小奇扯著他的衣角說：「你答應我的，這個禮拜你一定要帶我去……」

強勁的北風終於使小奇閉上嘴巴，就算他還能說，他也聽不見了。風和浪交響，好像走在看不見的暴風雨裡，他頻頻扭著脖子遙望遠方暗潮。他轉臉發現小奇正緊緊乖乖地跟在他後頭，在洶湧的黑風中遂理直氣壯起來，也總該想點光明的，於是無聲地答應了小奇的要求。小奇提醒他已有三個禮拜沒去親戚家了，他卻驚訝只過了三個禮拜。入伍以來就屬最近日子最精采熱鬧，不只許太太的女兒介紹同學和他們聯誼，採委也正式和賣豬肉家的女兒交往，接著便有緣認識她的表妹堂妹，林投公園遊了，山水沙灘也走了，電影看了，冰果室也坐了，但越是這樣越知道小奇說的有理。他想起和瓊雲有約，不知道那算不算數。他還有個照相機要秋暖幫他收著，是該去看看他們。

一行九人，九點出發便忘掉了時間，只知道九點出發，回來已是凌晨三、四點。他們自營區往北，行經澎南各村海岸，此時村莊沒有名姓，只是海灘邊廟寺周圍的聚落，且是看不見的聚落。一直要走到幾乎接近馬公，再掉頭走路的另一側回營區，那時他們向南順流的腳步便輕快了；但那還很漫長，眼前是海般空洞的黑夜，走兩步幾乎要退一步，逆流使他們不得不瞇著眼睛，彷彿夢遊。

今天難得碰到一個騎車的人，走近只看到戴章魚帽，根本來不及觀察，他卻故意用他們聽得見的音量，輕快吟哦：「阿兵哥喔！」是個老人的聲音。再往前有人出聲叫：「到了！到了！阿彌陀佛！」這一說大家更賣力朝避風港前進，這第一間廟是他們的「一個燈」，接著一連有七個燈。

走在後頭的高山青突然奮力往前方的寺廟衝，他們望著他傻勁奔跑的身影，臉上雖無表情，心底是笑著的。這波笑意剛消散，兩個女孩身影一前一後自廟口跑出來，高山青高聲對她們說了句話。弟兄們見狀隨即興奮地朝廟口奔去，眼睛緊緊鎖定那兩個女孩子。女孩子發現大批人馬跟過來了，立刻回頭想跑，完全是女孩子嬌羞的模樣，高山青追著拉起嬌小那個的手，她用力甩卻掙不開他的手，於是拖著他跑。他們在後頭鼓譟，他轉臉朝他們揮揮手，跟著女孩子消失在廟邊。

有人喊追有人停下來，七嘴八舌走了十多公尺，高山青飛快地回來了。大家直消遣他，他發誓絕沒有約定，是偶遇的。他們又諷刺他眞是心有靈犀，難怪一馬當先跑在前頭，手也拉了，方才到沒人看見的地方必定抱也抱了，親也親了。他直求饒：「天啊，她家就住在廟附近……不是故意的，就拉起來了，她手好冷喔……哪敢啊！她還有一個朋友……」「都主動來了，還怕它是幾百燭光的電燈泡……」至於大家紛紛詢問哪來的妞，他只管笑而不答。大家想必與許玉卿有關，便把她和一起出遊的三個女同學的名字猜來猜去，揶揄他們一見鍾情。小奇單憑感覺就知道是林秋燕，他給「燕兒」的情書都構思好了，遂悶悶的逕自走過廟埕，步下階梯，將雙手捂入階前的沙中取暖。

廟口休息片刻，雙腿肌肉變得僵冷，又飲了兩口用水壺帶來的冷水，一下子便氣衰力竭，趕緊又走了起來。然而開頭第一站不期然得了一點熱鬧，害得整夜既亂了陣腳又覺得無聊。只高山青一人歡喜得不得了，不停的回想著那女孩子，不覺笑張嘴，很快喉嚨灌風灌啞了。

錦程並不討厭夜巡，可以利用這時間胡思亂想，眞的是胡思亂想，想的這些人這些事其實都和他不相干，覺得這就是自由。前方又有一紅燈籠孤單地吊在那兒，動盪的步伐，使得它看來微微浮動。

到了廟口，他看看手錶，幫班長在簽到本上寫下幾點幾分，伸長脖子往裡頭張望，看不見菩薩的臉，嗅到香灰的氣味，想許願也不知道許什麼願。記得他們的廟簷下圍著魚網，父親說是擋麻雀用的。算算也去過他們家好幾次，每次去都難免緊張的心情，也許帶小奇去可以輕鬆些。他早就想告訴小奇這個好消息，因爲他剛受到林秋燕的刺激，遂一直按捺到回程才說出來。果然不出所料，小奇又彆扭了，「幹嘛現在才說要去？不去啦！不稀罕！」

43 澡

天空清朗，沒有陽光，到處藍藍白白的。他們來到許太太家，許玉卿剛從先前來過的弟兄口中得知秋燕和高山青的事，「都快私奔了，你不知道！」她氣嘟著嘴，原本就薄的唇凹進嘴巴裡去，下巴歪向一邊，兩隻冷眼空空的斜視著桌旁。原本小奇也要潑灑兩句，見她這副模樣，就把雙唇緊閉著，下巴還一擣一擣的，想到秋燕和高山青的命運，來到齒間的笑，突成了嘴旁兩坨小肉。

匆忙換好便服，錦程拿來修補的軍服也不敢交代給她，拋聲再見趕緊走人。許玉卿恨恨地唾：「死阿兵哥！都不要來啦！」小奇在門口探頭還她一個鬼臉，錦程邊走邊搖頭說：「早覺得她不好惹！」「那你那花生妹妹好不好惹？」錦程朝他臂上打了一拳，他急忙說：「知道知道，不要亂說話！」

公車來到中正橋，小奇指著窗外的島說：「這就是地圖上寫的雁情嶼！」又說：「此雁非彼燕！」錦程只管想著是否先告訴小奇他與這家親戚的關係，來到這裡已無心情，決定不說了，看那雁情嶼越冬越荒涼，越逼近橋來了。

兩人才走近圍牆即有小孩子聲音迎來，「阿兵哥阿叔來啊！」東張西望不見人，又一聲：「阿兵哥阿叔！」循聲轉入庭院東南一扇門，鋪天蓋地盡是枯藤，聽藤沙沙作響，兩人默契一笑，按兵不動，仔細觀察，果然發現右上方有叢枯藤隱隱動彈。錦程笑臉湊上去朝著戳了一把，柴裡人沒嚇著，他倒吃了一驚，就在他面前，藏匿在柴堆中兩隻深邃黑眼珠，頓時圓溜晶亮起來，有如花豹一般。他笑了，他們穿迷彩學掩護，不如這麼個小孩子，伸手進去從兩脅抱下笑咯咯的秋添，問：「這是誰啊？」秋添也指著小奇問：「他是誰啊？」錦程說：「他也是阿兵哥。」秋添又問：「你來找我的，他來找誰？」錦程摸摸他的臉說：「他也來找你。」秋添問：「找我做什麼？」小奇笑說：「找你玩啊！」秋添問：「玩什麼？」受不了審問兩人一齊將他抱起，往柴堆上拋，「玩捉迷藏啊！」

既然是來找秋添的就得聽從他的指示爬上柴堆，陪他從小氣窗看路上的行人。他將早上在廟口撿的餅乾分給他們吃，又跟小奇解釋「作醮」和「師公」是怎麼回事。他知道人是來找他的，禮卻不是送他的，從柴堆上高高往下看，一只紅色紙袋，憑感覺就曉得必是食物，要吃得先進屋裡去見過阿媽姊姊，於是他們心底無聊嘴巴不敢說無聊，他倒說數見十個人經過就要下去了。才高興呢，等了五分鐘不見半個人。秋添說等吃飽午飯要再回來這兒午睡，他們都乖乖答好。

進屋還不許直接進屋，秋添教他們要沿著牆邊摸近屋子，先躲在門邊嚇嚇姊姊們。躲了兩分鐘才有秋暖出來天井洗毛筆，小奇瞄見一個清秀嫻靜的身影，根本不知面孔，便說：「眞是好花開在深山內，美女生在小門庭啊！」秋添嗚嗚地又像風號也似鬼泣，秋暖不看他，大聲向門外說：「郭秋添！你又不寫寒假作業，我們現在先寫完，過年就可以好好的玩，很快就開學了，到時候看誰又要哭了！」叔姪倆相視而笑。接下來又久久沒戲唱，等了三分多鐘秋添不耐煩了，拉著嗓子呼：「欸！裡面的人！有人要來找你們！」內裡女聲回：「誰要找我們啊？」錦程聽是瓊雲的聲音便好像對小奇有了交代放心了。秋添又唱：「是兩個從很遠的地方來的人！」瓊雲的聲音更近了，貼著向天井的三爪窗回應：「門又沒關，快點叫他們進來！」

秋添賊賊的示意他們無聲，領他們躡手躡腳潛行而來。秋暖和瓊雲聽那聲音有些蹊蹺，猜是去外面拖個枯木什麼的，或是真的帶了兩個男同學要來搗蛋，笑著望眼等待。他們一探頭便被四隻笑盈盈的眼睛捕捉住了，驚訝而歡喜。木板床上東一張小桌西一個木箱，瓊雲穿綠色高領毛衣，兩手斜支在後方，撐著微後仰的身體，修長白嫩的腿直直穿過桌底來；秋暖則兩腿縮曲於臀側，只露出一個像兔尾巴的腳丫，兩肘擱在木箱上。瓊雲好尷尬，立刻將四肢收回來，口中說：「哎呦！」一個快動作直挺挺的跪著笑，裙褶像半開的傘散放下來，還是不好意思，用膝蓋挪到了床沿，對秋暖說：「欸！找你的！」秋添聲明：「是找我的！」秋暖早把當披肩的那件童年時的紫色小斗篷甩開，抓件外套披著，不動聲色將手穿進衣袖，說：「找你的，你要負責帶他們去玩啊！」秋添說：「我又沒錢，不然我就帶他們去馬公玩！」小奇搭著秋添肩膀說：「我們才從馬公來，我們特地來這裡玩。」錦程忙岔開話：「這小桌子好可愛！」瓊雲欣喜的摸著桌子說：「這個喔，這我小時候剛會自己吃飯的時候我爸爸做給我的，放在家裡也沒用，就把它搬來，不然坐在床邊，床底下又黑又冷……」

秋暖輕悄下床和他們點頭走出房間，秋添早一步走開了，秋暖喚：「不是來找你的嗎？你還不來陪人家！」秋添頭也不回說：「好啦！等一下！」快步跑出去了。

瓊雲也出來了，小奇問她名字，她說：「曾瓊雲。」小奇接口：「美女如雲！」並自我介紹，瓊雲順便問了錦程的名字，小奇說：「錦程，錦繡前程很好記，前程似錦，喔，原來你們不熟，他是跟她熟啊？」聽他們你一句我一句，秋暖踱進灶口，東摸西摸在灶前的紅磚坐下來，撿地上的紙張隨便看看，聽他們走上屋頂去了。灶孔的黑洞呼呼生風，一股乾爽冷灰的氣味，又擦火柴玩，嫺熟地抓了紙抓了柴，堵住風洞，玩著玩著就玩起火來往灶孔塞，全是易燃的紙張乾草，火花迅速竄開。錦程想抽菸又沒菸，走到西側門他抽菸的地方踱踱，又走來問她做什麼，她起身說：「沒有！」掀開鍋蓋發現冒煙，一邊滅火一邊叫錦程幫忙取水。錦程急忙從天井的水缸舀了水來，瓊雲和小奇也跟過來。「哇啊！好大的鍋，煮水做什麼？」秋暖沒回答，小奇又說：「這煮水給我們洗澡多好，我們多可憐，一個禮拜才可以洗一次熱水澡……」「那平常洗什麼？」瓊雲問。「你有錢你就上馬公澡堂或旅舍去洗，不然就用冷水隨便洗一洗，夏天還好，我們跑到井邊洗，可是你們這裡的水怎麼好像搓不起泡泡，沒泡泡也沒關係，冬天還冷得半死……」「好啊！那煮水給你們，給他們洗澡！」瓊雲對秋暖說。秋暖不添柴火，臉蛋熱烘烘，只顧整理紙屑，冷淡地不搭腔。錦程說：「不要麻煩，還眞的要煮水洗澡。」小奇說：「我們也習慣了，可洗可不洗……」瓊雲說：「我們多舀一點水來煮，去洗啦，我一天沒洗澡就怪怪的，難怪人家說臭兵仔，我阿姨也說臭兵仔衫……」小奇作勢在身上聞一聞說：「嗯，好有味道！」

正在一頭熱一頭冷時，愛邀功的秋添去東邊將阿媽找了回來，阿媽因他說招待客人一個鐘頭賞他三塊錢。一進門阿媽便忙著寒暄熱絡，深怕冷落了他們。然而灶口這兩口大鼎就像她兩個鼻孔，稍有冷熱馬上知覺，問煮水做啥，瓊雲把剛才的話說給她聽，她找到了招待客人的好方式，立刻叫秋暖趕快舀水燒柴。秋添說：「我也要洗，我好幾天沒洗澡了！」阿媽說：「汝免洗，我拿一包鹽把汝漬起來！」秋添抓住阿媽的手說：「阿媽！我欲三粒蕃薯，放入灶孔烘，我來烘分阿叔呷。」阿媽說：「好，去拿，去拿。」便走開了。「骯髒鬼！貪吃鬼！」秋暖將風櫃一拉，才剛熄還有氣息的紙灰像火山又爆發起來。

那奇妙的拉柄，拉出一個小抽屜似的叫「風櫃」的東西，小奇搶著要拉，「這個好玩，把風裝在櫃子裡，呼嚕呼嚕，還好像會唱歌，我們前不久去過風櫃，那個風浪往岩溝打過來，浪花濺得好高喔，這個風櫃我風一推進去，它就噴出火花……」錦程問秋暖：「風櫃去過嗎？」秋暖說：「沒有，我們很少往那個方向去。」

小奇不停的送風，熊熊火燄，很快燒出一鍋熱泉，秋暖問：「誰要先洗？」小奇說：「一起洗就好了，我們都一起洗的！」錦程說：「難得可以自己一個洗，還要跟你一起啊。」

盛情難卻，錦程闔上門，和兩鍋冒煙的水關進浴間裡。阿媽拍著門板叫：「開火啦！內底暗矇矇！」門板下方破了洞，剪塊舊雨褲的膠皮封上，浴缸的牆上兩眼磚孔，孔中塞著一紅一綠的布，隱約透出紅光和綠光。也鑽來絲絲賊風，他們家沒人有這麼高，感覺不到這風。他站著發呆，沒有點燈，把裡頭的衣、面盆、刷子、洗衣粉和浴缸邊上的香皂、肥皂、洗髮粉都注意了，才慢吞吞的洗起澡來。

秋蜜等在門邊，說：「你來了，我還以爲你不來了。」他望屋裡探，一個澡的時間，小奇在他們中間一副熟人的樣子了。想問他們聚攏著看什麼卻被秋蜜的話嚇回去。「吼喔！你用郭秋暖的洗面皂來洗澡？」說著將鼻撲近他袖子來聞，「她的翠玉洗面皂的味道，綠色的？圓圓的對不對？」錦程舉衣袖來嗅，「我不知道啊，我隨便拿一塊，我慘了我，以前我用我姊姊的洗面皂就被罵到臭頭……」說著便把衣襬拉出褲腰來搧。「沒關係啦，她不會罵你，你又不是我們。」錦程說：「我們去後院給風吹一吹……」「你剛洗完澡吹風會感冒，還是要再進去洗一次，用我們那種便宜的香皂。」「不要了，去吹吹風。」

秋蜜帶他到後院溜溜，半開玩笑的說：「你躺到土豆藤上面去滾一滾，就不會有味道了！」錦程說：「不要啦，母雞在生蛋，喔，難怪秋添在前面柴堆上面放石頭和貝殼，他也要學母雞生蛋啊。」秋蜜不好意思說那是她放的，只問：「那裡你也知道啊？」「知道啊！我去那邊滾一滾好了。」秋蜜以爲他在開玩笑，沒想到他當眞要去，只好陪他去。經過井邊，錦程傾身一探，秋蜜說：「你沒看過我們的小牛，叫牠住在新的棧間牠不要，跟牠媽媽去山裡吃草，雨天才要回來，有一次不小心掉進這個井裡，我阿爸又剛好去七美喝喜酒，我阿媽還有很多人用一塊水泥板把牠救起來，現在牠比井大了，不會掉進去了。」

錦程來到前頭的柴間往先前凹陷的柴堆上坐，頭幾乎頂到屋頂。兩人在柴堆上窩著，乾柴嗶嗶剝剝彷彿燃燒的聲音，聲音往外擴散出去又縮小回來，兩人很有默契的互看一眼，屏氣讓身體靜止騰輕，仍然有細碎小聲，直到完全靜了，秋蜜一笑，乾柴又吵鬧起來。「我阿媽說後尾的柴可以吃到過年，過年就要開始吃這裡的柴，這裡的柴吃不到清明節，你沒有看過我們家生的小牛，已經比我大了，是母的，好可愛，」「比你可愛嗎？」「比我可愛，我不可愛，可是我阿媽跟伯公說如果有人要買，五月節就要把牠賣掉，母牛比公牛值錢耶，我跟郭秋添都說不要賣，我阿媽說叫我們拿錢出來買……」錦程把玩著一根葉子還有點墨綠的藤枝問：「一隻小牛多少錢？」「我也不知道，反正我們又沒錢，沒錢就別想了。」「你怎麼那麼可愛。」「你會不會保密？如果會我告訴你一個祕密。」錦程說：「會，我最會保密了。」「下次你來再告訴你！」「好，下次。」「現在就告訴你……」「不要不要，下次，那我才會快點再來……」秋蜜肚子咕咕叫，然後錦程肚子也叫。跳下柴堆，錦程往身上聞，還有淡淡清香，秋蜜也湊過來聞，說：「沒有了。」

才走出柴間便遇見秋添帶著小奇來找他們，錦程笑著挨近搭小奇的肩膀，趁機鼻子往他身上嗅，一種香噴噴的俗香，心裡頭不可思議的快樂。瓊雲已回家煮飯，秋暖在桌邊添飯擺筷，錦程從她背後走過，不知道是近灶孔的關係，還是方才燒柴煮水，他在她髮端聞到一股煙火味。她也機警地半回頭看他一眼。

阿爸匆忙從外頭進來，錦程叫大哥，小奇跟著叫，他不叫他們吃飯，反而說稍等一下再吃。秋暖見狀自動去切薑，阿母也被召回灶口，大火快炒，不一會，滿屋盡是腥野的氣味，錦程把臉偏向肩膀，已聞不到翠玉洗面皂的香氣。

「來來來，你來看這個！」小奇站在大廳前面看廳門兩旁石壁上的對聯，晃腦念道：「青山淡晚煙，綠水藏春日；青山淡瓊雲，綠水藏秋暖；對得好不好？」錦程搖頭說：「無聊！」阿母喊他們：「來呷海鼠肉！」秋添推小奇和錦程上座，指著一盤豬肝似的肉片說：「這！這就是！」順手掐了一片塞進小奇嘴巴，一片餵給錦程，「有好呷沒？」錦程點點頭，小奇邊嚼邊說：「好吃，好香，本來我聽到海鼠還怕怕的，老鼠很噁心，海鼠多大隻啊？」「哈哈哈，我就知道你會以為海鼠就是海裡的老鼠。」阿爸說：「管伊啥米鼠，呷呷呷，這多補咧，呷了就不驚寒。」秋添繼續捉弄，非得弄怕他們不可，「哈哈哈，海鼠就是海豚。」秋添笑嘻嘻的看著小奇瞪眼結舌的表情，對錦程說：「你不怕啊？我也不知道你們怕什麼，海豚有什麼好怕的……」小奇說：「難怪像鼠肉，不像魚肉……」阿爸說：「你們叫海豬啦！我們叫海鼠。」小奇說：「我們地比你們大，我們看牠們像豬，你們反而看牠們像鼠，豬有人吃，鼠就嚇人了。」錦程說：「這哪有什麼！章魚頭比這恐怖幾倍……」「章魚，章魚要再等三個月，到時候才抓給你們吃。」「那這海鼠要去哪裡抓？」小奇問。「在沙港，這裡沒海鼠，沙港也不是常常有海鼠可抓，就是這陣，冬尾，過年前後，牠們追春魚，追來到沙港，擱淺在海邊才會被人抓來殺。」阿媽經過說：「記得啦，欲呷海鼠要冬尾才來……」

踱到灶口又喃喃：「恁爸嘛愛呷海鼠。」小奇高聲說：「歐巴桑！明年冬尾我們就沒在澎湖了。」「今日就多呷一點啊！」阿媽說。「你們慢慢吃，我吃飽先來去睡一下，睡醒要來去抓螃蟹，現在螃蟹最肥。」阿爸說。

等他們吃完，三姊妹阿媽阿母才陸續過來吃飯。秋添陪他們在大廳看電視，錦程仰臉默念佛桌兩旁的對聯，「觀空有色西方月，聽世無聲南海湖。」清明時父親交代他去配框的相片依然綑著紅繩倚在牆邊，祖母從祖先牌位旁探出頭來，黑衣素顏。他等到秋暖走過，急忙出來要跟她說想拿相片去換相框的事，小奇緊跟出來，便不說了。小奇說：「你吃飽了，可不可以帶我們去玩一玩！」秋暖抿嘴笑笑，錦程搶著爲她解圍，沒想到她會給小奇這麼可愛的笑臉一時分了神，只怔瞅著她，支吾說：「欸……等瓊雲來再去……」小奇高興的問：「瓊雲等一下要來啊？」「可能吧。」秋暖見他們一心等著瓊雲，便沒意思的看一下電視，洗碗去了。

秋添跟在阿媽後面嗡嗡的吵著要拆客人帶來的禮物，阿媽尚未看到東西，只因錦程家經營南北貨，猜他必定會帶糕仔餅仔之類的應景年貨，堅持過年拜拜過才可以開，不許就是不許。秋添自討沒趣，只好來找他倆去「防空洞」睡午覺，臨出門阿媽又叮嚀別聳恿阿叔帶他去買零食。

爬上柴堆，三個人窩在一起，錦程身上沒有翠玉香，倒是小奇的香味依然濃郁。閉上眼睛當眞想睡覺，三人都沒睡著，都以爲其他兩人眞睡了，忽然秋添放了一個曲折的連環屁，三人都笑張眼。錦程叫秋添帶他們去雜貨店買東西，秋添爲了表示自己很有骨氣不肯就是不肯，小奇說：「我們又不是要買給你吃，等一下瓊雲要來……」「喔你要買給她吃的，你對她有意思……」接著便一路把一個也對瓊雲有意思的人的事說給他們聽，他們聽不太懂，也沒多問。

冬陽像一條暖被鋪在馬路上窗口上，錦程從未有過這種經驗，在柴堆上燃起一根菸。閉目倒頭一躺，一口煙往上吐，碰到天花板又彈罩回來，整座柴堆都蓬鬆在菸香裡。眨眼盹了過去，還惦著將手伸出窗口彈菸灰，然後手就那麼擱著。

醒來手上的菸不見，被誰掛了一條橡皮圈在手指，連忙起身跑進屋裡，之前想甩開小奇和秋添，現在卻找不到他們。阿媽見他好似在找誰，說：「我一目眨一群也不知跑叨去，不是呷就是睏，年欲到啊，厝也沒清，舊年是伯公姆婆搬走，沒横沒直沒像過年，啊過一年啊，這全部咱自己的厝，也沒清清掃掃，西邊後尾那兩間房若整理整理咧，清明若有人返來嘛有位借人睏一暝……」說著抬眼確定這人是錦程不是小奇，即使是錦程也不好過嘮叨，一時又轉不開話題，遂盯著手上的鍋子看，說：「也不知跑跑去叨，沒一個欲跟汝去行行咧，等若日欲暗汝才看，一群又像貓仔不知自叨爬過來……啊我是不敢睏，睏一醒天就暗啊，睏醒還寒到欲死……」錦程蹲下來看她拿什麼在磨鍋子，光是嘎嘎的砥礪聲就彷彿能將鍋子鑿穿，每叫一聲煤黑的鍋屁股就走出一道白路。「阿姨，你用啥在磨，哪會這厲害？」阿媽張開手指，露出一塊不起眼的石頭，「沒啥，一塊帕硓砧仔！」「借我磨一下，有夠輕，磨起來足有力，眞好玩，這要去哪裡買，我買一塊給我媽媽磨鍋子。」「這也需買，叫坤地仔，免，叫添仔去海邊撿一塊乎汝，等我這粹好，洗洗，這塊先乎汝。」

磨鍋子的聲音剛止，耳朵才輕鬆，馬上聽見秋添和小奇，兩人回來把海邊抓的紫的綠的咖啡色的小毛蟹倒在天井中央。小毛蟹有的迷糊朝北邊跑往水缸撞，有的巧躲入阿媽剛磨亮的鍋子底，最機靈的一溜遁入天井東南角的流水孔，小奇叫：「唉呀！牠們跑進洞裡！」秋添笑說：「牠們從這裡出去就回海邊去了，這不能吃的啦，抓好玩的！」「也實在太好玩了！」小奇說著用鐵罐將最大的一隻招潮蟹罩住，挪到錦程腳邊，錦程拿起鐵罐推著牠往流水孔，牠舉著一隻大螯偏朝反方向去。

毛蟹散了，秋添也不見人影，兩人又無聊起來。小奇叫錦程去敲秋暖的房門，錦程不理，自去灶口看阿媽起火，小奇席地坐在過水庭呆望門外。阿媽見錦程沒有走開的意思，教他添柴看火，把灶口讓給他，自去忙別的，反正煮的是豬食。小奇久不久就叫聲：「郭錦程！」錦程不應他，秋香倒出來拿罐花生糖給他吃，他說：「秋香妹妹帶我去玩！」秋香望門外說：「天都快黑了！」小奇撒嬌說：「就是天快黑了才要去啊！」「天快黑了不要去啦！」說著門外兩個女孩探臉叫秋香，小奇知道她們躲著他便故意邊唱「小妹伊呀小妹」邊伸長脖子逗她們。秋香跑了出去。小奇又喚錦程，「秋香拿花生糖給我吃！」錦程終於回答：「拿來給我吃！」

秋暖從佩媛家回來，望入廳底，了無聲影，走入天井看見貓爪子一伸一縮的在試探一隻招潮蟹，拿水瓢將蟹兒罩住，貓仔慌亂地抓著水瓢。她剛看煙囪猛冒的煙不是阿媽的調兒，猜是他們在操作，躡手躡腳走向灶口。果然兩人一人一灶，手要控制柴火要拉風櫃，還要摸到灶台上抓花生糖，她笑著看，原本也不想打擾他們，只是聞到焦味才出聲說：「好了好了！」上前把錦程的鍋蓋掀開。她忙著添水，小奇忙著說：「秋暖啊，我的水也好了，有沒有人要洗澡，你終於出現了，你沒看我們好無聊，也沒有人要陪我們……」「天氣不好，也沒有夕陽，我看你們吃花生糖吃得很高興，別放在這裡，等一下散掉。」錦程拿在手上問：「這花生糖很好吃，有綠綠的一點一點是什麼？」「橘子皮。」「喔，只是橘子皮。」

三人從灶口出來正好瓊雲來了，六隻眼睛直直迎接她，她說：「幹嘛一直看我？」小奇歡喜問：「你也洗過澡了？」瓊雲睜大眼睛反問：「你怎麼知道？」「你不是換過衣服了。」瓊雲往身上看看說：「我之前穿什麼衣服怎麼一下子不記得了……」小奇說是橄欖綠的。「喔對，我怕冷，冬天太陽沒下山就趕快洗澡了。」「我剛煮了一大鍋水，秋暖！你也趕快去洗！」小奇說。「我不怕冷。」秋暖說。「那你應該去當兵。」小奇說。瓊雲彎身掀開天井上的小瓢，「怎麼有一隻小螃蟹？你們去抓的啊？」小奇指著流水孔說：「抓了十隻全跑進洞裡去了。」「就有這隻笨蟹子摸不到路，差點被貓抓來吃。」秋暖說著將牠推向流水孔，牠縮著爪子不肯爬，被推了進去又鑽出來。

去山去海去玩的全都回來了。小奇沒看過這裡的花蟹，直說藍底白點的公花蟹好漂亮，秋添去將流水孔堵住，叫阿爸把花蟹倒在天井。公花蟹遲鈍，阿爸用鉤子引出三隻在天井裡爬，又抓了五母四公讓阿媽去煮，剩下十二隻給秋香秋蜜練習綁，明天好拿去馬公賣。玩螃蟹的咿咿啊啊，綁螃蟹的也咿咿啊啊，瓊雲趕貓也趕得咿咿啊啊，一天井熱鬧烘烘。

錦程趁機告訴秋暖想拿祖母的相框去修理。秋暖盯著阿祖的相片走來，阿祖面容蒼白，昏暗中幽幽隱隱半愁半笑。瓊雲跟了進來，秋暖向她要張衛生紙來擦相框上的灰塵，又叫她去撕張日曆紙來包相框，瓊雲小聲問：「做什麼？」錦程告訴她，她挽著秋暖的手跟著錦程去把相框放進大衣的口袋，邊說：「我下午本來要來的，後來想想算了，你的朋友說你們認識許玉卿……」錦程急忙解釋：「不是很熟，只是有時候會拿衣服去她家修改……」「我媽也有在幫人家修改衣服，我快學會了，你拿來我來試試看，」欣喜的臉故意一沉，「那個許玉卿跟我同班，我討厭她，你不覺得她很……」「我知道她不好惹，我不會主動找她說話。」「那就好！我們把那隻可憐的小螃蟹抓回去海邊好不好？說眞的，叫我鑽進那麼黑又那麼臭的排水溝我才不要，還不知道會不會迷路。」秋暖說：「要去現在就去，天一下就暗了……順便提一點海水回來，叫我阿媽不要去，阿媽啊！」

44 還

一大早談錢傷了一天的和氣。新開的那口井補助金還要等兩三個月才有著落，說是兩三個月，但只會遲不會早。爲了償還賭債、分攤文彬的爛攤子，阿爸匆忙將東港仔那口坍方多年的井重新打理出來，從早到晚也忙了十來天，看起來就像一口新開的井。如意算盤打得太早，農會的鑑定人員一眼看出它是老井新理無須丈量，深淺大小一律一口補助一千五。自己心底有數認了無話，妻子偏硬是要撒謊，見騙不過又跟人家求情。她平時不是這樣的人，還不是知道他需錢孔急狗急跳牆。一切都白費力氣了，便怪罪是鄰田的瑞模去密報。「瑞模是怎樣欲去報？」「那人原本歹心黑肚。」他聽了更氣更嘔，根本不想多知道些什麼，斥她：「免多話啦！」眼看年來了，帳未清，連辦年貨的錢都沒有，好幾天前就叫她跟阿媽要錢去，「賣土豆的錢攏在伊那！」這一向瓜歸他豆歸她。大概還氣他罵她多事多嘴故意不吭聲，到了前天、昨天上床時起床前他又各叮嚀一遍，她遂沒好氣了，從他大腿肉一鉸，「博欲死，博欲乎人剁指頭仔，有才調博就有才調還，沒講沒氣，沒想沒氣，秋水一匹仔的時，甘願褲袋博剩的那幾角銀丟走就不甘願乎那囝仔，怎不一個人當當去賣，免得欲我這借那借……」早知道她賭起氣來咒人這麼毒，他寧可給他阿母罵，他阿母罵人反正是念經一般，熟得不得了了。

阿媽煮好粥，燜著豬食，正要去東邊祖那兒。阿母料他最遲今天早上得開口，於是在後院餵雞撿雞蛋又兜著兜著，她的心情倒挺太平的。

「阿母！等一下，有錢沒啊？先借我五千塊過年。」他盛好兩碗粥擱在桌上，急忙追出來問走到天井的阿媽。阿媽回頭聽妥他的話，再走上前庭，站住，再回頭故作平常道：「沒錢跟人過啥年，我若有煮一碗排骨滾石踞仔分東邊祖呷一嘴就好了！」大有拂袖不管的氣魄，住嘴啓步走下三級台階就讓本性跑出來了，「透早就來在錢錢錢，我頂世人是欠恁多少債？目一晶就欲來討錢，開門就有錢可撿喔？討錢嘛等日暗，看是欲這老的去偷抑是去搶抑是來去給人分……」

發脾氣，提著胸口，肩頭手心暖和和，天都給氣亮了，且似乎天清風平，春天都來了。不知哪來的心情向遠路遙望，又朝附近房屋屋頂上瞧，靜謐中那新屋越發峥嶸，老屋越是畏縮，新屋貼上春聯更顯風光，老屋糊了春聯只覺悲憐。老屋子小隱隱便不見掉，哪有像她那又大又舊又霸氣的。「舊年是上元才來湊錢，今年是還未過年就在討……」她看著看著竟罵出聲來。

到了東邊祖那兒，罵聲「死貓仔脯」一腳踹開那貓，同時養母也開口：「若有去馬公好心就幫我買一個黑夾子，我才錢乎汝。」連說了三次她才答應：「知啦！好啦！」「若沒錢，這有啦，萬吉仔已經寄紅包叫素綾仔拿來。」「我怎會沒錢？我錢鋪鋪滿滿！我沒錢誰人有錢啊？我全全錢我……」養母吐舌呾嘴吃著她剛煮好的麵線糊，乖乖的沒說話。

回家後可以恣意的開罵責怪了，可是媳婦不在，就只有孫子好罵，看到什麼罵什麼，霹靂啪啦連珠砲，貓雞豬鴨也樣樣討罵，牠們欠罵的事可多了。就是罵不到痛癢處。雖然把這事也夾雜在一塊數落，三個小的根本不在意錢不錢的，只秋暖嘟嘴走避。往常做完一事還會鬨鬨的或聽候鐘聲或一副尋事找事的模樣，今日倒因連貫著氣力罵人，一事接著一事做得更起勁。直到大太陽揭到半空才直著下巴迷惘望著磚坪小聲說：「也不拿棉被去曬曬咧……」秋暖正抱著被子走上樓梯去。

等到媳婦回來已經有些疲乏了，不想再去跟媳婦抱怨太多，卻因花盆嫂來說話，反使她不得暢所欲言更想發洩。花盆嫂來計較的也是錢的事，那已是陳年老帳了。四年前過年前她借她大姊一萬塊，當時說好過完年標會即還，她側面打聽會標了，卻沒個聲音影子，往年台灣的女兒回來總有些香菇金針當歸枸杞分到這邊來，過後一年還有，後來全無了。去年起花盆嫂的兒子春生不只一回跟她說大姨家的宗妙在馬公賣花枝丸魚丸，全市場他生意最好，外銷台灣比這裡賣的多幾倍，咱連一粒丸子也沒吃到。花盆嫂擔心被揶揄不敢給兒子知道大姨沒還錢，更怕他去跟她兒子討債，母歸母子歸子，如果人家不認帳，咱不是自己沒面子。她家春生是認錢不認人的，倘若說還了，怕他知道她有錢，過年紅包省了不說，日用花度還寄望她呢。大姊家的宗妙不也是見錢眼開，她的處境也跟她一樣。她猜這筆錢可能是幫她嫁在屏東的阿娥借的，女兒又女到那邊去了。其他的阿霞阿惠日子好過咧。她有這筆錢好借人還不是女兒給的私房錢。若我，我甘願爲兒子去借錢，就不甘願幫女兒。現在只能騙兒子她已經還一半了，一半也有五千，又騙他說三千借給阿明了。阿明眞的跟她借過錢，她也不怕他們說起，他們有什麼臉說這些，盡挖老母的錢。

話說到這裡，她終於忍不住讓她聽見，「常常在哀窮，就有那麼多錢可借人。」「夭壽，我磨一世人全部就存那點兒，空了，眞正空了，挖也沒了。今日是因爲看到素綾仔在曬紫菜，才想到阮大姊也有在跟人去姑婆嶼挽紫菜，伊腳手多緊咧，人若挽五斤，伊至少挽咧七斤八斤，咱這海菜不比那紫菜，莫怪海菜一斤沒二十，紫菜一斤三百。以早每年拿紫菜來分我呷，二九暗我攏紫菜煮魚丸湯，這兩三年連芋仔蕃薯嘛沒……」她肚子咕咕叫，這才想起早上忘了吃粥，「誰人叫汝乎伊知，平常時存得欲死，一個錢打二十四個結，存存才來借人去開……」平常背地裡形容花盆嫂一個錢打二十四個結，當面可不敢，今天吃了錢的火氣竟說出口。花盆嫂嚷嚷：「夭壽喔，人伊目屎流目屎滴，我嘛沒法度，憨憨就拿出來，講講出來，這陣沒錢了，人也不理咱了，連去給人討錢嘛不敢，汝看有怨嘆沒啊？」「怨嘆？怨嘆啥？錢是世間的流水，這邊流來那邊流去，也不是咱抓得住……」忽然秋香在那邊大喊一聲：「好！阿媽！這句講得好，錢是世間的流水！」阿媽昂首罵：「擱講一句啦！」外頭有個女孩兒高聲叫：「阿媽！赤崁姨婆提紫菜來！」花盆嫂喜出望外，一面跑出門去，一面說：「夭壽！欲摔死我，趕緊返來去看有影提紫菜來沒？若有才拿來分汝呷……」阿媽回她：「上好是紫菜內底還有夾黃金！」

花盆嫂一走她更疲勞，看見大春正攔著花盆嫂在圍牆邊說話，急忙胡拋句：「走一個又來一個。」拐進房底去了。既然已進房了就無聊賴的去把私房錢翻出來。原本白日裡回房也只有三件事：睡覺、更衣、拿錢或者藏錢。推開棉被，有捲的有疊的全攤在床舖上。真虧今天的好天氣，天窗浮光好辨得出綠色鈔紫色鈔。一股鈔票味兒使人更飢餓。理好了，粗糙的手指也潤潤的了。算出四千塊，全部的錢幾乎都從左手跑到右手。將左手上稍有破損的紙鈔換右手一張新鈔，反覆又算了兩遍，每算到那張裂鈔手一猶疑總閃神。

白日醒著未曾待在房底這麼久，她想起婆婆在這兒臥病十三年。大春該走了，揭幔一探，聽到的正是他的聲音，趕緊縮頭回去，又把藏在棉被裡的鈔票挖出來看一看，然後坐在床沿倚牆發呆。

才眊會外頭竟人聲四起，站在門邊探聽，原來是兒子抓了隻大蟳回來，許多人跟過來看大蟳，她特別聽得見大春的口吻，「坤地仔！這隻值不少錢喔！用一頓團圓飯還換不著這隻！武朝桑！買返去過年補一下！」「汝上有錢汝不買，阮哪買得起？」只好再去摸摸床。坐到尿桶撒泡尿。尿正嘶嘶變刷刷充沛得像個小瀑布，隔著木板條房間的另一頭秋香的聲音，「誰人在那放尿？阿媽喔？汝哪會縮在那放尿……」她一面喝斥：「夭壽鬼仔！較大聲咧啦！沒講話沒人會講汝啞九！」一面攬上褲子來，尿雖無聲卻還未止，這下子不換褲子也不行。果眞回房拿錢、睡覺、更衣都做了。

出來一望，光天化日，看蟳的人全散了，她有點失落，過去把臉對準簍口，烏烏黯黯，怎麼都看不見那隻大蟳。秋添叫：「阿媽在這啦！有夠大隻，那個沒夠放啦！」她忙走到前庭，好大一隻墨綠的蟳綑上紅繩，好端端的窩在澡盆內，尊榮霸王樣兒，好像那繩子不是繩子，而是皇袍。「幾斤啊？」她問。「六斤半！」秋添說。「這腳比我的手還粗咧！」她說著把手腕伸出來對照。秋添說：「這腳我欲呷！」「這支腳值多少錢汝欲呷這支腳！」「阿爸講欲乎我呷！」秋添目光離開那蟳，正視阿媽的眼睛。「阿爸講的！阿爸在那叭咧！」她唾著走開。秋添暗罵聲「臭阿媽！」忽然又氣呼呼哭腔嚷：「阿爸講的啦！」

阿母忙煮午飯，秋暖三個姊妹在打理空房間。前幾日姆婆來說過年家裡有誰誰要回來，阿媽客氣說如果家裡住不下，不嫌棄儘管住這裡來，姆婆當下即回絕了，但她仍用這話來哄秋暖打掃空房間，秋暖又用這話哄秋蜜，她聽到英傑敏惠要回來住打掃得可賣力了。如今看她們這股勁兒，她反倒譏諷：「掃罔掃，掃出去哪會擱飛返來鑽這老巢，還是等清明姨婆返來才是眞的，擱來熱天看阿姑會返來否！」接著又踱到阿母身旁來，「大春來做啥？欲來討賭帳？」「沒啦！」「沒？若沒這幾日不管時來探頭探尾，應該不是，伊那人店帳會討，賭帳還不曾來咧，沒天良，自己開那賭間害死人，還敢來討帳。五千沒啦，我那四千變出來了，欲用拿去，不要去給別人借，每年在借，每年還未了，每年歹過年。欠大春賭帳，日暗趕緊拿去還。我是真正沒了，上元若去宮內借，要先還我……」「上元還要先還六千咧！」阿母這一提醒，她鬆軟的心腸一時又糾結起來，揮手說：「上元上元！討千討萬討一世人，我沒恁的法，自己去想辦法，別跟我講啦！」

吃飽飯，她不管事了，專心炊她的年糕，東邊祖愛吃年糕，稍微不合意就要囉唆，直到年糕吃完，大半年過去了還說。阿兄嫂子也愛吃年糕，這個炊好，還要幫嫂子炊一個。她炊的年糕只有養母挑剔，嫂子事事項項較她嚴謹，唯獨炊年糕沒她在行，大概這與農作一樣，都是風調雨順的事。冬子也愛吃年糕，下午也要來借她的大灶炊個大年糕。

阿爸這天也沒睡午覺，坐在庭子上補魚網，這幾天風靜，再來必有大風將魚群帶來。秋香秋蜜都停手了，只剩秋暖還忙進忙出地打掃，偶爾呼個小的來跑腿做個什麼。連呼幾聲都不見人來，雙手扠腰呼最後一聲，終於有個人肯來到房外，「這全部搬出！」他進來彎下腰去，一口氣把地上的雜物全拿到手上。秋暖掉頭發現是個綠巨人，吃驚的叫出一聲，回頭背對他卻笑個不停。他問：「搬去哪？」她還笑著不能答，只用手往後指。他搬出外頭，阿爸指示他丟到西側門外去，回來她不笑了，問她還要做什麼，搖頭說沒有。「那我去找秋蜜，她在柴堆那裡！」

錦程到了柴堆那裡聽秋添高興描述大隻蟳仔，從柴堆角落挖出上回買的香菸，菸味沒了，盡是草味土味。請秋蜜入灶口拿火柴來，走到柴間外頭吸菸，問秋添要不要帶他去看大隻蟳仔，奇怪他反常的沒這個意思。他倒格外愜意，他們各做各的事，沒人將他當客人看待了。煙囪呼出縷縷白煙，晴空中的炊煙看來悠遠舒暢。一會秋添走開，他問秋蜜祕密的事，她說：「你晚上睡在這裡，我再跟你說，白天不能說祕密，我們在打掃房間，你有房間可以睡了。」「不行，我後天就要回家過年了，過完年我再來。」

灶口炊年糕的阿媽也不比上午輕鬆，錦程來探過一次，見有人同她談話便悄悄退出，後來遣秋蜜跑腿，千叮嚀萬交代別說他來了，等到沒人在那兒才傳喚他。秋蜜來了五次，五次都有人在那。

先是姆婆來巡視，這是年年的慣例，炊兩個年糕，比較漂亮那一個是他們家的，醜的自己家。一早上紛擾，她竟忘了在灶台上放把鹽巴去煞，還要她來提醒。再來冬子來炊年糕。她多久沒來了，也沒話說，先前對負擔文彬闖的禍頗有微詞，這下子心全軟了。幾次有話要跟她說，幸好都呑回去了，要說的全是：「過年文彬有欲返沒？」接著花盆嫂來報告她大姊眞還了一半錢來，喜孜孜的說個沒完。原以爲這熱爐口窩著，冬子能說些體己話，沒想到這會她一旁枯坐倒尷尬，請求幫忙顧著火提前回家了。花盆嫂先把冬子議論一番，接著繼續她的大姊紫菜還錢記。她越是親親熱熱，她越要想起自己散錢的慌慌張張，連潑她冷水的心思也沒有。秋蜜頓著腳大聲叫：「阿媽啊！」阿媽以爲她又是吵著要吃年糕，遂把試年糕的筷子遞給她，說：「叫阿媽也沒路用，每年都跟汝講，粿要拜完才能呷，我怎不知剛炊好上好呷，我自作囝仔等到作媽也不曾呷著一嘴燒粿！」

錦程原打算抽完一根菸就走，沒料到煙囪直冒煙，阿媽沒離開灶口，他也不便進去。秋暖出來問他：「要不要吃晚飯？」她總是那麼實際。「不了，還要去馬公買東西，後天早上要回家。」「你感冒了？聲音怪怪的。」「感冒好幾天了。」秋蜜說：「上個禮拜你洗完澡馬上要去吹風，我跟你說會感冒你就不信，切蕃茄加糖吃就好了！」秋暖原本就想但不好意思，秋蜜一說她馬上進去切了盤蕃茄加糖出來。

吃完蕃茄，秋蜜囑咐他連湯汁也要喝，他全照辦，然後拿出一個紅包交代秋暖拿給阿媽，便告辭要走，秋暖說：「你不等我去叫瓊雲來，你的衣服應該修理好了。」「過完年我再來不好？」「好。」

秋蜜陪錦程一段，秋暖來到灶邊試著扯扯阿媽的袖子，見她沒有罵人，便用力拉她，她竟也讓她拉上來拉著走到房間，才嚷尿急。秋暖拿紅包給她，她口裡急著尋人，眼睛卻忙著往紅包袋裡瞧，「慘了！還包兩千咧，是伊抑是伊老的？這囝仔怎這趣味？這聲欲拿啥來還人？若伊老母知就慘啊，講咱像乞食咧，後日欲返去，抓那隻蟳仔返去上好，去叫伊！是在東邊抑是西邊等車咧……」秋暖說：「好啦，汝拿紅包去放，汝追出去，花盆姆婆就問東問西，我叫添仔去追，還未行遠，郭秋添！」阿媽跟著叫：「添仔！添仔！」花盆嫂也在灶邊喊：「面仔！面仔！」

秋添快馬加鞭追到半路叫他們慢慢走，秋暖跟到時已近車站，問清楚後天坐的是幾點幾分的飛機，也不好意思說要送一隻俗裡俗氣的大蟳，只說有東西要送到機場給他，不是她阿爸就是她和瓊雲會去。秋蜜秋添直問什麼東西，她不說，秋添已猜到，頭歪嘴翹斜眼對秋暖又對錦程說：「我知！一定是那隻蟳仔！」錦程連忙說：「不要不要，我們不喜歡螃蟹，有花生、花生糖就好。」「你要去跟我阿媽講才有效。」秋添伸長下巴說。秋暖望著大路，車子好似被風吹著跑，「還真的呢！」

姊弟三人回到家，阿媽剛打發來買大蟳的阿塗，阿塗也是在大春店裡聽說坤地抓到一隻大蟳，大春慫恿他來買蟳孝敬他難得從美國回來的大哥，他只好來了，阿媽說不賣，他只好走了。往常只有母親要賣兒子不賣，今天兒子反常的要賣，他母卻不賣，雖有一肚子狐疑，兒子也不敢吭聲。秋暖把錦程臨去時交代給她的香菸拿進房間放好。秋添蹲在庭上看蟳，夜暗悄至，澡盆內的蟳看起來比白天更龐大且陰鬱。外頭女人的聲音問秋蜜：「叨來那個阿兵哥跟恁行至東邊去？」阿媽邊走上前邊說：「沒啦，伊阿姑的小叔仔啦！」她對這沒興趣，不等阿媽走到就走了。秋蜜說：「吼！阿媽騙人！」阿媽說：「騙人是驚伊啊？阿兵哥做兵做完就走，管伊是誰人。」外頭大春的聲音大驚小怪說他要來看那蟳是不是眞的不賣要留著吃，還是阿塗說謊，若是他熟識的面姑仔是絕對沒可能吃得下那隻蟳，若眞的要吃他得趕緊再來看一眼……秋添急忙將澡盆挪進阿爸房底，阿媽則從後門逃去看她的豬去了。

45 年

從機場回到村子，瓊雲馬不停蹄一路跑回家，從小爸爸在家的時間她回家一定用跑的。兩個年輕人正在家裡安裝電話，媽媽在客廳聽候吩咐，眼睛瞅著她進門。她瞧瞧他們，摸摸飯桌上的花，再到廚房門口看爸爸準備晚飯，嘀咕：「還有人叼著香菸作菜的？」吃了盒裡一個豆一顆糖，又開門去了。年輕人問：「你女兒啊？」「我女兒?!」爸爸在廚房問：「怎麼剛回來又出去了？」媽媽說：「一定是欲去跟阿暖講咱厝在裝電話！」爸爸又問：「怎麼不打電話？」媽媽笑說：「你怎麼這麼傻？幾個人家有電話啊？」

秋暖家闔家團圓，秋水帶表弟回來過年，以前住這的陳家的孩子也回來了，正在那兒和母親吵著要住這兒，說著說著連他們的父親和姑姑也鬧著要來，秋添說：「這樣好，換我們去住你們新房子！」大春背著手湊熱鬧的又要來看大蟳，秋蜜秋添早被阿媽收買，口徑一致說：「藏起來了！」大春雙手抱胸說：「我就不信，恁阿媽捨得呷那隻蟳，日暗圍爐我才來看人呷大蟳！」這一說引起了陳家人的好奇，秋蜜倒是靈巧，笑鬧帶過說：「蟳在海底，叫阮爸擱去抓！」但秋添面對自己人就支支吾吾了，一旁阿母尷尬快走開。秋暖剛去後院打來一壺井水，給佛桌上的萬年青換上。她看起來倒不受影響，瓊雲則是冷清嫌無聊熱鬧嫌吵雜，飄然隱身走到秋暖身邊說：「我們的電話裝好了。」秋暖還沒反應，踏進大廳來攏春碗的阿媽耳朵一亮，「哇啊裝電話喔！裝一支電話要多少錢咧？」「像是萬二。」瓊雲說。「多少啊？萬二塊?!萬二塊看咱要種幾百坑瓜仔幾萬栽土豆，還是恁爸行船的較好賺……」「阿媽啊！」秋暖長聲叫喚，一則嫌她嚇人的市儈，一則她竟沒發現她故意倚在佛燈下的阿祖相框，那是錦程在機場交給她的，一個完好的相框。

瓊雲一路跑，敏姆婆說：「阿雲啊！欲過年了，不要跑這緊！」聽見她的步伐大副直吠，一個沒踩穩便撲到台階上，吃了一驚反笑個沒完，媽媽罵：「瘋也要瘋有一個程度！」「喔！我至少有五年不曾跌倒了！」爸爸問：「跌一倒有撿一塊沒？」瓊雲拿起電話筒說：「沒撿一塊，撿一把茼蒿！汝上愛呷的茼蒿！」爸爸說：「讚讚讚！我才講你媽準備那一撮，沒夠我一嘴，趕緊拿火鍋！」「才五點！」媽媽說。「五點就五點！」爸爸說。「還是我們家最幸福，阿暖家亂糟糟，還未開始煮飯咧。」瓊雲說。媽媽不屑地大哼一聲，等她往廚房去才追問：「伊厝月琴有返來沒？」

圍完爐剛七點，志帆還想出去溜溜，媽媽又指桑罵槐說了一頓。四個人玩了一會撲克牌，淡淡無聊，媽媽睏了，只惦念著瓊雲該去洗碗，「沒聽人講不可以濕過年。」便上床睡覺。瓊雲說：「不要浪費時間，我們來寫寒假作業，明天就可以好好出去玩了。爸，你正好可以幫我們畫畫，我要交一張靜物畫，志帆沒規定，你就幫我畫這花，幫他畫那水果，或畫大副，否則他畫來畫去還是畫海畫船。」志帆說：「我想去阿傑家，你想去找阿暖……」「我才沒有咧，他們家亂糟糟！」「……爸爸想跟明清爸開講飲茶，我去叫明清爸來，他們一人畫一張，有伴爸爸才會做這種小孩子的事。」爸爸笑著說了好幾遍：「你們眞會利用我。」拿起鉛筆注視著菊花，「這花怎麼會有這種功夫？怎麼會開得這麼仔細這麼漂亮啊？我哪有這種功夫啊！」

媽媽早晨看見桌上立著一張紫菊花的圖畫，給了一個既讚賞又嫌棄的眼色。後來看見瓊雲穿戴漂亮出房門，又給了同樣的眼色，瓊雲說：「眞討厭你這種笑，今天初一耶！」「跟志帆先去給你明清爸拜年，初一初一！我怎麼不知道今天初一！」

瓊雲步下台階低頭打量身上的衣服，大翻領的水藍毛衣，別個小蜻蜓別針，及膝的灰色褶裙，爸爸的眼光眞不錯，不土也不俗。她本還擔心天氣不好，無法單穿這樣子出門，幸好天公作美。她先晃到明清爸家，大門冷清敞著不見人，拋下一句：「明清爸！我有來拜年喔！」就走了。

秋暖家的熱鬧已溢到了院門外，陳家的人來找，附近鄰居月寶還有秋香秋蜜秋添的同學，這老幼婦孺不就是穿新衣戴新帽，繞在耳畔映入眼簾的是過水庭上秋水和她的女同學們，因爲大多出了社會尤其嶄新鮮豔，眼睛嘴巴雪亮銳利之外，還多了點挑剔、世俗味。「哇！那誰啊？我們村子怎麼有這樣的美女……」「她媽專門在改衣服，她爸跑船，住東北邊……」「女大十八變，曾金珠你可去撞壁了，人家還沒有過鹹水都比你時髦幾倍，打扮這樣要迷死人啊……」連秋水都說：「嫉妒啊？人家天生麗質，不用怎麼打扮都漂亮，可是穿那顏色和款式好像有點……老氣……」

秋暖看見姊姊這群同學來就躲進房底，拿著雞毛夾子偷拔眉毛，聽見這些話不得不出來將站在前庭和秋蜜說話的瓊雲推出門外，秋水大聲：「買給你的新衣也不穿……」兩人走西邊小路，瓊雲說：「幹嘛？怕什麼？才懶得理她們，從西邊門進去不是更碰見？」「不要進去，聽她們講話都討厭了，還看，愛慕虛榮，那個謝美麗是穿什麼禮服，說什麼人家看到她說她可以去上電視了……」一隻母雞剛下完蛋，雞婆地急促走告。「啥？大年初一你帶我來給雞拜年啊？那我們不成了黃鼠狼了，還有豬？豬恭喜恭喜……牛？牛恭喜恭喜……」秋暖踱到硓𥑮石牆邊看到向北的枝頭上孤零零一個大釋迦，傾身伸手要抓那枝條，沒想到它粗硬有力，反將她拉過去，急忙雙手勒住它，待伸出一手要採，它又彈開了。「來幫我啦，我把它扳過來，你來採！就不信採不到你！」兩人合作眼看釋迦就要握入掌中，卻變成眼睜睜看它在枝頭上解體，果皮果肉潰散一地，中心白色的梗尚連在樹枝上，徒糊濕了手。兩人失望掉頭就走，不屑再看一眼。

秋暖吊桶井水給瓊雲洗手，伏在井邊探望井底的鯽仔魚，瓊雲提議撿些碎果肉來餵牠們，秋暖不答話，起身去柴堆撿雞蛋，一數四個蛋，便尋著母雞說：「來！快點再來生一個！最好是再多生兩個。」說得瓊雲哈哈笑，自己也笑了。坐在倉房屋簷下的圍欄上，瓊雲平抬起雙腿，打量腿上的鞋襪裙子和昨天在台階摔出的一塊青紫，用腳尖去勾搭陽光，說：「你知不知道一大清早還下了一點雨？」「嗯，我剛好醒來，被屋頂的雨聲吵醒，好像有人踩在瓦上，一滴一滴很好聽。」「初一飄雨吉不吉利？」「嗯……問我阿媽看看，我覺得是吉利，我聽到雨聲覺得好好。」「好好就好，進去了啦！」「再一會兒！」瓊雲再度把腳打直舉高，「不要等了，陽光照到我的黑青，不管怎樣，我就進去了，又不是見不得人。」

屋裡換批人，仍然熱絡。秋水的小學同學走了，來了國中同學。阿媽馬公的大乾兒子和村裡的小乾兒子都來拜過年給了紅包，一分不差，大的三千六，小的六百，她正稱心的在那和女孩們閒聊，對那些小的不多聞問，但要是秋水的同學可都一一關心，「在讀書，讀書好啊，讀看後遍可做老師或是做秘書，讀愈多後遍聘金就愈多……呷頭路好啊，在叨位呷？一月日多少錢才可以穿得婧噹噹？算月抑是算件？呷自己抑是呷頭家？住自己抑是住頭家？可要寄錢返來？扣扣一月日可以存多少？那存錢是存到會心燒，這陣就開始存以後嫁妝一拖拉庫，若是錢有寄返，以後厝內就要負責辦嫁粧，若阮阿水是這群小弟小妹呷了了，以後是空空一個人……」「喔！拜託咧！阿媽！」秋水撒嬌地長嘆，眾家女孩子也跟著求饒：「阿媽啊！」這還是外村的同學，基本的身家調查，倘是村內的女孩子，更要問到每個房間裡去。「好，好，恁去講，恁去講，阮這老的囉哩囉唆，夭鬼擱雜念！」阿媽看見大春前來便辭了女孩子們迎上去，他先前來探頭探腦，又東蟳西蟳的，現在反倒是她好奇起來了，大過年裡他的賭間正熱，所爲何來。

「哇啊！面仔姑在那在發紅包，叫一聲阿媽就一個，叫一聲阿媽就一個，我是來看那隻蟳王，昨暗本來欲來看人呷蟳，有肥滋滋沒啊？我嘴涎流到土腳，也沒欲分我呷一嘴……」「昨暗汝在作仙哪會有閒。」「我若沒在那作仙，恁坤地仔怎會贏兩三萬，一定是那隻蟳王帶好運，坤地仔昨暗賭氣多好咧！眞正呷去啊？蟳殼沒留我聞香一下？」她聽見兒子贏錢一開心便分神想去找媳婦討回她的錢，大春愛說大話，他說兩三萬，至少也有一萬吧，說到那蟳便支支吾吾，「……也不知那囝仔拿去叨……」大春說：「我聽汝在講白賊，不知抓去送誰人呷，誰人有那金嘴齒，連蟳殼亦呑落去，」說著伸長脖子作勢往裡瞧，下巴朝大門外一甩，「沒聽見聰明那大兒文彬返來過年？」她終於覺悟，大春的鼻子哪臭哪嗅，最臭是錢，再來就家醜了。聰明一家子從不上他店買東西，這樣也得罪了他。她有點慌，只怕多說露餡，便四下張望說：「也知，不知是有返有來給咱叫咱目花沒看到抑是上元才欲返……」大春把臉偏向她臉，「聽講在台灣舞一齣這大齣……」她啐道：「夭壽！正月正時講這有的沒的，沒影沒隻……」大春聽她不問詳細只管否認更加確定，其實他也不過是要來告訴她他知道這事了。「可憐哪，伊爸才死半年，全望夢這個大兒，最好是保庇伊沒事，若沒就慘……」達到目的像解了屎尿匆忙要離開，她又是氣又是了了樁心事，反而自在了，說：「少年人愛玩，跟汝講沒影沒隻，冬子來這炊粿不是歡歡喜喜，買魚買肉過年，好溜溜，是汝沒看著……」大春走下台階，迎面來了今年剛拜坤地做乾爸的東邊勇男家的么兒，「喔！勝傑來拜年了，拿這啥？豬肉！面姑仔！三斤豬肉！紅包準備咧！趕緊大漢，大漢賺錢要包紅包來，不行常常拿這豬肉，知不知？」

阿媽出來迎接，「來來，別聽那錢鬼！」勝傑一身藍色條紋西裝，頸上還結個紅蝴蝶結，不似平常那副黃酸淌涕的可憐樣，裡頭的大姊姊都說可愛。跟在他後頭進來的瓊雲對秋暖說：「你快去換衣服。」看庭上秋水身邊是外村的女孩，兩人稱心如意，彷佛嚴冬過去來了新春。秋水說：「你們來看，她會一次咬兩個瓜子！」秋暖禮貌的過來看一看說：「好厲害！」

瓊雲又催她換衣，她沒心情又不得不去，因昨日瓊雲陪她去機場，今日她得陪她去拜年。「不知道穿什麼？」昨天也是這麼說。「穿你姊新買的！」瓊雲昨天也是這麼說。「不要，不喜歡。」「昨天不是說今天要穿，你不喜歡？我很喜歡哪。」「你喜歡，你穿。」「不要，穿人的新衫會惹人怨，等你姊回台灣才借我穿，先把它穿舊啦！」秋水給她買了件小蕾絲領的白襯衫，外搭開扣酒紅毛衣，毛衣上結個草莓，黑色吊帶褲。

兩人準備好出門又遇上回來過年的同學淑芬，她只是拜年途中路過先進來晃晃，約好下午再來長聊。秋暖打開年盒子吃起軟糖、寸金棗，嗑上瓜子就停不了嘴。這時秋水的朋友「螃蟹仔」帶她的妹妹來了，她原來叫作「芳雪」，住在鎮海，長秋水三歲，兩人在高雄認識結爲好友，秋水回家總是螃蟹仔長螃蟹仔短。秋暖留意她更注意她妹妹，她妹妹的打扮和秋暖類似，她懷疑是兩個姊姊結伴去給妹妹打點的行頭。兩人互讚對方的妹妹漂亮。

瓊雲不耐煩跑到門口站，秋暖急忙追出來。剛踏上大路就碰見蔡昆炯騎個單車，仍然是獨行俠，仍然是舊衣裳。他沒停下小丑似的前踩後轉的控制著車輪，打量她倆的穿著說：「今天眞的一朵像雲，一個像秋天！」再笑一笑便走了。秋暖說：「他會不會覺得我們很俗氣啊？」「可能吧，明天找素華去給他拜年，看他俗不俗氣。」

兩人擠公車到了馬公，下車時發現幾個國中同學也在車上，寒暄了一下又迂迴了一下，終於來到楊格家門口。這兒雖然是馬公，也像鄉下一樣敞著門，屋內有個老人坐在搖椅上，她以爲是楊格的祖父，楊格卻說那是他爸，他是老么，爸爸快七十歲了。她上次來也是如此情景，想到寂寞兩字，兩眼熱上來，到了這裡反而不想進去。上次她沒有驚擾他，默默走過他背後，楊格從睡夢中醒來，又驚又喜的抱住她，最後還不是說教的打發她回去。

秋暖怕人看見，不住東張西望，把春聯看了又看，既想推她進去又想勸她走開。「去跟阿公拜年好了！」她用商量的口氣問秋暖，不等回答就跨進去了。老阿公看見她們高興的站起來說：「來跟老師拜年啊！老師不在，中午陪阿姨表姊表弟去吃飯，下午說還有同學會……」一句話未說完，楊格突然回來了，老師看到學生愣住，學生看到老師也愣住。「來跟老師拜年啦，老師回來了啦，你的學生仔，剛才來……」老阿公說著往後面走。「坐啊！坐啊！吃飯沒？」楊格說。兩人同時開口，秋暖說：「不餓！」瓊雲說：「好俗氣！」楊格聽懂了秋暖，沒聽懂瓊雲，再三追問，秋暖說：「好俗氣！」「爲什麼？」楊格笑著問瓊雲，秋暖說：「走到哪都問呷飽未！」瓊雲別過頭去笑。楊格又問：「你們兩個眞好玩，大年初一，一個臉上紅著一橫，一個腳上紫的一塊。」「早上採釋迦被樹枝劃到的，她我不知道，你問她。」楊格眞問，瓊雲依然笑而不答，低頭再看看左膝蓋下烏雲似的一塊瘀傷，可見他是從頭到腳的打量過她。楊格說：「我看，怎麼臉上還閃閃發亮。」秋暖一指從瓊雲顴骨沾起一點金粉，「喔，門口春聯的金字金粉。」瓊雲走到門邊才正眼看他，「我爸爸回來了！」「他看到你一定很高興。」她微笑。秋暖也跟到門邊，馬上又走回原來的地方。楊格說：「你還沒說腳怎麼了，這麼大還會跌倒啊?!」老阿公從後面走來，秋暖又急忙走到門邊。

「這麼快就要走了，來，來，拿個紅包。」兩人推辭著走出門外，在楊格的勸說下收下紅包，並道再見。老阿公看他們又像剛見面時相視無語便笑著走開。楊格說：「要走了？送你們去坐車。」「不要！不要！」秋暖說。「好吧……」楊格摸摸瓊雲的頭，再要摸秋暖的頭，秋暖躲開了。

46 粿

八分之一個年糕是初一到初三吃著玩的。這幾天吃的再豐盛不過，但是雜七雜八滿肚，仍舊空虛嘴饞或者是休兵不想再吃了，就切塊年糕甜甜嘴。也只有這東西能和其他食物都合好。初始好好齊齊的切，再來就隨便割，接著挖的掐的都來了。每一日有每一日不同的口感。阿媽說這年糕像鬼打著咧，人家一看就知道這間厝的囝仔沒規沒矩。

初四開始就要吃煎年糕了。誰愛吃誰就去煎，一點也不偷懶。秋香煎得最好，油用得恰到好處，點點糕巴繡花般的刺上了，外頭酥內裡又像初蒸熟似的粘軟。初四以後年菜漸漸平淡，也只有這個最能哄人了。這樣吃兩天，又得換個口味才行，央求阿母裹麵粉蛋糊下鍋煎，阿媽罵：「裹啥麵粉雞卵，傷重油，煎煎咧就好呷溜溜啊！」秋香說：「阿媽啊！汝去看，人大家攏是用炸的咧！」「炸炸炸！錢錢錢咧？」香噴噴的起了鍋，阿媽連忙包了三塊當做一餐往東邊祖那送。

這樣子又吃掉了八分之一個年糕，另八分之一打包初七讓秋水帶去高雄給二姑姑，秋水放在行李袋裡沉重得好像一塊黏土，幸好大姑姑小時候給年糕噎過再不吃年糕了。

秋暖說今年過年特別無聊，年糕卻特別好吃。初八輕微長了黴，阿母靜靜切一塊洗了洗，裹蛋糊煎了起來。初九黴斑這一點那一點，凹處甚至白粉綠毛一叢叢，每個人走過來就僵咧著嘴「哎喲！」秋暖好懊惱，早知道就多吃幾塊，特別是最原始新鮮的時候。聽鄰村的同學說，她認識的難民營裡的越南女孩，請她吃這吃那都沒表情，唯獨愛吃年糕。秋暖用小刀將表皮剝掉，切成手掌大，一塊塊鋪在厝頂曬太陽。接下來幾天都是好天，秋添、秋蜜搶著上去曬年糕乾，排列在磚坪上，秋添說好像一副牌七，繞屋脊排，說是築萬里長城。秋添伸長脖子說：「阿蓮伊厝沒磚坪？」「你今天才知道！」「那怎麼曬粿？」「地上不是有一塊水泥。」「叫他們來我們家曬？」隔著馬路叫了二十來聲，富蓮出來了，沒意思又進去了。一會她阿母讓她提著一籃年糕來。富蓮的東西他們不敢開玩笑，好好排成一區。

秋暖每日啃一塊，每一日有每一日不同的口感，曬到硬梆梆咬不動，嚼得嘴痠。

正午秋蜜上去翻年糕，章震騎車路過問她在做什麼，她丟一塊下去給他，他咬了咬說：「這又是什麼乾？是橡皮糖還是豬皮？不會是肥皂吧！」「年糕啦！」「台語怎麼說？」「粿。」「假？假的？」「眞的啦！曬粿乾你沒吃過！」

47 烹

母親用一只「蔡」字的紙箱來裝綠豆糕和桃酥，店裡的紙箱多得是，大小好像只有這個適中，她不記得這是裝那隻大蟳的箱子，他卻記得很清楚。在候機室他一直把它提在手上，大小雖適中，卻不是剛好，他能感覺到箱子有一邊和上半部空空的。登機後他把它擱在腿上，牠毫無動靜，直到鄰座同袍問他那是什麼東西，他才聳聳肩，將它擱到腳尖前面。

母親嗅了嗅紙箱，他怕是她想起什麼，而她只是習慣動作。母親喜歡吃綠豆糕和桃酥，每年過年大舅二舅都會送來，「跟你們講不聽，現在不比以早，不能吃那麼多甜的了！」說是說，她還是吃，女人喜歡的人或東西，對他便有權利和義務。她爲父親老家準備這些，他們都好驚訝，但不敢發表意見。過年這些天她生悶氣，先是見他提了那隻大蟳回來，父親嘖嘖稱奇的開心樣兒，她就第一個受不了。父親好似開誠布公了，又有兒子分攤責任，不用再避嫌，一整天邊做生意邊嘈切著如何烹煮牠，準備在年夜飯上桌。母親一聲不哼。

「若炒沙茶太浪費，這活蟳，還是野生的，炊的炒的太浪費，咱是先剁清氣洗清氣，用蒜頭，蒜頭要眞多，跟米、鱘作伙落去炒，炒好再放水落去煮糜……」「誰講欲炊欲炒？誰過年在呷糜？想欲呷好啊！煮一大鼎糜，我還省事！」「呷內傷呷補嘛上好……」父親囁嚅。「沒人著內傷，沒人欠補！」

嘔到初四父親也賭氣不提了，他知道鱘離水可活個好些天，倒是母親怕牠死了，偷偷去探牠動牠。這當中他們還爲另一件事鬥氣，也是吃。往常過年母親必煮上一道螺肉蒜，今年兒子還從澎湖老家帶了幾隻石跽乾，父親說這母親說的又臭又醜的東西吃法就跟螺肉蒜一樣，以它代替罐頭螺肉，和新鮮的排骨或三層肉一起煮，加點菜頭和木耳，起鍋前再放進新春的大蒜，吃了保證以後再不吃螺肉蒜。母親當然不苟同，但父親說：「我幾十年沒呷了！」她又不得不妥協，給他煮了又香又臭的一鍋。古怪妖薰的氣味，隔壁泉伯聞香逐臭而來，讚不絕口的吃了三碗，並央錦程明年過年幫他買來。母親說：「還等到過年，十月就退伍了！」父親高興送了他兩隻石跽乾。

初五母親把大鱘倒入水槽，硬梆梆像塊石頭，想在兒子回營之前煮給他吃。那鱘在廚房待了個把鐘頭，她無從下手，也沒主意，雖然打聽好了米糕鱘冬粉鱘白菜鱘鍋的做法。丈夫不進來看一下，儘管她說了好多遍，「這是要怎樣?!這連剝也沒法剝！」最後忍不住去問他：「要煮怎樣？」「隨便！」隨即又跟進廚房說：「炊炊咧！也沒幾個人，煮那糜，也脹未去。」

錦程從外頭回來突然看到牠變魔術似的全身橘紅爬到桌子中央，一時難受得很。帶牠回家之後他只看過牠一眼，威武不屈的模樣。回房躺了一會才有辦法來吃午飯。大家心照不宣，或許太大太老了，父親使勁掰開蟹殼，汁液四濺，裡頭沒有隨著煮熟而凝成膏狀，而是黯綠的湯湯水水。像裝牠的紙箱，蟹腳裡面也有點空空的。母親沒吃，光看就知道了，只說：「幸好不是買的。」父親趁母親離座去添湯時呢喃：「放久有一點瘦去。」么姊說：「太肥吃得很噁心，蟹黃更噁。」「你不識寶。」父親笑說。「識啊！殼要留給我，我來做面具。」「要洗清氣拿去曬日才不會臭。」父親說。

臨行前母親進房偷偷問他：「你老的有沒有交代你紅包？」「沒！」「不是人在做人情，是錢在做人情，包也好，沒包其實也沒要緊。」她已經包好紅包，卻還猶豫，「太會做人也煩惱，紅包跟那餅仔拿去，不要再去了，給來給去要給到什麼時候，欠人人情，還未了未盡。」他瞞著她，過年前已幫父親送過紅包，軍中薪餉只夠自己花用，早先打過電話請示父親包紅包給他們的事，不料父親竟問：「是伊討的抑是你自己欲包的？」「你不要就算了，還講這種話！」母親開啓房門又掩上說：「咱過半年就退伍了，不要在那邊亂交朋友，要交回來再交。」由於帶回那些特產，又看到他跟瓊雲講電話的樣子，難免有這層顧慮。

年節前機場亂紛紛，她倆踏進來不停張望找尋，他等待著一眼即發現卻未立刻趨前。像這樣兩個柔美的女孩子，阿兵哥很快便察覺到了，尤其是她們專朝著軍服的阿兵哥臉上望。在同袍們談論到她們之前，他急忙起身假裝去打個電話，走到電話前聽見小奇大聲叫他，他拿起話筒回頭向他們揮揮手。小奇欣喜的和瓊雲說話，一旁的人豔羨地注視著，也看看秋暖，春福那傢伙甚至是從頭到腳的打量秋暖，她穿著米白上衣碧綠長褲，好像一株青蔥。她紅了臉拖著瓊雲走向他，小奇帶頭在後面高喊：「再見！新年快樂！」

回家才知道瓊雲交給他的一袋裝有石踞乾、魷魚絲、紫菜、花生糖、花生酥和花生米；秋暖拿給他一只箱子，小聲說：「活的，不要打開。」然後亟欲拖著瓊雲走，瓊雲把握僅有的時間告訴他：「我們家昨天裝電話，你打電話來給我們，電話號碼是零陸玖……」別了她們，兩手多出兩包東西，走回同袍身邊勢必引起眾多調侃調查的話語，他努力誦記瓊雲的電話號碼不敢開口，兩朵微笑泛在臉上。他們紛紛猜測哪個才是他女朋友，小奇突然說：「當然是瓊雲，比較漂亮那一個，另一個要叫他叔叔咧！」「叔叔？」他們追問是哪一種叔叔。他容光煥發的臉驟然陰沉，直瞅著小奇。

風一波波撥弄著陽光，走出機場再也記不起電話號碼，倒是想清楚了小奇可能是去海邊抓小蟹時向秋添打聽來這些事。小奇就像那些麻煩的小毛蟹。他怏怏地燃起一根菸，公車駛入斜去的煙霧中，瓊雲探出車窗向他揮手道新年快樂，霎時她的電話號碼浮現出來，同時聽見小奇的呼喚，「郭錦程！登機了！喔嗚！登機了！」

48
重逢

冬日尋常的陰天，飛行在陰天上，到了旅程中點，窗外忽然明亮，雲山雲海，白皚皚，結實壘壘，彷彿雪山又似鹽田。眨了好幾次眼，光明過去了，走入回頭路灰茫茫。改俯瞰海面，海面亦是荒涼，荒涼得像肩頭外的機翼。錦程下飛機，立刻走向電話亭，機場內只有一支公用電話。等了六、七分鐘，講電話的阿兵哥終於放下話筒，不只講了六、七分鐘，手、耳、口溫都留在聽筒上，他拿到腮邊匆忙掛回去，瞥見來了一名阿兵哥，趕緊再握起話筒。瓊雲不在，要是她在，也許她們可以來馬公拿東西，他就不需跑一趟，主要還是剛從家裡出來不想再走進家裡。雖然是耐放的東西，早點送去才安心。

離開機場前高山青來拍拍肩膀，開口借錢，他尚未收假，爲了女朋友提早回來，一個穿海棠花色外套的女孩子站在牆邊等他。錦程想起冬夜裡奔跑的女孩，問：「那天晚上在……」「嗯。」高山青點點頭再次望她一笑，說：「不好意思。」錦程把紙箱交給高山青，伸手進胸口的內袋從紅包袋中算出六百塊捲在手中，在拿回紙箱的同時暗中交予高山青。他又拍拍肩膀說：「不好意思。」

他們搭乘同一班公車前往馬公，錦程故意坐在最後頭，偶爾看他倆一眼，他倆完全沒有什麼親密舉動，肩頭不犯肩頭，只是從頭到尾臉頰上堆滿笑意。他女朋友突然轉過身來，他若無其事望窗外，假裝爲窗外的風景吸引，不知他倆都轉臉看他。女朋友遞給高山青一顆和他倆口中一樣的糖果，示意拿去請朋友吃，於是他又來拍拍肩膀。他接了糖說：「去去去！不要再來了！」

換車到鄉下的路上，他拿出母親交代的紅包和自己預備的紅包袋，母親的紅包有兩千六，現在借給高山青六百，留一千，剩一千，正好包五個兩百塊紅包。搭的是午餐時間的飛機、午覺時間的公車，有些飢餓而疲倦，便把那顆糖果拿來含著，閉上眼睛。甜孜孜的糖。睜開眼時海面上漾著一層薄陽，天氣晴朗景色蒼老，發覺遠方黑色的礁石是座小島急忙起身衝向走道另一邊。雁情嶼正在窗外，被海和公車給拉開了，扭頭直盯著嶼上短短的青髭，想那是青草還是青苔。

走進院子先去探望柴房，才幾天工夫，柴堆似乎缺了一大塊，感覺風在天花板上低迴，也似鑽入藤隙間低語哆嗦。這已是去年的藤了。他把行李全擱上去。舊式的廳宅，看上去好像總是空的，天井底階梯下風在嬉戲，才初六就已這般寂靜。

從柴房到門口，自然而然放輕腳步，臉上不自覺地泛起秋添似的頑皮的笑靨。這回不站東邊，站到西牆的花圃邊當作看花。地上的落地生根開淺磚紅的花。母雞來啼了又走。敞開的大門底下石頭抵得不牢門板一撞一撞的。吃了那顆糖口好渴，往裡頭探，秋暖駝著背在掃地，竟然穿套五爪蘋果紅的背心長褲，好像在過年。踩上台階進到屋裡，她仍垂首認眞的掃著不看他不理睬誰來了。清脆的掃地聲，新的高梁掃帚。從四面八方往中央掃。怎麼掃地也能如此專情。「我想喝水！」他近似哀求。秋暖揚臉一瞧，「啊？是你！」倒水端給他說：「我知道有人在看我掃地，討厭別人監視，你在那邊，等我掃完，」拿起掃帚，「以前小時候，一個什麼姑來，看我掃地，我都是全部掃在一堆，她叫我這裡掃完先裝畚斗，那裡再歸那裡的，我就是不要，偏偏要全部掃成一堆，她就說這個女孩子脾氣很硬，將來怎樣怎樣，後來說到我都是說那個掃地一定要掃成一堆那個。」他走過來說：「現在還這樣掃喔？」「當然啊，可是今天是因爲，呵呵，一隻雞剛剛拉了一堆黃金，要掃一些沙過來把它先蓋起來才好掃，早上掃過了，現在掃不到多少沙了，你別過來，在那裡不要踩到了……掃不到就要去門口掃一點沙子進來，還是去掃一點沙子進來比較快……」

錦程拿了畚斗出去，把柴房裡的紙箱提進來，順便在門外踢了一點土進來掩雞屎。秋暖把掃帚下的幾顆細沙掃過來，一看就笑說：「這是土不是沙。」錦程說：「還不是都一樣！」「不一樣，沙子比較乾淨，前年做圍牆挑了一些海沙回來，還有一層薄薄的在那裡。」錦程打開擱在飯桌上的紙箱說：「來看這些喜不喜歡吃？」「還用這個箱子，不嫌腥喔！」「還記得？」「提了一路不記得，等阿媽回來再吃啦！」「沒關係，她不會介意。」「你又知道了！」秋暖說著往箱裡瞧，再看他是認眞要她嘗嘗，便坐下來，仔細看了卻不知吃什麼好。他一一指著說：「這綠豆糕、桃酥、紅棗、黑棗。」秋暖跟著說：「綠豆糕、桃酥、紅棗、黑棗，哼！好像我們是什麼土抱子，紅棗黑棗都不知道！」說著朝他輕輕一瞪。「我爸拿回來過？」「是我阿公！」說著又是一瞪眼，模樣眞可愛，卻有些危險，可能導致翻臉。「吃啊！」他又說。她剝了一塊綠豆糕吃。他問：「過年好玩嗎？」她似笑非笑搖搖頭，「你咧？」「也還好。」他說。

兩人又回復到往常的生份，錦程不敢太直視她，便多注意她背後的灶口，她轉臉看了兩回。灶口恐怕是一年裡最清空的時候，只剩倚牆兩三塊漂流的柴枝和船板，些許土豆殼，灶台的紅磚乾冷而黯淡，還發出「烘烘」的灶空的風音。「瓊雲來了！」她說。「你怎麼知道？」「聽腳步聲，噓！躲起來嚇她。」

錦程一頭往灶口栽，瓊雲的腳輕又快，秋暖尚未坐到錦程的位子，她就來了，「哇！有東西吃！」說著坐到秋暖的位子。秋暖趁她伸手拿桃酥之際朝前方匆匆一瞥，錦程不及躲藏只貼在牆壁邊，秋暖看了笑在心底，還是被瓊雲識破，回頭一望，來不及說話，錦程即迎面撲來，雖然已看到人還是給嚇個正著，笑嚷著搥打他的肩膀說：「討厭！我就覺得怪怪的，怎麼椅子熱熱的，討厭！我不要坐你的位子，還你坐！」秋暖聽了不由得縮起臀股，偷偷地挪動了身子。錦程則不偏不倚在她倆加溫過的椅條中央坐下。

三人圍著飯桌有說有笑，又以瓊雲說得笑得最多。她媽媽早上接到陌生男子找她的電話，又看她年前埋頭在修補兵衫，遂藉口給阿暖的阿母送條絲巾，順道來探看她是否真的乖乖在這裡。屋內平靜悄悄，獨女兒聲音聒噪，便搖搖頭，走到天井對秋暖和她的背影說：「像在煎魚咧，恰恰叫……」上到過水庭才看見錦程，連忙掉頭往回走。瓊雲竊笑抓個綠豆糕追出來，邊往媽媽嘴巴塞邊說：「好好吃喔，那個就是阿暖伊做兵的阿叔。」媽媽滿嘴綠豆糕不能說也不想說，行經阿母房間，指著房門把絲巾交給瓊雲就出去了，走到院中才捧腹咳出聲來。

秋添遠遠看見門口出來一個人，看分明了好失望，回到家就鑽進柴房，發現柴堆上的行李，精神又來了。他向來厭惡午睡，老是四處晃蕩，今天中午英傑家來辭行，阿媽煮了一袋火雞蛋送他們，秋添即隨他們而去，陪他們打包、更衣、拜拜，直到計程車將人載走才落寞回家。要安慰有人提著行李走了的悲傷，最好就是有人提著行李來了。雖猜著是小叔叔，但行李比往常大得多，還是偷偷先去瞧瞧。好久才聽到他出一聲，「沒有啊！」卻覺得與往常兩樣，說不上來什麼不同，似乎特別快樂，加上瓊雲在就證明是他了，於是出去藏了他的行李再進來。

錦程看見他進來，忙將食物收拾起來，拿出一個紅包給他。秋暖說：「不要給他，才幾歲也會拿壓歲錢去跟人家壓牌九，給我，我幫你存起來。」「不用，阿母講今年開始讓我自己存錢，我會記帳，我要拿去儲蓄，存一千，校長會發一張獎狀！」秋添也曉得應酬，問：「那隻螃蟹肥不肥？」錦程說：「很肥！」「下次抓到再留給你吃。」說完便靠近桌邊看著紙箱，錦程再拿出紅包問：「她們咧？」秋添不及答應，一溜煙不見了。秋暖把紙箱拿到灶台上，回頭發現錦程背上沾著石灰粉，順手一拍說：「那牆壁會幫人抹粉啊！」他望剛才躲避的地方，石灰牆裸露出硓砧石。

秋添回房先確定紅包數目，算算今年壓歲錢破千高興得不得了，立刻將秋香秋蜜從被窩裡挖出來。見了面，錦程扮起小叔叔給紅包，連秋暖瓊雲都有，皆大歡喜。

秋蜜糊糊塗塗拿了紅包，走到門檻坐下來。剛剛秋添告訴她趕緊有人來了有好事情，她直覺以爲英傑敏惠沒走成又回來了。早先秋添找她一塊去送行，她不肯，罵他傻，睡了就夢見送他們送到了機坪，她還不曾到過機場坐過飛機，問英傑何時再回來，說不回來了，她說那邊有分屍案啊，他卻說可是這邊有穿山甲人。這會兒想起來不禁啜泣，大家越問她哭什麼她越哭，把阿媽阿母和阿爸全吸引過來。他們一邊要招呼錦程，一邊要追問她哭什麼，轉這笑臉轉那哭臉。都說錦程當兵何來錢包紅包寵小孩，都怪秋添明知她起床愛哭還故意叫醒她，否則「正月正時有啥好哭的！」阿媽說。但阿母卻說：「以早是哭早起，這陣是哭日暗，我細漢嘛哭日暗，看到日頭落山就想欲哭……」「憨人又在講憨話啊！」阿爸搖搖頭。阿媽冷笑說：「笑死人，小學六年了，睏醒還在哭，永早的人小學六年早就出外賺錢啊！」

秋添爬上柴堆，隨後錦程、秋暖和瓊雲也跟來。才站下秋暖又跑進屋去拿香菸。錦程把菸放進口袋，問秋添有沒有看見行李袋，說沒有，錦程遂假裝掉了錢幣，秋添賣力往藤堆裡撥，不顧秋暖直說：「等牛土豆藤呷完就跑出來啦！」翻挎了半座藤山，行李袋自然露了出來，「我以爲你今天要住我們家咧！」錦程不好意思偷偷塞了兩枚錢幣進柴堆。

秋蜜經過發覺柴房裡熱鬧得很，嘟著嘴跑到圍牆上去坐，遠遠看見章震的身影便揮手，等他腳踏車騎近才說：「你也回來了！」雖是灰灰的天氣也能看見她臉上掛著兩道淚痕，「唉呀！你剛哭啊？」自己也覺得好笑，一笑，臉綳得緊緊的，想笑卻乾嗝一聲，「你坐船還是坐飛機？」「坐飛機。」「聽說船怕風飛機怕雨，眞的嗎？」章震聳聳肩，「也許吧，你聽誰說的？都怕吧，我想。」

49 情人節

也許是年節家家戶戶殺雞，這些天雞哀哀靜靜，清晨時啼得晚啼得少，彷彿眞躲著年獸。阿啓師和牽手天剛濛亮便忙著將倉房裡謀生的器具搬出來，一人一簍或者兩人一簍，初始手腳不靈活，漸漸就俐落了，緊湊起來。陶碗聲圓圓的，瓷盤聲層層疊疊，瓷湯匙鏘鏘響，鋁鍋鐵鼎陸續出籠。「叨位辦桌？」「鳥嶼。」「搖船搖到鳥嶼？」「搖呀！」「上元就有人飲喜酒？」「對啊，人講上元節就是情人節。」「我也知！前人節抑是後人節！」

秋暖醒來想起這段對話以爲在夢中，問阿媽，「眞的還假的咧，人已經坐車去赤崁，自赤崁坐船去到鳥嶼啊，汝才睏醒。」「汝房在內底汝也有聽著？」「抬鼎抬灶還沒聽著。」「那多碗，船載得動？」「大隻船也不是細隻船。」

正覺得無趣，瓊雲一路跑來，「你小叔叔跟他的朋友還有女朋友約我們要去玩，我本來要叫他們在馬公等，他們說等也無聊，先轉車來找我們。」秋暖問：「這麼早？」「你還不知道阿兵哥一放假恨不得趕快跑。」秋暖抓起掃帚嘀咕：「說來就來，叫去就去，你自己跟他們去。」瓊雲拿她沒轍，常常無端的像個小怨婦，「明天開學了，再不玩就沒了。」「沒什麼?!」說著掃帚東揮西撇。「招誰惹誰?!」瓊雲閃了她兩下說：「人來了！」她硬是低著頭，瓊雲只得對門外直走來一個英挺的青年一笑再笑，不能再笑了，於是扯扯手肘，她還是不理。

他站在天井微笑，等秋暖收拾好掃帚畚斗回過頭來才喚：「阿暖！」秋暖眼忽然亮了，衝口要呼他的名字又不好意思。是同一個屋簷長大的順輝，英傑敏惠的大哥，在台灣讀軍校，以前總直呼名字，現在不好意思了，也不想叫聲阿兄或哥哥。瓊雲不太認得他，爲了表示他卻記得她，故意說：「女大十八變。」指的是兩個人。爲了表示他與這屋裡關係非凡，他要求進大廳燒香。

香才撲鼻點上即聽見外頭腳步節節逼近，瓊雲迎上前去。好像正在對付一隻灰蚊子，發覺綠頭蒼蠅也來了，順輝鎮定著好好拜完，又掀了舊時房簾瞧一瞧冷清，才望向前庭問：「那誰？」秋暖沒意回答。他趨前走到吊香爐下半轉臉朝牆上的鏡子再問：「那個誰人？」指的自然是錦程，和秋添瓊雲都熟絡。秋暖不在鏡裡，他盯住某點空白，直到秋暖說了，「我阿公的兒子，來當兵。」他溜眼看著自己，鼻孔一撐，大步跨出門檻，雙手扠腰高聲問：「細姨仔的來這做啥？」瓊雲、高山青他們外人沒聽清楚，錦程從剛來即注意到廳內和秋暖在一起的陌生人，這話似箭般冷不防朝他正面直射過來，秋添天眞的回答：「來找我玩。」他忙掩飾著傷口說：「走啊，帶我們去玩。」

秋暖氣呼呼的用力跨出門檻直衝房間去，聽順輝叫了兩聲「阿暖！」趕緊將門閂上。連呼叫聲都是主子使喚人的口氣，她瞪著門喘氣。往昔他們和順輝家同住一塊，阿媽即處處讓著他們，姆婆疼兒寵孫是出了名的，特別是這長孫，阿母背地叫他「歪嘴雞」，一桌菜沒一樣中意，偏要買包泡麵吃，讓一屋子孩子聞著香味流口水，還有大欺小種種的，離別再會以爲長進了，幾分鐘就露出本性來。瓊雲來敲門。她聽見順輝和阿媽有說有笑，眼一閉倒頭蒙進被裡。

秋添攜著錦程說要帶他去看烏龜，高山青和女朋友也跟著。廳內香燒得正濃，從未曾聞過如此令人不舒服的香味，錦程張望了一下他帶去修理的祖母的相框。他認得她了。大廳供桌上擺著三隻套透明袋子的鳳片龜，米白的身體桃紅和青綠描上龜殼，並註明三斤、三斤半、兩斤。還有三個椪柑。秋添從旁邊一隻白碗裡拿出廟裡撕回來的春聯條子，上面寫著「郭秋添　鳳片龜兩斤」「郭坤地　鳳片龜一斤」。秋添說：「女生不可以乞龜，這兩隻舊年是我乞的，舊年乞兩斤，今年要還三斤，你晚上要不要去乞一隻，你可以乞，你是男生。」「晚上我就回去了！」秋添叫他寫下名字，晚上好幫他乞龜。錦程寫好，秋添看了說：「你寫字好漂亮，開學發新課本新作業簿，來幫我們寫名字。」高山青的女朋友說：「你要不要乞一隻。」高山青問：「好吃嗎？」「好玩嘛，乞求平安長壽，剛開始拔腳拔頭吃一點好吃，QQ的，剩下一大個身體都放到發霉，越大隻越難吃。我們那邊今年有人弄了一千斤的大烏龜要來還願，晚上我們去看。」

秋添聽說討海的村莊有錢，做的是數百上千斤的大烏龜，去年和他一塊玩的阿漢說去親戚村裡看大烏龜，他酸葡萄心理說又不是眞烏龜，這會卻吵錦程帶他去。瓊雲來說秋暖不出來，秋添跑著說：「看我的！」登上天井邊的階梯推開窗子，秋暖頭蒙著被子撲上來關窗，秋添見狀叫：「有鬼！有鬼！」立刻又繞出西邊側門去動她西邊的窗，秋暖披頭散髮故意吊起眼珠子，張牙舞爪撞向窗口。他們一夥全感覺到屋內順輝頤指氣使全跟過來，秋添笑著對他們說：「嚇死人，眞的變成鬼了。」錦程說：「我看！」秋暖坐在床上愁了一會又笑了一會。門窗都關了，仰望天窗，淡淡水藍天，總不可能爬到這裡來。既然都關了，乾脆換衣出門。

換好衣溜出西邊門，瓊雲等在門外，指他們在後院玩。一夥人打後門出去，瓊雲和秋添抱怨沒換衣又趿拖鞋，秋暖直說：「沒關係啦！」「你自己穿那麼漂亮！」「哪有？」剛在公車站牌站下秋添即瞥見順輝走來，說快點馬上躲到旁邊空心磚牆後面，接著秋暖、錦程、瓊雲，小情侶也聚攏過來，全癡癡地笑。

回到家，冷清清，他們飯吃了，龜還了又乞了，兩隻鳳片龜趴在供桌上。秋添一頭衝到桌邊嚷：「乞這太小隻，我要大隻一點的！」秋暖罵：「還吵，都是你要去看大烏龜，弄到這麼晚！」從小到大她可從未在元宵夜離開過村子。「阿爸咧？我去找阿爸，我要再乞一隻大隻的！」秋暖阻止不了由他去了。阿媽在房裡喚她她不理，阿母也在房裡喚她，她也不理，從語調便知道她們沒什麼事。廟裡還有鑼鼓聲，此時此刻聽來像是氣餒的戰鼓一般。

秋香自廟裡回來，說：「大烏龜眞的有一千斤喔？那不就比牛車還大，郭秋添說眼睛裝電燈泡，腳還裝輪子！我們廟裡有黃金的小烏龜和金龜子，好小一隻，幾錢幾錢算的。蔡昆炯和林素華有來找你們，問你們要不要去猜燈謎。」「有什麼好猜的！」嘴巴這麼說心底想去卻提不起勁，不爲燈謎，而是去看過大廟大烏龜反而好惆悵。再步入大廳，扭下一隻烏龜後腳，邊嚼邊偷掀阿媽房簾，踱去阿母門外傾傾耳，想今年廟金該還的還了，借也借了。一天的悶氣才順，秋添秋蜜喧譁：「又乞兩隻龜回來了！」秋暖跟著一進進走入大廳才責問：「還兩隻？」秋蜜說：「阿爸給他乞的，剩最後兩隻，大隻他的，小隻幫阿叔乞的。」「人家明年元宵節就退伍了。」秋添說：「我幫他還啊！」「哼，你拿什麼還？」秋暖說著又折下另一隻後腳。「我又不是沒錢，不要吃我們這兩隻。」

秋暖把洗澡水煮好盛好，衣服拿進浴間擱著，脫掉衣服才想起還沒洗臉，手高高搭向木架，這可是她央伯公釘的，專放自己的香皂，放在低處老被淋濕。洗面皀在左浴皀在右，往左一抓，冷得趕緊蹲下來，發現手中握的是一塊芬芳全新的翠玉面皀，上頭黏著洗得薄透的一片。秋蜜並未跟她說錦程誤用洗面皂的事，但她曉得是他帶來的。

洗完澡出來，廳內響起恍似寺廟長串鐘聲，皮膚泛起疙瘩，耳根卻是燙的。她可不像阿媽，她最怕數鐘響，反方向的往前走，一顆心猛打節拍。風撲來全是翠玉皂香。廟裡的活動都結束了，只剩兩個頭家在簷下耳語。殿堂似乎較往常擁擠，卻又見散戲後的淒涼。然而這裡是最溫暖的，像口火紅的灶孔，永遠不熄。濃烈的烏煙灰香，一進去就把身上的微香吸收掉了。她走到殿上推動光明燈塔，看到了瓊雲一家四口的名字，也看到了順輝一家，而他們家沒有點光明燈的習慣，省一筆開銷。轉身去看牆上的風水流年。她認得蔡昆炯的字，四角四點糊，四邊中央又一點，摸起來平平坦坦的，不信底下紙痕撕得那麼乾淨，想摳開來看，給一個碰撞聲嚇收了手。

廟公自拱門裡探出頭來，迤迤撫牆慢慢咳過來，「頭也痛，骨頭也痛，初一嗽到十五，嗽一個險險害去，有幫我寫好沒啊？唸來我聽啦。」秋暖沒出聲，他又催。「土豆，兩聖一陰，蕃薯……」秋暖一開口就想哭。

50 泥偶

春天的雨聲特別悅耳，玉杯一腳將簷下的鋁鍋踢翻，重新上緊發條，雨又叮咚叮咚起來。通常雨下滿兩天阿祖就會動身前往秋暖家，請她阿母幫忙拔睫毛，她一出門阿母的頭疼才得以緩和。鋁鍋水七分滿，雨停了，家家戶戶嘈切著種土豆，急性子的人將犁和豆仁都拽出來堵在門邊了。顯然還無法下田，又可惜這麼個放假日，放著孩子閒閒沒事。

玉環走到門邊回頭一看，玉杯正瞅著她，她瞪一眼，踱踱地出門去。天清氣爽，一路往東走，遇見女同學問她去哪，她用氣音笑笑說：「沒有啦！那你咧？」「我？我也沒有，隨便走走，看雨停了。」她仰臉望入天空說：「對啊！」遇見阿兵哥問她去哪，她揚起下巴：「我去哪？你要往西，我就要往東！」「喔，當然是東！」若是老婦人問，她倒乖巧，「去幫阮阿母看田有浸水沒？」「免看啦！浸就浸！」

望見龍舌蘭便不再遇到人了，她彎入小路，走近龍舌蘭，仔細打量又伸手觸摸，彷彿未曾見過，眼珠子因而上了層藍藍的釉彩。海在前方，和天色一樣淺水藍。肩旁的硓砧石牆像是從海底翻身上來的珊瑚礁，她把眼貼近石隙，顴骨一陣冰涼，看見了蕃石榴樹。土地上浮出細沙顆粒，去年的土豆田冒出土豆苗，香瓜田抽起香瓜苗，看見阿東來了不再東張西望，低下頭踮著腳沿田埂走，並大聲說：「欸！不要踩人家的田啦！不要看我！我們來沿著邊邊走，看你會不會碰到我……只能沿著邊邊走……」埂草新綠，腳打滑溜落田裡，鶯聲嬌笑，抽出被濕地吸住的拖鞋，不敢再踮著腳尖走，兩手當翅張開，好像走獨木橋。

起初阿東偷瞄追隨她，她也偷瞄躲他，一會兒心有靈犀遵守約定不看對方，不一會就走在同一道田埂上了。兩人腳步接近類似雨打菅芒的沙沙聲。看見他黑色鞋尖看見蛇似反射動作掉頭就走，知道他追上來急著想逃，才起跑就拐落田裡，他動作快一把揪住她手肘，順手抓著她手說：「你的手冷冷的。」「不要啦，等一下給人看到了。」「又沒人，等我握暖再說。」「這樣怎麼走？螃蟹走路？」兩人笑著橫走幾步，她手才乖了一下又扭動起來，阿東加勁緊緊將它牢握成一個小拳頭，她尖叫扭轉上半身，「握暖了啦！痛啦！手要斷了啦……」他連忙鬆挪來，改拉住四根長長的手指頭，「那你牽著我走……」話尚未說完，她手一縮一登游出他的手心了。他乖乖跟在她後面繞著長方形的田邊走。「今年要種什麼？」「還不是那些！我來找項鍊，你幹嘛來？」「我也來找，那天就找過一次了。」他說，「你那天又不是走田邊邊……」她罵他似的：「你沒看我眼睛都往田裡面看！」他朝北指，「電厝仔我找過了，不知道有沒有看清楚。」她又命令似的：「你不可以踩我們家的田，我看你要怎麼飛過去。」

這是她家的田，田東有口井，井旁是間空心磚砌的小電厝。田上的菜都採收剷完了，留下電厝前面幾叢茼蒿和油菜，只為它們長過時長過頭會討喜的開起黃色的春花。阿東哀求說：「去啦！我們去那裡看看。」三天前的傍晚他們來拔蔥，那時雨初下，兩人躲入電厝，說等泥土潮濕蔥更好拔。趁這時阿東吻了她。

她雙手扠腰下巴指著對面的電厝說：「過不去啊！踩過去就是兩對腳印。」「那一對腳印呢？」她不明白這話的意思，他腰一彎，伸出右手把她的小腿掀離地面，左手等在她的脊背後，她順勢放倒配合著他的動作，整個人橫在他臂彎上，他得意洋洋說：「比一包水泥還輕。」她笑著想回嘴，發覺他邁步往田地裡直塌下去，外頭聽不見，但在她心底是蹦地一大聲，簡直比大象還要沉重，嚇得她驚叫起來，身體一仰高瞥見硓砧石牆邊彷彿有個人頭潛低下去，趕緊閉嘴。陷落了有二十公分深，把他的高筒鞋整個吃進去，另一隻腳無可選擇的也緊跌著來。雖然兩腳大張，泥地軟，她又在身上不安分，迫使他肩膀向前弓傾，完全得靠腰力硬撐，兩隻腳也就更向下沉。正使勁將拔出第一腳，她一彈，跳了下去，第三步落地的竟是她的腳，連帶的將他往前帶，第二步抽離的比第一步早些，兩腳幾乎齊來，身體傾倒，狗爬似的，兩手兩腳亂撲著地。反觀她著地後急踩兩三下，一步較一步輕，快快點地打水漂般躍進電厝，回頭瞧他泥濘跟來，皺眉哎喲！他一來手就往牆上抹，示意他去提水洗手，聽水桶撞出聲來，又不給他汲水叫他進來。電開關在她耳畔，腳邊又是籃又是鋤，身體挨著身體，他要彎身抹手，頭頂到她，挨了她罵，只好作罷。等他在大腿兩側抹掉手上的泥巴，準備要來摟她，她哎喲轉身，他兩手正好攬在她胸口上，比那泥還要水軟。她兩肘一撐又一聲哎喲，轉了回來面向他，羞怯地迎了他的吻，突然頭往外甩，「都是你，弄得滿田都是腳印，前面那兩個，深得像牛鼻孔。」

一趟路回來，鞋底黏上厚厚一層泥土，彷彿穿上木屐，人高了，步子也重了，濕濕軟軟悄悄，好不踏實。卻也不想磨掉那些泥，踩回村子裡，黃泥尾巴拖在柏油路上，回頭望，雜遝骯髒，好像兩三個人走過。到家後壁才伸腳在屋角剔泥巴，往前看，前面的路乾淨多了。

直到傍晚心仍然懸懸的，走起路來怪怪的，拿根柴枝朝拖鞋底下的小格子挖，一塊密密實實模子打出來的泥巴，又挖出兩顆小石子一個珠螺殼。玉珮看見說：「淡糕糕，你們幹嘛去田裡？」「誰去田裡？」她反問。「二姊也在挖拖鞋。」路上的泥濘果眞不是她一個人帶回來的。「你去問她啊，你問我！」她站起來，用右腳勾傾鋁鍋，讓裡頭的水流在左腳，再換左腳服務右腳。

51 林投與瓜山

秋燕領他們來到一處空曠的曬魷魚場更衣，這裡有一段時間沒有魷魚曬了，但風中仍聞得到腥味，可以想像春天過後會有多好的風日。「曬起來一大片，好像曬鞋板！」水泥地蒼白得刺眼，幾塊作記號的石頭等距離的孤單坐著，其中有一塊身上有個平台，平台上有個小窪，雨後會蓄水。高山青尋到這塊石頭，說：「如果在我們那邊溪裡，可能早就被撿走了，有些人專門撿石頭當寶，在這裡反而安全。」秋燕說她小時候它就在這裡了。她叫它小酒窩。那時她媽媽在這裡工作，她常常來玩，還曾學魷魚躺平來曬。她說什麼，高山青都扭頭朝錦程笑說：「好好玩。」「那什麼？」高山青遙指著一層層往上縮小的石塔問。「不知道。」秋燕說。「怎麼可以不知道，有了那座，這裡看起來好像刑場。」秋燕打他手臂斥他：「亂說！」她指示他們更衣的地方是被拆剩的磚牆夾角，從前魷魚婦掛斗笠雜物的地方。

高山青換好了，錦程不想換，高山青左顧右盼說：「這裡沒人，你一定沒有在路邊尿過。」「你換了才可以圍女朋友勾的圍巾，我又無所謂。」

高山青見錦程一路無話，提議打電話約瓊雲出來，「約她一個就好，每次帶秋暖要帶到什麼時候，瓊雲比較可愛……」

錦程說：「再說就別約了。」秋燕幫忙打電話，一旁高山青直提醒：「叫她自己一個來就好。」錦程走開老遠還聽見。

瓊雲匆匆趕至秋暖家，得了阿媽一句話，馬不停蹄改奔蓋頭仔，他們家這些田地她都清楚，每塊田都有她尋秋暖的足跡，名字也挺有趣。蓋頭仔讓她想唱：「掀起了你的蓋頭來，讓我來看看你的臉！你的臉兒紅又圓啊，好像那蘋果到秋天！」找到秋暖一五一十報告了邀約，一則畢竟是她的親戚，二來怕媽媽來找，阿暖會打圓場。秋暖沒有不高興，叫她快回去搭十點五分的車。秋添叮囑她，見到我們阿叔要提醒他記得來幫我們寫作業簿封面，他暫時先自己用鉛筆寫上了。還有他幫他乞的龜都生苔了，他還不來。她走了幾步跑起來，停下來說：「去馬公幫你買洗面皂。」秋暖起身喊：「不用啦！我不要買！眞的不要買！」

錦程趕那對小情侶去走走，自己在靠路邊的長條木椅一端坐下，公車總站內就屬白沙線倚牆的這條長椅最安靜。晨間還沒有什麼人來搭車，尤其是還沒有阿兵哥，一旦阿兵哥出現就壞了一切氣氛。他忘了身上這套衣服，差點抽起菸來。遠處有兩個戴白盔的憲兵像兩個玩具兵面對面立著，小孩子會以爲他們被點了穴。公車來了，載走幾個老百姓。他忽然感覺到年過了而想不起年是怎麼過的。再望向玩具兵，淡淡金光照在他們身旁的建築物上，於是知道車站是東，觀音亭那邊是西。

瓊雲一來就說：「怎麼坐在這裡！」他這才記起那晚她坐在這裡，立刻起身說：「怎麼這麼快！」「坐車才十五二十分鐘，如果沒做其他事不用等車更快，拿這包衣服要改啊？」「沒有，本來要換沒換，你穿這水藍色衣服很好看。」她穿年初一的藍毛衣，不穿裙，改搭咖啡色格子褲，她知道會去風景區，又加條白毛海圍巾。

兩人並行往觀音亭走，一個說很久沒去一個說不曾去。高山青和秋燕迎面而來，高高興興說海邊看海觀音廟求籤，兩人聽聽反倒沒意思，有意折返車站，離開馬公。四個人商量要去林投。兩女生說很久沒去了，高山青說去過一次，錦程說不曾去，其實他也去過一次。

候車時女女男男排成一列，上車即兩兩一座。

情侶有說不完的話，他們卻沒話說了。瓊雲稍斜望窗外，親切地把靠近他這邊的頭髮攏到耳後去，留半側面給他，表示耳朵隨時聽候著。她什麼都美，就是有點招風耳，側面看不出來。她打開一縫窗，說：「還冷。」立刻又帶上。

林投公園樹老園空，蕭瑟冷清，林間陰風迴繞。「這裡比魷魚場還恐怖！」「眞有夠傻瓜，怎麼跑到這裡來。」高山青和秋燕一搭一唱。瓊雲很抱歉，是她提議的，他們爲了討好她，都沒有異議。「我最傻，又不是還在念小學，每次遠足就是來林投公園。」瓊雲說。「來林投公園看什麼啊？」「看猴子！」高山青衝口問，瓊雲順口答，大家本想安慰她，反而全笑了。「我說眞的，眞的看猴子，有兩隻猴子，我們還拿香蕉餵牠們吃。」

行經一間民宅，矮舊畜欄門板上兩張大紅春聯，「六畜興旺」「動物健康」，大家看著笑，探聽不到裡頭可有牲畜。猴洞外的欄杆邊有對情侶在看猴，高山青才沒有亂說話，等不及他們走開就拉著秋燕說：「猴子看到了，你們慢慢看啊！我們去找看有沒有獅子。」兩猴依偎在洞口冷眼向人，無精打采的，長冬未盡，毛稀黯淡，醜陋而哀淒。「猴子調皮時像猴子，不調皮的時候就像人類了，還有點恐怖。」錦程問：「一公一母啊？是你們小時候看的那兩隻嗎？」瓊雲都說不知道。旁邊的小姐說：「對啊，就是那兩隻！」身邊的男士揶揄她只看過這兩隻猴就以爲認得這兩隻猴，小姐故作生氣走開，說：「我認識那麼多男的，我還不是認得出你。」男士跟上去說：「現在的阿兵哥越來越敢，穿軍服照樣約會。」

瓊雲看著他們走遠，仰長脖子說：「你知道來林投公園看什麼嗎？看人家約會，看木麻黃，這裡的木麻黃是最高最老的。」

樹蔭裡幽暗荒涼，外圍的沙灘上反而有點暖氣，潮浪拱動著，風明著來，不是暗地裡。髮全掃到臉上來，瓊雲提議迎風走，走走覺得還是之前方向風景好，借錦程的帽子來戴，反正他頭髮短不會亂飛。灘上無人，人跡紛遝，近水湄處有對狗足印清清楚楚。瓊雲脫了鞋快步走，邊走邊轉告秋添的話，並囑咐記得回馬公時去幫秋暖買洗面皀。突然洩氣不走了，「全部都給人走過了！」

錦程問：「他們在忙什麼？」「忙種土豆啊，趁下雨土濕要趕快種，踢土豆，把土豆踢進土裡，喔！那天雨剛停，西邊空地一條蛇被魚網網住，新養的小雞被吃掉好幾隻，蛋也吃，才圍網子抓牠，一條好長，不可以用手比，掛在網子上好像一座山的形狀，嚇死人了，好在不是毒蛇，桑樹下面那個洞就是蛇洞。種完土豆還要種香瓜，今天我去的時候他們就在打瓜山……」「打什麼瓜山？」瓊雲說：「你過來這邊，沒人踩過的，你站好，兩腳併攏，」說著就用腳將沙往他腳上撥，流瀉掉的多，跪下來雙手捧沙把腳掩蓋，「唉呀，沙子會滑弄不起來，他們是用一個挑肥的木桶，像我兩手圈起來這麼大，下雨過後放在田上，阿爸用鋤頭把土鋤過來包圍住木桶，圍成一個斜斜的斜坡，他們就拍拍拍，把土拍硬，拍成一個瓜山，拍好把木桶拿開，這樣就可以把瓜種在裡面，不怕風。」「這樣拍，手不會痛啊？」「痛啊！我拍一次就不敢了，泥土是軟，就是有沙，一顆一顆印在手掌上，手心都紅起來！這樣拍沙反而不痛，要不都土，要不都沙，沙拍不起來！」

漫步一段，瓊雲說：「走吧，不要再走過去，那邊有阿兵哥在看我們，撿一顆貝殼來作紀念就走了，餓了，下次不知道要多久才會再來。」

52 辭行

午後阿爸在圍牆邊篩土，鬆軟緩斜的細土好似一座黑糖小山。今年第一滴汗也給篩出來了。

春寒的草地坐暖了，天黑前裝滿兩百個小土袋，整整齊齊長數二十寬數十，方便乘法。阿爸在附近忙別的，聽到秋添縱聲大呼兩聲忙過來，將膚白的香瓜種子褐黑的嘉寶瓜種子一袋一粒的擺在土袋表面。孩子們總央求要掐種子，秋水、秋暖……沒一個孩子不是。這他不假他人之手，告訴他們他們不會，包括妻子幾十年了也不會。看似簡簡單單食指一指一指按照排列順序把種子掐入土內。「這不行按太深也不行太淺，一下落去就好！」食指印子一枚枚落印在泥土上。沒有人的食指比他更大。秋添趁他無暇注意悄悄自另一頭戳過來。相較之下才曉得阿爸的手勢漂亮，起手無回，一點成型。秋添按壓種子，有時又再掃土來掩蓋，力道不一，土量也不一。阿爸一瞥趕忙阻止說：「好好好，汝自己另外擱去入二十個，這二十叢汝自己種自己顧，賣錢攏汝自己存！」秋蜜聽了也吵著要，阿爸滿口答應，下一批，下一批，熱天才發得快。其實那二十個本就是兩百株預計夭折損失的百分之十。

忙亂中佩媛來了，大家驚問怎麼想到，又不是掘土豆的時候，土豆才剛種落土，佩媛問：「在叨？」秋香指了指鄰近兩畝土豆園，「這也是！那也是！」還清楚可見犁耕一行行腳印一隻隻。佩媛說：「阿叔，不要種太多，我欲去高雄住頭路，沒人來幫阿嬸掘土豆。」阿爸說：「好啦，去，中秋才返，留兩壟等汝掘。」「留東港仔的，我愛掘那。」佩媛說。秋香皺起鼻子說：「還眞的咧，去台灣叨來那美國時間管汝掘了未。」秋添拍著阿爸的手說：「我的瓜仔若賣錢，幫我買飛機票，我欲去台灣找英傑仔。」佩媛說：「好，汝要記得拿香瓜來阮呷，我取汝去大統坐流籠，聽講高頂還有雲霄飛車。」秋香又潑冷水：「不知種得出未咧！」佩媛說：「汝別給伊漏氣，阿暖咧？」「在北邊田跟阿母在砍大頭菜。」「我去找伊。」

找到秋暖，也不理她追問：「來幹嘛？」自顧自問：「這區今年欲種啥？」又往井邊走，「這個井仔新的喔，有水就可以多種一點瓜仔。」說著微俯朝井底探，膽戰地偷望水上的面孔，認出是自己，閉嘴笑了笑。秋暖跟來，「幹嘛？有蛇啊？」佩媛再向井底瞧，井壁上果眞有條蛇，驚得抱胸跳開尖聲叫。「假的啦，不是啦，蛇皮而已，不深，我找根樹枝弄上來給你看。」不顧佩媛直嚷：「不要啦！」眞的折根樹枝要來釣那件蛇皮，小心翼翼，樹枝一碰，輕薄一層衣膜姍姍飄墜，降落水面時才有點重量，彷彿一吻。

佩媛站在十公尺外說：「還捉弄我，我要去高雄工作了，看你要去哪裡捉弄。」「騙人！」秋暖朝她跑來，她邊閃開邊盯著秋暖的手問：「蛇咧？」「掉下去了！」「騙人！陪我去看！」揪著秋暖的手又走回井邊，目光一路從石壁往下移走，心口撲撲跳得好凶，看到了像一縷絲巾掠過她脖子的蛇皮，才鬆口氣說：「井好可怕，好像懸崖，好像快要崩掉，這是不是壞預兆，那條蛇……」「牠長大了換殼有什麼壞預兆，你這裡四處走走，多得是。」「希望是。」佩媛鬆開她的手走到阿母身邊，說：「阿嬸，我欲來去高雄。」秋暖跟上來說：「伊講伊欲去住頭路，那很辛苦哪。」阿母說：「會比掘土豆艱苦？住頭路對啊，秋水仔自己一個都去了，人伊阿爸阿母小弟小妹攏在那。」秋暖又咕噥：「大家都要去台灣！」「你畢業不也要去。」佩媛說。「那你等我畢業再一起去。」「你才一年級，你三年級我就等你。」「那暑假我再去找你打工。」「好啊，來跟我一起住，記得帶香瓜來給我吃。」

阿母去看他們種瓜，交代兩人作伴把大頭菜推回家。才推上大路，公車迎面駛來，趕忙啼笑著向路邊草地躲閃，接連又有騎腳踏車的阿兵哥和摩托車。佩媛問：「你敢不敢自己一個推？」秋暖說：「才不敢，好丟臉，哪像郭秋香幾歲了，還在坐牛車！哎喲比牛還笨，連車也不會推！你手搭著就好，我來控制，才不會一個向東一個向西。」秋暖又想問佩媛去高雄的事真的假的，她倒先說起來，「其實我也不喜歡去台灣，留在這裡人家又問東問西，再不快點出去，還真怕那些不知死活的就要來說媒相親了，敢來我就用掃把趕……」秋暖又嘆：「你走了誰幫我們剪頭髮？」佩媛朝她肩膀一拍：「還敢說剪頭髮，最討厭就是我三叔，每次回來就說什麼將來阿芬賺到要結婚嫁妝一拖拉庫，若我喔，一支剪刀！我就要去賺錢給他看……」「慢一點，別推那麼快，你先回去吃飯，晚上來幫我剪頭髮……」「又要檢查了？」「下下個禮拜，我先剪好啊。」「乾脆給你剪成三分頭，等我回來都還沒長長。」「哎呀！說真的啦！」「真的就是我剪刀留下來借你，曾瓊雲也很會剪……」「她媽媽的剪刀也很利……」「別傻了，剪布的剪刀怎麼可能給你拿來剪頭髮，剪紙都不行！我阿媽那支剪刀都帶去高雄了，那太利，不小心，耳朵都要剪下來。我這支不新不舊不利不鈍，專門剪頭髮！」

53 算盤

瓊雲穿裙子，媽媽看不順眼，她也知道自己不應該沒事扮嫵媚，解釋著說：「再不穿裙子腳毛都要掉光了，你不是說一支腳毛一個鬼！不可以拔腳毛！」

蕩到秋暖家門口，聽郵差說剛送一封外國來的信去她家，轉身奔了回去。很聽他的話，郵差還杵著望她的背影微笑。從富蓮家回來的秋蜜遠遠喊：「誰的信？我知道不是我的！」「沒有信，今天全村就只有一封。」秋蜜走到他面前直著下巴問：「那你來幹嘛？」「怎麼你的筆友好久沒有寫信來？」一聽筆友秋蜜便往院子裡走，回頭看他還不走，說：「不交了啦！」「為什麼？」郵差又問。「也不知道要寫什麼！寫作文寫日記都寫不出來了！還寫信！」兩人瞇眼直望著對方，不知如何解決這個難題似的。郵差低頭翻了一下信件，說：「我的筆友要約我見面哪！」「你們一共寫幾封？有人說要寫一百封才可以見面。」「沒有算哪，沒有一百封。」郵差說。「那要去台灣喔？」「不然怎麼見面？」「那你要穿漂亮一點喔！」「對啊，還要先去買衣服。」

瓊雲開心看完爸爸的信，乖乖回來面對頭疼的算盤，期末開始要珠算檢定了，畢業前至少得通過二級檢定，但她是連小考都沒一次及格的，秋暖逼她多來練習。飯桌淨空，一副算盤擺桌邊，簿子攤在前面，對面則是打字機和書本。瓊雲架式十足，捲起袖子夾起瀏海，說：「這不是算過了！」仔細瞧，答案全都擦掉了。「哎喲！我的媽呀！從頭算起！不都有電子計算機了還打算盤幹嘛啊?!」「好啦！好啦！快練！」秋暖說著把瓊雲腕上的手錶脫下來看，「我計時喔，這兩頁三分鐘要算完。」「等一等，等一等，」瓊雲抓住她的錶，「不讓我先暖身一下？」右手握起筆來，食指橫溜過整排上珠，食指配合拇指滴答撥動算珠，小指自然而然嬌滴滴的微翹上來。「你常打，你的珠子比較圓比較滑比較好打！」「好打那快點打啊！」秋暖說。瓊雲抓住她手，「等一等，我這根頭髮再夾一下，搔到眼皮好癢，好了啦，等一下，不要喊算齊，我一聽到算齊就尿急……」秋暖吼了，「你到底好了沒？」

這邊算盤打了起來那頭姆婆來訪說了起來，由於口氣怨憤，才剛順暢的珠盤聲一下給掃得斷續無力，秋暖忐忑留心傾聽，瓊雲抬臉望她，她也沒好臉色，啞著嗓子說：「她罵她的，你打你的！」

「……咱自己人，自己的狗咬沒要緊，蕊仔那人多嘴，伊一知通社知，不是坤地仔講的伊哪會知，登記是登記坤地仔的名……」阿媽聲音畏縮安撫她說：「我才來去問蕊仔，沒伊的代誌免多話，就坤地仔啦，愛博，一定是過年博輸，今年才會多借一萬，自己也知見笑，騙人講是梅溪仔請伊借的，等一下若返我才叫伊來問……」

瓊雲對她嘟噥著嘴，她朝簿子一拍，「快打！」

姆婆氣稍微消了，說：「阮梅溪仔罕咧返，過年過節跟人博一下趣味，今年只初一出去一暝，阮呷頭路有賺錢，輸一千兩千當做是包紅包，大家歡喜就好，阮也沒計較，黑白亂講，講阮上元廟也去借，連這花生貸款也去借，高雄多少銀行也需返來這借，乎人笑……」

秋暖眼盯著在瓊雲指間上上下下的土色珠子，彈來彈去就那幾顆珠子。

「大家愛黑白亂講，害阮留一個歹名聲，以早欲去問西衛阿西一個外甥女，這是春仔來跟我偷講，人來探聽嫌阮會博，後來去嫁一個討海的是多好命，常常在賣魚，曬得黑梭梭……」

姆婆說夠調整了氣息，摸了摸停在庭上的腳踏車說：「這嘛擱好好咧！」那是她公公留下來的。她一下台階，秋暖深呼吸，嘆口氣，趕忙打起字來。阿媽倚門站了好一晌，回頭看也不看說：「好?!好是能騎咧?!」

瓊雲曉得阿媽走過來看著她們，便偷偷跟秋暖挑了一下眉，秋暖打得可專心用力，她只得鼓脹雙頰緊閉雙唇跟著賣力打。其實兩人都只是在空打亂打。漆答洽答漆答洽答煞有其事，不約而同一個反覆一加到十一個A打到Z。阿媽從來不管他們讀不讀書寫不寫字，倒是敬畏算盤打字機這些工具三分，緘默地走進大廳又走出來。也不看她們光對天井說：「土豆種未發芽土豆錢就先拿來用，永年借一萬還一萬八百，今年借兩萬不就要還兩萬一千六，擱宮借的咧！還未了未盡，我才欲看汝要收多少土豆才有夠還這條錢，打損我的土豆，全部秤還農會去，人來買嘛眞好價，去年我那揀起來的土豆一斤可以剝仁十二、三兩，普通的嘛剝有八、九兩，土豆仁一斤四、五十塊咧！掛殼的一斤嘛賣二十幾塊！去年土豆仁賣三百斤，掛殼的嘛賣兩千外斤……」

秋暖聽著嘆氣，瓊雲噗哧噗哧忍不住笑，秋暖踢她腳，「快打啦！」「我打了啊，她剛講的乘起來加起來再減掉，答案是兩萬三千四百塊，別亂踢啦，腳黑青了啦！」

外頭秋添一路高興跑回來，「阿媽！我會曉種瓜仔囉，阿爸教我種一欉，剩的攏我自己種的，阿爸講那十坑我的……」阿媽諷刺說：「會曉種瓜仔是有效？」他連忙轉向姊姊那邊，「阿爸講一坑可以生十粒，我可以生一百粒……」瓊雲說：「一粒幾斤？一斤幾塊？我幫汝算看汝可以賣多少錢？」

阿媽受氣未消，看見阿母回來，馬上找她控訴。那日農會來辦花生貸款，蕊仔婆瞥見阿爸借了兩萬塊，大驚小怪偷偷來跟阿媽咬耳朵。更早兩日她才來跟阿媽指責兒子懶惰土豆越種越少，相較之下還不到他們家一半。喔，原來是爲了還花生貸款，這下她明白了，只差沒說出口。阿媽臉上掛不住，遂編派出代梅溪借錢這回事，梅溪賭輸缺錢也有跡可循，今年過年尚且沒給她紅包。蕊仔婆看不慣姆婆愛誇耀兒子出外有成，巴不得別人知道這事。阿母一聽又是花生貸款，前日念過怎麼回鍋又念，聽見她拿梅溪當幌子，心底暗想她倒厲害，坤地已打過招呼，有一半錢正是幫梅溪借的，千萬不好讓姆婆知道。「有啦，錢有收咧，叫兩車肥，擱買雞屎肥料，骨仔灰、尿素，每項嘛要錢，多借一點也好，沒是欲跟誰人借……」她一面幫他想著各種款項名目，一面不禁懷疑他對她撒謊，母子倆默契到謊話也不約而同。她就等著丈夫回來，叫他拿匯款證明給她看她才肯相信了。

54 灰

貓兒聽見輕脆的取碗聲即刻跑到阿媽腳邊，東邊祖正起身子說：「端出門口吹南風啦，吹一下隨冷。」「燒？燒叫汝我煮好才端來不愛，一定就欲拿這個瓦斯爐縮在這煮這嘴糜！若一日忘記禁火，才來跟貓仔燒死在內底。差是多少，就愛這煮這呷，叫汝米先泡也沒，才來趕緊，閃啦！」腳把貓一甩，再甩，踢，「何時呷到這大隻，重軀軀，等一下踏沒死，乎糜燙死啦！」

兩手端熱粥立於門口，暖煙圍在脖子上，門外人說：「喔，又在拜天公做孝女啊！好命啦！皇帝祖仔！」這是她自孩提時就做的，冬天開窗吹粥，春天門口迎南風。養母說粥要稍微紋風冷卻外涼內熱才好吃。窗早就不開了，南風是她高興吹才吹的。

東邊祖邊吃粥邊說：「昨暝南風就起啊，門叩叩叫，（阿媽喃喃頂嘴：汝又擱知啊！）摸這貓毛濕濕，這罐肉酥也沒酥啊，（這也嫌那也嫌！）魚酥我也不愛呷，開開乎貓仔呷，（呷欲做仙咧！）土豆嘛沒脆啊，有留幾粒土豆仁沒啊？擱炒一點！」（剩那兩隻牙，脆？欲多脆？脆汝是嚼有？）

英仁家起新厝，一座白沙堆到大路邊來，南風露降使然，鋤頭印子都撫平了，凝然的沙丘彷彿好些天沒動工了。幾點鐘了工人還沒上工，請介仔起厝比阿允至少慢十日，她想。燕子啁嗚結伴滑翔，一波低一波高。路上兩張報紙捲攪又翻又滾，還當是兩條狗拖著襤褸。靜止片刻又扭動起來，這回更不成體統，簡直像兩人摟著打滾，不覺加快腳步，一把將它抓在手中，拿回家扔在灶口。

一進大廳便察覺阿祖的小相框倒了，不知道是雞來搗亂還是南風，扶起發現相框換成新的，連忙高聲喚孫女。秋暖說：「就阿公伊兒啊，過年前就換好，我就在等看汝何時才會發現。」「我沒閒沒工，夭壽，沒給我講，像多久沒來啊不是？」「上元不是有來。」「有影沒啊？我是在沒閒啥？有電話沒啦？叫看欲來否？」秋暖不理，瓊雲來了便央求瓊雲，秋暖猛使眼色，叫她快躲，她卻說：「伊打電話講欲來。」阿媽放心說：「欲來就好，不來就是嫌咱，那囝仔乖也不重呷，恁惦這，等一下取伊去行行咧！這囝仔乖啦，恁阿母不會罵。」秋暖說：「來幹嘛?!你們去外面約會不是更好！」瓊雲笑著瞪眼打她。「你看！滿面春風！」瓊雲更加嬌嗔搥打，秋暖說：「眞的，我要去田裡，你負責在這裡等他。」

錦程走進屋內，招呼的聲響都來到耳邊了，他回應的笑容也堆到臉上，抬頭挺胸在前庭立了一晌，舉目尋不著人，風掀得屋內這飄那動的。他知道今天風大，沒料到屋內更大，春聯、頭巾、斗笠、簿子、門帘、繩子，能飛的部分都飛了。手上的提袋也參一腳。你一言我一語，像趁主人不在密謀造反，踫巧來了個外人，想設局陷害他。

他小心地步入天井，腳底沙粒給碾得顆顆作響，通知他們了卻沒人在家，有些難堪，只好想，也許秋暖在房底。踏上過水庭，才走兩步就滑了一跤，猜是踩到雞屎，惱怒的發出惡聲，低頭察看，不是雞屎，地上紅磚濕答答的。

瓊雲來了問錦程怎麼怪怪的，他說屋子怪怪的。阿媽見到他，先交代自己忙什麼，忙帶獸醫去看小牛的腳，小牛跌井多久了還在跛，再跛不好就沒人買了。又去井邊把那幾顆南瓜籽種一種。接著便質問他們跑哪去，現在田裡也沒多少事……正說著孩子們結伴回來了，阿媽高聲吩咐先去煎鰻魚乾來吃好玩，等一下看有什麼好煮，也來不及去馬公買菜……秋添聽見「馬公」，箭步跑過來，在阿叔前向阿媽提議，不如叫阿叔帶他們去馬公吃蛋炒飯扁食湯。阿媽罵了，再等你阿爸賭贏有錢就會帶你去馬公吃好料的，我幾十歲了都不知道，小孩也懂個什麼蛋炒飯配扁食湯……錦程只有笑。秋暖披頭散髮走上前庭笑盈盈叫：「阿叔來了！」錦程側近瓊雲說：「除了阿媽，今天大家心情都不錯，她第一次叫我阿叔！」

轉眼阿媽不見人影，錦程摟住秋添肩膀說：「我去跟阿媽說我們要去馬公，你們想不想去？」秋暖問：「去馬公幹嘛？」錦程說：「去吃蛋炒飯吃扁食。」瓊雲說：「順便去看我們省馬中的校花，聽說有導演來找她演電影，聽說她家在文康市場開服飾店。」秋添不等錦程說完：「校花會比你漂亮嗎？」直拉扯他的手說：「也順便去看我阿爸講的馬公那個吃汽油的男孩子……」秋暖笑著皺眉，「你瘋了?!看他幹嘛啊！他啦，喜歡聞汽油味，有車子開進來就追出去聞，說汽油味好香，人家蓋新房子油漆他也喜歡聞，連阿祖的棺材他也說好聞，阿爸講就是像馬公街頭有一個男孩子會偷吃人家的汽油。」錦程和瓊雲都說那就去看一看。秋香則說要吃炸粿和肉粽。那秋蜜呢？秋暖說：「她啊，土包子！過年跟郭秋水下馬公，走路走到撞郵筒，頭上長一個包回來。」

已經有結論卻還討論不休，阿媽又冒出來說：「欲去馬公呷啥有的沒的去啦，我拿錢，一人五十塊。」大家歡呼叫好，錦程說：「可是我阿爸交代要去廟裡拜拜添香油錢。」阿媽說：「過兩日二王生日才拜啦，啊沒要緊啦，欲拜去拜，等我洗手面作伙去。」

阿媽臨出門又有大春來說話，秋暖最怕他眼神，趕緊暗示從側門出去，錦程一頭栽進西邊巷子，秋暖拉他衣袖說：「走這裡出去他看得更清楚，要走後院後門啦！」

普通時候廟裡空寂無人，廟公聽見輕聲細響，以爲一陣風，過來察看有無東西倒塌，發現天公爐邊立著一對青年嚇了一大跳，「這南風透得，好，拜拜！拜拜！」

秋暖買了香和金紙，金紙和錦程帶來的糕餅擺供桌，一束香全點燃，一人發一把，各自跪拜神明，遍插香爐，潮涼的廟宮絲絲煙暖。

瓊雲照例尋看光明燈內家人的名字，往往碰巧一眼望見以爲幸運，今天卻找不到，心慌的推著光明燈塔旋轉。秋暖站在天公爐邊，錦程也默默立著。爐面灰灰一片太平，彷彿許久沒人燒香了。香炷頂上煙縷嬝嬝。煙一生便似脫韁野馬凌空拋奔。片刻眼睛紅澀才眨眼，轉臉問：「你看什麼？」錦程反問：「那你呢？」「我看掉香灰！」「我也是！」「你學我！」「我還比你大幾歲呢！」錦程說，「這裡廟小，我們那裡廟大，燒的香比拇指粗，等一截香灰掉要等很久。」「大香我們也有啊，要大日子才點！」說著又凝視香炷，風襲來，三炷香同時乍紅同時折斷，香灰眨眼瞌落，鬆了一口氣。「要是沒有風，有的小香香灰會捲起來，像杯柄那麼彎還沒掉咧。」

瓊雲走來問：「要燒金紙了沒？」秋暖說：「阿媽怕我們一下子就拜完，規定至少要等香燒三分之一炷才可以燒金紙，今天風大燒得快，還是先去添香油錢好了。」說完並未直接去找廟公，而是跨出東邊門，走過來撫著柵門外的石獅子對錦程說：「不知道眞的還是假的，聽說獅子嘴裡要含這顆圓石晚上才不會跑出去咬人。你小心頭頂的麻雀！」瓊雲說：「聽誰說鳥屎掉頭上好運，掉肩膀就不好了。」秋暖帶頭打西邊門走回廟裡，看香灰又落了一段，新的炷頭像稻穗。

「哎，倒太多啊！」廟公將墨汁倒在硯台上，拿起墨條磨墨，「少年家，汝寫抑我寫？汝自己寫好啊！」得知錦程是何許人也，便開始叨絮，詢問他父親現今種種。秋暖說：「這南風輕輕吹，吹一下很好，好想飛，太狂，吹太久，眞會受不了。」瓊雲附和：「眞會瘋掉！昏掉！」廟公說：「不可嫌！這南風要多吹幾日，這南風吹落瓜仔才會大，喔，看著墨才想到，汝沒聽人講，『春南折北，沒水可磨墨』，千萬不可轉北風，若折北，沒雨水就慘啊！」

最後燒金紙花的時間比燒香還多。風無處不在，火柴叭一聲就完了，一聲接一聲，瓊雲不停哎呀，秋暖急得跳腳，不知不覺往他身邊靠攏挨擠，瓊雲髮浪更拂得他下巴發癢。三個人並肩掩護，火苗乍現，隨即又煙散。

他乾脆把手伸入爐膛內點火，爐洞陰風慘慘，鐵枝上的殘燼如嚴冬中的灰蝶振著薄翅，也有金紙燒了金箔依然完好的。火花飄搖，一就金紙又嗶了。難得燒起一張，它卻兀自翻滾至爐膛深處飛滅。眼看一盒火柴就要揮霍掉了，他不但不焦急，還愉快得很，爲了遮蔽洞口，她倆幾乎簇擁到他懷裡來了。

掃墓鯁魚刺

掃墓的六碗菜都備好了，錦程才來。阿媽說：「慢來那鍋滷蛋就偷呷了去，先去呷一點章魚才去還未晚。」門外章震給秋蜜和秋添送來兩張新加坡郵票，秋蜜夾了章魚給他吃。

晴風徐徐，燒紙錢的時候，火勢忽然蔓延開來，連整地的乾草一塊兒燒，秋香拿拖鞋撲火燒毀了一隻拖鞋，回程只得單腳跳著走，大家都笑僵屍來了。墓地野薊多刺，單腳落地扎得她哇哇叫。秋蜜暫借一隻拖鞋給她，錦程背著秋蜜走。阿媽看不過去，就地取材編了一隻草鞋。秋暖不喜歡沿途有人問起錦程，藉口海水正退想下海撿把珠螺。秋香只好穿草鞋和阿媽先提籃子回家。

一行人在海邊遇見蔡昆炯，當面沒說話，錯身一段路後蔡昆炯高聲喊：「嶼仔高頂有一朵雲，比嶼仔還大！」南邊小嶼上空有朵比小嶼大的雲。秋蜜說：「好可愛！一直停在那邊就好！」錦程問：「是他喜歡瓊雲啊？」「對啦！就是他啦！」秋添說。

佩媛離鄉後，家裡兩老常來屋裡走動，伯公剛走，姆婆就來，細細關照錦程，問東問西，也嫌小孩沒大沒小。祭祖的煎魚熱過上桌，秋蜜秋添一齊下箸掐住魚眼睛，姆婆說：「不可相爭，一面阿姊，一面小弟，那個頭乎阿叔，這魚頭上好，沒聽人講，見頭三分蔘。」秋蜜說：「阿媽嘛愛呷魚頭。」錦程推辭不愛吃魚頭，專吃魚尾巴。秋蜜又說：「郭秋添喜歡尾巴。」錦程趕緊將筷子移到魚肚。姆婆板起面孔說：「這囝仔不是款，阿叔罕咧來，也在跟阿叔搶呷那尾魚，後遍若去台灣，阿叔是不免招待恁，囝仔人不識代誌！」說著隨即放臉一笑，如數家珍說起自家兒孫嗜好魚的哪個部位，「若欲比愛呷魚，梅溪仔上愛呷，跟人講伊肖貓，臭腥貓一個，看著魚打死不走……」見錦程夾起一塊背鰭，「這塊上好呷，有骨，會曉齜未？」同時間秋香低聲說：「那塊郭秋暖最愛。」他又要咀嚼又要答應，情急舌頭打結，囫圇吞下去，再嚥一口口水就知道事情不妙，魚刺鯁在喉嚨了。故作鎮定忍痛嚥下幾口飯和芋頭，只是覺得刺越扎越深越痛，姆婆說話越刺耳，終於忍不住，邊咳邊往西邊門逃去。

姆婆等不到人，跑到西邊門外喊他，邀他跟她回家坐坐，又交代孩子們轉答才離開。鍠程眼眶微濕，呆坐在屋後田邊，克制著不吞口水，到了口水像潮汐又包圍舌頭，又是一陣苦痛。飯後瓊雲來了，大家才發覺他消失好一下子，猜他是吃壞肚子。秋蜜說：「自西邊門跑走很久了哪，拉那麼久，摔落肥坑喔！啊！會不會是掉到井裡？」秋暖斥她：「亂講！那麼大一個人！」話未說完，秋添喚：「阿叔！阿叔！」一馬當先奔向後院，秋蜜緊接著，瓊雲、秋暖也跟來了。

井湖安然，一朵白雲映在裡頭。兩人跪下來攀著井墘再仔細望望，確定井底沒人，轉身發現他們都在屋後，自己也覺得好笑，互罵傻瓜。錦程聽說他們擔心他掉進井裡，又笑又咳眼淚都迸出來了。得知錦程鯁了魚刺，阿媽阿母回來掃墓的賢姨婆都來幫忙想辦法，先試飯糰，又設法弄來麻糬、麥芽糖，喝白醋，全都無效，喉嚨反而更加腫痛。姨婆令秋添去取支夾子，錦程大嚥一口說：「下去了！不見了！好累，我看我去睡個覺。」

秋暖和秋蜜趕忙來整理廳內西邊前房。阿媽進來摸了一下床板說：「過年清過，又全全土，也沒先用臘日紙壁貼貼咧，本來賢仔姨婆欲來又沒來，這遍不是自己一個，若伊自己一個就會來住，沒來就沒清，先去阿暖那睏啦！」說著看站在門口的錦程一眼，沒搭腔，拜託瓊雲去把秋暖的棉被枕頭搬過來，退了出去。瓊雲把窗打開說：「有時候也很喜歡這種暗暗的老房間，好像古代，睡下去就好像冬眠，不必起來了，你那間就亮多了。」秋蜜說：「阿叔！進來啦！你不敢啊？你摸摸看，我們擦得很乾淨。」天窗下一格格紅地磚，房間與父親去年住的後房是一樣的，床在遮篷下像頂昏暗的轎，木板鋪成的通鋪。錦程摸一摸點點頭。秋蜜又說：「這床會有沙，沒人睡的還會有土，我阿媽每天晚上睡覺前都要拿被單把床掃一掃，她說床上都是沙，每天哦！我說怎麼會有沙？沙從哪裡來？我們又沒有去海邊，她說人是沙做的……」秋暖斥：「好啦好啦，眞囉嗦，以後比阿媽還雜唸。」

錦程躺落床立刻沉甸甸的墜入夢湖，夢中涉水來到上空有一朵大雲的小嶼，海邊偶遇的少年乃島上仙人，瓊雲則是住在雲上的仙女。仙人掰開一顆蚌，令他吞下蚌肉，魚刺即刻化了。但是不知怎的又來一堆人提供千方百計，嗡嗡的圍繞著他。

原來外頭來了親戚，全是老婦，好不容易趕走她們的聲音，愜意的微微眠著。枕上有刺鼻的髮香。渾身躁熱，一腳踢開被子，待身體涼了，翻身摟住被子。仙人仙女翻雲覆雨，又有秋蜜在說：「人是沙做的。」

正舒服的在雲端，忽然有拳頭像戰鼓般此起彼落打在門板上，驚醒屏息傾聽，同時感覺到褲底一片濕涼。「郭錦程！郭錦程！」聽見這聲音剛放心以爲是夢，高山青的聲音也喚兩句。

他急忙跳起來換褲，幸好原本打算過夜準備了衣服，這下沒夜好過了。回床上把棉被和床都摸一摸，乾乾淨淨，也沒有沙粒。他們越是催促他越是生氣，坐著怒視地上的鞋襪。秋添攀在窗口喚：「阿叔！阿叔！」

門一開就往外衝，邊帶上門，他們並不在門外。他更氣嘟嘟的出來對著爐口坐在紅磚上。原想來尋找安慰的高山青乖乖的不敢吭聲裝做一副可憐樣，他領來的人笑嘻嘻的對秋暖自我介紹，「我的名字只要過年家家戶戶門上都倒貼著，春福，欸！你們家好像沒有，春天和福氣，春到福到！」方頭大臉像個傻大個的春福用他轉音失敗的鴨公聲又說：「他說他女朋友你們都認識，她媽知道她交男朋友，把她禁足不給她出來，小奇又說許玉卿還說被她媽打得要命，高山青也不知道怎麼辦，就在那邊哭，哭一哭我們就說要來找郭錦程。」

秋暖來到灶口用食指戳著錦程肩膀說：「你不去理一下他們，要我們怎麼辦？這裡一塊薑糖你吃，你刺吞下去了？」錦程這才發覺刺不見了，沒好氣說：「不是早就吞下去了！」「騙人！」

秋暖把糖擱在灶台上，小聲說：「你愛理就理，不理把他們趕回去。」這時春福過來也小聲說：「他好可憐，從早到現在都沒吃東西。」錦程起身叱罵：「還好意思說……」一罵就咳，「你們以爲我來幹嘛……我來掃墓！」秋暖問：「那要吃什麼？」錦程掀起桌罩，「這裡有剩菜，要吃就吃。」

秋暖不顧錦程反對把菜熱過，高山青餓得發暈，幾口飯菜下肚，女朋友便拋在腦後，笑逐顏開，還夾菜餵春福，春福邊嚼邊說：「好吃！好吃！」

錦程看不下去，踱到天井。貓盤上有一副魚骸，猜是中午吃的那條魚，大骨骸基本上還保持完整，小刺細刺有的掉在盤上。大刺不刺人，都是小刺細刺在作祟。

轉臉看見秋暖，不覺笑了。「你刺吞下去了?!」「還沒！」「騙人！」「你怎麼知道？」「我看表情就知道了！」「秋蜜呢？人不是沙做的，人是肉做的！」

56 霧來了

一早上田裡來了好多人，竟然都是來借房子，秋添心早飛了，難得堅持要敲完瓜山、挖好新坑。剛開始學阿爸拿鋤頭，不小心傷了兩條藤；那藤已一尺長，不捨得丟，還往土裡插。後來乾脆改以手耙，「阿爸！汝看我挖這坑有像游泳圈沒？」阿爸看他造出來的瓜坑沒型沒體，忍著不插手，只叮嚀瓜藤要分配安置好，有的伸南有的朝北，撥些土固定，擠在一塊瓜結得少。

再等不及澆水，秋添馳奔回家，家裡不似他想像的熱鬧，一個阿兵哥向他介紹自己的名字是過年常在門板上看到的倒貼的兩個字，小奇譏諷：「別再春到福到了，夏天都到了！」秋添問：「誰要住這裡啊？」瓊雲趕他，「我住啦！去玩去玩！沒你的事！」秋添不出反進，小牛般跳越廳檻，衝過門幔，劈頭就問坐在床畔的小姐：「你是誰？」秋暖追進來趕他出去，嘴說：「別看到人就問人家你是誰！」眼睛趁機窺視房底阿媽說的人，肉肉的圓臉肉肉的胸脯。

她帶隊回家不及報告阿媽有人要來借宿，阿媽反而先告訴她，文彬帶了一個女孩子回來，被他阿母趕出門，馬上帶到我們家來，拜託暫時收留，阿媽當然連聲說好，他客氣跑一趟田裡跟阿爸打聲招呼。另一隊人更是來得唐突。一切都起於小奇，他同情高山青失戀痛苦，涎著臉又說又寫的求許玉卿幫忙，許玉卿曉得秋燕的繼母悍婦一個，恐怕惹禍上身，教她小妹去運作，小妹機靈偷了鑰匙開門就跑，連秋燕都不知道是誰來的。秋燕出逃不肯回家，小奇突發奇想出了這個主意，高山青想回營問錦程一聲，小奇說問也是白問，我們找瓊雲、秋暖，又不找他。一夥人快快樂樂搭車來，阿兵哥好招待，阿媽一貫的光出隻嘴，他們說要找瓊雲就喚小孩去叫瓊雲，由她領了往田裡找秋暖。秋暖不見錦程來根本不敢答應，小奇慫恿他們接力求情，就只秋燕沒開口，她瞧她可憐，先去通知阿爸，說是同學來的，再帶他們回家。早先打理出來的房間已經有人，唯一空著的後房在西北角，最是荒涼，阿媽有些不捨得丟的東西開始堆到這邊來，一踏進去就聽見古怪音聲，雖不情願也只好讓秋燕先到她房裡。小奇作主要讓這對情侶獨處，把門帶上了。相形之下文彬的女朋友才眞是可憐。秋暖用過年拜拜的新碗倒碗水給她，另備一碗給秋燕，邊跟瓊雲說：「也好，不然等那些舊碗壞要等到什麼時候，有時眞巴不得摔破。」

春福一個人呆杵著，小奇不大睬他，好像也不喜歡他跟瓊雲、秋暖多說兩句，甚至警告他：「兩個你都別想！」他獨自徘徊至西側門外撕菅芒葉來編蚱蜢，喃喃：「獨坐幽篁裡，彈琴復長嘯……」又拿菅芒葉來吹著玩。秋香聽見那有點滑稽的葉片聲，想過來又不敢，一直留意到秋蜜尋來才跟著來。

秋蜜說：「你的嘴唇給菅芒割流血了，你怎麼不用桑葉吹？」「那太軟啦！」秋香說。秋蜜又問春福：「那你會不會吹口琴？我阿爸有一支口琴。」「會啊！我也有一支口琴，只是沒帶來。」秋蜜一個箭步欲衝進屋裡取口琴，秋香制止她，「阿爸說口琴不能亂吹，會傳染肺病。」秋蜜嘟噥：「郭秋添不是有偷吹。」秋香問春福：「那你會不會彈吉他？」春福說會，立刻叫秋蜜快去拿吉他，又問：「你怎麼那麼厲害？會那麼多樂器！」春福笑說：「我聲音難聽嘛，我叔叔叫我多學點悅耳的。」

秋蜜兩手打直把吉他從阿爸床底橫捧出來，絃上拖著一把蛛絲，音箱也蒙層灰網，更別說全身盡是霉味塵粉。「哇喔！哪來的吉他！白髮三千丈啊！」春福說著接過吉他，試著撥弄和絃。秋香秋蜜趕緊退後去。淙淙濁濁的絃音。秋蜜說：「是不是生鏽了啊？」一曲彈罷才拍拍手撣撣身，接過秋香拿來的抹布來抹吉他。一絃一絃調音，音色稍微開朗，也還是沙沙粉粉的。再彈奏時，一隻老蜘蛛自音箱跑了出來，引起姊妹倆尖叫。秋暖、瓊雲、小奇、秋燕和高山青陸續擁來，阿爸也循聲而至，秋蜜說：「阿爸！你也來彈一首，不要彈國歌就好，以前他一彈國歌，郭秋添就立正！」大家聽了都笑。春福馬上彈起國歌來，笑鬧中秋添突然奔了回來，姊姊們都嘲他果眞是愛國的小孩。

三個阿兵哥無所事事多時，拖到四點鐘響終於被秋燕趕走，臨去時秋燕正色對小奇說：「我不是私奔，我是受不了她，她才不是我媽。」過後賢仔姨婆來做珠螺醬就熱鬧了，丈夫不敢搭飛機已先行乘船返高雄工作，她一個人自在好辦事，阿媽說她幾天就快要把海裡的章魚抓光、素綾家的冰箱塞滿，再不回去飛機也載不動了。光是珠螺就撿四大簍，昨天在這兒煮了兩鼎，阿媽和素仔姨婆幫忙挑螺肉挑一下午，剩下半簍留著今天做螺醬。生醃的螺醬只有她愛吃，家裡也沒人敢聞，倒有個鄰居老兵識貨愛得很。她說還要多做兩瓶讓錦程帶回台南，這他老爸知味，阿媽連聲阻止反被她罵，「汝喔，就是未曉做人，才會蹲這破厝！」秋燕家那邊的海域多為沙岸，不曾見過這種潮間帶的小珠螺，秋暖特地去煮了一捧給她嘗嘗。她手巧伶俐，幫忙搥螺挑肉，賢仔姨婆好歡喜。

文彬的女朋友一直待在房底不出來，秋暖拿個夜壺進去。黃昏文彬帶了妹妹做的饅頭來看她，阿媽囑咐不必多跑，這兒有飯吃，叫他多在阿母跟前，等幾日她氣消了就好，她的心性勸不得，否則早就爲你跑了。

晚飯時秋暖在房間小桌衣箱擺飯菜，拉了瓊雲、秋燕和她，關起門來吃。瓊雲每開口要問她話，秋暖便用膝蓋頂一頂她膝蓋，桌子矮小，四個人都震動到了，全笑起來。「別亂調查人家啦！」秋暖說。「我問她名字總可以吧！」「春天的春，稻子的稻。」秋暖噗哧笑了出來，「春到福到，眞巧！你看你的碗就寫個春。」秋燕看自己的碗有一秋字，「你的秋不就被我搶走了。」秋暖說：「冬暖夏涼，不是秋暖。」瓊雲抱怨：「那我跟夏又有什麼關係?!」

一飯下來，毛毛霧旗插至屋內，天井白朧朧。秋暖回房熄燈開西邊窗，「等一下看霧會不會飄進來。」阿爸在前庭教姨婆使用他新買的蓄電池，那燈打起來有車燈那麼大那麼亮，姨婆喜孜孜地說明年她也要買一個，但也再三推辭，搶著那支霧茫茫的裝電土的小提燈。瓊雲嚷著燈美霧浪漫我們也去照海夜遊。秋暖叫她別忘了明天還要讀書。不知今夕何夕此處何處，兩個外人卸下心防都說好啊！秋暖遂去買電池，裝了兩支手電筒，連元宵錦程買的兩盞燈籠一起提去。

文彬等母親就寢迫不及待起來找春稻，重重霧障，礙手礙腳，不得不放慢步伐。夜不閉戶，輕緩拾階而上，往屋底紅佛燈方向摸索。秋蜜和秋添怕霧，說像鬼，磨蹭了半晚，兩人攜手壯膽要回房，一出來就看見一人形的黑影，嚇得驚叫折回阿母房間。孩子們多半鬧著玩，假似眞眞亦似假，反而是文彬一慌張便絆倒在門檻前。這兒他算是熟的，小時候常來找順輝，他就住這間房，後來他妹妹越大就越不得其門而入。忐忑而興奮的摸黑進房，露齒笑著朝一床棉被撲抱上去，平平板板，人不見了，「稻子！稻子！」的虛聲喚著，彷彿她躲起來似的。

封鎖海上的霧幕，怎麼走它就是在前面，走不進去。照明的燈火水溶溶的一點一滴，瓊雲說：「這麼多燈，要找阿爸和姨婆哪裡找，怎麼不用有顏色的燈。」「你去拿盞紅燈綠燈才嚇人咧！」秋暖說。「你在台灣有沒有看過螢火蟲？螢火蟲是不是像這樣？」瓊雲說著將燈籠舉到春稻面前。她恍惚沒聽見話，猛然一跳向後退，瓊雲也被她的模樣給嚇著，還不熟乍看是張陌生的臉，淒淒惶惶有些可怕。趕緊照向秋燕，一頭霧鬢楚楚動人，忍不住伸手幫她將髮塞至耳後，留下幾根撮成雲鬢，邊說：「眞是一頭霧水啊！這樣就像我畫的古代娃娃了。」

說是來玩，秋暖卻暗中在找尋章魚，幸運讓她遇上一隻，黏答答勒不住，鬆開來牠又吸纏不放怪噁心，一溜煙不知去向，不甘心要再抓一隻，叫她們附近走走，別亂跑。瓊雲哼唱：「花非花，霧非霧，夜半來天明去……霧來了，霧來了，別問它爲何要來……」濃霧籠罩，海面平靜，歌聲傳播不開字字清晰，連續兩個照海的人撞上來，急忙掉頭走開，一邊還要表示勇敢大聲問：「誰人在那唱歌？還有來唱歌的咧！」秋暖說：「別唱了，眞恐怖！唉，唱吧！唱吧！免得走散了。」

歌漸唱漸乏，霧也看花了，她倆又不說話，瓊雲學著把燈放低，黑暗中每顆石頭每叢珊瑚都千瘡百孔，複雜多心眼，怎麼都參不透，還想跟章魚捉迷藏。這時蠟燭滅了倒高興，嚷著阿暖回家回家。秋暖安撫著要她再等一下。她像孩子似的啼鬧起來。秋暖連噓數聲，終於起身咆哮：「別吵啦！聽看好像誰在找人！」

遠方有人斷聲吶喊：「稻子！稻子！」越叫越淒厲逼人。秋暖說：「誰啊？不是村裡的人，沒聽過這名字這聲音。」聽見春稻啜泣起來才恍然大悟。「要不要回答他？」秋暖問。春稻拼命搖頭，朝聲音的方向前行。三人緊追上來，走兩步，秋燕也哭了，哭著說：「我想我媽，她在就好了。」「小姐，那你哭什麼呢？」秋暖問瓊雲。瓊雲說：「你忘記我爸是做什麼的，爲什麼這麼霧茫茫的……我也想我爸……」

57 夜壺

一家子陸續入睡後，貓又開始叫春了。公貓在屋外唱，母貓在屋內和，聲音聽來十分怨妒，著了魔。貓輕功了得，樓梯一爬屋頂一躍就解放了，小孩子不明白，裝腔作戲是調情也是激將法。

公貓似乎比昨晚來得多，西邊門外有兩隻在對峙叫囂，廝殺起來。前門又出現一隻採溫柔攻勢，聲音低沉斷續叫個一兩聲，母貓騷浪的獨吟和牠，還刮得木門嘎嘎叫。

鐘響都聽不清了。睡前阿媽早警告過，「記得欲睏，貓母要趕出，叫起活欲吵死人，歸間厝攏欲傾起！」秋添說：「就是欲將伊關起，才不會又擱大肚。」「汝又擱知也，關也大肚，沒關也大肚啦。」秋添不聽反而連虛掩的西邊門都閂上了，這一閂限制了貓，也限制了人。文彬每夜都從這扇門溜進來找春稻，鬼鬼祟祟行經西邊巷仔的聲音，秋暖聽著既害怕又厭惡。腳步一天比一天隨便。都是可憐癡傻的春稻，否則早把門閂上了。

阿爸起床把母貓逐出去，有個身影閃過，假裝沒看見。母貓見到公貓轉個聲調繼續叫，文彬躡腳接近，一腳將牠們踹散，四下陡地安靜下來。推不開西邊門，轉向春稻的窗。春稻赤腳扶牆出來開門，控制得幾近無聲，卻在轉身回房時撞上石臼，跌了一跤。

隔天早上還有隻公貓在西邊門外刺探徘徊，母貓倦倦的待在屋內懶得搭理，秋添大步出面找牠算帳報仇，公貓見他來勢洶洶趕快逃開，他邊追邊罵邊將手上的竹棍作標槍射。阿媽說：「還未罵汝，汝顛倒在治那隻貓，早沒叫汝要趕貓母出，牽那群來那咿咿唉唉……」說著看秋暖一眼，正在那兒不吐不快時，阿母回來抱怨，文彬跑去田裡說想留下來種田，香瓜嘉寶瓜問了一堆，說一堆花用，還不是要借錢。聽了這事比她要說的那事嚴重，阿媽還是先把肚底牢騷發完再說，「每暝都摸來找這查某囝仔，好心大春剛才拿紙板來，探至廳內去，晶晶相，煞不知是在找那查某囝仔，」阿母勾下巴提醒當心她聽到，「在睏啦，暝時不睏，日時才來睏到晚晚……講伊在三樓頂，每暗就看一個人影行至咱厝來，千里眼順風耳！沒一項伊不知。有囉，留惦這種瓜仔，沒那快活啦……」

阿爸回來後，阿母和阿媽聯合起來阻止他借錢給文彬，都說那孩子我從小看大，哪裡是種田的料，幫到底也是惘然，他阿母若知道還要怪你。阿爸故作輕鬆說：「伊隨便講講，汝隨便聽聽咧！」阿母積極想了一計，去跟姆婆要梅溪叔的電話，他在高雄跟文彬交涉多了，請他勸勸阿爸這隻憨牛！

這事姆婆想法完全不同，她先出馬勸解文彬的阿母一番，既然孩子肯做我們就要相挺，據說他阿母哭了，也釋懷了。姆婆接著攜文彬去廟裡拜拜求籤，求到一支祝福的好籤，又擲筊問高雄發展順利還是澎湖，澎湖出了兩副聖杯。爲圖圓滿，姆婆還掏腰包幫他添香油錢。兩人高高興興回家去了。晚上文彬還專程來跟阿爸報告這個好消息，又談到許多近日來他所見所聞的農作現況。阿母自作聰明，反讓他得了姆婆和恩主公加持，只能怨姆婆愛做好人好做主，怪阿爸喜歡抓蟲在屁股搔癢，伊也沒法度。

當晚文彬在春稻房裡睡過頭，雞啼了才匆促離去。阿媽在天井淘米，一早又想起麻煩事滿心不悅，只能裝聾作啞。之後她在灶口顧粥，聽見春稻起來漱洗，不久也打西邊門出去了。她按捺著不說也不去房間看看，直到中午文彬跟她要人，她才著急的要翻遍每個角落問遍每個人。文彬回過神，趕往機場去了。

她再度進房，掀開夜壺，睜大眼往裡頭瞅，暗鬱茶色濃烈辛騷，飛快地拍上壺蓋，將它端往後院去，「出著這查某囝仔這憨，講才十八歲，返返去好，縮住這欲縮到啥時陣？返找老輩老母較贏啦……」

秋暖放學回到門口，阿媽和秋蜜爭相報告新聞，她一副早在預料中的神色，上午在學校許玉卿跑來跟她說秋燕去了高雄，她也是這種反應。

走進屋裡，發現掛在房門上家事課做的花樣信插內有封信，馬上高興的扔掉書包，坐到天井邊石梯上看信。

親愛的秋暖：

昨晚我已經下定決心回澎湖好了，我實在不喜歡這裡，也不喜歡我爸，雖然想陪媽媽一起工作，可是車衣服好累又住不慣。可能是水土不服的關係，常常頭昏，長了滿臉痘，已經感冒了三次，還吐。告訴你一件奇怪的事，今天下班回家坐公車的時候，我的雨傘不小心碰到一個男的，他就一直看著我，下車還跟蹤我走了一段路，這裡很熱鬧，我才不怕他，只是很討厭，我就停下來瞪他，後來看見我的雨傘在他手上，我氣死了，我剛買的一支很美麗的傘，水藍色的，上面畫鳥……

秋暖握著讀到一半的信走到春稻房前，輕悄地，撩起布幔一角，好奇地朝床榻上張望。春稻跟她借的鏡子立在床頭，春稻說半夜十二點對著鏡子梳頭就可以看見自己未來的丈夫。

他就把我的傘放在路燈下，叫我不要怕他過來拿，他先走開，我才不怕他呢，只是很討厭……

58 女海

香瓜藤爬了有兩尺長，條條昂揚有力像競走的龍舟翹起龍鬚。阿爸熟習地掐掉葉心，觸及砂紙般粗糙健挺的葉片，心裡得意洋洋。他敢說附近的香瓜就屬他種的長得最好，突然住手說：「這要等後日禮拜，留乎添仔來掐。」

阿母戴著斗笠正在給施肥後的香瓜澆水。阿爸攤開掌心給她看一顆顆像小花朵的葉心，把剛剛的話重複了一遍，又說：「水短去到嶼仔，可以去海欸！」阿母說：「海欸！海欸！我嘛欲海欸！」「等這兩壟澆完才去嶼仔抓打狗仔還未晚。」「抓打狗仔？打狗仔等添仔跟蜜仔去抓，看欲抓幾籃，我欲去抓魚！」阿母只顧說話，讓水注滿衝破土坑，阿爸急忙蹲下來推土堵水修補土坑，說：「抓魚？今日也沒人圍網。」他是從不撿人家網內的魚，那是孩子和女人家做的事，還情有可原。阿母正臉看著他說：「我嘛欲來去滬仔抓魚，去年補那支縀仔，沒去滬仔抓多少郭仔魚咧！」「好啦，緊澆啦，等汝返去拿縀仔，水淹來啊！」

阿爸背著手走了，阿母認份的一坑接一坑的澆，水管一挪向坑內，便轉臉尋他背影。水流潺潺，水管沙沙地拖過走道。澆到最後，水管一放低對準瓜坑，急忙賣力奔向電厝，扳下開關。抽水機一停，周遭即刻沉靜下來。她從電厝裡拿出最大的一口竹籃，抓打狗仔才需要這麼大個，她知道最終她還是會聽從丈夫的意思。還有一支可以敲牡蠣的鵝頭鋤。循著水管走回盡頭。她太笨重不比兒子的飛毛腿，水溢出坑墘，還沖傾根部。「叫伊等一下幫我禁電才去也不，眞正那愛去海，少年時人叫伊欲去基隆討海伊不！」她光抱怨丈夫，卻未怪自己，應該把水管丟向田溝，甚至是隔壁土豆田，想省水反倒浪費了。忙著將它恢復原狀搞得她雙手雙腳都是泥巴。

她大步走下海，朝西南方向大斜線地穿越東邊海，她不要像小孩子們一下海就逗留起來。雖然也看見螺螄小魚。她口中呢喃有詞：「看著中墩塗，目屎流滿路，看著中墩山，流得囥心肝。」早年她和冬子相偕回娘家，再一道返回村莊，常在路上唱嘆的，不知哪學來的一首褒歌。總是這樣，嫁這村怨這村。前頭春霞嫂喚：「靜子啊！來看阮這個憨兒婿！」她女兒昨天剛請喝歸寧酒。女婿獨自拿個小簍，看見第一隻打狗仔就把簍子傾倒，將打狗仔趕進簍內，看見第二隻照樣把簍子放傾，幸運的又趕進去，到第三隻仍如法炮製，趕進一隻卻走掉兩隻，妻子和岳母笑他傻。妻子說：「跟你說牠動作慢不會咬人，從後面一按就抓上來了！」「咬人也不會痛！」岳母說。他壯膽抓起一隻，快速扔進簍子，高興得手舞足蹈。她們又笑他，這裡能吃的螃蟹有四種，這可是最笨最沒肉的一種，只是生得一個像蟳般的圓殼好看，但那殼又硬又厚，比肉還厚，咬都咬不動，好抓是好抓，吃牠可費勁，必須拿鐵鎚來搥咧！

阿母笑著說：「憨人才有憨福！」走了幾步聽見春霞嫂的女婿興奮驚叫，女兒歡喜的鼓譟：「快點！石蟳仔哪！這比剛剛那有肉，可以用牙齒咬……」忽然一聲哀號在背後爆開，笑著回頭看看繼續走。春霞嫂的女婿折腰暴跳，連聲慘叫，女兒吼著：「放開啦，放不開？甩啊！甩掉啊！」

春霞嫂則一再求他：「好啦，停啦，停啦，我看啦，驚啥啦?!極多是咬一孔流一點血，不會死啦……放低落來，我另外一隻腳將伊折去，好啦！驚就別看，別哀，續落折身軀，好，汝看，斷啊！放啊！男子漢大丈夫，一點兒血沒要緊，汝這憨膽這石蟳仔不比那打狗仔，細囝細，精靈靈，啊……眞正是，大人大種，好意思哭……好啦，兩隻腳攏折斷去，拿去玩……」

循著記憶走到這處礁岩，岩上的牡蠣已有兩個錢幣大，一個錢幣是一個季節。順勢將牡蠣完整切打下來。走到水澤邊抓了一些打狗仔和石蟳仔，她腰痠背痛，直起身子來看著嶼仔。陽光閃耀，眼花撩亂，嶼仔一個有兩個大。涉入水中發現爬來爬去都是打狗仔，兩手齊來還不及抓，打狗仔眞鈍，手一碰便怔住不動了。抓得不亦樂乎，遂打消去嶼仔的念頭。待到水升至膝上，秤了秤籃子重箍箍的，便甩手插腰，靜看一隻打狗仔從這石溜到那石。忍不住還是伸手去抓。往回走了幾步，一望石滬又被皎螺、刺螺、紅蚵和生蛤所牽引。

似乎有人來巡過，石滬內的水濁濁泡泡的，尙未完全沉澱。她費勁的將籃子挽近腰身，另一手探入滬石間摘取紅蚵。東西好像已被人拿得差不多了，她有些失望，突然看見一條手刀大的魚爛漫的斜飄而來，她不怕刺，出手就抓。

回程路上，有個男人一直手扠腰站在岸邊，距離七、八十公尺遠時，他還對她招招手，她加快腳步，看清楚是個警察便疑惑的停下腳步，高聲問：「叫我做啥?」警察喊：「你上來啊！」她歇腳說：「我行得慢！」那警察戴起手上的警帽快步走來，誤入一處孩子們說的爛溝粥，連顚了四下，惱羞的連走帶跑大聲質問：「你叫什麼名字?住幾號?放下放下！」她卸下勾扛在肩後的籃子。他抓著籃子，「你抓這什麼?怎麼有這麼大條魚，不用釣竿也不用魚網，這麼厲害，是不是去毒魚?」她瞇著眼，兩頰腴紅，不解地反問：「汝也在作夢，我拿啥去毒魚，汝有親目看著啊?」

「我看你在那邊摸東摸西！」「你眼睛這麼亮喔！不曾看人在撿紅蚵？我若毒魚早就藏至籃仔底……」警察伸手翻開籃裡的螃蟹，打狗仔乖乖縮緊，一隻石蟳仔火山似的迸開高舉兩隻螯剪，向他示威，而不是投降。他搶奪她手上的鵝頭鋤打算來對付牠，她緊緊握住不肯鬆手，他一腳踹翻竹籃掉頭走人。那石蟳仔率先逃開。她扶起籃子追著他罵：「汝做啥警察，沒證沒據，抓沒犯人找我抵帳，抓去啊，抓去化驗看有毒抑沒毒……」春霞嫂跑在阿爸前面趕過來，一面幫忙抓回打狗仔，一面說：「好啊啦！汝這憨蝦仔！警察也敢罵，我就知一定是來欲查毒魚，趕緊呼坤地仔來……」阿爸不理打狗仔，拾起魚說：「這人毒的魚汝也在撿，汝看這魚……」

春霞嫂打他手臂叫他別說，他順手將魚拋掉，她氣沖沖撿起魚來，「氣死啦！汝跟那警察仔同款啦！汝驚死不敢呷，我呷啦！」春霞嫂揮手說：「不好啦……撿返去飼貓好啦！」「丟丟肥坑坳肥啦！」阿爸大步走開說：「我抓二十外隻蛳仔，看見一個蟳孔這大個，趕欲返去拿蟳鉤來勾蟳……」

59 蝴蝶吃糖買冰箱

廟頂的綠瓦反射金光，海面灑滿玻璃碎片，佩媛兩手都搭起了手篷，說：「坐飛機還不會怕，去大統百貨樓上的遊樂場，叫我往下看我不敢欸！」

秋暖把椅子搬來放在過水庭西，拿好一張乾淨報紙等著佩媛走下樓梯，心底暗笑她，去了一趟高雄穿衣服腰身都有了。「唉呀！公司有裡布，我說要車一件來給你們剪頭髮穿哪！」秋暖坐到椅子，披上報紙，用手在胸口抓住報紙，說：「沒關係啦！這樣就好！剪得漂亮比較重要，啊！我的梳子！在我房間！」佩媛入房取出她買回來送秋暖的梳子，「怎麼不像我買的？」「是啦！怎麼不是？」秋暖一把搶過來，用力梳得頭皮刮刮響。佩媛攤開手帕，取出剪刀，說：「好了啦，頭梳光了啦！中間偏左喔！」接過梳子一劃，兩翼烏髮自動披開，直文文一道髮線。西西沙沙髮雨聲。「拜託不用磨刀，小心我的耳朵啊！我的耳垂！」「下次先用膠帶黏起來啦！」佩媛撩開髮再確認耳垂所在。阿媽提桶餿水湊過來瞧了走，「喔！月琴仔這剪刀利劍劍！早起就在剪頭鬃，涼仙仙囉！」

秋暖擔起頭，看見瓊雲來了，橄欖綠及膝花褲裙米白五分袖麻紗上衣。秋暖喚：「快點！我看！」瓊雲把手背在後面說：「先剪完啦！」秋暖又討：「邊看邊剪。」佩媛說：「剪醜了不管，給她看啦！猴急！」秋暖抖掉報紙上的頭髮，放手讓報紙滑落到地上，趕忙打開相簿。前些時候錦程要瓊雲來拿相機，一起出遊拍照。佩媛也伸長脖子看。「啊？林投公園?!」瓊雲解釋說：「他說要去的，還好還沒看見毛毛蟲，他聽我說七、八月毛毛蟲多得嚇死人，還說七、八月要再去，我說那要穿長袖長褲手套撐傘穿雨衣我才敢去，他說又不是要去鹽水看蜂炮，要是看蜂炮，我才想去哪。」秋暖鬧著指著錦程搭在瓊雲肩上的手給佩媛看，兩人默契的都是一身藍白配。佩媛客氣說：「很郎才女貌，阿兵哥啊？台灣人？」瓊雲點點頭。「她快好了，你要不要剪？」秋暖看她嘟起嘴立刻會意，「她等一下要去約會怎麼能剪，剪一個頭要呆三天，去啦！去啦！沙灘上的要洗一張給我。」「合照還獨照？」「都好！」

阿媽飼完豬回來只見瓊雲背影，「怎走這緊，也不幫我打電話問看伊欲來不，那日炒打狗仔酥留一罐欲乎伊，也不知這陣子怎攏沒來。」秋暖聽瓊雲說，因爲小奇他們自作主張帶秋燕來打擾，錦程生氣才不來的。這些跟阿媽說阿媽也不懂，說給佩媛有意思多了。尤其是秋燕的事情對保守的她簡直不可思議，想了解更多細節。秋暖只知道繼母找上門來也是許玉卿和小奇幫的忙，只是她來遲了，秋燕已經早一步離去，阿媽聽見人家凶巴巴來要一個十六歲的女孩子才恍然大悟，以爲秋燕是錦程的女朋友才藏到這裡來。回家後繼母沒打，從不曾打她的父親揍了她，繼母負責到營裡找勾引女兒的阿兵哥算帳，高山青因此被禁足一個禮拜。聽說秋燕去了台灣，佩媛說：「我們什麼時候也一起去私奔、流浪！」「你不是剛奔失敗回來?!」「那不算啦！」說到錦程，又說：「改天有來叫我來看，看和曾瓊雲配不配，我一看就知道！」秋暖說：「不知道還來不來！」

兩個禮拜後島嶼國小臨時有個代課老師缺，據說是老師流產，這次佩媛倒不在意離島，爽快答應，立刻啓程。同這天錦程來了，遠遠即看到了秋暖低著頭嫻靜地坐在過水庭邊上，兩腳擱在天井，秋添側臥在她大腿上。踩上台階才發現原來是在掏耳朵。秋添發覺他來了，一動作即刺痛耳窩不敢叫，咬牙咧嘴乖乖伏好，眼珠子溜兜溜兜地招呼。秋暖不會不知道，只是不好奇。按捺至姊姊說「換邊」秋添急忙起身說：「阿叔來呀！」秋暖匆匆微笑一望，「我知道！」秋添挪動屁股轉個身面向姊姊胸懷，錦程又羨慕又懷念，小時候這種時刻總是聞見母親淡淡乳香。秋添壓抑著不說話，兼因耳孔搔癢而暗咳，秋暖說：「不挖了！」他卻說：「還有還有！」

阿媽進門發現錦程靜靜看著姊弟倆在那兒掏耳屎，便說：「一日到暗趴趴走，沒一時定對，只有欲挖耳孔才會乖到像佛仔咧……啊有挖就好啦，不要黑白挖，挖到臭耳人……阿叔來啊啦！」

秋添起身急著看旁邊衛生紙上的耳屎有多少，又問錦程：「你要不要挖？你的耳屎是乾的還是濕的？」秋暖啪地朝他腦袋一掃，「去啦！蝴蝶在偷吃你的糖了！」錦程看她空著手，不明白用什麼挖耳屎，叫她攤開手，一支纖細暗器似的黑髮夾，說小時候每到過年阿母燙髮就跟去美髮廳撿髮夾，一年只燙這麼一次，現在只有秋蜜還跟。秋添急忙跑上去拿起放在樓梯上的衛生紙，「蒼蠅沒來，蝴蝶來！」紙已有些棉潮，伸出舌頭來舔砂糖。蒼白的粉蝶低低飛在天井中，像魚餌似的勾引著底下的貓兒隨牠忽高忽低，地上的黑影扭來扭去。蝴蝶飛高，影子也淡了。

阿媽煮了土雞蛋喊他們吃，秋添搶著去拿線要來切蛋，發現鍋底一窩蛋，「哇！一人一粒還有剩咧！阿叔，你要常常來。」「他們家開大雜貨店，還稀罕吃那顆蛋咧！」秋香說。秋蜜從外面回來，高興的跑著問：「春到福到老師怎麼沒有來教我們彈吉他？」錦程急於回答，一句話堵在蛋黃裡出不來，用力吞嚥反而緊噎住，咋咋咋又說一遍也沒人聽懂，摀住嘴咳得面紅耳赤，眼淚都迸出來了。秋添說：「阿叔，你在說什麼？像狗在咬屎，你怎麼會這樣，吃魚被魚刺，吃蛋也被蛋刺！」秋暖忍住笑拍打秋添腦袋，令「快去倒水來啦！」水剛含入嘴巴一個咳上來立刻像噴泉般爆開，蛋黃蛋白泥水濺得他們滿頭滿臉，又是叫又是笑，紛紛跑到天井水龍頭前面爭著洗臉沖頭，秋暖等不及拿起瓢子舀水就往臉脖上潑。唯一倖免的秋香站在過水庭上說：「我眞的會被你們笑死！」

漸漸止住了笑，秋蜜打起嗝來。秋暖更衣忙去打掃，錦程連聲抱歉，「幸好沒被別人看見，眞是丟臉。」秋添洗得正面全濕，立在天井曬太陽，看見門外停著一部小貨車，阿爸笑瞇瞇下車，剛笑累了，反常的沒迎上前，只瞇眼對望。

阿爸買了一部冰箱回來，叫秋暖在菜櫥邊清掃出個位置，秋暖眼尖看見大春跟著進來，忙支使錦程快從東邊門出去。紛紛擾擾，回頭看他在西邊門外微笑揮手，自己也抿嘴偷笑。

阿媽回家不及說東邊祖險些被蛋噎死，看到家裡這場面瞬間火冒三丈，特別是錦程來了，大春也在場，使得買冰箱這件事罪加兩等。「哇！面姑仔，汝好命啊！電視有啊，冰箱也有啊，冬尾坤地仔再擱買一台洗衫機來幫汝洗衫！」大春笑得嘴冒泡，她也顧不得罵兒子，而是盡力的向他吐苦水，能堵那隻嘴一點是一點。「有囉?!啥分期付款，免錢才講啦！呷都沒夠，冰啥咧？」孫子在旁說要冰凍凍果仙草冰。「冰屎啦！土豆還未收花生貸款就拿來用，瓜仔還未生，瓜仔錢就先算乎人，到時若沒收才車返去還人……」逗弄得阿媽像公雞似的撲撲跳，大春笑呵呵說：「人有才調，汝也在煩惱天煩惱地，這個面姑仔就是這形在顧人怨，汝看掙山那憨人銀行存多少錢，連電火嘛不捨點，汝若日暗去伊厝就跌死，等咧十年嘛沒一台電視，免講是冰箱，算算全社也才幾個人有冰箱……」阿媽說：「若常常欲跑乎錢追，我嘛沒辦法，橫直咱是跑未振動啊！」阿爸不減愉快心情，「我連續中兩期愛國獎券呢。」阿媽也不怕大春取笑，愣愣地問：「中兩期多少錢就可以買一台冰箱？」阿爸混過不答。大春說：「有囉，還有剩咧！我嘛趕緊來去買獎券！」

阿爸還買了牛肉回來炒芹菜，鮮美肉香把阿媽惆悵的爐灶又熱起來，哀哀欲泣說：「種田人也在跟人呷牛肉，不驚去乎牛踢。」蕊仔婆安慰她，「那是台灣人專門飼來殺的牛，不是咱耕田的牛啦，憨人！」阿媽問錦程吃不吃牛肉，說吃，再無怨言似地說：「有呷就好！」

飯後昏沉寂靜，只秋添還興致的等著冰箱裡的水結冰，大家都愛睏了。秋暖指著廳內說：「裡面有枕頭棉被，都曬過了。」也許他也聽說秋燕以外尚有別人來借宿，特地這樣叮嚀。錦程說：「不要睡，浪費時間。」秋暖逕入房內拿出吉他，「剛不是說你也會彈。」錦程笑著接過吉他坐在門檻撥一撥絃，半仰臉說：「你聽到了。」然後認真彈起來。秋添跑過來說：「阿叔，你也會彈喔，你彈得比春到福到好聽……」秋暖豎起食指噓他別說話。

60 肉丸子牙疼

姆婆去探望生病的冬子，順道來走走，日頭大，風也大，額前灰髮有些毛躁，進門看到貓咬隻麻雀在天井階下撕，高聲說：「胎膏鬼！不趕緊趕出，翻身生狗蟻，雨神蚊哼！」阿媽罵著走過去奪下麻雀翅膀，拎著往門口，見姆婆嫌惡退避，匆忙回頭欲改走西邊門，姆婆說都到門口了還又進去，她便轉回來，姆婆受不了掉頭要出去，她連忙又轉身穿過天井、過水庭，將牠朝西邊門外扔。貓一開始就押對了門，等在那裡。

阿媽追至大門口說：「冬子，我就叫伊中午熱不可噴藥，前兩日也沒風，不止中暑，還中毒咧！像這南風天，人若在南邊田噴農藥，咱不可站在北邊田，風吹來是會中毒，以後就叫坤地仔去幫伊噴藥就好！」姆婆說：「差一點兒就忘記跟汝講，我是來跟汝講，過幾日恁查某祖作忌，記得叫阿牛那做兵的兒來。」

阿媽揣著這話來到田裡，昨日有人告訴她坤地在東港種的一區香瓜烏溜溜有多漂亮，她也不是沒看過，就是想來看看真的假的。重整出來的坍井水泉充沛，今年只有這裡曾經放水潤過田溝，田溝兩岸的蔓幾乎要牽到手了，濃密綠蔭像高漲的青溪，金風中葉浪滾滾。走到兒子身邊媳婦身邊，把話說給他們聽，都說：「叫就叫哩！」她趁機彎腰伸手翻探葉間的瓜果，喃喃語，漂亮是漂亮，結不結果。

接著又尋到四斗仔轉告秋暖，秋暖點醒她，拜拜那天人家未必放假，那個祖連她都不認識，何況是他，他只要還知道最近這個祖就夠了。阿媽開始抱怨，姆婆、蕊仔婆、姨婆、大姑、二姑，凡所有知道錦程與他們有來往的人都叮嚀她要多下功夫，有好沒壞。秋暖逼問何謂好，一向心直口快的她卻打住了，轉而說不下雨怎麼好，有空順手土豆草要拔一拔。

阿媽回到家意外發現錦程來了，告訴他幾月幾日祭祖的事，爽快答好，並說想下田找他們看他們種什麼。她攔著說下次，他們就快回來。

姊弟們進門聽見吉他聲喜出望外，爭先恐後跑到他房間裡來。秋添秋蜜在他兩旁床沿坐，秋暖站前面，各說各的歌要他彈。他說長幼有序先彈秋暖的〈蘭花草〉，他們跟著唱，這時瓊雲來了，要聽〈愛的羅曼史〉，彈了起來，秋蜜說：「好好聽怎麼唱？」瓊雲說：「沒有歌詞。」秋添說：「哪有沒歌詞的歌?!」

「房間暗矇矇，看有琴可彈？出來外口彈啦！」中午村裡有喜宴，阿媽說家裡沒菜，叫錦程去喝喜酒，錦程哪肯，仍是阿爸的份。阿媽叮囑秋添：「等人放炮，新娘來啊，才去找恁阿爸，伊啦，假紳士，大家在包，伊不包，咱去到小學畢業就別去啊，太大漢，人愛笑！去拿一粒肉丸返來阿叔呷就好。」

一串長鞭炮剛剛爆完靜下來，馬蹄聲逼近，秋添拿兩粒肉丸回來，丟一粒在錦程碗中，自己咬半粒，另一半偷偷塞到阿母嘴裡，聽見阿媽問話，忙答：「我拿一粒肉丸乎阿叔呷！」阿媽問：

「汝嘴嚼啥？」「阿爸分我半粒。」錦程用筷子分了半粒要給阿媽吃，阿媽說：「汝呷汝呷，阮時常在呷，阿啓師做這肉丸眞正好呷，那台灣人返呷喜酒上稀罕這，講比台灣的好呷。等一下才去找阿啓師，伊上疼添仔，每遍嘛講來後尾找我呷肉丸！」

第二回又奔馳帶回三粒肉丸，阿啓師交代給阿媽吃，乖乖拿一粒給阿媽，阿媽推辭老半天，秋蜜看出她是想拿去孝敬東邊祖，硬是塞進她嘴巴。另兩粒說好四個人分，秋暖說：「才不要吃你們口水！」此外，還帶了一隻大蝦、幾片蝦餅。

飯後瓊雲又來，問：「秋香在哭啊？」大家靜靜，平平板板蚊蠅哼噯的哭腔，「牙齒痛啊？」「對啦，牙齒痛。」秋蜜說。「難怪沒來吃飯。」錦程說。一個瘦小的女孩子從她房間出來，似笑非笑對他們說：「我拿一顆正露丸給她塞著，她叫我打她一巴掌！」錦程說：「怎不去看醫生？」秋蜜說：「痛兩天就好。」瓊雲說：「這樣要哼到明天後天啊？後寮有一個牙醫，我們騎腳踏車去。」

秋蜜偕秋添出門借車借打氣筒，阿媽先是阻止說中午日照拚趟車去牙不是更痛，繼而叮嚀借舊車不可借人家新車。瓊雲回家騎車，弟弟譏她是「三顧茅廬」。秋暖站在前庭看從小專門負責幫姊姊修車的錦程檢驗那部老爺車，說：「這又舊又醜，連我阿爸都不騎，放在這裡都不知道多久了，下雨無聊才來踩一踩，噹一噹，鈴鐺好的，前面天井淹水，好像在踩水車，阿媽說以前伯公的爸爸，丈公祖仔在的時候，那時候很老了，頭腦不清楚，我們說『茂』了，茂起來就騎這個往東邊車站去，全部東西都綑在後面，對啦，他以前就是當廚師，剛才給我們肉丸吃的那個人就是他徒弟。眞要騎它出去啊?!夠土夠俗的！」

三部車備妥催秋香出來，腫歪歪的苦臉愁眉說：「幹嘛那麼高興？又不是要去郊遊，我沒吃飯沒力還叫我載他。」秋蜜說：「不然你要叫阿叔載你啊？他當然嘛是要載他女朋友。」

蟬聲寂寂，蒸發在空氣中的水肥味有種乾燥古老的香氣。踩退了村尾夾道的木麻黃，迎面開展的是斜坡的大路，瓊雲探頭一望，車子即順勢滑下，連忙打直腰桿，「好久沒來了，路好像重新鋪過，騎下坡就覺得好幸福喔！」才說著錦程即感覺車鏈滑掉了，慢慢溜至橋上才停住車，大家也跟著停住。坡邊到處是枝椏，橋上找不到枝狀物，錦程只好用手去撥車鏈。秋暖說：「風好大，風聲，還以爲是浪聲，不是浪，退潮……」秋香說：「不痛了耶，不要去了！」

一根樹枝一直握在瓊雲手中，折騰到後寮，早到的秋香牙也快看好了。向那牙醫打聽到一個修腳踏車的人，又向修腳踏車的人問出一間冰店，開心的去吃四菓冰。秋添說：「他們村子好好，什麼都有。」

回程時瓊雲未打聲招呼，即要求錦程繞進學校去，他們很快也跟了進來，秋蜜說：「你們怎麼知道我想來?!」瓊雲騎上淑女車在操場跑道繞圈。錦程幫忙扶穩後座，讓秋添練習踩車，瓊雲說：「風大騎車好像快飛起來！」秋添騎過彎道，瞥見阿叔袖手站在遠處，一心慌連人帶車摔在地上。

瓊雲停好車朝教室走來，秋暖則從那裡邊走邊趕她：「走啦！走啦！」碰了面還拉起她的手，瓊雲說：「我就知道他在。」汗濕了額鬢，臉頰紅暈笑容燦爛直走到窗前，辦公室內秋蜜大聲對她說：「我就說要來，我們老師竟然也在這裡耶！」去年初秋同時來家裡訪問的兩個老師都在裡面。瓊雲走進來說聲：「嗨！老師！」兩個老師動作一致的笑著答應。「好像又長高了！」楊格說著眼睛溜向窗外。瓊雲轉頭看見錦程靠近窗邊隨即離開。瓊雲又對楊格一笑，然後繞著辦公室走，一一瀏覽老師透明桌墊下的收藏。林老師將滿周歲的女兒笑臉迎人，師母看起來比林老師蒼老。楊格桌上沒有照片，只一張素描，抬臉看正是後窗外的木麻黃，地上針葉像叢落髮畫得特別好。女老師背對他們在窗檯上作畫，秋蜜站在旁邊臉一上一下地對照窗景與畫紙，「你看，我們老師畫得好漂亮！」水彩筆揮灑出一叢毛柔的木麻黃。特別的是這株木麻黃顏色偏淡偏黃，不似路樹挺拔蒼鬱，它斜著生長，被風剪出波浪，幾乎垂到泥地，春晨時總彷彿蒙著朝霧，她記得。瓊雲說：「眞的很漂亮！」女老師側臉一笑。「老師！你記不記得去年那個很漂亮的嘉寶瓜？郭秋暖她爸說今年有把它的種子種下去，如果你想吃可以跟郭秋香要！」楊格笑笑說：「好啊，那瓜眞的好吃。」

一行人等到秋蜜看完老師作畫才上路，錦程故意慢慢騎在後頭。之前還沒有這樣，瓊雲兩手圍繞著他的腰身，說他瘦，額臉向前傾，倦閉著眼睛說碰到骨頭了。他身上一股熟悉的阿兵哥特有的汗臭味。

61 瓊花

阿東來跟秀春姨纏了好幾回，最後反而被說服了。她說你上午馬公買隻爊雞、魚或蝦，絲瓜有的是，記得買斤蚌來一起炒，你們台灣人喜歡吃這樣，如果我們就是炒炒蛋。或是叫他們去耙點厚殼仔，只要不嫌那沒什麼肉。你喜歡吃我炒米粉，最後再炒一次給你吃。這擺擺不就一桌了，這些玉環都會做，我叫她放學不必下田，玉杯也早點回來幫忙，等我田裡回來洗個澡就有得吃了。如果下馬公，你傷荷包，累的是我，趕去趕回，不如買幾瓶冰汽水來灌一灌。阿東又咕噥，「就是希望你出去透透氣嘛！」「我出去一趟，回來要聽人念經念三日，到這種年歲，嘴呷啥沒重要，耳孔清靜就好！」

又叮嚀汽水飲料乾脆也在馬公打點，免得大春探頭探腦，又要嚼舌根。

這頓飯吃完才八點鐘，老人家和男主人在，鬧不開，拘謹正經像壽宴。吃不多久玉環就先去洗澡了，洗罷出來向他們擲去有點無奈的會心一笑。正氣歌附在阿東耳畔說：「待會出去，同樂會！」長輩離席又說剛剛是爲阿東慶生，退伍餞行不算。小弟小妹都附和。正氣歌去拉玉杯怎麼也拉不動。

阿東提議到籃球場，那裡近村內崗哨，弟兄們可以出來走走，小孩打球騎車，旁邊就是老兵老冷家，正好可以和他喝兩杯。玉環一晚上只答不說，正氣歌笑她提前害了相思病，鬧她喝酒，阿東不及擋，仰臉乾了，一時耳熱眼濕，急忙起身投籃，幫幫幫，回音好大，心跟著跳得又急又痛，改騎腳踏車繞場，還是心急，遂散步到崗哨內東摸摸西翻翻，央求看望遠鏡。站哨的弟兄見她失常跑來通知阿東，「她沿海岸一直走去了！」老冷急令小老弟快過去看看，「誰叫給她酒喝，那麼點娃兒！出事怎麼得了！」

蔡昆炯推著板車經過，見場邊熱鬧便放慢腳步，聽老兵吟詠，「爹打的銀盤，流水的星。」抬頭望月，浪拱高的香蕉船狀，而非銀盤。走著走著又似唱：「天大的銀牌……的病」不確定唱啥麼，聽得出終歸是句怨言。回過神來突然給前方的景象怔住，一個阿兵哥模樣的男人緊擁住一個女孩親吻，忘我的就立在馬路上。趕緊掉頭繞道回家。

「阿母，我頭先推車去還沒看著，剛才行過看著尙武仔的牆邊開一朵這大朵的白花，像一隻粉鳥仔，本來我推至海邊仔去吹風，是看著人在那……我才改行這，差一險就沒看到啊！那是不是就是曇花？」阿母說：「那瓊花啦！汝不可去給人偷採，尙武仔那人兇得若虎咧！」

他在書本上並排寫「瓊花」「曇花」，驚喜拍案，「啊？瓊雲？怎麼這麼巧！」當下衝出屋子，跨上鐵馬，去偷了那朵曇花，還有另一朵正在盛開。到瓊雲家門口想製造聲音讓她出來好撞見曇花，狗一吠，花就往牆頭擱，想也不用想。

回程再度彎到廟口，籃球場邊只剩穿白汗衫的老兵，兩腿曲張如蛙坐著，兩手相握，兩肘壓在大腿上，臉仰得高高的。海潮來去洶湧，一詠一嘆。崗哨的燈光依舊，堤路上空無人影，隱約聽見一聲唱，回頭尋他，他不唱了，招手叫小兄弟幫忙買包菸。菸買回來，問他唱的是什麼，他燃起菸笑笑說：「怎麼？對這個有興趣啊？不要啦！小兄弟！好鐵不打釘，好男不當兵！我說喔，鐵打的營盤，流水的兵呀！」

62 雷醋

桌上擺六菜一湯一飯，七隻碗七雙筷一對一擱桌沿，桌邊一張椅條。錦程問秋蜜爲什麼要七副碗筷。「不知道，以前以爲七月節拜七娘媽要用七副，平常作忌也是七副，可能有七個祖仙。」「喔，一個阿祖作忌，其他六個都來作客，七個坐一排，好擠！」秋蜜高指神龕，「你沒有看過我們阿祖，她以前活過，我阿母說郭秋水和郭秋暖都是她背大的，後來她生病，一天到晚躺著，兒童節學校發涼涼糖，我拿給她吃，她就很高興。你看那相片看不到，她額頭這邊，左邊，有一個很大顆的瘤凸出來，好像小牛長一隻小角，我們都跑去摸，她說都不會痛。以前阿公回來都買好多薄荷冰給她，塗起來涼涼的，聞起來也涼涼的，阿祖分我一支，愛睏的時候塗在鼻子這邊好涼噢！」相片中的阿祖額高眼小嘴闊，大手大腳，手指特別修長，雙手交疊，堅忍而有種秀氣。家裡沒一個人像她。

今天祭祖，飯菜早已備妥，錦程多次催請，難得阿母坐下來一起吃飯。阿爸卻笑指阿母叫秋添看她脖子上的黑蛇，下田連著下廚，汗水污泥和出一條黑泥圈在脖子上。錦程在座，她難爲情的又笑又罵，拿手直抹脖子。秋暖瞪白眼，聽阿爸又揶揄：「搓看有一粒仙丹沒！」衝口罵：「哪會這沒水準！」跺腳躲進房間去了。

飯後錦程說想去橋邊的小島，他們誤會他的意思把他帶向廟口對面的小嶼，正逢退潮，天空偶有烏雲稍微涼快，他就將錯就錯。

海風往身上撲，腥濕鹹黏，重重的。太陽乍現，烏雲驟鑲金邊，同時也興起一股惡臭。他們對前方那個形狀突兀的凸起物早有經驗，紛紛鳥散，只有錦程還朝它前進，秋暖急拉住他手臂叫快走。秋添說：「那麼大，四隻腳的啦，不是死狗就是死豬！」錦程執意過去一看，作嘔地掩面跑了起來，偏偏秋蜜還要追問：「死狗還死豬？」稍微鎮定後他卻問：「去年你們那隻豬……」秋暖說：「就死了，沒有扔到海邊，不是生病的，還殺來吃，我沒吃喔！」他皺眉不語。

獨立的小礁堡，一會兒繞完了。中央高點不過七、八公尺，四人分站東西南北，互相呼喊。烏雲籠罩上空，遙望村莊那邊陽光普照。

秋添認眞的尋找鳥蛋，因爲阿爸曾經從這兒撿過鳥蛋回去給他吃。沒撿到鳥蛋，秋蜜倒拾獲一塊蒼白絕美的腦紋珊瑚，送給錦程。

「走啦！我不能陪你們玩了，日毛了，我欲來去顧瓜仔！」一副老農口吻，秋添催他們上岸，路上跟錦程誇耀他種的瓜長得有多好，「可惜就沒雨！水越澆越少！像這種天沒啥日嘛是乾畢畢，水若來不當馬上澆，要先把塑膠管內的水漏走，那水燒，會燒死瓜仔……」秋蜜插嘴指控他對自己的瓜特別關照水澆得特別多，卻熟得比阿爸的晚。腳剛踩到陸地，突然有東西打在肩頭，發現是雨點就笑了，「哇！雨來了！落較大咧！不要落沒兩粒就縮去……不小，不小，免澆水啊！可以返來去啊！再大一點！再大一點！」

腳沒停步衝回家，站上過水庭躲雨，發覺雨沒有想像中大陣，只是伴隨著腳步嘩嘩的擲地有聲，一下子就像沒柄的葉般幾乎散盡。秋添說這種經驗他有，阿爸肯定嫌雨下得不夠濕，只是表面功夫，哎了一聲，啓步往田裡去。秋暖和秋蜜交換心照不宣的眼神，他的勤勞有點是做給阿叔看的。

雨停，開水龍頭洗腳才知道自來水也停了，只好到後院井邊來。秋蜜速速沖洗回屋裡掐花枝丸吃，告訴瓊雲，他們在井邊。瓊雲本想嚇他們，卻不高興回到屋裡，踢跑一隻母雞。秋蜜問：「不是在井邊？」「在鴛鴦戲水！」她看見秋暖在井邊汲水，錦程從背後作勢推她，然後又將她拉向自己，兩人還跪下來看魚，頭碰到了頭。

吃了三分鐘悶醋，終於忍不住嗆步走來拉著錦程教她彈吉他。紘一撥，雷成串打下來，秋蜜念起姆婆常說的小曲，錦程覺得很有意思，停紘聽。

四月雷陳龍捲兒
五月雷陳斷風號
六月雷陳田畢裂
七月雷陳倒厝宅
八月雷陳白雲飛

秋暖在灶口問：「小嬸嬸，要不要在我們家吃飯？」瓊雲笑著把吉他丟給錦程，跑過來找秋暖說話，耳朵卻傾著聽吉他聲，不時也瞄瞄錦程。

雷聲中彈吉他，鏗鏘有力，而又溫柔，瓊雲在他面前，蹲得低低的癡癡凝望。過後秋暖說：

「可惜把相機拿走了，剛剛那樣子眞美，很想幫你們照相。」

打了有上百響雷，雨恢恢然降落，外出的人一個接一個奔回家。原以爲只是乞丐口袋裡的幾個銅板，倒出來就沒了，出乎意料的貢獻個不停。秋添沒抱怨徒勞一場，只跟錦程說：「晚上不能睡屋頂囉！」

張羅晚餐，收拾洗澡，屋裡緊湊奔忙，沒人察覺瓊雲的媽媽上門來，也沒人曉得瓊雲哪去了。秋暖見秋蜜去她房底找不到人，抓著她胳臂暗掐，那邊秋添已跑進廳房喚出瓊雲，「我就知，一定是跟阿叔在學彈吉他。」媽媽斜瞪瓊雲一眼，又笑著交給秋暖一個袋子，轉身到過水庭邊朝天井甩傘。阿媽過來直驚呼她幼秀藏肚，快九個月的肚子還這麼小，我算過，八月中秋有的，差不多五月就要來吃肉粽了，快了，女兒寄在這不會弄丟，若不打算留下來吃飯，她可要趕人了，大身大命，打雷落雨，眼看天已經黑了。媽媽未再看瓊雲，緩緩走開。阿媽淋雨追到前庭，塞給她一條苦瓜兩根茄子，「罔呷啦，六月沒菜苦瓜茄！瓜仔才開始熟，兩粒瓜仔等一下才叫阿雲拿返，伊多玩一蹦米！」

飯後錦程跟秋蜜要本書看，秋蜜回房拿出一本，「這郭秋香的同學的。」錦程一看是瓊瑤小說，笑說：「這我不會看。」瓊雲說：「借我看還差不多，那你喜歡看哪一種的？」「不是這一種！」錦程說。「我知道有一個人很有學問又很多書，我去借！」錦程忙攔著說下雨，瓊雲走入天井伸出雙掌說：「沒雨了啦！」

輕快走來，無視於各家晚餐雨後又是一番熱絡。獨居的乾爸家最是清幽，不受三餐時雨所動。簷下的雨珠也不好客，探頭就連劃她兩三滴，忽然發現門邊收立的傘好眼熟，是媽媽的傘，當下額上的雨水變成潑醋，心想，原來說是出門找她卻是找他來的。轉身走了幾步又不甘，折返進屋高聲喚：「有人在嗎？」乾爸從飯廳出來，媽媽尾隨在後，母女倆互問：「你來幹嘛？」她走進飯廳繞桌一圈，桌上一鍋粥一隻碗一粒鹹蛋，還有媽媽剛才也拿給秋暖家的麵筋罐頭。「明清爸，你怎麼這麼可憐啊？早不娶個老婆！」

借了書回來，不過十多分鐘，屋簷下的燈泡已被水蟻包圍，無聲似有聲，鬧轟轟地彷彿要將它螯爆。蹲低身體衝過光幕把書拿給錦程，開始哇哇叫著拍打後背，錦程叫她別動，在她髮梢捉到一隻斷翅的水蟻，光溜溜的蟻頭蟲身，看得她更毛跳發癢。「不止一隻！」錦程抓住她肩膀，撩開髮尾，頸項下方一塊初泛的紅暈怎麼看都不像那隻醜陋的飛蟲引起的。「旁邊啦，在那邊動來動去！」她狠狠剝開衣領，露出白腴的肩嶺。

水蟻越聚越多，燈泡像朵黃菊，刺滿羽瓣，陼上枯萎掉落片片，雙雙對對的翅膀全落單了。「快把燈關掉！跑到裡面去了！」錦程聽見呼喊朝門口望，秋暖剛洗完澡一身潔白，仰臉瞧廳內吊燈外罩一層織物，水蟻鎖定了新的攻擊目標。他拉熄燈管，同時門口的燈火也熄滅了。他環住瓊雲的肩膀，親吻她美麗的頸項。

63 黨瓦碎

星期六下午小孩子在廟口游泳。岸邊蹲踞一個約七、八歲的男孩子。章震騎腳踏車過來向海中打聲招呼，問男孩子怎麼不下水，男孩子翹嘴不語，游水的孩子爭相告知，他是獨子，阿公阿爸不准他玩水。章震摸了摸他的頭，對秋添笑笑，據他所知，秋添也是獨子。秋蜜站起身跟他說了兩句話，引起男孩子一片喧譁，她氣呼呼撲入水，上衣鼓成蛙肚，狗爬式地胡挖了幾下，直起身快速涉水向東。秋添看到姊姊被欺負，和他們打起了水仗。章震聽他們嘲笑說著「妮啊！妮啊！」後來才弄懂那是小乳芽的意思。岸上的男孩子說：「她的拖鞋！」章震拎著熱軟的粉紅膠鞋在岸邊的石縫間走，看她邊逃邊用手搧動上衣，知道即使趕上她也不理人，便作罷。慢慢晃車穿過村莊，果然看見她從田間走出來，衣服乾了。看得出是假裝沒聽見他的口哨聲。

柏油路發燙，踮腳走路，見他把拖鞋擺在前頭，走過去拖了就走，還是黑張臉。郵差叫聲「小妹」從旁駛過，霎時亮眼跑起來，跳上章震後座，叫他去追郵差。攔住郵差問：「什麼時候要去跟筆友見面？」又拉章震到家裡吃瓜。

秋暖午睡起來撞見章震，渾渾噩噩的盯著他看了好一會，一副好似別人看不見她的樣子，令人不知所措。秋蜜自章震身後跳出來嚇她才回過神，悵然回房，坐在窗邊聽秋蜜同他說話，陽光照在水缸邊的牆壁上。

星期天黃昏錦程來的時候，阿爸興匆匆提了兩隻鱟回來，手握蟳鉤趕著出門，「我在東邊橋腳看到一個蟳孔多大咧，頭前一堆沙，一定不是空的，跑返欲拿蟳鉤，看到這兩隻！」阿媽拿來澡盆，把鱟一下一上疊在裡面，「沒閒沒工，抓這做啥！看這阿程有福氣沒，抓一隻蟳返來煮蟳糜，天將欲暗，水嘛欲淹啊，怎看有蟳孔。汝若欲找那群囝仔，向東邊直直行，看到一條若橋的所在，正手邊一條窄窄的路入去就看到啊！」

錦程電話通知過，瓊雲來了，身穿白底紫色小碎花上衣，卡其色褲裙，紮根小馬尾，進門就問：「你笑什麼？」錦程說：「沒有啊！看雲飄過來！」阿媽說：「去幫我殺一粒瓜仔乎阿叔呷！」瓊雲蹲下來仔細挑選，聽見有阿婆來串門子，抓起一粒嘉寶瓜往裡面走，找到了刀，發覺阿婆嘴沒停腳也沒停，趕緊鑽入廳內。錦程怕介紹打招呼，已躲進來。瓊雲喃喃自語：「不知道是不是去年那一顆……」

姊弟妹們下田歸來，嚷餓喊渴沖水生火的歡快聲音，好像跟這屋子久別重逢，看見澡盆裡的鱟更是開心，迫使這圈外的錦程和瓊雲只想緊緊依偎在一塊。阿媽說他們，「日還未落就返來做啥，工作是做了未，也不去土豆田揪草，一人若揪一壟一下子就清氣溜溜……」瓊雲推錦程先出去，他們見到他好驚喜，更訝異的是瓊雲手拿菜刀抱個瓜也從裡面出來，未讓他們發問，就說：「躲起來嚇你們。」秋暖笑著看看他們，回房拿衣服準備洗澡，秋添拉她來看收音機，錦程說：「我叫我姊姊幫我寄來的，等我退伍就留在這裡給你們聽……」秋蜜忙問：「你什麼時候要退伍？」

「前幾天才慶祝破百……」秋蜜又插嘴：「再數一百個饅頭。」

阿媽一望見門外阿爸的身影，敏捷地把燈打開，阿爸嘴角上揚，說抓到一對蟳，公的簡單，母的怎麼都勾不出來，漲潮了還不肯放棄，硬是潛在水底跟牠搏鬥。秋蜜說：「莫怪汝目睛紅紅！」秋添說：「沒舊年那隻的大隻！」阿媽邊淘米邊說她就等著煮蟳粥，飯菜都沒打點，好在是抓到了，怎麼這麼剛好，每回蕊仔婆送伊蒜頭就會抓到蟳。灶口阿母拍蒜，水龍頭下阿爸剁蟳，就等熱油下鍋。

錄音帶播的是許久前瓊雲請錦程翻譯的〈夢十七〉廣告歌，瓊雲聽得流連不去，依依不捨說：「要趕快回去了，等小娃娃滿月再抱來給你們看，真受不了，好香好漂亮！」回家路上腦子裡還在唱“Now there's a place I want to show you, and don't you know it's not too far, and there's a place I want to know you, inside of my guitar. In my guitar there is a garden, where rainbows bloom and shine like stars...I'll make you laugh, and make you sing, and we can play among the stars, and we'll make love and dance beneath the strings...”想到就臉紅，她曾一臉正經問：「make love是什麼意思？」錦程傻笑無語，她再問，才說：「就是卿卿我我……愛嘛……外國人都是這樣說的。」

飯後秋添邀錦程上磚坪乘涼，腳板溫暖，身上晚風習習，秋添跟附近屋頂上的人家打完招呼，說：「不然我們現在就把枕頭被子拿上來，還可以熱一下枕頭。」朝天井一呼，秋蜜立刻全抱上來，「西邊留乎阿爸，咱睏東邊，躺一下就好，不要真的睡著，萬一夢遊滾下去就慘了，等以後蓋新房子，屋頂平平的，才可以睡到天亮。」三個枕頭排好，三個人朝小斜坡上躺，星海無涯，星群鑲滿夜空。

秋添說這是他的外太空，秋蜜說是天橋。錦程想睡這兒也好，天窗都敞開了，要在那個黑洞洞的屋間，花布幔一揭就成了婀娜的腰身，七情六慾都來了。

「在屋頂睡不能睡到天亮，阿媽說晚上露水是很涼，太陽還沒起來就要趕快下去了，不然會累得半死。」秋蜜在耳邊嗡嗡。阿母走到半梯上說他倆常常說夢話，把他們叫下去睡，又囑咐錦程如果睡癖不佳別睡上面。夜空更加遼闊，星朵也拉開距離。又是粥又是瓜，不得不起身下去方便，回來爬梯要再上去時，臉一轉貼向梯邊的窗籠，秋暖背倚西窗在讀書，悄悄注視她也巡視她的房間，最後反被她一句「嚇死我了！」給嚇到。

秋暖丟下書跑出來說：「明天要期末考了，瓊雲不來你就無聊了，上去，裡面熱！還以爲今年暑假可以去台灣打工，瓊雲媽媽生小孩，又別想了！」錦程說：「別去啦，那不好玩，你們不怕危險。下次我買支風扇來。你房間有沒有天窗？」「有啊！每個房間都有，那個就是啊！小心啊！」錦程依秋暖的手勢走上屋脊，伸長脖子探見層疊的瓦片中濛濛陷落一小方塊，「我們往上看得到天空，那從上面往下看就能看到裡面嗎？你進去，我來看！」秋暖邊阻止邊也起了玩興，「不要啦！要也要白天，會摔下去！」腳步卻往下溜。跑進房間把頭臉仰到底，笑張嘴說：「小心啦！你又不會輕功，你又不是壁虎，你又不是貓……」頂上傳來屋瓦細細碎碎推擠聲，不敢再說話，聽著它漸漸擴大，把耳朵搗上那刻，一聲輕脆的斷裂，怕是一腳踩破了屋瓦。

秋暖跑上來時，他坐在斜坡上不敢稍動，秋暖說：「我拿被單來救你。」「不要不要，我不怕滑下去，才一層樓，大不了扭傷腳，怕這些瓦，好像全都快碎掉了……」「沒那麼脆弱，應該只是破掉一塊……」「會傳染，一塊接一塊。」「那怎麼辦？」「不要緊張，你就這樣跟我說話，我慢慢挪上去……你陪我說話就好，不過要是踩穿摔到床上也很好玩。」「摔壞你是賠不起。」「我賠得起，蓋一間新的給你。」「才不要咧！不稀罕！」秋暖看他坐住不動，悠哉悠哉的，遂伸出食指推他肩膀，不料卻被他一把抓住手腕，尖叫著與他忸怩拉鋸，阿媽在底下喊：「三八啦，在厝頂也在玩！」

64
筏

塞在石縫間的收音機播了一遍又一遍颱風警報，彷彿在幫它催生。早晨太陽依舊升起，清爽的風吹開浮雲，未見吹翻瓜藤，人們照常上午採瓜，中午歇息。但是黃昏不到風雨撕破臉地亟欲將人們統統趕回家。颱風要來，必然會多採些瓜回家，來勢洶洶又逢大潮，看情況不對，阿爸作了壞打算，召集孩子再採一遍，將近七分熟的瓜都讓它們上來了，經驗告訴他，現在採是死，不採也是死。

梅溪叔搭中午的飛機回來，訂製的膠筏昨天已運抵廟口，眼看下不了水，便尋到田裡來，阿爸要他幫忙將兩簍絲瓜挑到車上推回去，順道去把海邊的船挪上岸，他們要再搶收一些東西，連同牛和牛車一起回家。他再度來到海邊，已有幾艘船趴在岸上了。湖海全滿，且變了色，嶼仔只剩斗笠狀的岩礁露在水面外。那船浪蕩搖擺，風雨盡打在它身上，他怎麼不認得，明明是老船，卻塗抹得鮮藍雪白，像老娼婦下海般看得人淒涼。涉水過膝，船雖不遠，估計到那邊水也要淹上胸口，打了退堂鼓，轉身要走偏看見嬸仔來了。

南風雨迅速打濕前庭，阿母帶頭，把擱在前庭壁邊的瓜緊急移入大廳，喧嚷聲吵的是各運各的快還是接力快。阿媽手抓著斗笠，也不進門即繞道後院巡視，喚她數聲都沒回應，秋暖使力推上門板之際，硬闖進來一個人，開口就是：「買命喔！一條少年命！早不返慢不返，揀這好日子，船未落水人就先落水……」梅溪叔手上兩瓶酒往水缸上站，扭開水龍頭直往身上沖，「新船都入港了還在管那隻老船，隨緣啦！欲流浪准伊去，我是依著孀仔，直直欲衝至海落去，那隻船也値得汝，有聽著沒啊？孀仔？我遇著恁喔，沒法度，拿衫褲來我換啦！」

風勢強勁，天井潑進來的雨，過水庭也坐不住了。大廳內擠滿瓜，桌椅攏不進來，阿爸和梅溪叔只好就著秋添寫功課的小桌椅飲起酒來。秋添也坐下來，說：「這粒颱風有夠大，若開學才來就好。」遲未等到新炒的下酒菜，叫秋添去看看，過來說：「沒雞卵了，剛才打兩粒，兩粒攏有形，現在在煎魚。」阿媽聽了就念，撿雞蛋不看，打蛋也不看，不然也拿回去給母雞孵。梅溪叔突然想起他自高雄帶回來的「善肉」，說得是多珍貴稀罕，是他海關朋友送的日本魚，獎賞一百塊叫孩子們去找姆婆拿幾尾來煎。他們哪肯。念在剛才害他一身濕，阿媽不顧阻擋搶著去拿，並說：「才不是爲著這隻歪嘴雞，沒返去跟恁阿母講一聲，叫伊扣扣等，出去像丟掉，返來像撿到，呷到三十幾歲還是這形！橫直我這身軀還濕咧！」

去了將近二十分鐘，梅溪叔就自責了有二十分鐘。抱著六尾魚一把荔枝，佩媛又塞兩根蠟燭在口袋，說：「以前都是找我討蠟燭！」回到家摸上過水庭狠摔一跤，梅溪叔趕緊來扶，說：「阮這個孀仔！頂世人不知欠這兒孫仔的債欠多少！」

阿媽揮開臉上的雨水和頭髮說：「夭壽！這風敲一暝，瓜仔就收了了啊，才賣看有十遍沒，連肥錢種錢也沒回……賺沒一台冰箱的錢……啊那台電視不知還完未……」梅溪叔拍拍她的肩膀，

「唉喲煩惱這，咱這天公兒，驚啥？這坐，等靜子煎魚汝呷，這種魚保證莊仔內無人曾呷過。」

秋香點根蠟燭拿著，站在瓦斯爐邊照看阿母煎魚，灶口燈泡壞了，而非停電。聞到一股果眞是異國的腥香，探向鍋底，黑梭梭六條排成長筏，「這啥魚足醜，一定沒咱的青嘴仔蝶婆仔好呷。郭秋添！剝荔枝來給我吃！阿母汝會頭暈未？我聞著頭暈暈。」阿母說：「一枝蠟燭搖來搖去，頭當然嘛不暈。」

天井水高漲，白色紙船遭遇暴風雨搖搖晃晃。秋暖涉水過來，彎身撈起被沖垮的紙船。秋暖就愛穿斗篷，把一張帆布披在肩上，這下雨水自頸項兵分兩路朝髮叢脊背上鑽，屁股後面全濕了。剛洗完澡又被雨淋浴，秋蜜笑她白費工夫。她上岸邊甩斗笠邊罵：「哪像你們這些髒鬼！郭秋添！再笨一點，還摺紙船丟進去！阿爸！水淹起來啊！」阿爸有酒有酒伴哪裡肯動，指派秋添拿蟳鉤去把天井的流水孔勾一勾通一通。秋蜜指給秋暖看，水缸邊還浮跳著一葉白筏，年初阿爸抓的那隻巨無霸墨賊身上的木屐船，雖然載浮載沉，看起來強壯多了。秋暖拿來蟳鉤竿子和繩子，綁了綁，突然丟開，抓起帆布一遮就往雨裡衝，秋蜜說：「撿那個做什麼？那個那麼大又游不進流水孔！」秋暖說：「多撞水缸水孔幾下，沒碎掉才怪！」

屋頂的水滾滾溜滑梯下來，秋暖回房趕忙拿些舊衣服擦拭濺濕的窗口，再把鄰梯的窗子塞牢。剛換好衣服，背後又被滴濕，懷疑是頭髮的關係，可是膝蓋也濕涼的，湊近看，床榻的草蓆沁了一塊，仰臉守候，頭頂上一顆大水豆直落下來。八成是那夜錦程踩裂的屋瓦滲進水來。不想聲張，出來外面拿隻碗公，約一分鐘涿落一滴。阿媽聽了秋蜜說趕來抓起碗看，愁憂的事又添一樁，叫她去阿媛他們那間房睡吧。秋蜜說：「那已經是阿叔的房啊！」

漏水正對床中央，秋暖移來小桌，將接水的碗墊高，又翻出衣箱內的蠟燭，等著停電。把腳放上木屐船量量，幾乎比她的腳大一倍。出去和他們說話無趣，聽他們說話也無趣，這時就想要有支電話，可以和朋友整夜聊天。回房看碗公已經裝滿水，將水倒入預備在床上的臉盆，盆裡的木屐船應聲浮起。遲遲不停電，到灶口拿火柴，盒內火柴用到一根不剩，跟梅溪叔借打火機來點蠟燭，燭火一照，梅溪叔彷彿這才看見她，「喔，阿暖也這麼大了！那陣才一匹仔兒，伯公一碗高粱當水飲！記得未？」秋暖回房滴兩滴紅蠟油在水碗旁，黏立起燭火，想到「水深火熱」「水火無情」「水火不容」這樣的比喻。也在木屐船上滴兩滴蠟油，白底紅點看得不雅，用指甲去摳，摳掉又滴，滴了又摳。

65 青香瓜

兩天後颱風消失無蹤，夜裡雨也漸止。太陽升起金光利箭，兩朵白雲作盾抵擋，頓成一朵大光明雲。錦程搭早班車來，到門口即看見厝頂高高站著兩個人。阿媽早起去請伯公來看漏水，姆婆說：「恁兒仔不是少年家，未堪咧滑倒摔落？」她去拉了阿允師來，他勉強爬上屋頂，探探頭說：「好啦，等若乾，我才拿鐵塗來糊一下。汝看，全社攏新厝，擱一兩冬，坤地仔第二查某兒也出外，來啦！拆拆咧！來起新厝，我先定咧！」「欠人罵！汝沒看落雨落到山欲沉落，一山坪的瓜仔死奄奄，汝乎我欠我這陣就來起，三冬五冬咧！」

錦程有點偷偷地走到秋暖房前，一桌颱風殘景，很驚訝自己竟然笑了出來。再走入他的房間，滿室潮陰，燈沒關，床上秋暖抱書而眠，就是瓊雲爲他借來的《紅樓夢》，忍不住輕撫她的臉頰。她驚起說：「嚇死我了！」他眼神異常溫柔，更嚇得她奪門而出。錦程拉住她手說：「這下不賠你一間新房子不行了！」「才不要！」

這時伯公來幫忙察看漏水的情形，阿媽一再推辭。只因房門洞開沒去催人，阿媽一見秋暖在家就趕罵她還不下田。錦程說要去，秋暖不答應，偷偷尾隨而來。

沿路所見瓜田無不藤萎葉圮，裸露的香瓜像褪去衣衫的乳房隨處散落，大多是渾圓大乳。就怕這種豪雨後的烈日，簡直水火交相煎。偏又逢漲潮，海水倒灌，鄰岸的農作全癱軟在泥地上，幾乎滅亡。到底還有零星幾片葉子還揚挺著，藤蔓相連拖著幾個瓜，不死心趕緊拉來水管沖洗鹹水，否則即使活了，恐怕也要被烤焦。

錯過幾次下田的機會，今天見到這種畫面，任誰也會心疼，何況是農家人。幫不上忙何必湊熱鬧，多個人只會把田踩得更泥爛。秋添皺起眉頭看了他一眼。秋暖使個眼色，叫錦程回去吧。

走了幾步聽見附近田裡玉環高聲喚他，秋香揚起下巴回她：「叫錯了！那是我們家的阿兵哥啦！」

阿東退伍返鄉後只剩兩三個阿兵哥還往來走動，較常見的就只正氣歌，玉環叫他快來幫忙搬運田中一堆堆死藤的瓜。他說：「再等一等啦！說不定等一下就活過來了！」玉環瞪著他說：「活？你活給我看啊！把太陽摘下來也沒救了啦！」一鼓作氣把放了二十多個瓜的簍子抱出田頭。正氣歌驚呼：「喔！好厲害！難怪人家說澎湖女人台灣牛！」「你才台灣男人澎湖豬咧！」她阿母在另一頭說：「好啦，伊愛弄，汝也愛鬥，阮來就好，返去換衫，飯煮煮咧，阿祖早呷，衫褲款好，好去坐飛機。」正氣歌湊近她小聲說：「畢業了，要去找阿東，高不高興啊？」玉環原想再做點事，回頭朝田裡一望，無可奈何快步跑回家。

阿爸趕了一牛車瓜回家，梅溪叔已等在門口，拿起車上一顆青香瓜說：「也沒熟，採這未牽網的脫腹體仔做啥？」阿爸說：「一塊兩塊嘛好，賣那漁村的人做菜煮，煮湯嘛眞甜！廳內那熟的留幾粒乎汝拿去高雄分梅峰仔呷。」「台灣那大西瓜一大堆，重到欲死！拿這。可憐喔，作田人！

趕緊啦，釣魚較好。」

早在他們回來之前，梅溪叔就來和錦程聊了一會，拖著錦程要去釣魚，他推託怕去久了耽誤回營時間，說只在「頭前海」。來到崗哨報備，阿兵哥請錦程換套便服免得惹麻煩，只好回來換穿一身阿爸的卡其衣褲，阿媽給他戴上一頂漁翁草笠。

岸邊海水黃濁，村民傾倒的垃圾一批新一批舊，新的一戶一堆，舊的已被拱散在水湄邊。海腥味加上人的腥味。木造的小船當中那葉膠筏顯得有點呆板，好像只是把六根灰色的大圓管排列在一起。遠望海中央，太陽照著海面如敲著一面反光的金鑼，嗡嗡的回音令人頭昏，他們正朝那兒前進。

膠筏首度下水，早上已在岸邊拜過神，丟了十斤炸棗給村民們撿。一個叫船外機的馬達，熱烈地響動。這對他們而言是奢侈的，一年不到十次乘船出海，平時都只在近海步行垂釣。膠筏甩掉了嶼仔，迎向前方另一個小島，島上有房屋。回頭隱約可看見村子，感覺像被包圍在一個大湖中。

秋添警告過錦程小心坐好，莫跌落「港內」，據說船行到一個地方將可看到海水由淺藍變成藍綠，分明到像畫上一條線，那裡就是「港」，一落千丈的海淵，幾層樓厝都不足形容，可不似淺海。這裡水是清澈的藍綠的，深不可測，就是不見所謂的分界線。可能是秋添的童言童語，沒有說出來問兩個大哥。他們說夏日水溫高，魚兒都潛藏至深處避暑，不過颱風這兩天餓昏了，會比平日貪吃。但是也等了好一會才有魚兒上鉤。他們哥兒倆起先還有一搭沒一搭找他說話，進入狀況後就不顧他了。酷熱難當，這膠筏於他有如烤架。有時也會神往，津津有味的聽他們講起一件童年往事。他們正是故事書裡的樣板人物，留在鄉下沒打算的哥哥和鑽營的城市弟弟。個把鐘頭前弟弟向他暗示，他父親該給老家蓋間新房子，這是弟弟個人的意思，別給哥哥知道。

他越沒心，魚兒反而越找上他。他們說傳言新船第一次下水，因爲有股新味，魚兒不喜靠近；也有說是船爲表示對魚仁慈，不可能釣到太多魚。但是第一次釣魚的人反而會受到恩賜，特別幸運。

按捺著不敢催他們回家，一不留意陽光好像突然收了線，手錶留在家裡，不知道幾點鐘。這時空中飄起細雨，雨絲打在水面，泛起圈圈漣漪，接連來的雨好似都朝那中心射下來。也許是心理作用，水面下魚兒動作頻頻，筏都顫動了。

岸上有幾個男人和孩子吆喝等著察看漁獲，錦程故意和他們保持距離，待他們停下腳步，便逃也似的趕回家，遠遠即聽見秋添在屋頂上叫：「阿叔！阿叔！」一下子人已經跑到門口來，錦程接過他手上布滿傘骨鏽印的黑傘說：「爬樓梯小心啊！」「他們回來了！」看見秋暖瓊雲披雨衣春福戴斗笠相偕跑回來，頓時吃起飛醋，甚至未主動打招呼。瓊雲本要笑他穿這樣好像她爸，改摸摸他的臉，一語雙關說：「你的臉怎麼曬得這麼黑啊！」

春福說：「我來跟他們道別，順便看看颱風有沒有受影響。」錦程說：「瓜都死了！」春福說：「種瓜沒有得瓜啊！」瓊雲拉拉錦程衣袖說：「帶你去！我剛剛帶他們去聽，那邊的大水溝，每次颱風多下點雨就可以聽見水嘩啦嘩啦流不停，我說好像溪水，潺潺流水，筆畫很多那個潺，我沒有寫過那個字，其實也沒看過溪水。」春福說：「還有秋暖叫我們看，地上濕濕的，電線桿上的小鳥咚下來，一坨新鮮的鳥糞，看起來好像一朵小白花，用水彩暈的。好可愛，改天我要是會寫詩，我就幫你們寫下來。」錦程搖搖頭說：「哦！鍾春福！」秋添仰臉聽得傻眼，「寫濕？濕要怎麼寫？」秋蜜說：「床前明月光，疑是地上霜！浪漫，你不懂！講到汝慬嘴鬚打結！阿叔！你看春福買給我們的歌簿！趕快來彈吉他給我們聽！」錦程說：「先讓我洗個澡吧！」

66 戰爭與和平

睡前煮的水，清晨喝起來還溫的。悅耳的叮咚聲，阿媽拿碗裝冰塊。東邊祖聽說有冰箱可以製冰塊，討著要。一碗水加六塊冰，一喝就起雞皮疙瘩，朝床邊的貓潑去，嚇得牠縮塌成一團，喵嗚泣哭。阿媽說：「汝甘願啊？我來去啊！」東邊祖罵：「趕欲叨死啊?!」阿媽說：「我一厝內的人蚜蚜爬，就守在這奉待汝一人喔？死？我若死，汝就快活啊，看汝欲找誰人呷一嘴燒一嘴冷？賢仔？哼！伊尪眞仔若鹹龜咧！一年有返來一遍就偷笑啊！元進？汝就去乎那細姨仔苦毒死！大婆？大婆欠汝喔？也管汝死活！」

拿了冰來，惹火回去。家裡女兒回來，她孩子大了都不跟，帶的是她小姑的三個小孩。早告訴他們，香瓜嘉寶瓜全給颱風收走了，叫他們過一陣子再來就一定有瓜吃，坤地種的晚瓜已經吐尾坐果了。說又不爲吃瓜回來。可是人來了怎麼能不去買幾個瓜來招待，少數那些田離海遠的，颱風時候瓜還結得小小的反而留得住，現在賣得好價錢，買起來心都抽痛。她已交代坤地莫去買貴得要命的西嶼土豆，今天她要去田裡先挖一些土豆回來煮。梅峰那兩個小的也回來了，天天在家裡走動，不弄點吃的怎麼行。

夜裡想著郵差睡不好，秋蜜老早起床，翹嘴跑到後院揪蕃石榴，留六顆在房裡等敏惠、英傑來，其餘全放在飯桌上。阿姑帶回來的小女生蕃石榴吃多了昨天鬧便秘，哭鬧一上午，阿姑火大了，硬抓起來要噴藥，褲子才脫，一顆糞彈射得老遠。「哇啊！門板都打穿一個洞了！」「射去到嶼仔！射去到台灣海峽，太平洋，還大西洋咧！」笑她的人她都記上了，一看一瞪眼。秋蜜秋添對他們一開始就沒好臉色，早跟阿爸說好了，盼著暑假敏惠英傑回來要跟他們去高雄玩幾天，到時候順輝大哥會來帶路，他們可還沒去過台灣，怎料早瓜沒收成，阿媽擋著不給去，梅溪叔梅峰伯說要出錢都不行，阿姑帶人回來就花錢買這吃買那吃，更買了涼蓆風扇在他們房間，孩子心底自然不是滋味。秋蜜跟阿媽說：「人嫌汝用茶壺蓋飲水沒衛生飼豬沒洗手！」而敏惠英傑看自己以前的房間給占去，客人的鋒頭也被搶去，對三兄妹也充滿敵意，每天來這裡占地盤，明爭暗鬥。

昨天中午雙方終於開火。先是早上秋添興高采烈跑回來說：「張芸芸他們家那隻狗叫豆葛！」三兄妹譏他不懂英語，「誰家的狗不叫 dog？dog！dog！」接著妹妹便秘他們幸災樂禍又結梁子。到下午秋蜜發現失蹤兩天的貓頭上破個洞，烏血凝在傷口，好像戴朵紫花，沒有別人，一定是他們幹的好事。這貓原本怯弱可憐像個小媳婦，見到主人便喵嗚喵嗚，秋蜜兩手抓起貓兩隻前腳，把那妹妹堵在西邊門口，「就是你穿那雙透明高跟鞋踢的！」「才沒有咧！」她看了一眼大聲否認，叫得臉都漲紅了。秋添說：「貓有九條命，死會來跟你討命！」敏惠說：「沒有！那你發誓啊！」妹妹飆淚哭喊：「大欺小……」兩哥哥趕來以爲他們抓貓嚇妹妹，出手將貓揮至地上，阿姑喊：「咱來玩，不要跟人冤家！」英傑才沒有還手，罵：「回你們高雄去啦！」三兄妹曉得舅媽想帶秋蜜秋添去高雄，異口同聲反敬：「你們也不要來我們高雄！」「高雄又不是你們的！」「澎湖也不是你們的！」

昨天下午兩點秋蜜獨自在門外等待，遠遠看又是代班的老郵差，比起郵差很明顯的又老又黑且小一個頭，想揮手又不敢，不料他竟停下來給了封信，於是問：「本來那個郵差呢？」老郵差用他那給曬傷似的沙啞嗓音說：「哎呀！流年不利，去台灣第二天就出車禍啦，腿斷了一隻半，以後還不知道能不能走！」

阿姑起床看見一桌蕃石榴，也不管有人沒人就嚷：「叫恁不要採這，等一下愛呷又有人會祕結……」秋蜜怕去高雄怕阿姑，匆忙開溜。阿姑等著阿媽回來，又問，怎麼那個女孩子都沒來。「普通時每日嘛來，這幾日怎跑沒去……」阿媽說著來找秋暖問，阿姑也跟來。秋暖答應待會去跑一趟。她料到阿姑打的如意算盤，一回來就催她打電話叫錦程來玩，她推說不曾主動聯絡，阿媽便指稱瓊雲家有電話，兩個人有互留電話號碼。秋暖知道，要是錦程來了，阿姑鐵定涎著臉拉攏關係，甚至還計畫帶秋添、秋蜜去台灣拜訪阿公，所以叫瓊雲這幾天別來。巧的是錦程的姊姊剛好來度假，他請瓊雲代約秋暖一起出去玩，秋暖說：「才不要！」

該起床的起床，該來的來，屋裡又是一片嘈雜，瓊雲趁亂打西邊門混進秋暖房底，代錦程來拿前些時他洗淨曬乾掛在牆上的一對鱟殼，說他姊姊當美術老師喜歡這種怪玩意兒。又說他跟姊姊描述，它們的血是淡藍色的，它們的卵藏滿整個帽殼，可以拿來煎麵粉餅，腳則像大昆蟲的腳，鹹鹹的沒什麼肉。秋暖一聽就說慘了，三兄妹回來那天就拿來當盾當盔甲，玩壞了一隻尾刺。她偷偷溜進他們房間取下鱟殼，三兄妹隨後把阿姑拉來攔截，「給他們啦，三個已經在分不平了，再抓就有了！這你們也不稀罕！」

秋暖陪同瓊雲走到後門，錦程和姊姊還有姊姊的女同學已等在那兒，秋暖暗揪瓊雲手彎的嫩肉，「怎麼不跟我說！」一時臉熱耳紅進也不是退也不是。姊姊打量秋暖全身上下，錦程孩子氣的偷掐了姊姊一下。秋暖穿著白底兩朵翠綠大花上衣白熱褲，他在的時候她是不會這麼穿的。瓊雲解釋爲何空手而返，秋暖在一旁說：「等你要退伍，說不定還會再抓到！」瓊雲說：「好啦，走啦，去換衣服，我們去西台古堡玩！」

67 劫

瓊仙滿兩個月大，媽媽答應瓊雲讓她抱去阿暖家玩玩。志帆在一邊打傘，蓮步走。看見的人都笑，好像瓊雲生的。阿媽和蕊仔婆說，她生得出來啊，以前的女孩子不都十六、七歲就做老母囉！哪像現在的女孩子還只知道玩。

秋暖把被單疊得厚厚的鋪在床鋪的小桌上，將瓊仙放上去，「小仙女，以後一定比你更漂亮，等她學寫字，你要把這張桌子搬回去給她寫。」「晚上不睡覺，出門前喝奶，剛走路過來，太陽暖暖，搖一搖，半路就睡著了！」秋水回來兩天，從外頭進來，秋暖騙她這是瓊雲生的，她半信半疑，尷尬的不知說什麼好，出去偷偷問阿母，回房說：「嚇死我了，我想過年看見都還沒有那個，怎麼現在冒出一個小孩，那不就那時候就那個了……」兩人齊喊：「到底哪個了！」「有了啦！那天才去看我們同學，先上車後補票，懷孕六、七個月我們都不知道，冬天穿大外套，春天還在穿，說怕冷，原來喔！我們去看她小孩，竟然說好像肚子痛拉肚子一下子就生出來了！像變魔術一樣！」「才沒有，我看我媽痛得要死，說比生我還痛，怪隔太久沒生，又都不出來走動。」「騙我！她是你生的，那爸是誰？」秋暖說：「還有誰？當然是我們阿叔，你不知道？這個人以後我們要叫阿嬸，生的小孩就是我們的……堂弟堂妹?!」瓊雲只顧看著小娃微笑，不知道她們在取笑她，說：「你聞她旁邊的空氣，就這樣粉粉香香的，眞受不了！」

等了一個多鐘頭小娃醒來，好玩一會，開始認生啼哭不止，瓊雲只好抱她回家，秋暖不放心護送至家門口。一個多鐘頭後瓊雲又來，先還鎭定，進到屋內便啼哭起來，偏偏秋暖下田去，家裡唱空城，就坐在床沿放聲哭，貓來到腳畔喵嗚喵嗚地問。

媽媽不放心尋到廟裡，廟公說她來過走了，一聽是丈夫船公司打來的，一顆在斜坡上翻滾的心簡直要燒起來，還要應付廟公追問，喃喃：「厝內裝電話，忘記跟公司登記改號碼……」也哄自己說他健忘，可能忘記家裡電話號碼。自己又知道不是這樣子。亂步踩過秋暖家，想到瓊仙可能在家哇哇大哭，瓊雲可能還在裡頭流連忘返，火冒三丈衝進來找人。見她獨自啜泣，問她什麼事，更哭得說不出話來，情急得亂掌轟打她頭臉，才把話打出來。說是漁船在海上作業時遇到不明船隻追趕而後失去聯絡，扣押漁船的是菲律賓軍艦，報上幾天前就刊載這條消息了，她們都未聽聞，現在已經透過政府單位在交涉協商，保證船員都平安，若有法律和金錢賠償的問題，公司一定會盡力解決，請家屬不必著急，過些時會叫他們寫信回來報平安。

媽媽命她快回家看著妹妹，她這就去找明清爸想辦法。想到他因爲多個孩子才剛轉換這條航路，以爲可以較常返家，更哭。阿媽回來，遇見滿面淚痕的母女，知情後拍著背安慰媽媽，說我們家那隻鼠精梅溪仔在高雄報關行工作，今晚就打電話叫他去打探清楚，人平安就好，其他再來想辦法，不要哭。

放下田裡的農作，明清爸隔天即動身前往高雄，記不得多久未曾出遠門，找不到一身像樣的服裝，行李袋又舊又皺，拉鍊都生鏽了。「一雙黑鞋左腳破一孔，正腳嘴仔裂海海，土粉裹得黑鞋變白鞋，還將腳伸入，好，欲穿汝去穿，鞋帶一揪就斷去……」媽媽跟瓊雲描述他的穿著，忍不住笑了出來，瓊雲說：「那不就像人家現在流行的乞丐裝！」

出了這事，瓊雲不敢往外跑，秋暖和阿姨都來作伴，逗小瓊仙玩，弄這弄那吃，彷彿沒什麼憂慮幸福得很。但一望牆上，過年時爸爸熬夜畫的帆船和菊花，隱約有種不祥的預感。

同一個颱風，威力無比搗了菲律賓，到這裡來已渙散為輕颱。瓊雲在電視上看到聽到這個國家，渾身不舒服，短時間內跟它有了兩層關係。但又覺得這風是爸爸的信差，把他們連在一塊。風輕微，在澎湖算不得颱風，只不過提早起了季風似的。雨倒挺有份量的，兩晝夜幾無間斷。阿允師尚未來修屋頂，秋暖房間又蓄口藍色小湖。開學第一天即意外得到一天颱風假，偷得浮生半日閒，沒什麼比這更稱心的。秋暖指著牆壁上新寄來的郵購書卡目錄說：「我最喜歡這張，你來看，這條路好漂亮，全部都是楓葉！不知道在哪裡？好快喔，下次再寄來，我的牆壁就貼滿一圈了！」石灰粉糊的牆，又是漿糊又是膠帶，貼新的順便補舊的。瓊雲坐在床沿呢喃說：「我想去找他！」「你還在煩惱喔，你乾爸不是說沒事，說不定中秋節就回來了。」「你沒聽過謊話啊？我想去找他，我要跟他說！」「好啊！那先去打電話問有沒有放假。」瓊雲抓起梳子來梳頭，開學了，也沒有要剪頭髮的意思。「你不會是要去找楊格吧！」瓊雲不作聲。「你已經有男朋友了！你怎麼可以騙人！」「這是最後一次了！」瓊雲跳下床趿了拖鞋就走。秋暖拿著姊姊這趟買回來的新涼鞋追到天井，「你不換鞋子啊？下雨，你的傘啦！你不等我換衣服啊？」

68 祕密

犁土豆前一天，秋蜜秋添忙著再捕一回草蜢，拿長柄蝶網，網口對準田頭的土豆葉子往下罩，兩人齊順著田行向前衝，草葉與草蜢噴射作響，頓時兵荒馬亂。趕至盡頭連忙收手紮緊網口，枯葉綠葉草蜢沙子石子都有，摶起來一大個草粽子。今年草蜢過多，農會收購草蜢腳，誘使孩子抓草蜢。草蜢腳輕茫茫，倒是肥滋滋的軀體丟得滿地遍野，雞鴨麻雀頻頻搗頭，啄個不停。

「土豆有婧沒？」阿母聽見聲音，抬頭看見秀春姨雙手扠腰，一副暫停借問歇口氣的模樣。「不歹，剝藤的有啦！土底掘的也有！我還煩惱講全草蜢，草也沒塗，不知生有抑生沒。」「汝自己一個喔？」「囝仔去讀書，人阿媛去至鳥嶼代課，頂學期教得不歹，又查某老師大腹肚欲生，允伊這學期擱去，就慢慢啊爬啊！自己一個！恁那阿兵哥咧？」「跑到沒看著腳啊！」「阿環去台灣，汝也還有阿杯，較贏我一個人一雙手！」「怎攏沒看到面姑仔？」秀春姨說著四下張望。

阿母拋下耙子走過來，準備說悄悄話，雀鳥嘰喳叫。秀春姨等不及好奇先問：「是人艱苦啊？」「沒啦！」阿母笑著否認，「就坤地仔伊老輩，一頓仔那好心，取一個地理仙仔返來看風水，講欲拆舊厝來起新厝，不知有影抑沒影，咱是不曾開嘴，出著阮母仔跟坤地仔像憨仔，閃伊是閃緊緊，不知是梅溪仔抑是阮大娘姑仔有去偷講，伊一個兒來這做兵常常來找這囝仔……」「不就明年才有起？」「也去西面看墓，講上好是舊厝先拆，過年過才開始來起。」「有就上歡喜啊！咱也沒去討，就看伊自己的良心，免跟伊客氣，咱面姑仔自二十外歲給伊守活寡，奉待老的細的，伊在那賺大錢娶細姨，咱靠這組田呷穿，是要等多久才有一間厝！」秀春姨說著，茫然地轉開臉。

「這厝看起來，還好好咧！」阿公去找伯公姆婆商談拆厝起厝的事，回到門口遇見天來伯公，又要把這趟返鄉的目的說一遍，末了添上這句，兩人隨即轉臉望去，好天氣全寫在屋簷上，光簾垂入天井。

「日頭照落免講嘛金光閃閃，好溜溜，汝若點燈去看那床腳壁角，蜈蚣白蟻滿滿是，連蛇嘛走來，落雨透風汝再擱返來看嘜，阮舊厝還沒這間的久咧！輸人沒輸陣，輸陣就歹看面囉！汝沒差那兩尖錢啦！」彷彿所有人對他都是這麼的口徑一致，阿公有點拿他們沒辦法的只有笑笑。

天井底啄土豆的麻雀拍翅飛起。他在找她，還一副昨天同地理師察看屋子的樣子；不自覺變成看屋是主要，順便尋她。另築家室後總在清明回來，過年都不曾了，何況秋天。秋天讓曾經務農的人安靜不下來。

彎到灶口，老眼昏花，忽然把自天窗照射至灶台上的浮塵光柱看作是她。知道不可能在房裡，還是去掀了門幔。同一時間她在外面吆喝。聽清楚吆喝的是「親姆婆！親姆婆！」才看清楚不是她，兩人是一個樣的粗鄙，當場惱羞成怒，掉頭不理。她馬上改口猛喊：「親家公！大老爺！啥風將汝吹返來啊?!」

阿媽匆匆打西邊門進來，撞見他指著鼻子罵：「一日到暗跑到沒看腳，這厝還有人住沒啊……」

彷彿早料到這情形，她解釋說：「我厝欲顧，土豆欲掘，還生一巢豬仔欲飼！」「豬仔！豬仔！我見返就生豬仔！房間尿桶知欲放尿，不知欲倒，臭辛辛！永遠就跟人未著，汝看嫂仔……值沒人一齒角……」阿媽連忙去將房裡的尿桶拿出來，念在蓋新厝的份上，也不回嘴了。馱來一袋臭肉魚的瘋國仔看到好戲，用歌仔戲腔唱道：「緊來跑哦，驚去掃著颱風尾……」掏光布袋，不客氣地搜刮了土豆、冬瓜、南瓜往袋裡扔。

阿媽走入後院小徑，開口咒罵：「夭壽瘋國仔！摸壁鬼！鬥啥鬧熱？早不來慢不來！臭辛辛？我一暝在這顧豬仔，也知汝在那放尿！欠汝的債，欲倒尿桶不簡單，我替恁老母洗尿墊洗幾十冬，還差一桶尿，給人做奴才還棄人嫌到臭屎……橫直那也不是親生老母，莫怪比狗較不孝……沒生這豬仔我叨有錢還帳啊……打某豬狗牛……」

午飯前錦程來了，大家稍鬆了口氣，尤其是阿爸，日正當中還躲到海上去釣魚。錦程見到父親，一時也好生疏。因他一通電話要求父親幫大姨這邊蓋新房子，家裡起了波瀾。他母親因他總推託快退伍了而未返家，零用錢花得更凶，已懷疑他在這裡交女朋友，此話一出，趕緊派姊姊來探軍情。問她房子當眞被颱風掀了，說：「遠遠看是很舊，反而後面豬舍很新，舊是舊，很氣派，大戶人家！」母親罵：「叫你去做啥！跟你弟弟一樣軟心，最好騙！」母親回娘家說給舅舅們知道，舅媽帶她去找算命的指點，說是祖母的魂常來找這個當兵的孫子，這麼要求並不奇怪。母親說難怪兒子常往那邊跑，兒子當兵這一年多她身體老是毛病，吃不好，睡不好，無事起煩惱。又去廟裡求神問卜，才把事情決定下來。地理師也是她找的。

父親把他叫到房底說這些事，自己卻好像置身事外。「都媽的意思？你呢？」父親仰臉望著天窗，「這厝還好好咧！」怕父親反問他，藉口他們放學回來了，急忙走出房外。

秋添和同學正在看阿爸撿回來的一隻鱟。阿公一來就說：「抓孤鱟，衰到老！這要抓一對，不行一隻！緊抓返去放！」阿爸看著錦程說：「不是伊講欲愛這鱟殼。」阿公再度說明原因。雖說是迷信，錦程不想違逆父親，也不想拆散成雙成對的鴛鴦魚，馬上偕秋添去海邊放生。

孩子們看阿公在，故意和錦程保持距離，遠遠對他笑一笑。他主動上前，阿公跟過來，他們又跑掉了，只好對秋蜜說：「不是要告訴我一個祕密嗎？我都記得，再不說我退伍了！」秋蜜看出他的用意，咬著嘴唇定定對他微笑，手指一噓，他乃悄悄尾隨走入西北角的後房。

她自混亂的雜物中取出暗藏的東西，偷偷摸摸溜進前面錦程的房間。「不行，這阿公會來找！」機警的探出布幔察看無人，鼠似的溜出來，跨過門檻之際，看到秋添從外面回來，連秋添也防，慌張的直搥秋暖的房門，門一開就叫錦程快關快關！秋暖說：「拿那什麼髒東西來我房間！」秋蜜又是一噓，打開層層包裝，裡面是一小冊紅色膠皮的《毛澤東語錄》。「去年秋天我跟郭秋添去海邊撿的，有的拿去學校交了，換了好幾枝鉛筆，偷留這一個，不敢偷看！」「喔！這眞的是祕密！」錦程說。秋添在窗外大叫：「偷看會被抓去關，你還偷看！」怕他再嚷嚷，只好開門讓他進來，秋香也跟著。「這下不是祕密了！」錦程說。

69 髮禁

開學頭一天學生們吃到老師的喜糖，包巧克力的心形情人糖。「是去年家庭訪問遇到，國語文競賽又遇到，暑假在國中又遇到的那個老師嗎？」秋蜜問。老師微笑點頭。

秋暖不敢告訴瓊雲，瓊雲反而先來告訴她，讀國中的弟弟說的。那天去見楊格把傷心事都哭完了，看來好像沒什麼要緊，秋暖吃剛煮的土豆，她吃她曬乾的殭屍土豆。她剝開豆莢排成一排，「你看，這有一顆豆豆，兩顆，三顆，還有四顆豆豆的，只裝一顆就小小圓圓的，裝得越多就越大越長，談一次戀愛的人就是只裝一顆豆豆，談越多次就裝得越多。」

開學一個星期了，瓊雲頭髮都不剪，每天午休被叫到訓導處罰站。蔡昆炯在圖書館出公差，藉故過來看她。她冷靜盯著窗外的綠樹。女教官下過最後通牒，男教官不敢再幫她求情，眼看著女教官一刀剪在規定的耳垂以上一公分的地方，她從容的表情令他整個午後都坐立不安。到第二節下課果真出事了，學生來報告二年級商科乙班有同學打架。上課鐘頻催，教室外面還圍著嗡嗡人牆，難得一見女生打架，三令五申都嚇不開，教官硬擠進教室，打架的果然是瓊雲，一綹生硬的髮掛在臉上。許玉卿看教官導師都來了馬上住手，隔壁班的郭秋暖緊抱住瓊雲雙臂，瓊雲說：「你別以爲我爸不在家，就欺負我！」這話小時候常說，長大就不說了，秋暖一聽淚汪汪，反倒是打架兩人都沒哭。導師當場就想釐清事情，把班幹部都叫來問，說是瓊雲先動手的，她今天被教官剪頭髮心情不好，珠算檢定又沒過，支支吾吾還說：「許玉卿又說她跟阿兵哥……」怕產生更多流言，教官急忙將兩人連同秋暖帶回訓導處。教官用心良苦繞道遮蔽的九重葛迴廊，偏那花圃裡小菊盛開了。女教官不在，事情單純，情有可原，男教官沒打算嚴罰記過，發張悔過書，叫她們回去上課。瓊雲站住不動，秋暖低聲跟教官說爸爸的事，教官請她幫忙收拾書包，他先送瓊雲回家。

秋陽西斜，從未有過如此強烈的回家的感覺，像解甲歸田的士兵，倦累得差點睡著。她一路上愛著這個英雄救美的教官，他顱上濃密的黑髮有如煙囪，橋上海風挾煙味襲面而來。她拉拉他的皮帶，他轉臉要看她，她卻躲低，「老師，到橋頭就好了，你不要看我這麼醜的頭髮跟臉，我也不要看你。」「記得要剪頭髮！」「無故理光頭，情節重大！」瓊雲念出最近張貼在公布欄的一條黴令，教官笑出聲來。臨到橋頭下車，兩人都回頭，相視一笑。

瓊雲不敢馬上回去，來到明清爸家。種田人這時候哪可能在家，一切一如往常，不同的是桌上有支横放的透明玻璃瓶，裡頭裝著一艘三葉帆船，這趟船公司送給明清爸的禮物。她家裡也有一支，她和弟弟研究過這帆船怎麼裝進去，總說哪天要打破玻璃救出船來。四處找不到鏡子，低頭照帆船瓶子，只見一個變形的凸臉貼在瓶身上，又像在瓶中。一旁有包菸，拿了一根出來，抽得有模有樣。

她快步趕往永安橋，行經村尾看見木麻黃，像兩列士兵迎接她，也跟著她跑了起來，想起她和錦程忘記在夏天去林投公園看毛毛蟲了。太陽即將收斂成夕陽，在溶凝之際，金豔火燙，涯岸被托起退開，無邊遼闊大海，橋也變得寬廣。她從書包取出算盤，將它抛入海中，算珠全面滑傾發出大家一起算齊的聲音。

媽媽並未發覺她的頭髮有何異樣。秋暖好說歹說要幫她修剪頭髮。她在紙上畫好髮型，鬅頭、模仿女教官一鋸的鋸齒頭、尿桶子頭，逗笑秋暖拿不穩剪刀，修了好久得出一個香菇頭，媽媽說呆得很可愛。

這天瓊雲約好錦程，料他知道打架的事，沒問爲什麼翹課。兩人一早車站碰面，見公車靠站即跳上去，說好去風櫃、去山水、去林投，到站也不下車，馬公車站進進出出，直到烈日當空，飢渴不已，才決定離車離站去覓食。剛踏出去就被兩個憲兵遇著，少不了要登記盤查一番，瓊雲故意用崇拜的眼神直盯住錦程，弄得他倆虛僞怏怏走人。

飯後瓊雲提議如果下一部靠站的是白沙線的公車，他們就在村外下車，趁退伍前一遊雁情嶼。錦程問：「現在漲潮還是退潮？」「我不知道，從來都不知道是退潮還是漲潮。」「從來也沒來過！」瓊雲說的是村外的軍營，也是雁情嶼。沉寂的營房因他們來到稍有風吹草動，幾雙蟄伏綠豹的眼睛寂寂的。遙遙在望的島嶼是另一座碉堡。從這兒走去要比攀橋過來要遠。在橋上他們探出窗口爲看見一座枯島而歡呼。潮水在遠方，海邊留有大大小小的積水，大大小小的石頭。瓊雲教他撿珠螺，原來就像翻撲克牌，一塊石頭翻過一塊石頭，珠螺或多或少吸在石頭底下。走了一段路回頭望，阿兵哥站在岸邊也望向他們，姿勢仍然寂寂。

「啊！上面還有草，一棵銀合歡，難怪阿暖伊阿媽講古早以前還有人扛犁牽牛來這上面種土豆，牛怎麼爬啊?!」接近島嶼下面起伏著成坡成片灰褐土黃的岩土，到處披掛蒼白的鳥糞。尋著凹凸攀爬上去。兩座相連的平台，外圍形狀渾圓，包覆著癟嘴般的紋路，之間的裂痕沒有遠方看來那麼深，沒有想像中深。有塊稀疏的草地，只容兩人坐下。「這裡能不能蓋房子？」瓊雲說著拉出紮在軍訓窄裙內的制服，腰間頓時一陣汗涼。錦程偷瞄手錶，才一點二十五分。陽光直射腦門，頭皮發癢。兩人就像兩根近火的蠟燭棉線。

瓊雲脫掉鞋襪，他也跟著脫去鞋襪，把腳伸直。「借我躺。」話未說完，瓊雲已把頭枕在他大腿上，鋪下紅豔的臉蛋柔軟的身體，太陽跟著躺下來。雲給熔了，天幕也看不見，她閉上灼熱的眼眸，將髮撥覆在臉上。他摘下帽子往她臉上罩，她推開，寧願躲在他帽簷下。

忽然咯咯笑，身體側弓起來，「躺這樣平平的，好像小時候演的愛國的小孩，被槍射死，躺在講台上，蓋一張報紙當作國旗，其他同學繞著走說話，要裝得很傷心，愛國的小孩一個人平平直直躺在那裡裝死，忍不住想笑，繃著臉，忍到喉嚨肚子都痛了，大家看報紙一動一動，一個笑，全部都笑起來了。」張開眼看他又閉上，「我現在已經沒煩惱了，你呢？」他別過臉去看陸上的碉堡，抽出口袋內的手帕蓋在她臉上，她的鼻梁隆成一具人形。「怕退伍，逍遙做傻子的日子不多了。」隔了好片刻，手帕一動一動，夢語般，「你給我們地址，我們可以去找你玩……」他愛撫著她烏黑溫柔的髮，好像是隻垂死的海鳥，「什麼時候呢……」

他搖醒她，說太陽太大，去下面找找，說不定有祕密洞窟。一路拉著她尋來，島嶼底下背對軍營的方向果然有一狹小幽黯的洞穴，好像是防空洞，怕有蛇，甚至是炸藥，不敢鑽進去。兩人擁在洞口，這時想躲進去卻進不去。一點縫隙和動靜都沒有，緊抱著彷彿堵住洞口的岩石。他並不是第一次吻她，但這次不一樣，她不再害羞含蓄，還像是口乾舌燥，近了瓶口想要喝水。

潮水悄悄汩來，無風無息。發覺潮水來了不能久留，她皺著眉頭盯著它，忽然又咯咯笑，跑入水中踏水，反嫌水淺。看不見軍營，對面是陌生的岸，錦程拉她說：「注意的時候慢慢的，不注意就變得好快，淹過來回不去怎麼辦？」拖著她的手繞到看見營房，定了位才放她自己走。她踢水玩，故意濺他，腳踝被刺了一下，彎身看見水底一隻小鱟，撈在手掌上，完完整整，不出掌心大，輕無重量，只是個空殼，驚喜喚他：「送你一個禮物！」他也迷信成雙成對，執意尋找，說附近一定還有一隻。瓊雲笑：「這是漂來的，眞的有，也早就漂散了！」

兩人來到秋暖家，不約而同躡手躡腳，却被天井內啄食土豆的雀鳥嚇著，那竊竊私語聲。促成拆屋後，錦程便不敢多看這屋子，瓊雲則是每在秋忙時來玩都有罪惡感。

喝了黑糖桑茶，錦程拿了毛巾洗臉擦身。她沐浴出來，身上是秋暖的衣，淡鵝黃，細枝紋路，好似蜻蜓翅膀。

她走向西邊門，太陽剛躲進桑樹後面，偷偷刺探著她，她也不懷好意的回它一句：「夕陽無限好，只是近黃昏！」兩人擠在小門檻上，瓊雲問：「是不是很臭？沒洗頭。」「每天洗頭？」「嗯。剛撿的那個呢？」「我把它洗一洗，放在房間。」「不要亂放，不小心碰到就碎掉了，我看！」她跟著他走進房間，小鱟殼擱在花枕邊的草蓆上，草蓆也是微綠。「我就說嘛！」她輕輕將它移到窗台上，夕照把它映得更輕薄更漂亮。

她的臉蛋被太陽螯得紅通通，身體也隱隱發燙，像是注入模子的燭油。臉靠近發覺比他想像的更溫熱更柔軟。闔上眼睛，眉目更加靈媚了。臉是翠玉香，身上是普通的令人放心的香皂，他在交界的頸項上徘徊，經過一番努力，終於來到她胸口的雙生島，潮水正向這無人島湧來。

他家阿媽回家來。午後店內無人大春看得發慌，遇見人就要像蒼蠅般去沾沾，看見阿媽，連忙自櫃檯下拖出一抱廢紙，一路跟了來。老調重彈又是恭喜人家即將要蓋新厝了，且是不花一毛的新厝。「離緣是離緣，返來嘛是同一頂床同一件被，講來講去，咱是大婆，這才是正室，誰人敢講不是？沒一定那邊睏了不好，想欲返來跟咱住，哇！面姑仔！汝苦盡甘來，厝也有，人也有啊！莫怪人行路像風，走我追，明明聽我在叫，假作沒聽著……」阿媽懶得搭理，忙著剁豬菜，大春臨去又挨近她說：「不過汝也要小心，當初乎人搶去，這陣也要防伊變卦，欲起現此時就起啊，留一間，過年縮縮咧！哪有人年底拆出年才欲起，萬一啦，萬一人若變卦，咱不就連舊厝也沒得站，緊來走喔，等一下面姑仔起性地拿掃帚……跟汝講笑啦……」

大春走了，她心更慌。蓋上鼎蓋，柴塞滿灶，又掏出一半來點火，火未點著，儘抽風櫃。她倚著廳門擔心大春破嘴一語成讖，兩頭落空。想到深處無奈處，隱約聽見彷似出世小貓的乳叫聲，似乎從西邊前房傳出來的，正欲跨進門檻去尋貓巢，東邊灶口有怪響，燃燒的柴火掉出灶孔，趕忙跑去救火再說。

70 玉殞

四斗仔這塊小田，就在學校旁邊，阿母喜歡來，周遭三堵硓砧牆擋風遮陽，還可以聽見學校的聲音，有時甚至看見孩子。「以早……阿媛六年，阿輝五年，阿水、阿暖、阿香、敏惠仔，五、六個，這陣就看蜜仔跟添仔，明年阿蜜仔嘛欲畢業啊！」午休後學生在操場割了一節草，阿兵哥也來幫忙。「我嘛偷牽牛去呷幾遍，一個熱天草發滿滿！」再下一節他們學唱歌。

去年我回來，你們剛穿新棉袍，
今年我來看你們，你們變胖又變高，
你們可記得，池裡的荷花變蓮蓬，
花少不愁沒顏色，我把樹葉都染紅。

阿母跟來幫忙掘土豆的月琴阿姆說：「這條歌擱好聽喔！也不知在唱啥！」阿姆微揚起下巴，「那是風琴聲！」

今年阿母掘土豆的心情可好，今年的土豆收成很怪，有的田又多又漂亮，有的又少又醜，一大堆黑浮浮的燒殼仔，她都沒怨言。自然是因爲房子的事。阿媽有她的諸多顧慮，阿爸有他的面子問題，孩子則不知輕重，只有她最快樂。月琴阿姆這趟特地回來照顧生病的姆婆，抽空來幫忙，姆婆尚未告訴她這事，她看在眼底不禁想念做鄉下婦女時的單純心思。阿母見她漏了一顆豆，伸長耙子將它勾過來，她側臉一笑，頭巾包圍的一雙眼眸烏溜溜，阿母伸出手又收回，「我手全土，汝自己擦，目睭毛全全土，比人畫的掛的目睭毛較黑較長，坤地仔常常嘛在笑我……」「靜子仔，還是汝較好命……」阿姆一說眼球凸亮，淚珠砸了下來，這才明白是淚水所以睫毛沾黏了那麼多風沙土粉，一急便伸手幫她拭淚，反弄得更髒，連忙拆下頭巾來幫她抹臉。她哭了哭，終於能說話，都是城市生活的辛酸，更苦的是夫妻不能同心，看丈夫也是鬱卒的，若能像這樣鄉下一塊地種口飯不就好了……。阿母一時心慌，原就口拙，不知如何安慰，見阿爸走來就有詞了，「噯喲汝看，叨一對同心的？若看風在颳水在短就想欲去網湖仔魚，不是就咱慢慢在這推磨，推一下，推一下，好命喔！」阿爸果眞是來報告要提早回家好去撒網，說得好聽，「抓湖仔魚返去高雄梅峰仔上愛呷！」

瓊雲醒來，知道太陽將西下，不敢睜開眼，流了一臉的淚。這天又翹課，錦程床上秋暖房裡躺躺睡睡，阿媽的聲音腳步嘮叨熟悉很催眠，剛是阿爸回來拿魚網把她吵醒。她迷茫走出房間，越過天井，尋到秋暖隔壁堆放農具漁具的空房，沒有床，東西擺置滿地，她一眼就發現了農藥瓶，好像在說給別人聽，「我沒有找他，是他自己叫我來的！」她伸長身子和手，眼睛甚至不看，就要抓起那支瓶子，飛來五爪，手背一陣灼熱，登時撲倒在雜物堆裡。那隻半邊黑臉的花貓就在面前狠瞪住她。

對著貓又泫然抽泣，淚水灑在傷口上像鹽漬般。自己忍著不出聲，外面秋蜜卻哭哭啼啼回來，稍理面容出來問她，哭得好慘，完全不能言語。瓊雲四處找無人問，回來時聽她竟唱：「去年我喔……回來，你們剛穿新棉袍，今年……我喔來看你們……」

原來她在課堂上唱〈西風的話〉唱到想哭，下課也不告訴人就偷溜出來，路上遇見專程來學校提廚餘餵水的桃嬸婆，多大年紀的人了也傻了呆了逢人就說，對個小孩也說：「秀春伊厝的第二查某兒自殺死啊……伊厝九十外歲的阿祖在那號……」

傍晚哭聲沒有停過，遠的近的哀音。瓊雲早哭早停，默默坐在屋頂看夕陽，哭紅了的眼和臉，被滿天彩霞映得更紅，激動後的眉睫也變得更黑，好像躍上了大銀幕那麼嫵媚，特寫一直在她臉上。雲霞化做灰燼，全是禽鳥形狀，啼翻了天。阿母哭，阿姆哭，瓊雲的媽媽也來，只一想見秀春姨，淚就流不完。阿姆和瓊雲的媽媽，再見面竟在這樣的情景，更感人世無常。阿爸網魚回來，被這愁雲慘霧嚇了一跳。

晚上善婆來給秋蜜收驚，阿母餵她喝點湯，哄著入睡。大家吃了鮮魚麵線稍微輕鬆些，知道自己還能吃能睡繼續過日子。獨秋暖傷心害怕不能稍減，放學後一直穿著制服，什麼事也沒做，就只擔心今夜怎麼度過。瓊雲最近多事，現在村裡出了這種事，媽媽絕不允許她外宿。去挨著家人睡，被笑不打緊，半點心事也不能透漏，也完全不了解，真沒辦法只好如此。發現錦程突然來了，兩眼一熱，嘴角帶上來笑容，很快給打了回去。但錦程是看見的，奇怪的是不但坐在門檻上，眼睛還泛淚光。緊跟著她走出西邊門，見她肩膀一上一下抽泣起來，連問數聲「怎麼了?怎麼了跟我說!」她又埋又躲不給他臉看，急得他緊把人摟在懷裡，她掙脫開來往後院跑，到了更幽暗的地方，可卻把黯眠的雞群嚇醒，紛紛擾擾。自己回過頭用力撞過來抱住他，邊哭邊說：「我好怕……」靜了片刻，她要再說，他摀住她的嘴，將她強拖進倉房內，緊緊環住她，好似這麼緊密，兩人心跳聲呼吸聲合而爲一會小一些。

雞呼嚕呼嚕，阿爸上完廁所，打了桶水沖，沒有往回走卻朝這頭來。她全身鬆軟站不住，腳下的柴反彈出丁點聲縷，此時聽來如同成串雷響。阿爸過來看看雞又折去探探小豬仔才走。直追蹤他的足音，到踩了放在西邊門外當踏梁的牛車板子，才鬆口氣往柴堆裡倒，柴枝扎在身上也沒感覺，兩人還是緊緊抱在一塊，汗都悶出來了。他聞著她的耳朵，好想吻它，像吻著一隻溫柔潔白的貝殼。

回屋後，秋暖又呆了，她是個大人了，阿母也不注意，顧著跟錦程描述今天傍晚村裡出的事。聽說仰了一整瓶農藥，又他們的田大部分在咱的附近，偏這時候，田裡掘土豆正忙，足歲十九歲了，莊內最乖巧的，從來不曾討過要吃什麼買什麼去哪裡玩，是不愛打扮，打扮起來姊妹裡她最美。錦程聽了都要傷心，何況秋暖，又是淚漣漣。等阿母走開，一問才說還沒吃飯，錦程熱了魚湯，陪她吃了一小碗，打好燈，催她去洗澡，自己在門外裝做無事等她。夜空玄黑，星子燦爛。今天家裡人睡得特別早，彷彿村裡人也都如此，路上靜悄悄。

道過晚安，錦程一轉身，秋暖即從背後揪住他的衣服，「睡不著害怕再來叫我，我看書，門不關……」她目光淒迷雙臂柔弱，彷彿說，我現在就怕了。

他把門閂上回來坐在床沿，她關好窗原地跪在床鋪不動。就像是媒妁之言撮合的兩個人的新婚之夜，矜持在床上。「來啊！睡覺！」他說。她爬過去，「只有一個枕頭。」「把書包用衣服包一包就可以了。」他說。

兩人平躺靜望天花板。「看不出屋瓦破了，下雨漏水，有沒有瓦片掉下來？」「沒有，應該不會。」失魂落魄使然，她用翠玉洗面皀洗了一身，香氣凝濃，令人想起「香消玉殞」。「她爲什麼……」「郭秋蜜說開學前一天她去田裡抓蚱蜢……在去年我們母牛生小牛那個地方……那裡都是野草野樹包圍，看到她和一個阿兵哥在那裡，好像……不知道怎麼說的……不要是因爲這樣，我叫她可不要亂說……她不知道在想什麼……爲什麼那麼傷心……她跟我一樣，都是老二，有一個姊姊……有弟弟妹妹……她有一個哥哥我沒有。」閉眼皺眉又說：「頭痛！」他伸手過來推她的太陽穴和眉心。

他側出身體去看天窗，笑說：「我還以爲天窗掉下來是在床上，原來在床下。」「關燈好嗎？」他問。她出聲答好。熄燈後重新回到香氛中，比柴房更暗，定定地望著她的臉浮上來，撥開她的髮說：「你看！」交到她手中一隻錶，十二點綠夜光星眼，三支發亮的指針，皮製的錶帶，微橢圓。「秒針走得好快！送瓊雲的？」她睜大著眼問，他別過臉去。

71
淚

地上一圈齒輪狀的蚊香灰燼。秋暖從盒子裡取出新的蚊香片，熟稔地從中心一拆爲二，一手一個漩渦狀的蚊香環。阿媽說她，「中秋欲到啊，還在點蚊仔薰！是免錢呵？」環心套上鐵支架，像放了唱片在唱盤，煙縷環繞，旋轉起來。今天可奇怪，點燃火，燒了有一公分半，火尚未熄，也沒有煙。昨天則是最後那小圈灰燼竟未掉落，騰空包圍著燒黑的鐵架尖端。她計算過，一圈蚊香可薰整六小時，從下午放學抵家四點四十五分到十點五十分左右。

換好下田的衣服急忙趕往穿草鞋，阿母一個人在那裡。這回秋蜜嚇得可嚴重，天天夢魘，那邊的田就算她敢去，暫時也不許她去了。不好說，也許玉杯的魂還捨不得離開。阿媽就近犁了沙園的土豆，要秋蜜和秋添今年就只負責這一區，收成哪幾布袋土豆自己記得，到時賣錢都是他們的。秋添一次就夠了，再不信這套，盡打混；秋蜜不在乎錢，雖然認眞，掘來的土豆卻異常少。阿媽叫秋香去監督幫忙，爲了證明自己有點作用，她定要多挖出一些土豆來。

就他們家這麼點變化，玉杯的死對村裡其他人幾乎沒有外在的影響，黑色棺材第三天就下葬了。做媽的隔天照常頂著草笠下田掘土豆，鐵著臉一耙一耙面不改色，有時刨得太久太深忘記前進，膝蓋都被土掩埋了。出事隔天阿東馬上陪玉環回來，阿東也是鄉下村莊裡長大的人，這時候絕不能上門讓阿姨難堪，一個人背著小行囊在村外橋頭上坐著。營裡的阿兵哥一派護著正氣歌不讓他出去送死，一派叫他快快出去領罪，阿東那幾拳，早挨晚挨，這筆帳賴不掉。人人心底都狐疑，也都知道與他脫不了關係。

正氣歌初到村莊，有一夜獨自穿過漆黑顛簸的田徑，村莊只大路一條，要走到迷路也不容易。荒蕪無章好似來到墓仔埔，那幢幢的電厝肥坑是高高低低的墓碑，錯綜的水管如蛇行，殘破的石牆則是鬼屋。他背起正氣歌來驅逐魔怪提振士氣。「天地有正氣，雜然賦流形。下則爲河嶽，上則爲日星。於人曰浩然，沛乎塞蒼冥。皇路當清夷，含和吐明庭。時窮節乃見，一一垂丹青……」因而得名「正氣歌」。事發三天他即暴瘦潰不成形，他用所剩的力氣向海走去，水退得老遠，追不上被拖了回來。他無顏見老大阿東，生死煎熬。長官怕出事，叫章震和另一名兵帶他去看病去散散心，交代若阿東上前來就讓他揍幾拳，阿東這人是有分寸的，否則他這心病永遠醫不了。也說不定阿東已經看開了。

他們把他的帽簷壓低，攙扶他出來。阿東不再目露兇光，相反的是一種溫柔的憂鬱的眼神，他非但要報仇，同時也在等著玉環出來，現在沒有一種恨比玉環恨他要來得強烈，他才是始作俑者。正氣歌仰起臉來叫聲：「東老大！」阿東漠然地看穿了他。他掙脫他們的手扣孤注一擲地向前衝，路上來的轎車嘎地一聲哀鳴，煞車痕拖得老遠，長串粗俗咒罵響起。他給章震他們拉了回去，涕淚哀求：「求求你們！」他們扶他過馬路站在阿東面前，稍鬆手便磕落在地。阿東依然無動於衷。他奮力地像兔子一跳，起身跑兩步，一撲跌，再跑，又跌，中槍的獵物瘋狂逃命，踏上了田地再止不住哭嚎。秋暖和阿母驚得忙轉過頭來，再望向鄰田的玉環，今天她阿母沒下田，只她一個人，穿她慣常穿的牛仔藍花衣，不戴斗笠，頭束黑髮箍。她絲毫不受干擾，專注的耙梳、拾土豆，兩手配合得極流暢，撥弄琴絃一般。男兒哭聲逼得人鼻酸，秋暖盤起腳來深呼吸，眼前汪成一片泥水。

章震他們跟過來，看他跌進那片樹叢中匍匐嚎啕，涕問天地爲什麼爲什麼……。章震忍不住也掉下眼淚，撫著他背上凸起的骨頭說：「我知道，我知道，你不是壞人……不是你的錯……」

72 別

夜裡輾轉無眠，雞啼後錦程方才入睡，醒來家裡空無一人。八點多鐘隨阿媽提粥下田，順便留下來幫忙掘土豆。知道這差事苦又枯燥，下午本不想去了，沒想到星期六下午放假，秋暖要下田，遂改變心意。和秋暖講起冬天吉貝的記憶，治沙治石，加上今天治土，真的是當了陸軍。秋暖說：「我還沒去過吉貝。」

晚飯後，秋暖、錦程和秋蜜秋添又散步經過瓊雲家，今天狗少吠幾聲，屋內娃娃卻大哭。昨晚也散步來，好多看她一眼。中秋在即，母親稱病屢次催促，錦程退伍只能多待兩晚。

昨晚只在圍牆外說話，今天瓊雲直向屋後的小路走。屋邊一盞路燈，再去是漆黑的田野。三個姊弟妹慢慢跟在後頭，讓他倆好好說話。他倆竟變得異常生疏。「要穿長袖衣服了！」瓊雲說。錦程摸摸她的臂膀，涼涼的。娃娃不哭了，周遭蟲鳴唧唧唧唧。錦程問是什麼在叫，說不知道，只知道有一種「杜猴」住在土底，弟弟都會拔她的頭髮去釣牠們。他摸了一下她的頭髮，她回頭看他們一眼，說：「別跟她說，我也要走了！我爸寫信回來，我媽就放心了。你知道秋燕，她轉學在台南念家政學校，我去跟她一起，我乾爸都幫我辦好了，以後就不用再打算盤了！先別跟她說，她一定會哭。」「不說也是要哭……」「沒辦法，愛哭，早哭不如晚哭，先斬後奏看會不會少哭一點，每次掘土豆都紅著眼睛。反正很快，過年就要回來了，那時候就沒事了。」說著掉頭停下腳步，他們發覺便也掉頭往回走。「秋燕跟高山青就沒聯絡了……」「等一下去拿紙和筆，把電話地址抄好，你的也抄給我。」「你現在告訴我，我死背把它背下來，拿一張紙弄丟了就完了！」「你可以把它抄在好幾個地方啊。」

回到路燈下瓊雲輕聲背出地址電話，他點點頭，秋添把他要送瓊雲的日記簿拿過來，他叫她進屋第一件事就是將它抄上去。「我最討厭寫日記，可是去台灣以後我會開始寫，你送什麼給他們？」前頭竊聽的秋添勾過頭來說：「挖耳朵的！」瓊雲問：「耳扒子?!阿暖呢？」秋添說：「都一樣，一人一支，以後就不必公家用了。」「怎麼送這個？」「此物最相思！」瓊雲聽不清楚，再問，錦程只一笑，轉開話說：「耙了一天土豆，跟操槍一樣累！」

說了再見走開幾步，秋暖回頭央求瓊雲來，瓊雲說：「不行！我答應我媽，也要多陪他們，明天早上再去。」秋暖抱怨說：「他們多的是時間。」回到門口，姆婆已在過水庭上等著錦程，阿媽坐在門檻，阿母拉了板凳，難得婆媳一同聊天，好像沒有姆婆來她們也不知道如何話別。拉拉雜雜就像入伍前夕，婆婆媽媽叮東叮西，令他起了煩心，對秋蜜、秋添眨眼招手，他們也不過來解圍，他們曉得大人在辦正事。他只好乖乖坐著，看秋暖出去洗澡，洗完澡回來，蹲在天井的水缸邊洗衣服。她們因而又說起從前曾寄居在此的姑婆一家子。特別跟他解釋，他父親的妹妹，也是抱來養的，他們的女孩子十三、四歲了還在水缸邊洗澡，那時哪有浴間，人家他們去了台灣，日子好過了，讀大學的讀大學，做公務人員的做公務人員。姆婆又說這個姑丈公曾告訴孩子，誰的恩情可以忘，就是別忘了這個舅母。

鐘聲悠緩十響，姆婆才恍然起身，一路恨晚直說還以為九點，囑咐明早記得給祖先燒香去廟裡拜拜。

姆婆出了院門一段，阿媽立刻回來趕人：「去睏！去睏！」隨即熄燈散戲。月光灑在天井，照出人影、台階，和庭上空虛的椅子。揮開門幔想到家裡還有客人，阿媽又捻亮廳內燈火，問：「人咧？沒入內睏？欲放尿緊去放，我這盞火先留咧，沒代誌趕緊去睏啦！掘土豆累！」

秋暖的小窗半掩，燈已熄滅，房裡收音機極小聲播放著民歌，「抱一支老月琴，三兩聲不成調，老歌手琴音猶在……」常常絞帶子，慢慢拖出來，用筆一寸寸捲回去，歌曲都快變調了。錦程慢慢爬上屋頂，秋蜜秋添尾隨上來。漸近圓滿的中秋月予人一種美好的壓力。曬過土豆的磚坪，泥沙在背面一刺一刺的。他們也說起道別話：「好好用功讀書！」「等海底隧道挖好，我們早上坐車去找你，下午你再跟我們回來，咻一下就到了！」「我還是要坐飛機！」秋蜜說。「很奇怪，飛機飛到天空變得像魩仔魚那麼小，白白一小條，那坐飛機的人咧？不就更小。飛機變得像魩仔魚那麼小，可是放出來的白煙，比天空還長！」「他像傻瓜一樣，每次都在田裡追飛機，跟飛機說再見！」

秋收季節阿母一滴落枕頭就到天明，顧不得孩子在屋頂睡著。錦程叫醒護送他們下去睡覺。秋添一路說夢話。回頭才明白並非全是夢話。「明天記得叫我去挖珠媽……」之前來拿給他看兩顆叫「珠媽」的豔麗大貝殼，烏黑的厚底，上頭斑點猶如珍珠。「把牠埋在花圃裡，等牠肉爛了，再挖出來送你！」「怎麼不先煮熟來吃？」「煮熟貝殼就不漂亮了！」

再次經過秋暖窗前爬上屋頂。任何聲音都引不出她來。夜靜得像擰著人肉。

一件薄被落在身體上，驚醒認出是孩子的阿爸，他的大哥，閉上眼睛假裝並未清醒。被子將他自脖子覆蓋到腳板，頓時覺得非常溫暖舒服。周圍全是寒風，全撲在臉上，還挾著好似二胡聲。淚水潮湧而來，從背脊升起恐怕震天價響的哭泣，再也忍不住。

73 秋日

春福捎來幾句詩，題名「無題」。

走單槓的水鳥，
跌下來，
開了一朵白花。
颳颱風的暴雨，
躺下來，
成了一條叫潺潺的溪。

門外女孩子們齊聲喚：「郭秋蜜！」秋蜜踮腳跳過天井，不踩到東邊的水西邊的泥。曬在西邊梯腳下的土豆遇雨來不及收，淋一陣又一陣，小雨，出太陽依然亮烈，曬一陣又一陣。地上布著土豆的泥印，像一群蜂螫著什麼，也像一朵花。

東南邊流水孔夾角的兩面牆，難得秋天也滑滑綠綠。秋暖揉了風沙和淚水，一雙兔眼睛，望過來成了紅配綠。低處近水常年青苔濃密，利器刻上淺灰兩字「秋日」。原本要刻秋暖沒刻完，日字偏瘦小。雨後新苔，日漸模糊了「秋日」。

俗話說「九月颱沒人知」，季風吹起，中秋過後來了一個輕颱也不太有人知曉。大不了就是地上幾捆柴，土底還有幾顆豆，心裡並不擔心，卻說「不怕七月半的鬼，最怕八月半的水」來嚇唬人。果眞應驗。風不要緊，雨卻像用滿潮的水來下的。蔡昆炯那個書呆子，大家都說他是讀書讀傻的，也有人說是爲了離家的瓊雲，颱風天他竟乘船去登嶼仔，有大孩子帶小孩子冒雨到廟口眺望他，崗哨上的阿兵哥準備去搭救卻被他阿爸攔下來，他對天賭誓這回若沒給水淹掉，不打他個不死半條命，他就不是人。素華啜泣著來房裡告訴秋暖這些，她漠然冷笑。發現瓊雲離開那時，她只想到蔡昆炯，跑去告訴他，他卻說其實他畫的雲並不是瓊雲，是他一個不到兩歲就夭折叫「蜓雲」的妹妹。秋暖狠狠瞪了他一分鐘。總之，是個多雨之秋，青苔，不知不覺長出來。

活動中心裡有小學生表演節目，慶祝光復節。章震給〈康定情歌〉吸引來，兩手伏在窗口。

跑馬溜溜的山上

一朵溜溜的雲喲

端端溜溜地照在康定溜溜地城喲

整身碎花衣的小女孩左一排右一排等著上台，顯然是村婦扮相，但看起來更像痲雀。當中一個是秋蜜，穿暗土紅的小碎花。她看見章震，給他一個微笑。這陣子首次眞正看他對他笑。他對她比劃出代表郵票的方形，她指了指東邊，示意他拿到家裡去。轉身，在他口袋放了好些天的郵票旋即給風吹跑。

秋暖坐在過水庭上，發覺有個一身綠的人來了，急忙把拉下來的紗布眼罩戴好。熟悉的布鞋腳步，明明專程來了，又猶豫的賊似的，好像在那裡徘徊。而她分明曉得不會是他，仍不禁假想盼望，不管他是不是此去不返了，就算會再來，也不可能一身綠啊。

INK PUBLISHING

印刻

深耕文學與生活

劃撥帳號：19000691　成陽出版股份有限公司　掛號另加20元
本書目所列定價如與版權頁有異，以各書版權頁定價為準

文學叢書

1.	吹薩克斯風的革命者	楊　照著	260元
2.	魔術時刻	蘇偉貞著	220元
3.	尋找上海	王安憶著	220元
4.	蟬	林懷民著	220元
5.	鳥人一族	張國立著	200元
6.	蘑菇七種	張　煒著	240元
7.	鞍與筆的影子	張承志著	280元
8.	悠悠家園	韓・黃晳暎 著／陳寧寧譯	450元
9.	想我眷村的兄弟們	朱天心著	220元
10.	古都	朱天心著	240元
11.	藤纏樹	藍博洲著	460元
12.	龔鵬程四十自述	龔鵬程著	300元
13.	魚和牠的自行車	陳丹燕著	220元
14.	椿哥	平　路著	150元
15.	何日君再來	平　路著	240元
16.	唐諾推理小說導讀選 I	唐　諾著	240元
17.	唐諾推理小說導讀選 II	唐　諾著	260元
18.	我的N種生活	葛紅兵著	240元
19.	普世戀歌	宋澤萊著	260元
20.	紐約眼	劉大任著	260元
21.	小說家的13堂課	王安憶著	280元
22.	憂鬱的田園	曹文軒著	200元
23.	王考	童偉格著	200元
24.	藍眼睛	林文義著	280元
25.	遠河遠山	張　煒著	200元
26.	迷蝶	廖咸浩著	260元
27.	美麗新世紀	廖咸浩著	220元
28.	台灣原住民族漢語文學選集──詩歌卷	孫大川主編	220元
29.	台灣原住民族漢語文學選集──散文卷（上）	孫大川主編	200元

30.	台灣原住民族漢語文學選集——散文卷（下）	孫大川主編	200元
31.	台灣原住民族漢語文學選集——小說卷（上）	孫大川主編	300元
32.	台灣原住民族漢語文學選集——小說卷（下）	孫大川主編	300元
33.	台灣原住民族漢語文學選集——評論卷（上）	孫大川主編	300元
34.	台灣原住民族漢語文學選集——評論卷（下）	孫大川主編	300元
35.	長袍春秋——李敖的文字世界	曾遊娜、吳創合著	280元
36.	天機	履　彊著	220元
37.	究極無賴	成英姝著	200元
38.	遠方	駱以軍著	290元
39.	學飛的盟盟	朱天心著	240元
40.	加羅林魚木花開	沈花末著	200元
41.	最後文告	郭　箏著	180元
42.	好個翹課天	郭　箏著	200元
43.	空望	劉大任著	260元
44.	醜行或浪漫	張　煒著	300元
45.	出走	施逢雨著	400元
46.	夜夜夜麻一二	紀蔚然著	180元
47.	桃之夭夭	王安憶著	200元
48.	蒙面叢林	吳音寧、馬訶士著	280元
49.	甕中人	伊格言著	230元
50.	橋上的孩子	陳　雪著	200元
51.	獵人們	朱天心著	260元
52.	異議分子	龔鵬程著	380元
53.	布衣生活	劉靜娟著	230元
54.	玫瑰阿修羅	林俊穎著	200元
55.	一人漂流	阮慶岳著	220元
56.	彼岸	王孝廉著	230元
57.	一個青年小說家的誕生	藍博洲著	200元
58.	浮生閒情	韓良露著	220元
59.	可臨視堡的風鈴	夏　菁著	280元
60.	比我老的老頭	黃永玉著	280元
61.	海風野火花	楊佳嫻著	230元
62.	家住聖．安哈塔村	丘彥明著	240元
63.	海神家族	陳玉慧著	320元
64.	慢船去中國——范妮	陳丹燕著	300元
65.	慢船去中國——簡妮	陳丹燕著	240元
66.	江山有待	履　彊著	240元
67.	海枯石	李　黎著	240元
68.	我們	駱以軍著	280元
69.	降生十二星座	駱以軍著	180元

70.	嬉戲	紀蔚然著	200元
71.	好久不見——家庭三部曲	紀蔚然著	280元
72.	無傷時代	童偉格著	260元
73.	冬之物語	劉大任著	240元
74.	紅色客家庄	藍博洲著	220元
75.	擦身而過	莫　非著	180元
76.	蝴蝶	陳　雪著	200元
77.	夢中情人	羅智成著	200元
78.	稍縱即逝的印象	王聰威著	240元
79.	時間歸零	林文義著	240元
80.	香港的白流蘇	于　青著	200元
81.	少年軍人的戀情	履　彊著	200元
82.	閱讀的故事	唐　諾著	350元
83.	不死的流亡者	鄭　義主編	450元
84.	荒島遺事	鄭鴻生著	260元
85.	陳春天	陳　雪著	280元
86.	重逢——夢裡的人	李　喬著	280元
87.	母系銀河	周芬伶著	220元
88.	消失的台灣醫界良心	藍博洲著	280元
89.	影癡謀殺	紀蔚然著	150元
90.	當黃昏緩緩落下	黃榮村著	150元
91.	威尼斯畫記	李　黎著	180元
92.	善女人	林俊穎著	240元
93.	荷蘭牧歌	丘彥明著	260元
94.	上海探戈	程乃珊著	300元
95.	中山北路行七擺	王聰威著	200元
96.	日本四季	張燕淳著	350元
97.	惡女書	陳　雪著	230元
98.	亂	向　陽著	180元
99.	流旅	林文義著	200元
100.	月印萬川	劉大任著	260元
101.	月蝕	施珮君著	240元
102.	北溟行記	龔鵬程著	240元
103.	像一盒巧克力——當代文學文化評論	范銘如著	220元
104.	流浪報告——一個台灣旅人的法國行腳	阿　沐著	220元
105.	之後	張耀仁著	240元
106.	終於直起來	紀蔚然著	200元
107.	無限的女人	孫瑋芒著	280元
108.	1945光復新聲——台灣光復詩文集	曾健民編著	280元
109.	我未來次子關於我的回憶	駱以軍著	240元

110.	辦公室	胡晴舫著	200元
111.	凱撒不愛我	王健壯著	240元
112.	吳宇森電影講座	卓伯棠主編	280元
113.	明明不是天使	林　維著	280元
114.	天使熱愛的生活	陳　雪著	220元
115.	呂赫若小說全集（上）	呂赫若著／林至潔譯	350元
116.	呂赫若小說全集（下）	呂赫若著／林至潔譯	350元
117.	我愛羅	駱以軍著	270元
118.	腳跡船痕	廖鴻基著	320元
119.	莎姆雷特——狂笑版	李國修著	220元
120.	CODE人心弦——漫遊達文西密碼現場	伍臻祥著	240元
121.	流離記意——無法寄達的家書	外台會策畫	260元
122.	腿	陳志鴻著	180元
123.	幸福在他方	林文義著	240元
124.	餘生猶懷一寸心	葉芸芸著	360元
125.	你的聲音充滿時間	楊佳嫻著	180元
126.	時光隊伍	蘇偉貞著	270元
127.	粉紅樓窗	周芬伶著	220元
128.	一個人@東南亞	梁東屏著	260元
129.	人生，從那岸到這岸	外台會策畫	240元
130.	浮花飛絮張愛玲	李　黎著	200元
131.	二○○一：迴游之旅	張　復著	240元
132.	野翰林——高陽研究	鄭　穎著	300元
133.	鱷魚手記	邱妙津著	240元
134.	蒙馬特遺書	邱妙津著	200元
135.	鏡花園	林俊穎著	240元
136.	無人知曉的我	陳　雪著	280元
137.	哀豔是童年	胡淑雯著	230元
138.	棗與石榴	尉天驄著	240元
139.	孤單情書	袁瓊瓊著	200元
140.	玉山魂	霍斯陸曼·伐伐著	330元
141.	老憨大傳	郭　楓著	400元
142.	走進福爾摩沙時光步道	曾心儀著	300元
143.	反叛的凝視——他們如何改變世界？	張鐵志著	199元
144.	繾綣情書	袁瓊瓊著	200元
145.	小說地圖	鄭樹森著	180元
146.	史前生活	賴香吟著	200元
147.	霧中風景	賴香吟著	200元
148.	晚晴	劉大任著	260元
149.	冰火情書	袁瓊瓊著	200元

150.	真情活歷史——布袋戲王黃海岱	邱坤良著	180元
151.	掌上風雲一世紀——黃海岱的布袋戲生涯	黃俊雄等著	280元
152.	聖與魔——台灣戰後小說的心靈圖象	周芬伶著	320元
153.	陳黎談藝論樂集	陳　黎著	280元
154.	陳黎情趣散文集	陳　黎著	280元
155.	最美的時刻	明夏・柯內留斯著／楊夢茹譯	260元
156.	航海家的臉	夏曼・藍波安著	200元
157.	時光倒影	周志文著	240元
158.	老師的十二樣見面禮	簡　媜著	320元
159.	樂園不下雨	李　黎著	240元
160.	南方澳大戲院興亡史	邱坤良著	320元
161.	曖昧情書	袁瓊瓊著	200元
162.	白米不是炸彈	楊儒門著	260元
163.	江湖在哪裡？——台灣農業觀察	吳音寧著	450元
164.	態度	陳思宏著	260元
165.	哈德遜書稿	陸先恆著	240元
166.	自己的空間：我的觀影自傳	李歐梵著	240元
168.	紅樓人物的人格論解	余　昭著	300元
169	談文藝　憶師友——夏自清自選集	夏志清著	320元
170.	色戒愛玲	蔡登山著	200元
171.	從諾貝爾到張愛玲	鄭樹森著	260元
172.	認得幾個字	張大春著	280元
173.	項美麗在上海	王　璞著	290元
174.	一個女人的筆記——盛氏家族・邵洵美與我	盛佩玉著	330元
175.	相忘於江湖	張輝誠著	260元
176.	邱妙津日記（上下）平裝	邱妙津著	599元
177.	夢中邊陲	羅智成著	220元
178.	東谷沙飛傳奇	乜寇・索克魯曼著	300元
179.	殘念	顏忠賢著	260元
180.	紅樓人物的人格論解	余　昭著	300元
181.	絳唇珠袖兩寂寞——京劇・女書	王安祈著	320元
183.	經典可以這樣讀——于丹・易中天演講對談錄	于丹、易中天著	240元
184.	消逝在二二八迷霧中的王添灯	藍博洲著	340元
185.	張愛玲來信箋註	莊信正著	230元
186.	孤獨，凌駕於一切	艾　雯著	220元
187.	事後——香港文化誌	陳冠中著	260元
188.	慕尼黑白	陳玉慧著	299元
189.	余光中六十年詩選	陳芳明選編	360元
190.	愛無饜	林郁庭文／歐笠嵬圖	320元

191.	鄉關處處——外省人返鄉探親照片故事書	外台會策劃	260元
192.	她睡著時他最愛她	陳　雪著	230元
193.	匿逃者	賴志穎著	240元
194.	天不再空	余　非著	260元
195.	草莓牛奶の望鄉	陳南宗著	260元
196.	匆忙的文學	邱立本著	280元
197.	紫花	徐譽誠著	220元
198.	閒走@東南亞	梁東屏著	260元
199.	童年的糖是最甜的	潘石屹著	299元
200.	誤解莎士比亞	紀蔚然著	200元
201.	昨夜雪深幾許	陳芳明著	290元
202.	遇合——外省／女性書寫誌	外台會策劃	300元
203.	壞設計達人	顏忠賢著	280元
204.	我妹妹	張大春著	240元
205.	我們——移動與勞動的生命記事	顧玉玲著	350元
206.	鬱的容顏——李渝小說研究	鄭　穎著	220元
207.	西夏旅館（上）	駱以軍著	320元
208.	西夏旅館（下）	駱以軍著	320元
209.	經驗匱乏者筆記	駱以軍著	非賣品
210.	危崖有花	吳音寧著	240元
211.	憂樂	劉大任著	280元
212.	梅蘭芳與孟小冬	蔡登山著	290元
213.	生態靜觀	向明詩／董心如畫	1350元
214.	上海神話——張愛玲與白先勇圖鑑	符立中著	290元
215.	吃朋友	簡媜策劃	350元
216.	同學少年	周志文著	240元
217.	附魔者	陳　雪著	360元
218.	悲懷書簡	李　黎著	220元
219.	商禽詩全集	商　禽著	450元
220.	徵婚啓事	陳玉慧著	199元
221.	四章書	泰戈爾著／邵洵美譯	200元
222.	CHINA	陳玉慧著	380元
223.	亂世文談	胡蘭成著	260元
224.	流水帳	陳淑瑤著	380元
225.	戰風車——一個作家的選戰記事	藍博洲著	260元
226.	青春山河	林　梵著	280元
227.	名士風流	蔡登山著	即將出版
228.	經濟大蕭條時期的夢遊街	駱以軍著	即將出版

INK PUBLISHING
文學叢書 224

流水帳

作　　者　陳淑瑤
總 編 輯　初安民
責任編輯　丁名慶
美術編輯　黃昶憲
校　　對　吳美滿　丁名慶　陳淑瑤

發 行 人　張書銘
出　　版　INK印刻文學生活雜誌出版有限公司
台北縣中和市中正路800號13樓之3
電話：02-22281626
傳真：02-22281598
e-mail : ink.book@msa.hinet.net
網　　址　舒讀網http : //www.sudu.cc

法律顧問　漢廷法律事務所
劉大正律師
總 代 理　成陽出版股份有限公司
電話：03-2717085（代表號）
傳真：03-3556521
郵政劃撥　19000691 成陽出版股份有限公司
印　　刷　海王印刷事業股份有限公司

出版日期　2009年 7 月　初版
ISBN　978-986-6631-99-3

定價　380元

財團法人｜國家文化藝術｜基金會
長篇小說創作發表專案補助

國家圖書館出版品預行編目資料

流水帳／陳淑瑤著；
－－初版，－－台北縣中和市：INK印刻文學，
2009.07　面；　公分（文學叢書；224）
ISBN 978-986-6631-99-3（平裝）

857.7　　98008846

INK INK INK INK INK INK
INK INK INK INK INK
INK INK INK INK INK INK
INK INK INK INK INK
INK INK INK INK INK INK
INK INK INK INK INK
INK INK INK INK INK INK
INK INK INK INK INK
INK INK INK INK INK INK
INK INK INK INK INK
INK INK INK INK INK INK
INK INK INK INK INK
INK INK INK INK INK INK
INK INK INK INK INK
INK INK INK INK INK INK
INK INK INK INK INK
INK INK INK INK INK INK
INK INK INK INK INK
INK INK INK INK INK INK
INK INK INK INK INK
INK INK INK INK INK INK
INK INK INK INK INK
INK INK INK INK INK INK

NK INK INK INK INK INK IN
K INK INK INK INK INK INK
NK INK INK INK INK INK IN
K INK INK INK INK INK INK
NK INK INK INK INK INK IN
K INK INK INK INK INK INK
NK INK INK INK INK INK IN
K INK INK INK INK INK INK
NK INK INK INK INK INK IN
K INK INK INK INK INK INK
NK INK INK INK INK INK IN
K INK INK INK INK INK INK
NK INK INK INK INK INK IN
K INK INK INK INK INK INK
NK INK INK INK INK INK IN
K INK INK INK INK INK INK
NK INK INK INK INK INK IN
K INK INK INK INK INK INK
NK INK INK INK INK INK IN
K INK INK INK INK INK INK
NK INK INK INK INK INK IN
K INK INK INK INK INK INK
NK INK INK INK INK INK IN